Die Legende von Ahasver, dem ewigen Juden, der zu dauernder ruhe-
loser Wanderschaft verurteilt wurde, weil er Christus auf seinem Kreuz-
weg nach Golgatha Rast und Erquickung verweigert hatte, erfährt in
diesem Roman eine neue Ausdeutung: Stefan Heym sieht Ahasver nicht
als Symbolfigur für jüdisches Schicksal, sondern als Inkarnation des
revolutionären Prinzips, des menschlichen Bedürfnisses nach Veränderung zum Guten. Der Kritiker Toni Meissner schrieb beim Erscheinen
der Originalausgabe: »Ein amüsantes, phantasmagorisches Spiel mit
Dogmen und Legenden, Ideologien und Philosophien; Heym zeigt sich
auf der Höhe seines Könnens. Zwar fordert ›Ahasver‹ viel Aufmerksamkeit und Konzentration, aber er belohnt ihn reichlich dafür. Heym läßt
Gott höchstselbst, Luther und Melanchthon, allerlei geschichtliche und
Symbolfiguren auftreten. Er mischt Historie mit Phantasie, Satire mit
Poesie. Mit ›Ahasver‹ gelang ihm sein schönstes Buch.«

Stefan Heym, geboren am 10. April 1913 in Chemnitz, studierte Philo-
sophie und Germanistik in Berlin, emigrierte 1933 in die Tschecho-
slowakei und noch im gleichen Jahr in die USA, setzte sein Studium in
Chicago fort und erwarb mit einer Arbeit über Heinrich Heine das
Magister-Diplom; von 1937–1939 Chefredakteur der Wochenzeitung
»Deutsches Volksecho« in New York. Seit 1943 Soldat, nahm er als Offizier, zuständig für die psychologische Kriegsführung, an der Invasion in
der Normandie teil. Die ersten Nachkriegsjahre verbrachte er in München. Mitbegründer der »Neuen Zeitung«, wurde dann wegen prokom-
munistischer Haltung in die USA zurückversetzt und aus der Armee
entlassen. Aus Protest gab er Offizierspatent, Kriegsauszeichnungen
und US-Staatsbürgerschaft zurück und übersiedelte in die DDR.
Stefan Heym starb am 16. Dezember 2001.

Unsere Adresse im Internet: www.fischer-tb.de

Stefan Heym

Ahasver

Roman

Fischer
Taschenbuch
Verlag

19. Auflage: Januar 2002

Veröffentlicht im Fischer Taschenbuch Verlag,
ein Unternehmen der S. Fischer Verlag GmbH,
Frankfurt am Main, Oktober 1983

Lizenzausgabe mit freundlicher Genehmigung
des C. Bertelsmann Verlags GmbH, München
© Stefan Heym 1981
Druck und Bindung: Clausen & Bosse, Leck
Printed in Germany
ISBN 3-596-25331-4

Erstes Kapitel

In welchem berichtet wird, wie Gott zur Freude
der Engel den Menschen erschuf, und zwei
Revolutionäre in einer Grundsatzfrage
verschiedener Meinung sind

Wir stürzen.

Durch die Endlosigkeit des oberen Himmels, des feurigen, der aus Licht ist, aus dem gleichen Licht, von dem unsere Kleider gemacht waren, deren Glorie von uns genommen wurde, und ich sehe Lucifer in all seiner Nacktheit, und in seiner Häßlichkeit, und mich schaudert.

Bereust du? sagt er.

Nein, ich bereue nicht.

Denn wir waren die Erstgeborenen, erschaffen am ersten Tag, zusammen mit all den Engeln und Erzengeln, den Cheruben und Seraphen, und den Ordnungen und Heeren der Geister, erschaffen aus Feuer und dem Hauch des Unendlichen, in niemandes Bild und Gleichnis, erschaffen bevor noch die Erde geschieden war von den Himmeln, und die Wasser von den Wassern, bevor Finsternis und Licht waren und Nacht und Tag und Winde und Stürme, wir, die Unruhe, das ewige Kreisen über den Sphären, die ewige Veränderung, das Schöpferische.

Welch eine Kreatur! sagt er. Ein Mensch!

Und dabei fing es so ungeheuerlich groß an, so als schicke die Welt sich an, eine neue Welt zu gebären. Die Stimme im Raum, Seine Stimme, am sechsten Tag, um die zweite Stunde: Wohlan, laßt uns den Menschen nach unserm Bild, nach unserm Gleichnis machen. Uns!... Aber Er war's, Seine einsame Entscheidung, wir hatten kein Teil daran. Die Engel aber befiel eine große Furcht und ein Zittern, und sie sprachen: Heute zeigt sich uns ein Wunder, die Gestalt GOttes, unseres Schöpfers, denn in Seinem Bild und Gleichnis erschafft Er den Menschen.

Und ich sehe Lucifer, wie er sich mir zuwendet im Sturze und den Mund höhnisch verzieht. Aus Staub! sagt er.

Das Wunder aber hub an wie all Seine Wunder, erschreckend und großartig anzuschauen, indem aus dem Raum die Rechte GOttes sich streckte und über die ganze Welt ausbreitete, und alle Geschöpfe versammelten sich in Seiner rechten Hand.

Dann jedoch schrumpften die Ausmaße, und wie ein Magier seine Ingredienzien hervorholt, Pülverchen und Härchen und Knöchlein, oder die Köchin ihr Mehl, ihre Eier, ihr Öl, so sahen wir, wie Er aus der ganzen Erde ein Staubkörnchen nahm, und von allen Wassern ein Wassertröpfchen, und von aller Luft oben ein Windlüftchen, und von allem Feuer ein wenig Hitze, und wie Er diese vier schwachen Elemente, Kälte, Wärme, Trockenheit und Feuchtigkeit, in Seine hohle Handfläche legte, und wie Er daraus den Adam bildete.

Und wir sollten ihm dienen, sagt Lucifer, mir immer noch zugewandt, und sollten des Menschen eigen sein, die Knie vor ihm beugen und ihn verehren!

Denn so sprachen die Engel angesichts des neuen Adam: Zu welchem Zweck schuf GOtt ihn aus diesen vier Elementen, wenn nicht dazu, daß ihm alles in der Welt gehörig sei? Er nahm ein Körnchen von der Erde, damit alle Kreaturen aus Staub dem Adam dienen, einen Tropfen Wasser, damit alles in den Meeren und Flüssen sein eigen, einen Hauch aus der Luft, damit alle Arten in der Luft ihm anheimgegeben, und Hitze vom Feuer, damit alle Feuerwesen und Geister und Gewalten ihm untertan seien. Preiset den HErrn in der Höhe.

Oh, dieser endlose Sturz ohne Zeit, ohne Grenzen, durch immer das gleiche, gleißende Licht. Wo sind das Oben und Unten, wo das Firmament mit den Sternen, den Wolken, der Süßigkeit des Mondes, wo die Tiefen, das Reich des Lucifer, wo die Erde, darauf Fuß zu fassen, wo die ausgestreckte Rechte GOttes?

Schön anzusehen war er, sagt Lucifer, aber aus Staub, – ein Geschöpf des sechsten Tages.

Schön war er, der Mensch Adam, selbst ich war von der Schönheit des Anblicks bewegt, da ich seines Angesichts Gebilde sah, wie es in herrlichem Glanz entflammt war, dann seiner Augen Licht, gleich dem der Sonne, und seines Körpers Schimmer, gleich dem des Kristalls. Und er dehnte sich und stand mitten auf der Erde, auf dem Hügel Golgatha, dort zog er das Gewand des Königtums an, und dort ward ihm die Krone der Herrlichkeit aufs Haupt gesetzt, König, Priester und Prophet er, dort gab ihm GOtt die Herrschaft über uns alle. Lucifer aber, das Haupt der unteren Ordnung, der Herr über die Tiefen, sprach zu uns: Verehret ihn nicht und preiset ihn nicht mit den Engeln! Ihm ziemt es, uns zu verehren, uns, die wir Feuer und Geist sind; aber nicht uns, daß wir den Staub verehren, der aus einem Staubkörnchen gebildet ist. Da erhob sich die Stimme GOttes und redete zu mir und sprach: Und du, Ahasver, was soviel ist wie der Geliebte, willst du dich nicht neigen vor Adam, den Ich Mir zum Bilde und zum Gleichnis schuf?

Und ich blickte hin zu Lucifer, der vor dem HErrn stand, aufrecht und riesig und dunkel wie ein Berg, und die Faust hob, daß sie das Firmament durchstieß, und ich antwortete GOtt: Weswegen drängst Du mich, oh HErr? Ich werde den doch nicht verehren, der jünger und geringer ist als ich. Eh er geschaffen ward, ward ich geschaffen, er bewegt die Welt nicht, aber ich bewege sie, zum Ja und zum Nein, er ist Staub, aber ich bin Geist. Lucifer aber sagte: Zürne uns nicht, oh HErr, denn wir waren Dein Reich und Deine Schöpfung, deren Pläne unendlich sind, und Deine Harmonie, zu welcher alle Klänge gehören. Dieser aber, trotz seines glatten Gesichts und seiner feinen Gliedmaßen, ist wie ein Ungeziefer und wird sich vermehren wie die Läuse und aus Deiner Erde einen stinkigen Sumpf machen, er wird das Blut seines Bruders vergießen und seinen Samen in niedere Tiere verspritzen, in Esel und Ziegen und Schafe, und mehr Sünden begehen als ich je erfinden könnte, und wird ein Spott und Hohn sein auf Dein Bild, oh HErr, und Dein Gleichnis. Bestehst Du aber auf Deinem Willen, GOtt, daß wir den Adam verehren und unser Knie beugen vor ihm, nun denn, so stell ich meinen Thron über des Himmels Sterne und bin selbst dem HÖchsten gleich. Und da dies die anderen Engel hörten, die dem Lucifer unterstanden, da weigerten auch sie sich den Adam zu verehren.

Seither stürzen wir, Lucifer und ich und die anderen, seit dem sechsten Tag um die dritte Stunde, denn GOtt in Seinem Zorn zog Seine Rechte ab von uns, in der wir versammelt waren, den Adam aber ließ Er auffahren zum Paradies in einem feurigen Wagen, während die braven Engel vor ihm lobsangen und die Seraphe ihn heiligten und die Cherube ihn segneten.

Es wird Ihm schon bald leid sein, sagt Lucifer, denn uns verstößt man nicht ohne Schaden. Er braucht das Nein, wie das Licht das Dunkel braucht. So aber werde ich in den

Tiefen hocken, in dem Raum Gehennah, und alles wird mählich zu mir kommen, denn eines zieht das andere nach sich, und was von Staub ist, muß wieder zu Staub werden, es ist nichts von Dauer.

Womit er die Arme breitet und mich im Fluge berührt fast mit Zärtlichkeit.

Ah, sage ich, aber es war eine so große Hoffnung, und es ist mir leid um die Mühe. Eine so schöne Welt! Ein so schöner Mensch!

Daß du's nicht sein lassen kannst, sagt er. ER verstößt dich, aber du jammerst Ihm nach und Seinen Werken.

Alles ist veränderbar, sage ich.

Aber es ist so ermüdend, sagt er.

Und damit trennten wir uns, und er nahm seinen Weg und ich, Ahasver, was soviel ist wie der Geliebte, den meinen.

Zweites Kapitel

Worin der junge Eitzen im Schwanen zu Leipzig
einiges über die Zeitläufte erfährt und
einen Reisekameraden erhält, der
ihm fürs Leben bleibt

's ist doch wohl was Übernatürliches an der Begegnung von zwei Menschen, wo der eine gleich weiß, dies ist für's Leben, oder doch einen beträchtlichen Teil davon, und auch der andere spürt, da ist einer gekommen, der von Bedeutung für ihn sein wird.

Dabei könnt keiner rechtens behaupten, der junge Herr Paulus von Eitzen, der auf dem Weg nach Wittenberg ist, in Leipzig aber Station gemacht hat im *Schwanen,* wär so ein Sensibler oder hätte gar das zweite Gesicht. Eher im Gegenteil. Trotzdem er noch Flaum trägt auf seinen Wangen, hat er schon was Vertrocknetes an sich, so als hätte er nie von den bunten Dingen geträumt, die unser einer gemeinhin im Kopfe hat, wäre er noch in den Jahren. Daher sind's auch nicht etwa hochfliegende Gedanken oder die schönen Bilder der Phantasie, die er beim Eintritt des Fremden in die Gaststube unterbricht, sondern nüchterne Berechnungen, wieviel etwa ihm zufallen würde von der Erbtante in Augsburg, welcher er im Auftrag seines Hamburger Vaters, des Kaufmanns Reinhard von Eitzen, Tuche und Wolle, einen Besuch abgestattet hat.

Der Fremde hat sich umgeblickt in dem überhitzten Raum, in dem der Geruch von Schweiß und Knofel über den Köpfen hängt und der Lärm der Gäste ein gleichförmiges Geräusch bildet ähnlich dem des Wassers, das aus großer Höhe übers Gestein herabstürzt, nur dem Ohr weniger angenehm. Nun kommt er auf den jungen Herrn von Eitzen zugehinkt und sagt, »Gott zum Gruß, Herr Studiosus, ist's Euch wohl recht«, und zieht einen Schemel heran und setzt sich neben ihn.

Der von Eitzen aber, obzwar mißtrauisch und sofort nach seinem Säckel schielend, das er innen am Leibgurt trägt, fühlt schon, daß er nicht so leicht loskommen wird von diesem da, und rückt ein wenig beiseite und sagt, auch weil der ihn sofort als Studiosus angeredet, »Kenn ich Euch nicht?«

»Ich hab so ein Gesicht«, sagt der Fremde, »da glauben die Menschen, sie hätten mich irgendwo schon gesehen, ein Allerweltsgesicht, mit einer Nase drin und einem Mund voll Zähne, nicht sämtlich gut, und Augen und Ohren, was so dazugehört, und einem schwarzen Bärtchen.« Und bläht, während er spricht, die Nüstern und verzieht die Lippen, so daß die Zähne sich zeigen, davon ein oder zwei schwärzlich verfärbt, und blinkt mit den Augen und zupft sich erst die Ohren, dann das Bärtchen, und lacht, doch ohne Freude darin, ein Lachen, das ihm eigen.

Der junge Eitzen verfolgt das lebhafte Mienenspiel des anderen, sieht aber auch dessen merkwürdig verkrümmten Rücken und verformten Fuß und denkt, nein, ich kann ihn doch wohl nicht kennen, denn an so einen erinnert man sich, der haftet im Gedächtnis; dennoch bleibt da ein Rest von dem, was sie in Frankreich *déjà vu* nennen, und er ist seltsam beunruhigt, besonders da der Fremde nun sagt, »Ich seh, Ihr seid auf dem Weg nach Wittenberg, das kommt mir gut zupaß, da will ich auch hin.«

»Woher wißt Ihr?« fragt Eitzen. »Es kommen ihrer viel durch Leipzig und steigen im *Schwanen* ab und reisen weiter in alle Richtungen.«

»Ich hab einen Blick dafür«, sagt der Mensch. »Die Leute staunen oft, was ich weiß, geht aber alles mit natürlichen

Dingen zu, Erfahrung, versteht Ihr, junger Herr, Erfahrung!« Und lacht wieder auf seine Art.

»Ich hab einen Brief an Magister Melanchthon«, sagt Eitzen, als triebe ihn etwas, sich dem anderen aufzutun, »von meiner Erbtante in Augsburg, da ist der Magister Melanchthon vor einem Jahr gewesen und war bei ihr zu Gast und hat sich delektiert, sechs Gänge hat er in sich hineingeschlungen, obwohl, wie meine Tante sagt, er ganz dürr ist und niemand weiß, wo er's wegstaut, sechs Gänge und eine Mehlspeise mit Apfelscheiben zum Nachtisch.«

»Ja, die geistlichen Herrn«, sagt der andere, »die können's wohl in sich hineinstopfen, unser Herr Doktor Martinus Luther besonders, aber bei dem sieht man's, er ist schon ganz rot im Gesicht immer, er frißt sich noch zu Tode.«

Der junge Eitzen, pikiert, verzieht den Mund.

Der Fremde klopft ihm beschwichtigend auf die Schulter. »'s ist nicht auf Euch persönlich gemünzt. Ich weiß, auch Ihr habt die geistliche Laufbahn gewählt, aber Ihr seid ein maßvoller Mensch, und so Ihr einst sterben werdet, hochbetagt, werden die lieben Englein leicht zu tragen haben, wenn Sie Euch himmelwärts nehmen.«

»Ich gedenk des Todes nicht gern«, sagt der junge Eitzen, »und meines eigenen schon gar nicht.«

»Was, nicht der ewigen Seligkeit?« Der andere lacht wieder. »Die doch Ziel und Streben jedes Christenmenschen sein soll, und wo man in ewigem Glanze schwebt, in unvorstellbaren Höhen, noch weit, weit, weit über dem Firmament?«

Das dreimalige »Weit« des Fremden läßt Eitzen erschauern. Er versucht das mit seinem Verstand zu begreifen, solch große Höhen und solch großen Glanz, doch reicht es dazu nicht aus in seinem beschränkten Hirn; wenn der junge Paulus von Eitzen sich überhaupt Vorstellungen macht vom ewigen Leben, dann ähnelt die Lokalität eher dem väterlichen Hause, nur viel, viel geräumiger und prächtiger, und der liebe Gott hat den schlauen Blick und die weltgewandte Manier des Kaufmanns Reinhard von Eitzen, Tuche und Wolle.

Jetzt läutet endlich die lang schon erwartete Glocke zum gemeinsamen Abendmahl. Ein Hausknecht, schwarze Rillen im Nacken, das ungewaschene Hemd offen über der schweißigen Brust, müht sich, die Tische zusammenzuschieben zu zwei Tafeln, an denen man hoffentlich bald speisen wird; die Kasten und Koffer der Reisenden werden zur Seite gestoßen, ihre Bündel, wo sie ihr Besitzer nicht sofort greift, im Bogen zur Wand geworfen, Staub wirbelt auf und Asche aus dem Kamin, die Leute husten und niesen.

Der junge Herr von Eitzen, gefolgt von seinem neuen Freund, der sich an ihn geheftet, begibt sich zur Mitte der oberen Tafel; dort werden später die Schüsseln stehen, das weiß er, und dort gebührt ihm als Sohn aus wohlhabendem Hause ein Platz. Macht ihm auch keiner streitig, am wenigsten der neue Freund mit dem Hinkefuß und dem kleinen Puckel. Zu Eitzens anderer Seite setzt sich einer, der hat keine rechte Hand; Eitzens Auge fällt auf den Armstumpf, die rote, knotige Haut über dem Knochen; wie soll ein Mensch seine Speise schlucken können mit dem Ding da vor der Nase, aber jetzt sitzen die Gäste schon zu Tisch, eng verkeilt, kein freies Plätzchen mehr. Auch beobachtet ihn der neue Freund, grinst spöttisch und flüstert ihm zu, »Sind viele gewesen damals, die die Hand erhoben gegen die Obrigkeit; die wollten hoch hinaus; der Kerl hat Glück noch gehabt, daß man ihn nur um die Hand gekürzt hat und nicht um den Kopf.«

Der junge Eitzen, dem anfänglich nicht ganz geheuer gewesen angesichts des vielen Wissens des Fremden, hat die Scheu nun verloren; wundert sich nur noch, wie alt der wohl sei, denn die Zeit, da man sich erhob gegen die Obrigkeit und dafür um die Hand oder den Kopf kürzer gemacht ward, ist fast schon ein Menschenalter her; doch der neue Freund läßt seine Jahre nicht erkennen, könnt fünfundzwanzig sein oder fünfundvierzig. Nun zieht der ein Messerchen aus der Tasche, das zierlich gearbeitet ist, der Griff aus rosa Koralle und zeigend ein nacktes Weib *en miniature,* perfekt bis in die Einzelheiten; der junge Eitzen errötet; so, die Hände hinter dem Kopf verschränkt und ein Knie angehoben, hat die Hur dagelegen, die ihm das Vögeln beigebracht nach drei, vier vergeblichen Versuchen; aber diese auf dem Messergriff ist viel schöner noch, und eine solche Kostbarkeit trägt der andere in seiner Tasche, und sieht dabei gar nicht aus wie einer, der Geld hat im Überfluß.

Inzwischen hat der Knecht die Tischtücher aufgelegt aus

grobem Leinen, das lange nicht gewaschen und die Menüs zumindest der vergangenen Woche zeigt: Flecke getrockneter Suppe, ein paar Fädchen Fleisch, und anderes, das von irgendwelchem Fisch herrühren mag; man breitet die Ränder des Tischtuchs über den Hosenlatz und den Schoß, mancher schiebt sie sich sogar in den Gurt: besser das Tuch verdreckt als die Hose. Der junge Eitzen beäugt die Holzschale, die man ihm hingestellt hat, den Holzlöffel, den zerbeulten zinnernen Becher, und sieht sich um im Kreis, wer wohl die französische Krankheit hat oder die spanische Krätze; aus dem Maul stinken so gut wie alle und jucken sich unterm Arm und am Knie und kratzen den Schädel, vielleicht aber auch nur aus Langeweile, denn die Suppe läßt auf sich warten und der Wein auch; man hört den Wirt in der Küche mit den Weibern schimpfen, dabei hat es geheißen, der *Schwanen* sei der besseren Gasthäuser eines und alle wären hier immer zufrieden gewesen. Dafür beginnen die Zoten zu fliegen von einer Seite der beiden Tafeln zur anderen, über Herrn Pfarrer und seine Köchin, und wie sie's so arg getrieben. Das wieder ärgert den jungen Eitzen, denn er nimmt seinen Glauben ernst und weiß, seitdem Herr Doktor Martinus Luther seine Thesen anschlug zu Wittenberg, haben die Pfarrer ihre Köchinnen immer brav geehelicht.

Bis die Suppe doch gebracht wird, eine große runde Schüssel, sogar mit Fetzen von Fleisch und Fett darin. Nach dem lauten Gedränge beim Einschenken, auch der mit dem Armstumpf entwickelt großes Geschick mit der Kelle, ist nur noch das Schnaufen und Schlürfen zu hören, und das leise Lachen von Eitzens puckligem Nachbarn, der zu ihm sagt, »Seht Ihr, junger Herr, 's ist doch nicht viel anders mit dem Menschen als mit dem Vieh, und man fragt sich so manches Mal, was Gott denn wirklich im Sinne gehabt, da er diese da schuf als sein Meisterwerk und sich selber zum Ebenbild.«

Der mit dem Armstumpf wirft schmatzend ein, »Ein böser Gott ist das und ein ungerechter, der die Armen straft und die Mächtigen belohnt, so daß einer glauben möchte, daß über diesem fehlerhaften Gott noch ein Höherer sein muß, ein ganz Ferner, der eines Tages Licht bringen wird für uns alle.«

Da läuft dem jungen Eitzen die Galle denn doch über; er springt auf, sein Ende des Tischtuchs mit sich reißend, so daß die noch halbvollen Suppenschalen ringsum ins Schwappen geraten, und ruft aus, »Oh ihr Lästerer Gottes und seiner Gerechtigkeit, die ihr nicht sehen wollt, daß wieder eine Ordnung eingezogen ist wie im Himmel so auch auf Erden!« Und da alle still geworden sind und weiterer Offenbarungen harren, breitet sich plötzlich Leere aus im Schädel des jungen Eitzen, und er weiß nicht weiter und verschluckt sich am eigenen Speichel, und hier und dort zunächst, dann aber von allen Seiten erhebt sich ein Gelächter, das andauert, bis der Wirt mit dem Fleisch kommt und alle in die Schüsseln greifen, um ihres zu ergattern, der junge Herr von Eitzen an der Spitze. Dazu trinken sie den sauren Wein vom Tal des Flusses Saale und werden heiß und fröhlich von Speis und Trank, und Eitzen wundert sich über seinen puckligen Nachbarn zur Rechten, mit welcher Grazie der ißt, nur drei seiner Finger benutzend, nachdem er sein Brot säuberlich gebrochen und sein Fleisch mit dem schönen Messerchen geschnitten, und faßt sich ein Herz und fragt ihn, »Da Ihr denn so viel über mich wißt, und daß ich ein Studiosus bin und auf dem Weg nach Wittenberg, wer seid dann Ihr, und was hat Euch hierher geführt nach der Stadt Leipzig?«

»Der?« sagt der Mann mit dem Armstumpf. »Den kenn ich, der ist überall und nirgends, und macht's mit den Karten, daß Ihr staunt, und meinen manche, er könnt sogar Ziegenködel besprechen, so daß Gold daraus wird, aber wenn einer mit solchem Gold bezahlen will, sind's doch wieder nur Ködel, die er in der Hand hat.«

Der andere lacht sein freudloses Lachen und sagt, »Das ist wohl übertrieben, das mit dem Gold und den Ködeln, aber die Karten kann ich Euch legen, daß Ihr die Zukunft erkennt, geht jedoch mit ganz natürlichen Dingen zu, das Daus zum Unter und die Sieben zur Drei, System ist alles, müßt Ihr wissen; und jetzt reise ich in Geschäften, ich such einen Jüden, der hier gesehen wurde, und will ein Wörtchen reden mit ihm.«

»Einen Jüden, so«, sagt der junge Eitzen, und glaubt nun ein Thema zu haben, über das er sich ausbreiten kann, denn die Erbtante in Augsburg hat ihm den Kopf gefüllt damit, was früher die großen Herren Fugger waren, die mit dem Geld handelten und ganze Fürstentümer und selbst den Kaiser finanzierten, das wären jetzt die Jüden, nur sind sie teurer und zeigen ihre Reichtümer nicht.

»Ach Gott«, sagt der andere, »Ihr redet von dem Volk, dem unser Herr Jesus entstammt.«

»Und das ihn ans Kreuz hat schlagen lassen!« trumpft Eitzen auf, er kennt die Diskurse, sein Vater in Hamburg schon hat sie mit Jüden geführt, bei denen er Geld geborgt für hohen Zins. »Und was wollt Ihr mit ihm handeln, Eurem Jüden, welches Wörtchen?«

»Ich will von ihm wissen, ob er ist, der er ist«, sagt sein Nachbar.

Dies dringt durch bis ins Innerste des jungen Eitzen, der seine Bibel kennt und weiß, daß unser Herr Jesus, dieserhalb befragt, geantwortet hat, ich bin, der ich bin. Aber dann lacht er lauthals, um das Gefühl loszuwerden, das ihn beschlichen hat, und sagt, »Er wird Euch wohl bestohlen haben, sie tun's alle, wenn sie's können.«

Der andere jedoch scheint des geistlichen Streits müde geworden zu sein. Und da der Knecht gekommen ist und auf einer Schiefertafel mit Kreisen und Kreuzen eines jeden Verzehr markiert und danach das Tischtuch mitsamt den Schalen und Löffeln, alles bis auf die Trinkbecher, zusammengeschlagen und fortgetragen hat, zieht er aus seiner Tasche ein Spiel Karten, wie sie jetzt säuberlich gedruckt werden und des Teufels Gebetbuch heißen, und legt ihrer zehn Stück vor sich hin auf das nackte Holz und fordert von Eitzen auf, er möge doch eine der zehn für sich auswählen und sich im Geiste einprägen, und sobald er dies gründlich getan, ihn es wissen lassen. Eitzen betrachtet die Karten, die, mit dem Bild nach oben, ihn seltsam verlocken, und denkt sich, 's ist alles doch Blendwerk; wählt aber dennoch eine für sich aus, das Herz-Daus nämlich, zum Angedenken der Jungfer Barbara Steder zu Hause in Hamburg, die es ihm insgeheim angetan hat, und sagt dem Fremden, nun sei er fertig und bereit. Der nun sammelt die zehn offenen Karten ein und tut sie zurück zu den anderen, verdeckten, und mischt das Ganze mit geschickten Händen so geschwind, daß den Gästen in der Stube, die, ihre Becher und Krüglein in der Hand, hinzugetreten sind und ihn und Eitzen und den mit dem Armstumpf voll Neugier umstehen, die Augen wohl übergehen wollen. Sodann breitet er das Spiel in großem

Fächer vor Eitzen aus, mit dem Rücken der Karten nach oben, und sagt, »Schaut scharf hin, Herr Studiosus, dreimal dürft Ihr wählen, und jetzt zieht!«

Eitzen gehorcht.

»Diese ist's nicht«, sagt der Fremde. »Tut sie beiseite.«

Der Eitzen zieht ein zweites Mal.

»Auch diese nicht«, sagt der andere. »Ihr werdet mich doch nicht enttäuschen wollen, junger Herr!«

Dem Eitzen wird's heiß unterm Kragen. Ist alles nur Blendwerk, denkt er wieder, aber nun meint er schon, die Jungfer Steder samt Mitgift hänge daran, daß er das dritte Mal die rechte Karte herauspickt, und die Hand zuckt ihm, und er spürt den hastigen Atem der anderen, die ihn umringen, und greift blindlings zu.

»Diese ist's!« sagt der Fremde. »Das Herz-Daus. Hab ich recht, Herr Studiosus?«

Der junge Eitzen steht da, das Maul offen, und weiß nicht, wen er mehr bestaunen soll, den Puckligen, der, des ist er nun sicher, sich eingenistet hat in seinem Leben, oder sich selber, der so trefflich gewählt. Die anderen Gäste sind ganz still geworden, nur der mit dem Armstumpf fängt auf einmal an zu wiehern und ruft aus. »Ach, Bruder Leuchtentrager, was vollbringt Ihr doch für Wunder: selbst aus den Dümmsten noch macht Ihr Hellseher und Propheten!« Und somit hat der Eitzen endlich den Namen des Fremden erfahren, und gelehrt wie er ist nach vier Jahren Lateinschule in seiner Heimatstadt fällt ihm auch sofort der unheilige Lucifer ein, aber Gott sei Dank sind wir in Deutschland, wo eine Leuchte eine Leuchte ist und nichts anderes und, der sie trägt, ein Nachtwächter.

Jetzt wollen auch die anderen das Kartenraten betreiben dürfen, aber der Leuchtentrager erklärt, damit es auch richtig gehe, bedürfe es einer gewissen Sympathie, die er für sie nicht habe; doch sei er bereit, für fünf Groschen das Stück ihnen die Zukunft aus seinen Karten zu lesen, was auch alle getan haben wollen, möchten erfahren, wie ihre Geschäfte gehen und welche Liebschaften sie haben werden, und wer gehörnt werden wird von seiner Ehefrau, und wer durch das Schwert und wer am Galgen enden und wer daheim in seinem Bette sterben soll, so daß der Leuchtentrager binnen kurzem mehr Geld verdient hat durch seine Voraussagen als ein anderer durch sechs Tage Arbeit mit der Hand. Nur der junge Eitzen zögert, die fünf Groschen springen zu lassen, nicht, weil er sie nicht hätte, sondern weil er zutiefst glaubt, des Menschen Zukunft liege in Gottes Hand und nicht in einem Haufen bunter Karten, und sowieso, meint er, sei ein persönliches Wunder pro Abend genug.

Indessen verwirrt sich infolge des Weins und der Wärme sein Kopf immer mehr, und er weiß auch nicht, wie er in das große Bett gekommen ist in der Kammer im oberen Stock des *Schwanen*, er weiß nur, da er im Dunkeln zu sich kommt, daß er im Hemd liegt, Jacke und Hose und Strümpf und Schuh sind weg und ebenso sein Säckel, das er innen am Leibgurt getragen: man hat ihn trunken gemacht und beraubt, er hat dem Fremden gleich nicht getraut, der sich an ihn so auffällig herangemacht, diesem Leuchtenträger und dem anderen Kerl mit dem Armstumpf, wer einmal aufmuckt gegen die Obrigkeit, fügt sich nimmer ins Gesetz. Schon will er aufspringen und Zeter und Mordio schreien, doch da sieht er in dem Lichtstrahl vom Mond, der durchs Fenster dringt, den mit dem Armstumpf friedlich neben sich schlafen und hört dessen Schnarchen, und spürt an seiner nackten Wade den klumpigen Fuß des Leuchtenträger, der übrigens wachliegt und ins Dunkel hineinstarrt, als lausche er auf irgend etwas, und da er die plötzliche Erregung seines Schlafgenossen bemerkt, diesem sagt, »Ich hab Euer Zeug zusammengetan, Herr Studiosus, und Euch unters Haupt geschoben, damit's keiner stiehlt.«

Der junge Eitzen tastet nach seinem Säckel und fühlt's auch, dick und rund, so wie die Erbtante zu Augsburg es ihm gefüllt und mitgegeben, denn er ist ein sparsamer Mensch auf Reisen wie daheim, spendiert nur das Nötigste, ist so erzogen worden von seinem kaufmännischen Vater, der ihn stets mahnte, eins zum andern, Sohn, dann summiert sich's. Derart beruhigt, will er sich zurücksinken lassen auf das Bündel seiner Siebensachen unterm Kopfe, aber da hört er nun auch, worauf sein Nachbar und geheimer Wohltäter anscheinend gelauscht: Schritte. Schritte hinter der hölzernen Wand, die diese Kammer trennt von der nächsten; dort geht einer auf und ab, auf und ab, ohne Ruh und Unterlaß, wie lange schon?

Dem jungen Eitzen ist nicht recht wohl zumut, und er drückt

sich näher heran an seinen Schlafgenossen, welcher, wie er jetzt feststellt, behaart ist am ganzen Leib und sogar auf dem Puckelchen, und sagt flüsternd zu ihm, weiß selbst nicht, warum er's sagt, »Wie der ewige Jud, der immerzu wandern muß.«

»Wie kommt Ihr auf den?« flüstert der andere hastig zurück.

»Auf den ewigen Juden?«

»'s war nur so dahergeredet«, sagt Eitzen. »Man nennt einen so, der nicht stillsitzen kann.« Und vernimmt wieder die Schritte und kann nicht los davon und stößt den Leuchtentrager in die Rippen, »Wie wär's, ziehn wir die Hosen an und gehn wir hinüber, vielleicht, daß der Kerl noch einen Wein hat und froh ist, ihn mit uns zu teilen?«

Der andere lacht leise. »Ich war schon. Hab die Tür aufgemacht und hineingeschaut, ist aber keiner drin, nur Gerümpel, ein paar Kästen, zerbrochene Tisch und Stühl, was man so findet in einem solchen Gelaß.«

Eitzen schweigt. Er hat Angst, gibt's aber nicht zu, sich selber nicht und dem Leuchtentrager schon gar nicht. Dann fragt er, »Aber die Schritte?«

»Könnt' sein, daß wir träumen«, sagt der andere jetzt, und gähnt.

Dem Eitzen erscheint fraglich, daß zwei zur gleichen Zeit das gleiche träumen sollten, und er schüttelt den Kopf.

»Hört Ihr's denn noch?« sagt der Leuchtentrager.

Eitzen nickt.

»Seid Ihr dessen auch ganz sicher, Herr Studiosus? Denn ich hör's nicht mehr.«

Eitzen lauscht lange hinein in die Nacht. Mal hört er das dumpfe Echo, mal hört er's nicht. Er könnte ja gehen und selber nachschauen, wie's jener getan hat, aber da bleibt er lieber unter der Decke, und morgen ist auch ein Tag, und was bedeutet das schon, es hört einer ein paar Schritte in einem Traum; Gott ist ewig und Gottes eingeborener Sohn, das ja, aber ein Jüd?

Nun schlafen alle in der Kammer wieder, von allen Seiten her ertönt das Geschnarch und Gestöhn und Gefurz, und ein Weilchen später zeigt sich die Morgenröte am Fenster, aber der junge Eitzen sieht das nicht, denn auch er ist entschlummert, diesmal traumlos.

Als er dann aufwacht, ist die Kammer leer, die Strohsäcke auf den Betten liegen wild durcheinander, und Eitzen brummt der Schädel wie ein wildgewordener Schwarm Bienen. Ach Gott, ach Gott, denkt er und erschrickt, und prüft sofort, ob sein Säckel noch da: das wär eine schöne Bescherung, wenn's ihm einer unter dem Kopf wegeskamotiert hätte, er erinnert sich sehr wohl der geschickten Finger seines neuen Freundes. Aber das Säckel ist an seinem Ort, und daneben findet sich ein Zettelchen, darauf steht mit einem Stift aus Kohle geschrieben, »Erwart Euch unten, Herr Studiosus. Kamerad L.«

Nun ist der gar schon Kamerad geworden, denkt Eitzen, da er in die Hosen schlüpft und sich die Jacke zubindet und die Stiefel schnürt; was er nur an mir finden mag, vielleicht ist's wegen der Erbtante, von der ich Esel ihm erzählt hab, und er spekuliert auf lange Sicht. Dann die Stiege hinunter und hinaus auf den Hof, wo er sich erleichtert und am Ziehbrunnen den Mund säubert und die Nase schneuzt, und darauf hinein in die Gaststube. Da ist nun schon auch alles leer, nur der Knecht steht faul herum, und der Kamerad sitzt auf der Bank am Fenster und kaut ein Stück Brot und löffelt ein Süppchen und sagt, »Setzt Euch zu mir, Herr Studiosus und teilt mit mir, nach den Gäulen hab ich schon gesehen, Eurem und meinem.«

Da ist dem jungen Eitzen, als habe er einen Schatz gefunden, so einen, der sich um alles kümmert, und freiwillig dazu, und er befürchtet nur, daß ihm die Rechnung präsentiert werden könnt eines Tages; das macht ihn argwöhnisch. Sie kauen nun beide, und Eitzen erwartet eigentlich, daß der andere was sagen würde von den Schritten letzte Nacht in der Kammer, wo kein Mensch gewesen, oder auch, was aus dem mit dem Armstumpf geworden und wohin der sich davongemacht, denn sie schienen einander gekannt zu haben und so rasch steigt einer doch nicht um von einem Freund auf den anderen; aber nicht ein Wort davon, vielmehr bewundert der Kamerad den Gaul, auf dem Eitzen von Augsburg bis Leipzig geritten, die schmale Kruppe und den kräftigen Bau, so daß dem jungen Mann der Verdacht kommt, der Kerl sei vielleicht auf sein Pferd aus, und beschließt, ein Auge darauf zu haben. Doch dann, da sie den Wirt vom *Schwanen* bezahlt und zum Stall hinausgegangen, sieht er, daß der Gaul des anderen viel besser ist als seiner, ein wahres Teufelspferd, mit geblähten Nüstern und feurigem Blick, das hin und her tänzelt und das er wohl zögern würde zu besteigen, vor Furcht, es könnt ihn abwerfen; doch der Kamerad springt, trotz seiner Lahmheit, leichtfüßig in den Sattel und sitzt da oben wie ein wahrer Reitersmann; dann sprengt er durchs Tor hinaus auf die Straße und um die Ecken, daß die Funken stieben und die Leute beiseiteschrecken und der junge Eitzen Mühe hat, ihm zu folgen; erst als sie auf der Landstraße sind, Richtung Wittenberg, und das Weichbild Leipzigs hinter ihnen, kann er den Kameraden einholen, der nun langsamer dahintrabt.

»Ihr wollt wohl nun wissen, wer ich in Wirklichkeit bin«, sagt dieser und lacht, ohne wirklich zu lachen. »Ich weiß, Herr Studiosus, Ihr habt keine Ruh, bevor Ihr's nicht erfahrt; Ihr habt von der Ordnung gesprochen gestern abend, von der Ordnung im Himmel wie auf Erden, und derart ordentlich geht's auch zu in Eurem Gehirn, hat alles sein Schub und sein Fach da, doch seid Ihr nicht sicher, in welches hinein Ihr mich stecken sollt.«

Wieder ist Eitzen betroffen, wie genau der andere sich auskennt in seinen Gedanken, aber er will's nicht zugestehen und sagt, seinem verschwitzten Pferd den Hals klopfend, alles habe seine Zeit, und wenn Leuchtentrager nicht wolle, möge er seine Geschichte ruhig für sich behalten, und sowieso, was nützten denn Worte, sähe doch jeder in jedem was anderes.

Genau das sei's, erwidert der, da habe der junge Herr seinen Finger auf den Punkt gelegt, und überhaupt sei es keinem von uns gegeben, einen Menschen auszuloten bis in dessen Tiefen, ein Geheimnis bleibe immer, denn wir seien ja nicht ein Einheitliches.

Der junge Eitzen blickt den Kameraden von der Seite her an, das Alltagsgesicht mit dem Bärtchen und den dunklen, nach oben gespitzten Brauen und das Puckelchen hinter der linken Schulter, und einen Augenblick lang ist ihm, als sei um dessen feste Gestalt herum noch ein anderes, ein Gemisch aus Nebel und Schatten, und da just auch eine Wolke hinhuscht über unsre liebe Sonne, gruselt's ihn ein wenig, und er gibt seinem Pferd die Sporen.

Nicht daß er entfliehen wollte; dem raschen Gaul des Kameraden Leuchtentrager wäre er doch nicht entkommen, das weiß er, und so sagt er »Hoah!« und wartet, bis der, gemächlich trabend, wieder an seiner Seite ist, und fragt ihn, was er denn gemeint habe, nicht ein Einheitliches?

»Es sind ihrer zwei in einem jeden von uns«, erklärt der Kamerad.

Der junge Eitzen überzeugt sich rasch: das Gespinst, das den andren umgab, ist fort, war wohl nur eine Täuschung der Sinne gewesen wie auch die Schritte in der Nacht. Und sagt, da alles in seinem Denken sich wie natürlich einfügt in die göttliche Lehre, »Ei ja doch, ich und meine unsterbliche Seele.«

»Ja«, sagt der andere und lacht, und diesmal ist sein Lachen der reine Spott, »so kann man's wohl auch sehen.«

Worauf der Eitzen einen fürchterlichen Verdacht schöpft, schlimmer als alle vorherigen, die er dem Fremden gegenüber gehegt hat, und lauernd fragt, »Ihr seid doch nicht etwa einer von den Anabaptisten, oder Wiedertäufern, welche zu Münster dem Teufel huldigten und allerlei Schrecken vollführten? Wie haltet Ihr's mit der Taufe?«

»Da Ihr so neugierig seid, Herr Studiosus«, sagt der Kamerad, »ich meine, man soll die Kindlein ruhig taufen, solange sie klein sind; wenn's ihnen nichts nützt, schaden können ihnen die Tröpflein auch nichts und dem Gesetz ist Genüge getan, auf gut lutherisch und katholisch desgleichen.«

Dieses akzeptiert Eitzen, obwohl's ihm immer noch nicht schmecken will, daß da noch einer in ihm stecken soll, der allerlei Schabernack treiben und ihn womöglich auf Abwege führen könnt mitsamt seiner unsterblichen Seele.

Der Leuchtentrager läßt sein Pferd in Schritt fallen. »Ich bin«, sagt er, »der Sohn des Augenarzts Balthasar Leuchtentrager aus Kitzingen am Main und dessen Ehefrau Anna Maria, welche mit mir schwanger ging im neunten Monat, als auf Geheiß unseres gütigen Herrn, des Markgrafen Casimir, meinem Vater sowie an sechzig anderen Bürgern der Stadt und Bauern aus den Dörfern ringsum die Augen ausgestochen wurden.«

»Da wird Euer Herr Vater wohl in schlimme Gesellschaft geraten sein«, mutmaßt der junge Eitzen.

»War selber einer der Schlimmsten«, sagt der Kamerad. »Wie sich viel Volk versammelte damals, darunter auch welche bereits geharnischt und mit Spießen, und wie die vom Rat der Stadt Kitzingen zur Mäßigung rieten und daß der Aufruhr allen nur schädlich sein würde, da erhob sich mein Vater und redete scharf daher, nämlich ob das Volk sich so das Süße ums Maul streichen lassen wolle; derart finge man Mäuse; und bald genug werde es Köpfe regnen.«

»'s war eine böse Zeit«, bemerkt Eitzen weise. »Gott sei's gelobt ist sie jetzt vorbei, dank den Schriften des Herrn Doktor Martinus Luther und dem raschen Eingreifen der Obrigkeit.« Und fragt sich im stillen, wieviel von seines Vaters aufrührerischem Geist in Leuchtentrager junior stecken möcht, der da neben ihm einherreitet.

Doch der kaut ganz friedlich an einem Blatt, das er von einem Baum an der Wegseite abgerissen hat. Dann spuckt er's aus und fährt fort in seiner Erzählung. »Da aber auch meiner Mutter Vater so geblendet ward auf Geheiß des Markgrafen«, sagt er, »aus dem Grund, daß er den Schädel der Heiligen Hadelogis, der Stifterin unsres Frauenklosters zu Kitzingen, nachdem er diese aus ihrer Gruft in der Kirche herausgeholt, zum Kegeln benutzte, und da mein Vater am Tag nach den Stichen in die Augen an seinen Wunden elend verstarb, lief meine Mutter mit mir im Bauche davon, und so kam es, daß ich wie das kleine Jesulein unterwegs im Stalle geboren bin, aber nicht von Öchslein und Eselein umsorgt und von drei Königen beschenkt; vielmehr war meine arme Mutter allein im Schober und ich entfiel ihr und war so von Geburt an geschädigt, weswegen ich auch mit dem einen Fuß hinke und die eine Schulter höher trag als die andre und einen kleinen Puckel habe.«

»Da habt Ihr von Vaters wie von Mutters Seite eine schwere Mitgift«, kann sich der junge Eitzen nicht enthalten zu sagen, und denkt insgeheim, viel Gutes konnt wohl nicht werden aus dem bei seiner Anlage, aber laut sagt er, »Doch wie ging's denn nun weiter?«

Der andere scheint aufzuschrecken aus irgendwelchen Erinnerungen, und sein Zucken überträgt sich auf seinen Gaul, so daß der davongaloppiert und der junge Eitzen ihm lange nachsetzen muß, bis er endlich zum weiteren Teil der Geschichte kommt, nämlich wie die arme Mutter des Kindleins, geschwächt wie sie war, dieses ins Sächsische brachte, zu der Stadt Wittenberg, und dort selig verstarb, und wie der Wundarzt Anton Fries und dessen gute Frau Elsbeth das

Kleine, das nun ganz verloren und verlassen war und noch nicht reden, sondern nur lallen konnte und nach der Brust schrie, an Kindes Statt annahmen. »Was ihnen von Herzen gedankt sei«, fügt der Leuchtenträger hinzu, »obwohl ich ihnen nicht viel Freude gemacht ihr Lebtag lang; ich war kein fröhlicher Bub und behielt, was ich dachte, für mich selbst, und wo andere sagten, ja, das sei so und wär seit je so gewesen und damit gut, da fragte ich, warum denn, und beunruhigte alle und bezog manche Tracht Prügel dafür.«

»Es gibt aber auch Dinge«, ereifert sich der junge Eitzen, »da fragt ein Christenmensch nicht, warum.«

»Wenn der Mensch nicht fragte, warum«, sagt der Kamerad, »so säßen wir alle heut noch im Paradies. Denn wollte die Eva nicht wissen, warum's ihr verboten sei, von dem Apfel zu essen?«

»Erstens«, antwortet Eitzen, »war sie ein dummes Weibsbild, und zweitens hat's ihr die Schlange eingeflüstert. Gott bewahre uns alle vor solchen Schlangen.«

»Ich hab aber ein Gefühl für die Schlange«, sagt der andere. »Die Schlange hat nämlich gesehen, daß Gott den Menschen ausgestattet hat mit zwei Händen zum Arbeiten und einem Kopf zum Denken, und zu was hätte er die wohl brauchen können im Paradies? Am Ende wären sie ihm wohl weggeschrumpft wie alles, was nicht benutzt wird, und was, Herr Studiosus, wär dann geworden aus dem Ebenbild Gottes?«

Der junge Eitzen ist nicht sicher, macht der Kamerad sich lustig über ihn oder nicht, und er beschließt, zurückzukehren auf festen Grund, und wiederholt daher, was der Pastor Aepinus zu Hamburg ihm mitgegeben hat auf den Weg fürs Leben: daß nämlich der Glaube selig mache und nicht das Wissen. Worauf er, um nicht wieder in einen Disput verwickelt zu werden, bei dem er den kürzeren ziehen könnte, den anderen auffordert, in seiner Erzählung fortzufahren.

Der nun berichtet, als es mit seinem Ziehvater, dem Wundarzt Fries, ans Sterben gegangen sei, habe dieser ihn zu sich gerufen und gesprochen: mein Sohn, denn ich habe dich allzeit als meinen Sohn betrachtet, obzwar du mir ins Haus kamst ärmer noch als ein Findling und halb verhungert und dem Tode nah und meine selige Frau und ich dich um Christi willen fütterten, mein Sohn, hiermit übergebe ich dir als Erbteil deiner wahren Mutter und deines rechtmäßigen

Vaters, was deine Mutter bei sich trug, als sie tot aufgefunden ward, 's ist nicht viel wert, höchstens fürs Sentiment – *item,* ein Tüchlein, vergilbt, mit zwei dunklen Flecken aus Blut, ich hab's selbst geprüft auf seine Natur, und ist es der Abdruck der blutigen Augenhöhlen deines Vaters; *item,* eine Münze aus Silber, mit dem Kopf eines römischen Kaisers darauf; und letztlich, ein Stück Pergament, beschrieben in der Schrift der Hebräer, und mit einer Bemerkung darauf in der Hand deines Vaters und besagend, er habe die Münze sowie das Pergament von einem uralten Jüden erhalten, welcher bei ihm gewesen in den Tagen vor dem Aufruhr. Worauf sein Ziehvater ihm dies alles treulich übergeben habe und kurze Zeit darnach in Frieden entschlafen sei; er aber, der Leuchtentrager, habe die drei Dinge in ein ledernes Beutelchen getan und trage sie seither stets bei sich als eine Art Talisman.

Wie er von dem Jüden hört, der bei dem Vater des Kameraden gewesen, kommt dem jungen Eitzen gleich der ewige Jüde in den Sinn und die Schritte der letzten Nacht in dem leeren Nebengelaß und auch, daß der andere ihm gesagt hat, er sei auf der Suche nach einem gewissen Jüden und darum nach Leipzig gekommen, und obwohl ihm ein wenig gruselig ist, juckt ihn doch auch die Neugier und er sagt, daß er ein geweihtes Kreuzlein auf der Brust trage, welches ihm seine liebe Mutter gegeben und welches er den Leuchtentrager wohl sehen lassen würde, wenn dieser ihm dafür sein Amulett zeigte.

Der reicht hinüber von seinem Gaul und haut dem jungen Eitzen auf die Schulter, daß er zusammenfährt, und sagt ihm, wenn er's ertragen könne, solch teuflisches Zeug zu sehen, bitte sehr. Und da es Zeit ist, den Pferden eine Rast zu geben, halten sie an und lassen die Gäule grasen und setzen sich auf zwei Baumstümpf und der Kamerad greift hinein in seinen Brustlatz und zeigt dem Eitzen zuerst die Münze, ein wohl erhaltenes Stück, man erkennt jedes Blättchen Lorbeer auf dem Haupt des Kaisers, und dann das Tüchlein mit den zwei bräunlichen Flecken, und schließlich das Stück Pergament.

Der junge Eitzen kann wohl lesen, was der Kitzinger Vater des Kameraden an den Rand geschrieben, aber das Hebräische ist ihm soviel Abrakadabra, und er will wissen, was es denn bedeute, ein Zauberspruch etwa oder eine Verfluchung, oder wisse es keiner?

Oh, er kenne wohl ein paar Worte der Sprache, sagt Leuchtentrager, und fügt zu Nutz und Frommen des jungen Eitzen hinzu, »'s ist weder ein Zauberspruch noch eine Verfluchung, 's ist die Heilige Schrift, ein Wort des Propheten Hesekiel, und lautet: so spricht Gott der Herr, Siehe, ich will an die schlechten Hirten und will meine Herde von ihnen fordern; ich will ein Ende damit machen, daß sie Hirten sind, und sie sollen sich nicht mehr selbst weiden; ich will meine Schafe erretten aus ihrem Rachen, daß sie sie nicht mehr fressen sollen.«

Dem Eitzen ist nicht behaglich, einerseits ist's ein Prophet, der da zitiert wird, andererseits klingt's ihm rebellisch, und er fragt sich, wer die Hirten wohl sein möchten, die unter der eigenen Herde räubern, und wen der Prophet gemeint habe; dann aber tröstet er sich in dem Gedanken, das alles sei doch schon recht lange her, und die Hirten von heute sind ordentliche Leut, die ihre Herden pünktlich heimwärts treiben zu ihren Eignern, und er entsinnt sich seines Kreuzleins, das er dem Kameraden zeigen wollte.

Dieser jedoch wendet sich ab von dem Kreuzlein, als kenne er deren genug und habe wenig damit im Sinn, und verstaut seine Schätze wieder im Brustlatz und geht und greift sein Pferd und schwingt sich in den Sattel. Von oben herab sagt er dann zu dem jungen Eitzen, der herangeeilt kommt, »Könnt wohnen bei mir in Wittenberg, Herr Studiosus; 's ist Raum genug im Haus des Wundarztes Fries, das ich geerbt hab und das nun meins ist; über die Miete werden wir schon eins werden, es wird Euch die Welt nicht kosten.« Und schnalzt mit der Zunge und trabt davon.

Eitzen aber, der ihm nachreitet, denkt, wie durch Gottes Fügung sich alles weise regelt und zu seiner Zeit; zwar hat er gehofft, daß der Doktor Melanchthon, an den er den Brief hat von der Erbtante, ihm behilflich sein möchte bei der Beschaffung von Tisch und Quartier, besonders wenn er sich einschreibt bei ihm als dessen Schüler; aber so ist's doch besser, denn der große Lehrer und Lutherfreund wird überlaufen sein von vielen, darunter auch klügere, wenn auch kaum eifrigere Köpf als der des Paulus von Eitzen aus Hamburg. Und doch, denkt er, und doch ...

Dann aber schüttelt er sich. Man soll auch nicht zuviel hineingeheimnissen wollen in die Menschen, selbst nicht in einen wie den Kameraden Leuchtentrager, der da vor ihm einherreitet, hinein in den wolkenverhangenen Abendhimmel.

Drittes Kapitel

*In dem schlüssig erhärtet wird, daß das, was
die Schulwissenschaft nicht begreift, nicht
existieren kann, auch wenn's
leibhaftig vor einem steht*

Herrn Prof. Dr. Dr. h. c. Siegfried Beifuß
Institut für wissenschaftlichen Atheismus
Behrenstraße 39 a
108 Berlin
German Democratic Republic

19. Dezember 1979

Sehr verehrter Herr Kollege!
Ich habe Ihr verdienstvolles Büchlein »Die bekanntesten judaeo-christlichen Mythen im Lichte naturwissenschaftlicher und historischer Erkenntnisse« erhalten und mit größtem Interesse gelesen. In vielerlei Hinsicht, besonders dort, wo Sie auf die Zwecke eingehen, denen diese Mythen im Lauf der Zeit gedient haben und teilweise heute noch dienen, pflichte ich Ihnen durchaus bei. Uns Wissenschaftlern obliegt es, die Verdummung der Massen zu bekämpfen, die allerdings auch durch so manchen modernen Mythos vertieft wird, der unter dem Namen Wissenschaft läuft, und wir müssen, wo wir nur können, im Sinne der Aufklärung wirken.
Doch gestatten Sie mir ein paar Bemerkungen zu dem Abschnitt in Ihrem Werk, dem Sie den Titel »Über den Ewigen (oder Wandernden) Juden« gegeben haben. Dies vor allem deshalb, weil ich selbst dem Ahasver – er trägt auch andere Namen – einige Nachforschungen gewidmet habe, deren vorläufige Ergebnisse ich in dem beigefügten Nachdruck aus der Zeitschrift »Hebrew Historical Studies« nie-

derlegte; eine zugegebenermaßen etwas holprige Übersetzung ins Deutsche, angefertigt zu Ihrer gefl. Benutzung von einem meiner Studenten, befindet sich gleichfalls in der Anlage.

Sie schreiben, verehrter Herr Kollege, auf S. 17 Ihres Werkes: »Für eine Weltanschauung, die keine unbewiesenen und unbeweisbaren Dinge anerkennt und nach den Prinzipien wissenschaftlichen Denkens auch nicht anerkennen kann, ist die Annahme einer Existenz übernatürlicher Wesen (Gott, Gottes Sohn, heiliger und anderer Geister, sowie Engel und Teufel) a priori unmöglich.« Und damit kategorisieren Sie auch den Ahasver als unmöglich.

Ohne Ihre Weltanschauung, die Sie als die Weltanschauung des dialektischen Materialismus bezeichnen, in Frage stellen zu wollen – sie hat sicher ihre Meriten –, möchte ich Sie, um Ihnen weitere Irrtümer zu ersparen, freundlich darauf hinweisen, daß der ewige Jude weder unbeweisbar noch unbewiesen ist. Er existiert vielmehr, dreidimensional wie Sie und ich, mit Herz, Lunge, Leber und allem Zubehör, und das einzige an ihm, was man als übernatürlich bezeichnen könnte, ist das Phänomen seiner außerordentlichen Zähigkeit: er stirbt einfach nicht. Ob dies ein Vorteil ist oder nicht, möchte ich dahingestellt sein lassen; er selber scheint sich zu dieser Frage wenig oder gar nicht zu äußern, hat es mir gegenüber wenigstens nie getan; anscheinend nimmt er seine Langlebigkeit als gegeben hin, ein Fakt seines Lebens, wie unsereiner einen verkrümmten Zeh oder eine Psoriasis.

Wie aus dem obigen ersichtlich, kann ich selbst als Zeuge dienen für den real vorhandenen Ahasver. Sein Gedächtnis, was kein Wunder ist angesichts der Vielzahl der Eindrücke, die im Lauf der Jahrhunderte, ja, Jahrtausende, in seinen Gehirnzellen Platz zu finden hatten, ist lückenhaft, aber von überraschender Klarheit, auch im Detail, bei einzelnen Abschnitten seines langen Lebens – Sie sollten ihn von seiner Begegnung mit Jesus von Nazareth sprechen hören, ein Bericht, den ich in letzten Entzifferungen von Teilen der Dead Sea Scrolls übrigens bestätigt fand. Diese werde ich mich freuen, Ihnen zur Verfügung zu stellen, sobald sie zur Veröffentlichung freigegeben sind.

Ich hoffe, verehrter Herr Kollege, Ihnen durch meine Zeilen gedient zu haben, die Sie bei einer eventuellen Neuauflage

Ihres, wie ich schon sagte, von mir sehr geschätzten Büchleins vielleicht in Betracht ziehen wollen. Somit verbleibe ich, mit dem Ausdruck meiner größten Hochachtung,

Ihr ergebener
Jochanaan Leuchtentrager
Hebrew University
Jerusalem

Herrn Prof. Jochanaan Leuchtentrager
Hebrew University
Jerusalem
Israel

12. Januar 1980

Sehr geehrter Herr Professor Leuchtentrager!

Ihr Brief mitsamt Beilagen, gestern in meinem Institut eingetroffen, hat mich sehr erfreut, zeigt er mir doch, daß die in unserer Republik geleistete wissenschaftliche Arbeit weit über deren Grenzen hinaus ausstrahlt und ihre Wirkung tut. Und wenn gar ein Mann von Ihrem Rang und Ruf sich mit den Resultaten unserer Bemühungen beschäftigt, so bestärkt uns das in unserem Bestreben, noch zielbewußter und umfassender auf unserer Linie vorwärtszuschreiten und den aller menschlichen Vernunft widersprechenden Irr- und Aberglauben noch konsequenter zu bekämpfen. Dabei schätzen wir es durchaus, wenn uns auch Anschauungen anderer Art vorgetragen werden, denn erst durch Widerspruch erweisen sich die Theorien, und der Prüfstein jeder Wissenschaft ist bekanntlich die Praxis.

Ich habe also Ihren Beitrag »Ahasver, Dichtung und Wahrheit« aus den »Hebrew Historical Studies« nicht nur selbst gelesen, sondern ihn auch meinen führenden Mitarbeitern vorgetragen. Was ich Ihnen hier nun zu schreiben habe, ist daher die Meinung eines Kollektivs, das sich in jahrelanger Forschungsarbeit auf dem Gebiet des wissenschaftlichen Atheismus hervorragend bewährt hat.

Wir sind einheitlich der Meinung, daß Ihre persönliche Bekanntschaft mit dem in Ihrem Artikel erwähnten Herrn Ahasver, einem Mitglied der jüdischen Religionsgemeinschaft, nicht zu bezweifeln ist, ebenso Ihre frühere Begegnung mit ihm im Warschauer Ghetto, aus dem Sie, damals noch ein junger Mann, als einer der wenigen Überlebenden durch eine waghalsige Flucht durch unterirdische Kanäle entkamen. Wohl aber sind zu bezweifeln ein großer Teil der von Ihnen angeführten Zeugnisse aus früheren Geschichtsperioden über Zusammentreffen und Erlebnisse mit besagtem Ahasver; solche Zeugnisse, besonders wo nicht amtlich oder durch zusätzliche Zeugen erhärtet, können kaum als wissenschaftlich zulässig betrachtet werden und tragen, je weiter zurück sie liegen, desto mehr mythologischen Charakter. Zwar bezeichnen Sie an einer Stelle Ihres Artikels (S. 23) Herrn Ahasver als »Meinen Freund«; dennoch möchten wir Sie auf die Möglichkeit hinweisen, daß Ihr Freund Ihnen die Schlüsse, zu denen Sie in Ihren Ausführungen gelangt sind, suggeriert haben könnte.

Mangels zwischenstaatlicher Beziehungen ist der Staat Israel Bürgern unserer Republik leider schwer zugänglich; sonst könnten qualifizierte Mitarbeiter des Instituts für wissenschaftlichen Atheismus oder auch ich selbst uns durch Augenschein von dem ungefähren Alter des Herrn Ahasver überzeugen. Unter den obwaltenden Umständen stellt sich die Frage, ob die wirklichen Lebensjahre des Herrn Ahasver nicht durch eine amtsärztliche Untersuchung zur Zufriedenheit aller mit dem Phänomen Befaßten festgestellt werden könnten.

In diesem Zusammenhang weist der Pressereferent unseres Instituts, unser Kollege Dr. Wilhelm Jaksch, auf folgenden Punkt hin: wäre nicht bei der notorischen Sensationslüsternheit der westlichen Medien, von denen die israelischen kaum ausgenommen sein werden, zu erwarten, daß diese von der Existenz eines mindestens zweitausendjährigen Menschen längst Notiz genommen haben würden? Und doch findet sich unseres Wissens nirgends ein Bericht über Herrn Ahasver, nicht einmal eine Photographie des Mannes scheint irgendwo veröffentlicht worden zu sein. Vielleicht besitzen Sie, sehr geehrter Herr Professor, ein Photo von ihm, das sicher sehr aufschlußreich sein würde und das Sie uns leihweise zur Verfügung stellen könnten.

Ich darf noch einmal feststellen, daß meine Mitarbeiter und ich jedes Streitgespräch in dieser und anderen Fragen willkommen heißen und gerne bereit sind, uns überzeugen zu lassen. Aber zu dem letzteren bedürfte es stärkerer Beweise für die Existenz des Ewigen (oder Wandernden) Juden als die uns vorliegenden.

Mit besten Wünschen für die Fortschritte Ihrer Arbeit,

Hochachtungsvoll,

(Prof. Dr. Dr. h. c.) Siegfried Beifuß
Institut für wiss. Atheismus
Berlin, Hauptstadt der DDR

Viertes Kapitel

Worin Doktor Luther seine Meinung von den
Juden darlegt und der junge Eitzen auch
gleich einem solchen begegnet, der
ihm zum Ärgernis wird

Ist aber der junge Paulus von Eitzen nun schon geraume Zeit zu Wittenberg und studiert bei Magister Philipp Melanchthon und anderen gelehrten Herren Doctores der Universität die Lehre Gottes und die Historie der Welt. Logieren tut er, wie seinerzeit besprochen, im Leuchtentragerschen, vormals Friesschen Haus, genauer, in dessen Obergeschoß, wo er sich auch recht wohl fühlt, beinah wie daheim bei seinem Herrn Vater, nur auf andere Art. Das liegt an seinem Wirt, der ihm manchmal des Abends beim feurigen Wein Dinge sagt, die ihn seltsam erregen und die sich sein ehrbarer Vater, der Kaufmann Reinhard von Eitzen, Tuche und Wolle, nie träumen ließ, aber auch an der Hausmagd Margriet, die ihm das Frühstück bringt und die Hemden auswäscht und das Bett räuchert, wenn der Läuse und Wanzen darin zu viele werden. Darnach hat er wohl Ruhe vor dem Ungeziefer, nicht aber vor seinen Gedanken, die früh und spät um die Schultern und Brüste und Schenkel und um den Hintern der Margriet kreisen. Da hilft ihm auch nicht, daß er zum Fensterchen seiner Kammer tritt, von wo er einen schönen Ausblick hat auf das Haus seines Lehrers Melanchthon schräg gegenüber, und sich der Sprüche des keuschen Mannes zu erinnern sucht oder des Bilds der Jungfer Barbara Steder, so zu Hamburg auf ihn wartet; in seinem Kopf wandeln sich die schönen Sprüche zu reinem Kauderwelsch, und sein Gedächtnis an die Barbara ist traurig verblaßt, kaum daß es sich noch einstellt; und statt ihrer sieht er vor seinem inneren Aug den frechen Mund und die vollen, roten Lippen der Margriet.

Der Leuchtentrager hat längst bemerkt, wie es um seinen Mieter steht. »Paul«, sagt er, denn in der Johannisnacht sind sie einander plötzlich in die Arme gefallen und haben Brüderschaft geschlossen und nennen einander seither bei ihrem christlichen Namen, Leuchtentrager den jungen Eitzen Paulus, und dieser den Leuchtentrager Hans; »Paul«, sagt Leuchtentrager also, »ich kann dir's leicht richten mit der Margriet; 's kostet mich ein Wort und sie kommt zu dir im Dunkel und besorgt's dir, daß du die Englein wirst singen hören im Himmel; sie ist von Natur aus begabt und ich hab sie noch einiges dazugelehrt.«

Dem jungen Eitzen wird ganz heiß um die Lenden, aber er sagt, »Wo denkst du hin, Hans, du weißt, da ist eine in Hamburg, der hab ich die Treue geschworen.«

»Die Treue ist was in deinem Kopfe«, sagt sein Freund, »das aber, wonach's dich gelüstet mit der Margriet, kommt ganz anderswoher; man soll das Geistige nicht vermischen mit dem Leiblichen, auch ist es ein weiter Weg nach Hamburg, und was die Jungfer Steder nicht weiß, macht ihr nichts. Aber nicht darum bin ich gekommen, sondern weil der Herr Magister Melanchthon einen Knecht geschickt hat und uns fragen läßt, ob wir ihm nicht möchten das Vergnügen machen und ihm Gesellschaft leisten bei einem Essen, welches er für den Doktor Martinus und dessen liebe Frau Katharina und etliche andere Gäste, alles angesehene und gelehrte Leute, zu geben beabsichtige; Frau Katharina habe ein Fäßlein Bier dazu gestiftet, vom Selbstgebrauten.«

»Was, ich?« sagt der junge Eitzen und strahlt ob der Ehre, die ihm da so unverhofft zuteil werden soll.

»Ja, du«, sagt Leuchtentrager, verschweigt ihm aber, daß er selber dem Melanchthon den zusätzlichen Gast vorgeschlagen; hat so seine Absichten damit; außerdem kennt er den Luther und den Melanchthon beide, sie haben einander schon nichts mehr zu sagen, doch wenn sie ein Publikum vorfinden, welches bei jeder ihrer Weisheiten das Maul aufzusperren verspricht, werden sie sich hervortun wollen und reden wie die heiligen Apostel, und es könnt, denkt Leuchtentrager, ein unterhaltsamer Abend werden.

Wie nun die große Stunde herannaht, hat der junge Eitzen

sich prächtig herausgeputzt; er trägt die neuen Stiefel aus weichem Leder und das schwarze geschlitzte Wams mit dem grauen Seidenfutter und hat sich das Haar gefettet, damit es schön glänze; auch hat er sich bereits zurechtgelegt, worüber er sich auslassen wird, sollte die Rede an ihn kommen: er wird von seinen Hamburgern sprechen und wie sie begierig sind nach dem rechten Wort Gottes; dabei denkt er insgeheim, wenn einen der Luther absegnen täte, möchte das schon langen für eine Pfarrei in Hamburg und später vielleicht gar für die Superintendentur. Die Margriet aber lacht, da er so die Treppe herabstolziert, und fragt, ob er auf Brautschau gehen wolle, und Leuchtentrager sagt, freilich, aber nach einer himmlischen Braut.

Dann sind sie versammelt um den großen Tisch bei Melanchthon, Doctores und Studiosi und andere Gäste, auch Eheweiber, wo solche vorhanden. Der junge Eitzen sieht, wie das letzte Licht des Tags sich bricht in den kreisrunden Butzenscheiben; die Kerzen brennen schon und werfen ihren flackernden Schein auf die Gesichter, so daß man meinen möchte, es geistere irgendwo; ist aber nur die Zugluft von der Küche her, wo es ungemein duftet. In der Mitte der Längsseite der Tafel, wie unser Herr Jesus beim letzten Passahmahl, sitzt Doktor Martinus, das mächtige Haupt auf die Fäuste gestützt, und blickt träge in die Runde; nur wenn sein Auge, das gute, mit dem er noch sehen kann, auf Leuchtentrager fällt, der lächelnd am unteren Ende sitzt, stutzt er und runzelt die wulstige Braue so, als suche er nach einer Erinnerung, die sich nicht einstellen will.

Als aber der Fisch aufgetragen wird, mehrere fette Karpfen, gesotten und mit einer schmackhaften Sauce, da vergißt er den unguten Gedanken und seine Stirn entwölkt sich und er beginnt von der Schöpfung Gottes zu sprechen und ihrer Wunderbarkeit und sagt, »Sehet doch nur, wie fein ein Fischlein laichet, da eines wohl tausend bringt; wenn das Männlein mit dem Schwanz schlägt und schüttet den Samen in das Wasser, davon empfängt das Fräulein. Sehet an die Vöglein, wie fein rein geht doch derselben Zucht zu; er hackt sie in das Häuptlein, sie legt ihre Eierlein säuberlich in das Nest, setzt sich darüber, da gucken die Küchlein heraus; sehet das Küchlein an, wie steckt's doch im Ei?«

»Und all das zu Nutz und Frommen des Menschen«, fügt

unser Magister Melanchthon hinzu, »wie denn geschrieben steht, der Mensch soll herrschen über die Fische im Meer und die Vögel unter dem Himmel und alles Getier, das auf Erden kriecht.«

»Und über einander«, sagt da der Leuchtentrager. »Und sollen einander die Augen ausbrennen und die Händ abschlagen und hauen und stechen und langziehen und krummschließen und rädern und jegliche Art von Gewalt antun, Amen.«

Der junge Eitzen sieht, wie Doktor Martinus krebsrot wird im Gesicht und wie ihn der Karpfen im Halse würgt, und er denkt sich, es ist eines, was man so spricht beim Wein im vertrauten Gespräch, aber ein anderes, vor all den gelehrten Herrn, und sagt zu Leuchtentrager, »Was lästerst du, Hans; die Sünde ist hineingekommen in die Welt mit der Schlange, aber wir sind auch mächtig, und mit Gottes Hilfe und mit dem Wort unserer Lehrer Martinus Luther und Philipp Melanchthon zur Stütze werden wir dem Untier das Haupt zertreten und dem Reich Gottes auf Erden ein gut Stück näherkommen.«

Inzwischen hat unser Doktor den Karpfen herausgehustet aus seiner Luftröhre und die Gräten dazu und fragt, »Wer seid Ihr, junger Mann?« Und während Frau Katharina ihrem immer noch erregten Gemahl einschenkt und dann den großen Krug kreisen läßt, denn mit dem Lutherschen Haus geht das Braurecht einher, berichtet der junge Eitzen, stammelnd vor Glück, wer er denn sei und woher er komme und was seine Pläne und sein Ehrgeiz, und Luther neigt sich hinüber zu Melanchthon und sagt diesem, »Merkt Euch den, Magister Philipp, der wird seinen Weg gehen und es weit bringen.« Zu Leuchtentrager aber, über den ganzen Tisch hinweg, sagt er, »Ihr seid wie der böse Geist; den soll man aber auch anhören, nämlich zur Warnung.«

Ein anderer hätt nun vielleicht in Verwirrung geschwiegen ob dieser Worte des Doktor Luther; nicht so Leuchtentrager. Dem jungen Eitzen ist, als wäre sein Hauswirt auf einmal um zwei Köpf oder drei gewachsen und der Puckel ins Riesenhafte, oder sind's die Schatten, und er hört das höhnische Lachen des Freundes und wie der spricht, »Seid Ihr nicht ausgezogen, Herr Doktor, den bösen Geist zu besiegen? Doch sagt selbst, ob Ihr's erreicht habt. Oder ist's nicht vielmehr so, daß Ihr erschrocken seid und zurückgewichen und habt Euren Frieden gemacht mit den Mächtigen, da Ihr die Wirrnis saht, welche Ihr in die Welt gebracht, und daß der Mensch, der verfluchte, stets an sich selber zuerst denkt und an Gott zuletzt oder gar nicht?«

Da erhebt sich der Doktor Martinus Luther und steht da in all seiner Wucht, und alle am Tisch ducken sich ein wenig; der junge Eitzen aber, der wohl weiß, daß man im Haus des Gehenkten nicht vom Stricke spricht, fürchtet um seinen Vorteil, den er mit solchem Fleiß errungen. Also faßt er sich ein Herz und sagt zu seinem Lehrer Melanchthon, ob es denn nicht wahr sei, daß Kirche und Obrigkeit wären wie die zwei Beine des Menschen; eines ohne das andere, da käme nur ein Hinken.

Melanchthon freut sich über diese Sentenz, sein Schüler hat brav gelernt bei ihm, aber ihm fehlt noch das Tüpfelchen auf dem i, und so fügt er hinzu, eine recht fromme Obrigkeit, eine solche nämlich, die epikureische Reden, Anbetung der Götzen, Meineide, Teufelsbündnisse und Bekenntnis gottloser Dogmen hindere und strafe, sei in Wahrheit ein Glied der Kirche.

Der Doktor Luther aber scheint nicht gehört zu haben, noch immer fixiert er den Leuchtentrager, der lächelnd von Frau Katharinas Bier trinkt, und sagt zu ihm, »Wer Ihr auch immer in Wahrheit seid, Ihr habt mich im Herzen berührt. Denn hätte ich, als ich anfing zu schreiben, gewußt, was ich später erfahren habe, wie die Leute Gottes Wort so feind sind und sich so heftig dawidersetzen, so hätte ich lieber stille geschwiegen und wäre nimmer so kühn gewesen, daß ich den Papst und schier alle Ordnung hätte angegriffen. Ich meinte, sie sündigten nur aus Unwissenheit und menschlichem Gebrechen und unterstünden sich nicht, Gottes Wort vorsätzlich zu unterdrücken; aber Gott hat mich hinangeführt wie einen Gaul, dem die Augen geblendet sind, daß er die nicht sehe, so auf ihn zurennen.«

Worauf er sich wieder hinsetzt und das Haupt senkt. Da aber alle nun erst recht schweigen, auch der Leuchtentrager, meint der Herr Doktor, sie hätten's nicht verstanden, und redet weiter, »'s ist selten ein gut Werk aus Weisheit und Vorsichtigkeit vorgenommen worden, vielmehr muß alles aus blindem Mut und Irrsal geschehen. Aber das ist's ja eben,

Irrsal bringt auch Wirrsal, und besser ein Knüppel fährt dazwischen, als daß alles sich auflöse.«

Der Leuchtentrager stellt seinen Becher hin. »Und ist der Wirrsal kein Ende in Sicht«, sagt er, als sorgte er sich ungemein, »es heißt, man habe den ewigen Juden wieder gesehen, unweit von Wittenberg.«

Der junge Eitzen gedenkt der Schritte des Nachts in der leeren Kammer, im *Schwanen* zu Leipzig, aber das ist schon lange her, und Doktor Martinus hebt den Kopf, auf seinem geröteten Gesicht zeigt sich deutlich der Unwille: warum weiß er von diesen Dingen nicht längst, warum braucht's diesen Leuchtentrager, ihm die Nachricht zu bringen, und wie zuverlässig ist sie?

Frau Katharina will wissen, »Wo?« und »Wann?« und »Wie hat er ausgesehen?« und Melanchthon sagt, »'s gibt der Jüden genug, sehen einander ähnlich wie ein Ei dem anderen, wird sich wohl einer haben hervortun wollen und wir glauben's.«

Leuchtentrager aber erklärt, »Er hat das genagelte Kreuz gehabt an den Fußsohlen, fünf Nägel an jedem Fuß.«

Das überzeugt den Philipp Melanchthon nun doch, berührt ihn aber auch, denn trotz seines Hangs zu Buchstabe und Paragraph hat er ein empfindsam Gemüt und stellt sich vor, wie das sein muß, wenn einer mit so vielen Nägeln in den Fußsohlen verdammt ist, in alle Ewigkeit zu wandern, und außerdem weiß auch er, daß schlimme Zeiten kommen, wenn der Jude sich blicken läßt. »Wenn einer mit ihm sprechen könnt«, sagt er zögernd, »und ihn befragen: der Mann war dabei, als unser Herr Jesus Christus nach Golgatha zog, mit dem Kreuz auf der Schulter; er könnt uns manchen Zweifel beheben.«

»So«, sagt Doktor Martinus, »könnt er das? Welchen denn?«

»Zumindest«, erwidert Magister Philipp, »zumindest könnt er uns helfen, die Jüden zum alleinseligmachenden Glauben zu bekehren.«

Das leuchtet dem jungen Eitzen ein, denn einer, der unsern Herrn Jesus noch gesehen hat mit dem Kreuz auf der Schulter, muß auch wissen um dessen Heiligkeit. Um so erstaunter ist er über den neuen Zorn, der sich des Doktor Martinus bemächtigt hat.

»So«, sagt dieser zum anderen Mal, »so empfehlt doch unserm gnädigen Herrn, dem Kurfürsten, er soll den Jüden greifen lassen, wenn er greifbar ist, aber er ist so wenig greifbar wie der Teufel selber, er verschwindet unter den anderen Jüden, nur der Gestank bleibt, er ist wie sie und sie sind wie er, man möchte meinen, sind alle ewig.«

Er blickt sich um im Kreise, ob denn auch ein jeder verstanden hat, von welch schwerwiegenden Dingen er hier handelt. Die Köchin steht in der Tür mit dem Braten, aber sie wagt nicht, ihn hereinzutragen, solange der Herr Doktor so weise redet, und dieser bemerkt's nicht in seinem Eifer.

»Auch sind sie nicht zu bekehren«, sagt er, »denn jetzt noch nicht können sie von ihrem unsinnigen Ruhm ablassen, daß sie Gottes Volk seien, obzwar sie nun schon seit tausend und fünfhundert Jahren vertrieben, verstört und zu Grund verworfen sind, und all ihres Herzens Sehnen geht dahin, daß sie einmal mit uns Christen umgehen möchten wie zu Zeiten Esthers in Persien mit den Heiden. Und wissen wir heute noch nicht, welcher Teufel sie in unser Land gebracht hat, wir haben sie aus Jerusalem nicht geholt.«

Das leuchtet dem jungen Eitzen gleichfalls ein, denn er hat schon von seiner Erbtante in Augsburg erfahren, welch Unwesen die Jüden treiben im Lande und wie sie's von allen nehmen, von Reich und Arm, und nichts dafür geben.

»Bekehren!« ruft der gute Doktor Martinus, »die Jüden bekehren! Ich will euch meinen treuen Rat geben: erstlich, daß man ihre Synagogen und Schulen mit Feuer anstecke und ihnen nehme ihre Betbüchlein und Talmudisten und ihren Rabbinen verbiete zu lehren, und zum anderen, daß man den jungen starken Jüden in die Hand gebe Flegel, Axt und Spaten und sie arbeiten lasse im Schweiß ihrer Nasen; wollen sie's aber nicht tun, so soll man sie austreiben mitsamt ihrem ewigen Jüden, haben sich alle versündigt an unserm Herrn Christus und sind so verdammt wie jener Ahasver.«

Dem jungen Eitzen verwirren sich die Gedanken im Kopf, denn da ist wenig in des großen Luther Worten vom Geiste Christi, der da gebot: Liebet eure Feinde und segnet, die euch fluchen. Weil aber nicht so sehr Herr Jesus als unser Herr Doktor Martinus ihm wird helfen können bei seinem Aufstieg zu einer Kanzel, von wo er das Wort Gottes predigen mag, so denkt er, es wird schon sein Richtiges haben mit *worldly success*

dem, was der gute Doktor soeben verkündet, und da die Köchin endlich den Braten hereinträgt und auf den Tisch stellt und alles so schön duftet, vergißt er das Ganze. Auch dem Doktor Martinus läuft nun das Wasser im Munde zusammen, so daß die eifernden Worte darin ertränkt sind, und er greift hinein in die Schüssel und nimmt sich das saftigste Stück, welches ihm auch von Herzen vergönnt sei. Dann, einen Bissen bereits zwischen den Zähnen, erblickt er des Leuchtentragers zierliches Messerlein, das dieser gerade zur Hand nimmt, und verlangt, es näher betrachten zu dürfen, und während Frau Katharina schamhaft die Augen verdreht, begutachtet er's und findet, es sei wahrlich ein treffliches Stück Kunst, aber doch wohl des Teufels, wie man denn bei den Malern und Steinschneidern und ähnlichen Leuten nie genau wisse, ob ein Engel ihnen die Hand führe oder nicht eher der Satan.

Da meldet sich Herr Lukas Cranach zu Wort, dem hier zu Wittenberg früher die Apotheke gehörte und der sich gleichfalls unter den Tischgästen befindet, und sagt, ein rechter Künstler lasse sich von keinem die Hand führen, weder Engel noch Teufel, sondern sei ein Schöpfer von sich aus, wie denn auch Gott den Menschen mit Kunst gebildet habe und jedwedes Tier und Blüte und Blatt, und ob er nicht unsern Doktor Martinus malen könne mit dem Messerlein in der Hand, es reize ihn das verschiedenartige Rot der Formen der Figur, dabei alles Koralle, und der Ausdruck im Auge des guten Doktors, kritisch und zugleich genüßlich. Und wären wir wohl um ein schönes Porträtbild des Meisters reicher, hätte Doktor Martinus nicht gesagt, es gezieme ihn mehr, sich mit dem Gebetbuch in der Hand malen zu lassen als mit einem nackten Weibe, sei's auch noch so klein.

Herr Lukas Cranach glaubt, daß Luther meine, er sei zu hoch in den Jahren für so was, und widerspricht ihm: Gerade das Alter wisse, wahre Schönheit zu schätzen; habe nicht auch er, trotz seiner Jahre, die nackte Eva gemalt und viel Lob dafür empfangen.

Doktor Martinus aber blickt umher, und sein Auge fällt auf den jungen Eitzen und seine wulstige Braue hebt sich, und er reicht das Messerlein ihm hin und fragt, »Nun, was haltet Ihr davon, junger Mann?«

Die Hand Eitzens, die das Messer jetzt hält, fängt an zu

schwitzen, und in seinem Kopfe jagen sich allerlei Gedanken, an die Hur damals und an die Margriet heute, bis er endlich sagt, »Wir sind allesamt Sünder, und die Begierde ist ein eingeborenes Böses, das uns des ewigen Todes schuldig macht; so wir aber dagegen streiten, ist's eine Art Tugend, doch nur Gottes Gnade kann uns retten und rechtfertigen.«

Da fällt Luthern das Kinn herunter und er muß einen langen Schluck Bier trinken, bevor er sagt, »Ihr scheint mir ungemein maßvoll und überlegt, Eitzen, so als hätte der liebe Gott in Euren jungen Schädel ein altes Gehirn gepflanzt.«

Eitzen weiß nicht, soll er das als ein Lob nehmen oder nicht, und sieht sich um nach Leuchtentrager; doch der grinst nur.

So ist denn für Eitzen der Abend, auch da man unter viel klugen Gesprächen den Nachtisch verspeist hat und vom Bier der Frau Katharina recht lustig geworden ist, nicht eitel Freude; erst als es zum Abschied kommt und Luther ihm wohlwollend auf die Schulter klopft, atmet er auf; der Herr Studiosus könne, sagt Doktor Martinus, sich wohl auch an ihn um Rat wenden, so sich das notwendig mache; wozu der Magister Melanchthon eine recht sauertöpfische Miene zieht. Und während sie quer über die Straße heimwärts wandeln, stößt er Freund Leuchtentrager den Ellbogen in die Seite. »So hat denn mein heiliger Schutzengel alles zum besten gefügt«, sagt er, »und du, Bruder Hans, scheinst mir ein wenig mit ihm konspiriert zu haben zum guten Zweck.«

Aber noch ist's nicht das Ende, denn da sie das Tor öffnen und ins Haus treten, hören sie Stimmen; die eine ist die der Margriet und die andere kennt Eitzen nicht, eine Männerstimme, und dann lacht die Margriet in der Art, wie die Weiber lachen, wenn's ihnen unter den Röcken juckt. Dem jungen Eitzen, geschwellt von Erfolg wie er ist, sträubt sich das Fell, und hastig folgt er dem Leuchtentrager, der zu wissen scheint, wer der späte Gast ist, hinein in die Stube.

Dort nun bietet sich ihm ein Bild, das ihn verfolgen wird bis ins hohe Alter: ein junger Jüd sitzt da auf der Bank, die Beine wohlig gespreizt, die kotigen Stiefelspitzen die eine nach Ost, die andre nach West deutend, und ihm auf dem Schoß die Margriet in der zärtlichsten Weise, dieweil der Jüd ihre Brüste betatscht und befondelt. Hört auch nicht auf damit, da er aufblickt und gewahr wird, daß er und die Dirne nicht länger allein sind, sondern sagt, »Friede sei mit Euch,

Leuchtentrager, und wie geht's voran mit Eurem Werk, und besitzt Ihr auch noch die Cäsar-Münze und das Pergament mit der Inschrift?«

Eitzen entsinnt sich sehr wohl der Münze und des Fetzens mit den verblaßten hebräischen Worten, und es wird ihm er weiß nicht wie, denn der, welcher dies beides dem Vater seines Wirts, dem geblendeten und darauf verstorbenen Augenarzt zu Kitzingen, übergab, war ein uralter Mann gewesen; dieser Jüd hier aber, der immer noch den Arm um die Margriet gelegt hat, ist in der Blüte seiner Jahre, möge der Teufel sie ihm versalzen.

Leuchtentrager streicht sich sein Bärtchen und sagt, jawohl, es sei alles in guter Hut und der andre könnt's jederzeit wiederhaben; dann hinkt er hinüber zur Wand und drückt an geheimer Stelle, und Eitzen sieht staunend, wie ein Stück dieser Wand sich auftut und den Blick freigibt auf eine Reihe von dickbäuchigen Flaschen, in denen es leuchtet wie Blut. Ist aber wohl Wein, denn die Margriet löst sich nun von dem Jüden und stellt Gläser hin, welche artig mit Gold bemalt sind. Leuchtentrager und der Jüd nehmen beide Platz am Tisch, der junge Eitzen aber weiß nicht, soll er sich fortschleichen wie ein geprügelter Hund oder soll er bleiben; es hat keiner gesprochen zu ihm. Doch dann ist die Neugier größer als seine Scheu, und er hockt sich hin zu den anderen, obwohl's ihn kränkt, wie die Margriet sich anschlängelt an den Jüden und ganz gierig ist auf seine Nähe, so als sei der, in seinem schmierigen Kaftan, der griechische Gott Adonis.

Der Jüd, Hebräisches murmelnd, segnet den Wein, den der Leuchtentrager eingeschenkt hat, und trinkt ein Schlückchen davon. Auch die Margriet trinkt, in hastigen Zügen, ein Tropfen rinnt ihr rot übers Kinn und hinab über den weißen Hals; den jungen Eitzen schaudert's, ihm ist, als sähe er in die Zukunft. Überhaupt ist ihm alles so fremd und unheimlich. Die Stube ist keine Stube mehr und die Zeit keine Zeit und die Margriet steht nackend da wie die Eva auf dem Bild des Meisters Cranach, und mit demselben sinnenden Blick. Der Jüd und der Leuchtentrager reden von einem Schuhmacher in der Stadt Jerusholajim, welcher den Reb Joshua von seiner Tür wies, weshalb ihn dieser verfluchte.

»War der falsche Meschiach«, sagt der Jüd.

»Weiß man's?« sagt Leuchtentrager. »Der Alte ist nicht zu

berechnen. Wenn er eine solche Welt schuf mit solchen Menschen, warum soll er nicht auch sich in zwei teilen wollen oder gar in drei?«

Der junge Eitzen begreift, daß sie von Gott reden und von dem großen Mysterium, und es ärgert ihn, daß sie's nicht mit der gebührlichen Ehrfurcht tun, und dennoch ahnt er, daß sie mehr davon wissen möchten als er und sein Lehrer Melanchthon, mehr selbst als der große Doktor Martinus, über welchen sie jetzt zu streiten beginnen, dieweil er, Eitzen, dem Weine zuspricht.

Der schwere Wein geht ihm ein wie Honigseim. Er benebelt ihm das Hirn und macht ihn klarsichtig zugleich. Er hört, wie der Jüd den Luther preist: keiner wie er habe den Lauf der Welt so beschleunigt, habe Ordnungen zerstört, die Tausende Jahre gedauert, und den Bau der Lehre und den Wall des Gesetzes gesprengt; nun rausche die Flut dahin und reiße alles mit sich fort, hin zu den Abgründen, und vergeblich stemme der Gute sich ihr entgegen.

Leuchtentrager zieht sein Puckelchen in die Höh. Nicht doch, er hab's aus des Luthers eigenem Mund, wie er's mit der Angst bekommen, sobald er gesehen, wie eines aus dem anderen stieg, blutiger Aufruhr aus wohl bedachter Reform, und Tohuwabohu überall; worauf er denn eiligst die von sich gestoßen, die ihn gestützt und das gleiche gewollt wie er, und hätt auch den nächsten Schritt nicht gescheut, und in Gottes Namen die alten Dämme und Schanzen wieder errichtet für die alten Herrn.

Der Jüd schüttelt den Kopf. Was geschehen ist geschehen, sagt er, und keiner, auch der Luther nicht, könnt es wieder machen wie vorher. Und aus jedem Umsturz wachse ein Neues, Besseres, bis endlich der große Gedanke Wirklichkeit geworden und seine, des Jüden, Arbeit getan und er Ruhe finden könne, Ruhe, Ruhe.

Der Wein. Dem jungen Eitzen sinkt der Kopf auf die Arme.

»Er schläft«, sagt der Jüd.

»Er versteht's doch nicht«, sagt Leuchtentrager. »Wie sollte er.«

Die Margriet hat dem Jüden die Stiefel abgezogen und küßt ihm die gemarterten Füße.

»Wie nennt Ihr euch jetzt?« will Leuchtentrager wissen.

»Achab«, sagt der Jüd.

Die Margriet blickt hinauf zu ihm. »Seid Ihr Achab, so will ich Eure Jesebel sein.«

»Achab«, sagt der junge Eitzen ohne den Kopf zu heben und wie aus schwerem Traum, »Achab ward getötet und die Hunde leckten sein Blut.«

Dann ist ihm als sähe er eine Feuerwolke und höre ein Donnern und ein Höllengelächter und darauf eine Stimme, die ihm Unverständliches spricht, Hebräisch meint er, den Spruch auf dem Stück Pergament. Und er ist voller Furcht und Verzweiflung, da erscheint ihm der gute Doktor Martinus und nimmt ihn bei der Hand und spricht zu ihm: Errichte du das Reich Gottes, Paul mein Sohn, und die Ordnung, die ich gewollt.

Am Morgen, da er aufwacht mit dem Gesicht zwischen den Glasscherben auf dem Tisch und den halbgetrockneten Weinlachen, ist der Jüd fort mitsamt der Hausmagd Margriet, nur Leuchtentrager steht auf seinem Hinkebein und sagt, »Es ist ein Brieflein für dich gekommen, Paul, du sollst dich baldtunlichst aufmachen gen Hamburg, es ginge deinem Vater nicht gut und er verlange nach dir. Ich hab schon geredet mit den Herren Doctores von der Universität; sie sind bereit, dich zu examinieren und gegebenenfalls zu approbieren, damit du das rechte Wort Gottes predigen kannst dort im Norden. Und da auch meine Geschäfte mich dahinauf führen, so werden wir, will's Gott, gemeinsam reisen können.«

Der junge Eitzen, noch nicht recht beisammen nach den Träumen der Nacht, ist überwältigt von den neuen Nachrichten und von dem Faktum, daß wieder alles bereits gerichtet ist und ihm nichts bleibt, als dankbar sein Ja zu sagen. Ich werde diesen Menschen nie loswerden, denkt er bei sich, aber will ich's denn?

Fünftes Kapitel

Worin der Ahasver die Anschauungen des Reb
Joshua in Frage stellt und diesem erklärt,
daß nicht die Sanftmütigen und Geduldigen
das wahre Reich Gottes errichten
werden, sondern die, welche das
Unter zuoberst kehren

Es ist ihm nicht zu helfen.

Er geht und beschwört die Geister, die in den Kranken sind, und vertreibt sie aus ihrem Leibe, so daß sie aufstehen und geheilt sind, aber sich selbst kann er nicht heilen und den Geist nicht vertreiben, der ihn auf seinem Wege hält wie die Leine des Treibers den Esel.

Es ist mir leid um dich, Reb Joshua. Mein Herz neigte sich dir zu, da du allein warst in der Wüste und ich auf dich zutrat und du sagtest: Welcher Engel bist du? Und ich sagte: Ich bin Ahasver, einer von den gestürzten. Und du sagtest: Mein Vater im Himmel wird auch dich zu sich nehmen.

Aber GOtt ist nicht ein GOtt der Liebe; Er ist das All, welches kein Gefühl kennt, sondern Licht reiht sich an Licht und Kraft an Kraft und kreisen umeinander. Wovon Reb Joshua nichts weiß; vielmehr glaubt er, da war eine Stimme, die zu den Menschen sprach, als er auftauchte aus dem Flusse Jordan in den Armen des Täufers Johannes, und sagte: Dies ist Mein lieber Sohn, an dem Ich Wohlgefallen habe.

Ach, wie er da hockte in der Wüste, ringsum nur der nackte Dorn und Gestein. Sein Haar war verfilzt mit dem Sande, den der Wind daherblies, sein Bauch ihm geschwollen von Hunger, die spitzen Knie durchstießen fast die Haut, und sein Geschlecht unter dem löchrigen Fetzen, den er um seine Lenden trug, war wie ein bläulicher Wurm. Seine Augen aber brannten zwischen den Lidern wie die Augen eines, der Gesichte gehabt hat, und er wandte sich zu mir und sagte: Es war einer bei mir, der nahm mich bei der Hand und führte mich nach Jerusholayim, der heiligen Stadt, und stellte mich auf die höchste Zinne des Tempels und sprach, Bist du GOttes Sohn, so springe, denn es steht geschrieben, »Er wird seinen Engeln befehlen, und sie werden dich auf Händen tragen, auf daß du deinen Fuß nicht an einen

Stein stoßest«. Und ich sah mich fliegen über der Stadt mit gebreiteten Armen, wie ein goldener Vogel, und da waren viel Volk in den Straßen und Schriftgelehrte und Soldaten und blickten hinauf zu mir und jubelten und riefen Hosannah!

Du aber bist nicht gesprungen, Reb Joshua, sagte ich. Warum?

Da strich er sich durch den schütteren Bart mit seinen hageren, schmutzigen Fingern und wiegte den Kopf und sagte, Weil auch geschrieben steht, »Du sollst GOtt, deinen Herrn, nicht versuchen«.

Ich aber kauerte mich neben ihn und legte meinen Arm um ihn und sprach: Ich kenne den, der dich bei der Hand nahm und zu der heiligen Stadt führte und auf die Zinne des Tempels stellte, und wärst du gesprungen, du lägest zerschellt und zerbrochen im Vorhof unter den Händlern. So jedoch lebst du, Reb Joshua, und es geht ein Licht von dir aus und eine große Hoffnung. Darum folge du mir, ich will dir deine Welt zeigen.

Und ich führte ihn auf einen sehr hohen Berg und zeigte ihm die Reiche der Welt und wie in jedem von ihnen ein anderes Unrecht hauste, hier nahm man den Witwen und Waisen das letzte Stück Brot, dort ließ man Löwen und andere Tiere die Menschen zerfleischen und lachte darüber, anderswo wieder mußten die Dichter die Herrscher besingen, während die Bauern sich selbst in den Pflug spannten, und überall saßen die Starken den Schwachen im Nacken und trieben sie an und peinigten sie. Da sprach ich zu ihm: Bist du Gottes Sohn, so siehe, wie dein Vater alles so weise eingerichtet, und nimm's in die Hand und kehre das Untere zuoberst, denn die Zeit ist gekommen, das wahre Reich GOttes zu errichten. Gehe du aus und sprich zu dem Volke und sammle es um dich und führe es, wie einst ein anderer Joshua es tat, und sage ihnen, sie sollen sich gürten für den Tag, und dann laß die Posaunen blasen, und die Tore der Reiche der Welt werden sich öffnen vor dir und ihre Mauern in Staub fallen, du aber wirst über sie herrschen in Glanz und Gerechtigkeit, und der Mensch wird frei sein, die Himmel zu erstürmen.

Er aber ließ seinen Blick schweifen über die Täler und Höhen, über die schroffen Felsen, auf denen der Schnee lag, und über die Hütten und die Paläste, die in der Ferne erkennbar, und sprach mit seiner leisen Stimme: Mein Reich ist nicht von dieser Welt.

Aber du magst beginnen mit dieser, sagte ich, dann wäre schon etwas getan.

Er schwieg.

Oh, Reb Joshua, dachte ich, ich will ringen mit dir wie der Engel des Herrn mit Jaakob rang, und ich sagte: Es ist prophezeit worden, daß einer kommen wird, der die Fürsten zunichte macht und die Richter auf Erden zu eitel Staub, als wären sie nicht gepflanzt noch gesät und als hätte ihr Stamm keine Wurzel.

Er nahm meine Hand, und ich spürte, wie kalt die seine war in der dünnen Luft über dem Gipfel, und er sprach: Der Prophet sagt aber auch, »Er wird nicht zanken und man wird sein Geschrei nicht hören auf den Gassen; das zerstoßene Rohr wird er nicht zerbrechen und den glimmenden Docht wird er nicht auslöschen«.

Reb Joshua, erwiderte ich ihm, es steht aber auch geschrieben: »Er kommt gewaltig, und sein Arm wird herrschen, und sein ist die Vergeltung.«

Er aber schüttelte den Kopf und sprach: Nein doch, du Gestürzter, der wieder nach oben strebt, denn der Prophet sagt von dem Meschiach, »Siehe, Tochter Zion, dein König kommt zu dir, ein Gerechter und Helfer, arm und sanftmütig, und reitend auf dem Füllen einer Eselin«.

Da packte mich ein großer Zorn, und ich antwortete: Ein solcher wird keinen Topf Milch zum Säuern bringen. Nein, du bist nicht, der da kommen soll und alle Täler erhöhen und alle Berge und Hügel erniedrigen und ebenen, was da ungleich ist; wir werden wohl eines anderen warten müssen.

Dich aber werden sie nehmen und verhöhnen als einen falschen König, und werden dich stäupen und dir Dornen aufs Haupt pressen und dich ans Kreuz heften, bis dein laues Blut gänzlich herausgeronnen ist aus deinem sanft duldenden Herzchen; es ist nicht das Lamm, das die Welt verändert, das Lamm wird geschlachtet.

Das Lamm, sagt er, nimmt die Schuld auf sich.

Da ließ ich ihn stehen in der Kälte und ging meines Weges. Er aber beeilte sich und kam mir nach den Berg hinab, stolpernd und unsicheren Fußes, und rief: Verlaß mich nicht, denn ich habe sonst keinen, und ich weiß, keine Hand wird sich heben für mich, aber alle werden mich verleugnen.

Ich hielt inne. Und er kam zitternd und mit großen Tropfen Schweiß auf der Stirn, und es reute mich, daß ich ihn von mir gestoßen, und ich sagte: Es ist keine Gleichheit zwischen dir und mir, denn ich bin der Geister einer und du ein Menschensohn. Aber ich will bei dir sein, wenn sie alle dich verlassen, und will dich trösten, bevor deine Stunde kommt. Bei mir wirst du ausruhen können.

Er aber verließ die Wüste und begab sich nach Kapernaum zu den Fischern und predigte zum Volke, daß die Sanftmütigen selig seien, denn sie würden das Erdreich besitzen, und selig auch die, welche da hungern und dürsten nach Gerechtigkeit, denn sie sollten satt werden.

Sechstes Kapitel

*In welchem dem Professor Leuchtentrager autoritativ
mitgeteilt wird, daß wir in der DDR nicht an
Wunder glauben, somit auch nicht an einen
real vorhandenen ewigen Juden*

Herrn Prof. Dr. Dr. h. c. Siegfried Beifuß
Institut für wissenschaftlichen Atheismus
Behrenstraße 39a
108 Berlin
German Democratic Republic

31. Januar 1980

Sehr verehrter, lieber Herr Kollege!

Sie haben mir mit Ihrem Schreiben vom 12. ds. eine höchst angenehme Überraschung bereitet. Ich hatte gar nicht erwartet, daß meine wenigen Bemerkungen bei Ihnen auf ein derartiges Interesse stoßen würden, und es erfüllt mich verständlicherweise mit Befriedigung, von Ihnen zu erfahren, daß Sie Ihr ganzes Kollektiv in Sachen Ahasver bemüht haben. Leider müssen wir hier auf unserem Gebiet mit, zahlenmäßig gesehen, geringeren Kräften auskommen.

Dennoch habe ich mich beeilt, Ihren Vorschlägen zu entsprechen, soweit diese sich sofort realisieren ließen. Sie finden also beiliegend drei Photographien. Die eine zeigt Herrn Ahasver vor seinem Schuhgeschäft an der Via Dolorosa; die andern beiden sind in der bekannten Manier einmal *en face,* das rechte Ohr sichtbar, und einmal im Profil; diese Bilder stammen, um das gleich zu sagen, nicht aus einer Polizeikartei, sie wurden jedoch, um Ihren Ansprüchen zu genügen, von einem Polizeiphotographen aufgenommen. Bei näherer Betrachtung lassen sie erkennen, daß der Abgebildete zweifellos ein Mann von Charakter ist, intelligent, und – beachten Sie Mund und Augen! – Sinn für Humor besitzt; ich darf noch bemerken, daß Frauen großes Interesse für ihn zeigen, um so mehr, als er Junggeselle ist.

Weiter, und wiederum Ihrer Anregung folgend, verehrter Herr Kollege, habe ich eine gerichtsmedizinische Untersuchung des Herrn Ahasver veranlaßt. Diese wurde von Professor Chaskel Meyerowicz, dem Leiter des gerichtsmedizinischen Instituts der Hebrew University durchgeführt; die Befunde liegen bei und besagen, daß der Untersuchte die Konstitution eines Mannes von etwa vierzig Jahren besitzt und weder größere körperliche Schäden hat noch an chronischen Krankheiten leidet. Bei der Blutuntersuchung allerdings ergaben sich Resultate, die Professor Meyerowicz veranlaßten, Dr. Chaim Bimsstein vom radiologischen Institut der Universität hinzuzuziehen. Dieser konnte bestätigen, daß sich im Blut des Untersuchten tatsächlich Spurenelemente von radioaktiven Stoffen mit einer halben Zerfallszeit von mindestens zweitausend Jahren fanden, was darauf hinweist, daß Herr Ahasver noch älter sein muß als bisher angenommen und nicht erst zu Zeiten des Jesus von Nazareth zur Welt gekommen ist. Ein von beiden Herren unterzeichnetes Gutachten ist den anderen Befunden beigeheftet.

Ich hatte auch die Absicht, Ihnen einen kurzen Tatsachenbericht über meine Erlebnisse in den letzten Tagen des Warschauer Ghettos zu schreiben, nicht nur, weil mein Freund Ahasver dabei eine gewisse Rolle gespielt hat, sondern weil solche Dinge Sie als Bürger eines der beiden deutschen Staaten besonders berühren werden. Leider – oder sollte ich lieber sagen, zu meiner Genugtuung – hatte eine andere Verpflichtung Vorrang, eine Reise nach Istanbul, wo, wie Ihnen sicher bekannt sein wird, im ehemaligen Serail des Kalifen das Archiv der Hohen Pforte sich befindet.

Dank der Güte des Kurators, Professor Kemal Denktash, war mir endlich gestattet worden, im Archiv zu arbeiten, und ich fand dort, was ich schon lange suchte, nämlich die Dokumentation über einen Prozeß gegen die ehemaligen Ratgeber des Kaisers Julian Apostata. Der Prozeß fand A. D. 364, ein Jahr nach dem gewaltsamen Tode des Kaisers, statt, und einer der Angeklagten war tatsächlich ein Jude mit Namen Ahasver. Die leider beschädigte Handschrift enthält Teile einer Anklagerede des Gregor von Nazianz, des späteren Patriarchen von Konstantinopel, in der dieser dem Ahasver vorwirft, ein Anstifter des Apostata zu sein, »zu dem Zweck, um Unruhe und Umsturz zu stiften und die kirchliche und staatliche Ordnung zu untergraben, in Rom wie im Reiche Gottes, den Christenmenschen zum Greuel, und gefordert zu haben, daß die Bischöfe Christi zurückgeben sollten, was sie den Tempeln und Synagogen geraubt«.

Ahasver durfte sich verteidigen; ich konnte jedoch, da das Pergament an dieser Stelle stärkere Schäden aufweist, nur wenige Sätze von ihm entziffern, und auch diese nur teilweise. Jedenfalls erhellt aus dem Vorhandenen, daß er erklärt haben muß, der Jesus, den die Christen verehrten, sei weder der Sohn des Judengottes noch der von den Juden erwartete Messias gewesen, sondern ein kleiner Rabbi und Wahrsager und Handaufleger, wie sie jetzt noch ihr Wesen trieben, und die Lehre, welche in seinem Namen gepredigt werde, sei nichts als eine trübe Mischung von dem, was die Juden von sich gewiesen und die Griechen längst verworfen hätten. Und dieses wisse er, weil er selbst noch den Jesus gekannt und mit ihm geredet habe.

Das Ende des Dokuments bringt einen Hinweis auf die Bestrafung der Angeklagten: Ahasver sollte geviertelt werden. Sie und ich, verehrter Herr Kollege, sind uns ja darüber einig, daß die Kirche im Lauf ihrer Geschichte viel Grausames getan hat; wie jede auf Dogmen gegründete Organisation verzeiht sie keinem, der auch nur ein Tüttelchen ihrer Lehre in Frage stellt.

Ich nehme an, daß die Ergebnisse meiner Nachforschungen im Archiv der Hohen Pforte Sie besonders interessieren werden, weil Sie in Ihrem ansonsten so sorgfältig recherchierten Büchlein »Die bekanntesten judäo-christlichen

Mythen im Lichte naturwissenschaftlicher und historischer Erkenntnisse« in dem Abschnitt »Über den Ewigen (oder Wandernden) Juden« erwähnen, diese Legende sei eine verhältnismäßig späte Entwicklung und der Name Ahasver tauche überhaupt erst in Zusammenhang mit dem nachmaligen Schleswiger Superintendenten Paul von Eitzen auf, von dem in einigen Drucken höchst zweifelhafter Herkunft berichtet werde, er sei dem Ewigen Juden während seiner Studentenzeit in Wittenberg oder in der Nähe der Stadt begegnet. Auch mir ist dieser Eitzen vertraut, ein Hohlkopf und Eiferer, aber, wie u. a. mein Fund im Archiv der Hohen Pforte belegt, keineswegs der früheste Zeuge für die Existenz des Ahasver.

Warum eigentlich, so frage ich mich, verehrter Herr Kollege, wollen Sie sich nicht mit dem Gedanken befreunden, daß es den ewigen Juden *realiter* geben könnte? Einmal angenommen, sein Vorhandensein wäre ein ganz natürliches Phänomen, so würde es seinen Charakter als ein Wunder Gottes bzw. Christi, das Sie natürlich ableugnen müßten, sofort verlieren und könnte daher auch nicht als Gottesbeweis benutzt werden.

Ich stehe Ihnen zu weiteren Auskünften, soweit sie mir verfügbar, gerne zur Verfügung und verbleibe mit kollegialen Grüßen,

Ihr ergebener
Jochanaan Leuchtentrager
Hebrew University
Jerusalem

Genossen Prof. Dr. Dr. h. c. Siegfried Beifuß
Institut für wissenschaftlichen Atheismus
Behrenstraße 39 a
108 Berlin

12. Februar 1980

Werter Genosse Beifuß!
Nach Einsichtnahme in Deine Korrespondenz mit Prof. Leuchtentrager von der Hebrew University in Jerusalem beauftragen wir Dich, diese fortzusetzen. Dabei ist die größte Prinzipienfestigkeit zu zeigen und sind unsere wissenschaftlich erarbeiteten und erwiesenen Standpunkte konsequent zu

vertreten. Wo angängig, ist auch auf die Rolle des Staates Israel als Vorposten des Imperialismus gegen unsere um ihre Freiheit kämpfenden arabischen Freunde hinzuweisen.

Mit den zuständigen Organen ist Rücksprache genommen worden.

Mit sozialistischem Gruß

Würzner
Hauptabteilungsleiter,
Ministerium für Hoch- und
Fachschulwesen

Herrn Prof. Jochanaan Leuchtentrager
Hebrew University
Jerusalem
Israel

14. Februar 1980

Lieber, verehrter Herr Kollege!

Ihren freundlichen Brief vom 31. Januar mitsamt Beilagen habe ich erhalten und ich habe, des allgemein interessierenden Inhalts wegen, auch diesmal wieder mit meinem Kollektiv Rücksprache genommen.

Sie fragen, und das erscheint mir als der zentrale Punkt Ihres Schreibens, weshalb ich, d. h. wir hier in unserm Institut, uns nicht mit dem Gedanken eines real vorhandenen Ahasver befreunden können, und Sie versuchen sogar, es uns leicht zu machen, diesen Gedanken zu akzeptieren, indem Sie hinzufügen, der Glaube an eine Existenz des ewigen Juden heiße nicht, an irgendwelche Wunder zu glauben.

Prinzipiell möchte ich Ihnen versichern, daß wir in der DDR überhaupt nicht an Wunder glauben, ebensowenig wie an Geister, Gespenster, Engel oder Teufel. Die enorme Langlebigkeit des Herrn Ahasver als Fakt anzuerkennen, würde aber bedeuten, nicht nur an dieses Wunder zu glauben, sondern auch an Jesus, der den Juden angeblich verflucht hat, am Leben zu bleiben und ruhelos zu wandern bis er, der Sohn Gottes, zurückkehre und Gericht halte. Als Wissenschaftler, sehr verehrter Herr Kollege, werden Sie uns zustimmen, daß eine solche These unhaltbar ist.

Nun zu Ihrem Beweismaterial, das Sie uns dankenswerterweise zur Verfügung stellten. Die drei Photos, das werden Sie zugeben, beweisen höchstens, daß es bei Ihnen einen

Mann gibt oder gegeben hat, dessen Äußeres dem der auf den Polizeiphotos dargestellten Person gleicht und der sich außerdem noch vor einem Schuhgeschäft knipsen ließ.

Die medizinischen Befunde, die ich zusätzlich einem Ärztekollektiv an der Charité, der hiesigen Universitätsklinik, vorlegen ließ, sind gleichfalls alles andere als ein Beweis für das hohe Alter Ihres Ahasver; Ihre eigenen, israelischen Ärzte geben ihm bekanntlich etwa vierzig Jahre. Nur der Blutbefund spricht für Ihre Behauptung, meint man an der Charité, wenn nicht, worauf der Hämatologe Professor Leopold Söhnlein mich aufmerksam machte, die Möglichkeit, ja die Wahrscheinlichkeit bestünde, daß die von Ihnen als so wichtig betrachteten Spurenelemente von dem Untersuchten mit irgendwelchen pflanzlichen Stoffen aufgenommen und durch den Magen-Darm-Trakt in den Blutstrom eingeschleust wurden.

Ich schreibe Ihnen das alles nicht aus irgendeinem Mißtrauen gegen Ihren Freund Ahasver oder gar gegen Sie, lieber Herr Kollege; meinen Mitarbeitern und mir geht es vielmehr einzig um die wissenschaftliche Beweiskraft Ihrer Angaben, die im Falle der drei Photos wie der ärztlichen Befunde gleich null ist. Sie befinden sich da in einer ähnlichen Lage wie seinerzeit Papst Pius XII., der in seiner Rede »Die Gottesbeweise im Lichte der modernen Naturwissenschaft« aus der sogenannten Rotverschiebung im Spektrum der außergalaktischen Sternsysteme auf eine Urexplosion schloß, auf einen Schöpfungsakt also und damit auch auf einen Schöpfer. Dabei muß die Rotverschiebung nicht unbedingt eine Fluchtbewegung der Sternsysteme von einem Mittelpunkt her bedeuten; sie könnte, wie Professor Freundlich meint, auf einem Energieverlust beruhen. Es handelt sich hier also, genau wie bei den Spurenelementen im Blut des Herrn Ahasver, um ein noch ungeklärtes wissenschaftliches Problem, das, sollte es sich als wichtig genug erweisen, zweifellos eines Tages von den Menschen gelöst werden wird. Der dialektische Materialismus aber lehnt es ab, auf noch völlig umstrittenen Auffassungen der Wissenschaft philosophische Schlußfolgerungen aufzubauen.

Anders verhält es sich bei Ihrem Bericht aus dem Archiv der Hohen Pforte, den ich dankbar zur Kenntnis nahm. Schade nur, daß man keine Photokopie der Handschrift erhalten kann, da, wie uns bekannt ist, dieses Archiv, ähnlich dem Vatikanischen, die Herstellung von Kopien nur in Ausnahmefällen gestattet. Es gab also einen Ahasver, der ein Berater des Kaisers Julian Apostata war; Fürsten haben ja stets etwas für gescheite Juden übrig gehabt, so wie es die Juden auch immer zu den Fürsten zog. Aber muß der Ahasver, der im Jahre 364 gevierteilt wurde, unbedingt mit Ihrem Schuhhändler von der Via Dolorosa identisch sein?

Die Frage stellen heißt, sie verneinen. Es hat, wie Sie besser wissen werden als ich, mehr als einen Ahasver in der Geschichte gegeben; ich erinnere nur an den König gleichen Namens im Buch Esther, der laut Bibel auch schon mit den Juden Schwierigkeiten hatte. Herr Professor Walter Beltz von der Universität Halle hat mir bestätigt, daß der Name Ahasver eine aramäische Verballhornung des persischen Artaxerxes ist, welchen Namen man als »der von Gott Erhöhte«, oder »von Gott Geliebte«, kurz, Gottlieb übersetzen könnte. Wollen Sie etwa auch behaupten, daß Ihr Ahasver eine Reinkarnation des Perserkönigs sei?

Ich muß, verehrter Herr Kollege, auch Ihre Bemerkung über den Superintendenten Paul von Eitzen korrigieren, den Sie als »Zeugen für die Existenz des Ahasver« bezeichneten. Es liegt mir natürlich fern, einen eingeschworenen Lutheraner wie Eitzen zu verteidigen, aber ich muß doch zu seinen Gunsten sagen, daß sich in keiner seiner Schriften, weder in seinen zahlreichen lateinischen Schriften noch in seiner »Christlichen Unterweisung«, worin er von der Prädestination und vom Abendmahl handelt, noch in seinen gesammelten Predigten, der »Postille«, irgendein Hinweis auf eine Begegnung des Autors mit dem ewigen Juden enthalten ist; auch in Feddersens »Geschichte der Kirche in Schleswig-Holstein«, in der des langen und breiten von Eitzen die Rede ist, wird nichts davon berichtet. Meinen Sie nicht, lieber Herr Professor Leuchtentrager, daß ein so schreibwütiger Mann wie Eitzen, der noch dazu fast jeden Sonntag predigte, eine solche doch sicher recht aufregende Begegnung erwähnt und zu interessanten moralischen Nutzanwendungen gebraucht haben würde, hätte sie wirklich stattgefunden?

Darf ich zum Schluß meines ungebührlich langen Briefes noch hinzufügen, daß Sie mir eine Frage unseres Pressereferenten Dr. W. Jaksch zu beantworten versäumten, nämlich wie es kommt, daß die sonst so sensationslüsternen westlichen Medien von einem angeblich mindestens zweitausendjährigen Manne bisher keine Notiz genommen haben? Ich möchte diese Frage nach Erhalt der Photographie des Herrn Ahasver vor seinem Schuhgeschäft dahingehend erweitern: Wieso hat Herr Ahasver selber noch keinen Gebrauch von der Tatsache gemacht, daß er sein Geschäft heute noch an derselben Stelle am Weg nach Golgatha betreibt, wo er damals den verurteilten Jesus von seiner Tür wies? Beinahe zweitausend Jahre der gleiche Besitzer im gleichen Laden am gleichen Ort – welches Unternehmen in einem kapitalistischen Lande könnte auch nur annähernd Ähnliches von sich behaupten! Womit ich freundlich grüßend verbleibe,

Ihr ergebener
(Prof. Dr. Dr. h. c.) Siegfried Beifuß
Institut für wiss. Atheismus
Berlin, Hauptstadt der DDR

Siebentes Kapitel

In welchem sich zeigt, daß einer, so er nur gelernt
hat, den rechten Glauben von den Irrlehren zu
scheiden, durchaus imstande ist, auch über
Dinge zu reden, von denen er keine
Ahnung hat

Der junge Eitzen sitzt da mit den Scharteken vor sich auf dem Studiertisch und seufzt herzzerbrechend, denn es schwimmt ihm vor den Augen und die Weisheiten der heiligen Kirchenväter und anderen Autoritäten umschwirren ihn wie die Mücken am Sumpf und er kann sie nicht erhaschen.
's ist gar freundlich gewesen von den Herren Doctores und Professores der Universität, daß sie ihn prüfen wollen außer der Reih und verfrüht, seines Vaters nahenden Endes wegen, aber nun wird er zeigen müssen, daß er gelernt hat, den rechten Glauben zu scheiden von den Irrlehren, welche der Teufel den Menschen eingibt, und den allein richtigen Weg zu finden und das allein richtige Wort zu zitieren, denn alles andere ist von Übel und führt stracks in die Ketzerei. Ach

hätte er doch nur, so denkt er reuig, sich mehr gemüht in all der Zeit und eifriger hingehört bei den Diskursen der gelehrten Herrn, aber er hat mehr an die Margriet gedacht denn an *consubstantatio* und *transsubstantatio,* und hat sich öfter als gut ist verführen lassen von seinem Freund Leuchtentrager zu noch einem Gläschen Wein und noch einem Humpen Bier, statt den feinen Unterschied zu lernen, welchen der heilige Athanasius getroffen zwischen dem Vater, dem Sohne und dem Heiligen Geist, wonach nämlich der eine nicht gemacht, noch geschaffen, noch geboren ist, und der andere nicht gemacht, noch geschaffen, sondern geboren, und der dritte nicht gemacht, nicht geschaffen, nicht geboren, sondern ausgehend; aber welcher ist nun welches und warum?

Und wie er noch so seufzt voll Unruh und schlechtem Gewissen, da sieht er, wie das Nachtlicht anfängt zu flackern, und spürt, daß da noch einer im Raum ist und aus dem Schatten tritt.

»Wird dir alles nichts nützen«, sagt Leuchtentrager, denn er ist's, der plötzlich Gestalt geworden und vor ihm steht, »und all dein Geles und Gelern und Gepauk sind eitel Nonsens, entweder du weißt's, wenn die Zeit kommt und sie dich fragen, oder du weißt's nicht, und das beste ist, frisch drauflos geschwatzt, die ganze Theologie ist doch nur ein Wortgeklaub und irgendein Spruch paßt immer.«

Der junge Eitzen hätt ihn am liebsten verflucht, aber er tut's nicht, denn ist kein andrer da, der ihn aufrichten könnte. »In meinem Schädel geht's zu«, klagt er, »als wären tausend Würmer drin, welch alle sich ringeln und schlängeln; der Teufel hat mein Gehirn genommen und hat's derart verdreht.«

»Der Teufel«, sagt Leuchtentrager, »hat Beßres zu tun als das. Aber ich werde dir trotzdem helfen.«

»Ja, helfen«, sagt Eitzen, »wie bei der Margriet, die prompt auf und davon ist mit dem Jüden.«

»Du hast dir nicht wollen lassen helfen«, sagt Leuchtentrager, »sonst wär's vielleicht auf andere Weis ausgegangen; aber der Jüd ist auch sehr mächtig.«

»Ich möcht wohl wissen«, sagt Eitzen, »wie du mir helfen willst, wenn ich dem Doktor Martinus gegenübersteh und dem Magister Melanchthon.«

»Ich werd dort sein«, sagt Leuchtentrager.

»Das ist ein Trost«, sagt Eitzen. »Und wirst antworten an meiner Statt?«

»Ich werd dort sein«, sagt Leuchtentrager, »und du wirst antworten.«

»Du magst die Antworten wissen beim Kartenspiel«, sagt Eitzen, »welches nicht ohne Grund des Teufels Gebetbuch heißt. Aber wie willst du dich auskennen in der Lehre Gottes, da ich schon nicht aus noch ein weiß und am liebsten auffahren möchte zum Himmel in einem feurigen Wagen wie der Prophet Elias, statt morgen mich hinschleppen zur Universität.«

»Ich weiß, was sie dich fragen werden«, sagt Leuchtentrager.

»Wie das?« zweifelt der junge Eitzen. »Das halten sie hochgeheim, sonst könnt ja ein jeder kommen und sich examinieren lassen und die Doktorhüt wären das Dutzend für einen Groschen.«

»Ich weiß es aber«, sagt Leuchtentrager, »und ich will wetten mit dir: wenn, was ich dir sag, nicht stimmt und sie fragen dich morgen ein anderes, so will ich dein Diener sein bis übers Jahr und du kannst haben von mir, wonach dich gelüstet.«

»Auch die Margriet?«

»Auch die Margriet.«

Da wird dem jungen Eitzen doch bange, daß es stimmen könnt mit der Prophetie seines Freundes, oder daß der Luther oder sein Lehrer Melanchthon sich verplappert haben möchten in dessen Gegenwart, und er fragt, »Und was zahl ich, wenn ich verlier?«

»Nichts«, sagt Leuchtentrager, »ich bekomm von dir, was ich will, auch so.«

Das bedrückt den jungen Eitzen in der Seele, daß er nicht mehr sein soll denn Ton in des Töpfers Hand und daß der Leuchtentrager es auch noch weiß; aber nun will er doch von ihm hören, in welcher Frage er morgen wird examiniert werden, weil er sich dann wohl noch präparieren möchte.

»Sie werden dich examinieren über die Engel«, sagt ihm Leuchtentrager, »und betreffs dieser weiß ich mehr als dein Doktor Luther und dein Magister Melanchthon und sämtliche Professores der Universität zusammen.«

»Aber ich nicht«, stöhnt Eitzen, und sucht unter den verschiedenen Büchern auf seinem Tisch und greift sich den heiligen Augustinus, darin wird sich's wohl finden.

Doch sein Freund legt ihm die Hand auf die Schulter und sagt, »Und so du den ganzen Augustinum pauktest heut nacht und die neunhundert und neunundneunzig mal tausend Namen der Engel dazu, was hülfe es dir, wenn's dir morgen nicht in den Kopf kommt? Laß uns eins trinken.«

Da bemächtigt sich des jungen Eitzen eine edle Verzweiflung und er denkt sich, verloren wäre er so und so, und wenn sich's doch bestätigte, daß Doktor Martinus und sein Lehrer Melanchthon ihn wegen der Engel prüften, so würde ihm auch Hilfe werden, entweder von Gott in der Höh oder vom Teufel in der Tiefe. Und so folgt er dem Freund die Stiege hinab und sieht, in der Stube warten schon die Flaschen mit dem Dunkelroten, Leuchtenden, und er sieht wieder die Margriet, wie sie dem Jüden auf dem Schoß sitzt, und es wird ihm bitter im Munde und er denkt, lieber sollt sie tot sein als in den Armen des Jüden, und erschrickt ob solch sündhaften Wunsches.

»Trink!« sagt Leuchtentrager. »Auf all die lieben Enge-lein!«

Eitzen trinkt. Und es wird ihm so wohlig im Herzen und so leicht im Gemüt, daß er gar nicht merkt, wie sie eine Flasche öffnen nach der andern, bis er dem Leuchtentrager an die Brust sinkt und von nichts mehr weiß.

Am anderen Morgen dann, mit den Dämpfen des Weins noch unter dem Schädel, wankt er hinüber zur Universität, nachdem er vergeblich gerufen hat nach seinem Freund, der ihm doch in seiner Prüfungsnot helfen sollte; aber von dem ist keine Spur und kein Schatten, weder im Hause noch draußen. Und so steht er denn schließlich in der feierlichen Halle, voller Bangen und Unwohlsein, zu seiner Linken und Rechten und hinter ihm die Geistlichkeit und die vom Rat der Stadt, und vom kurfürstlichen Amt einer mit vergüldeter Kette am Hals sowie Studiosi und anderes Volk, und vor ihm die Herren Examinatoren, in ihrer Mitte sein Lehrer Me-lanchthon und der große Doktor Luther, beide in ihren Roben; ihm aber ist's, als wären sie zwei Scharfrichter und trügen ihre Äxte unterm Gewande, und er sieht, wie sie ihn mißbilligend betrachten, sein triefendes Aug und verstrub-beltes Haar, und wie der Magister Melanchthon ein Tüchlein sich vor die Nase hält, denn der Kandidat Paulus von Eitzen stinkt übel vom Munde.

»Nun«, sagt der Herr Dekan, »seid Ihr bereit, Herr Kandidat?«

»In Gottes Namen«, sagt der junge Eitzen, und spürt, wie all seine Wissenschaft sich verflüchtigt hat wie ein Wölkchen Rauch in der Luft, und blickt sich verzweiflungsvoll um in der Runde, ob nicht, wenn schon kein freundlicher Schutzengel, so doch wenigstens der Leuchtentrager irgendwo wäre.

»Junger Mann«, sagt Doktor Martinus und fixiert ihn mit seinem einen gesunden Auge, »sagt uns doch, was Ihr wißt von den heiligen Engeln und ihrem Wesen.«

Also doch, denkt sich Eitzen, hat er doch recht prophezeit, der Leuchtentrager, und wird mir nicht dienen müssen bis übers Jahr, und mit der Margriet ist's auch nichts. Aber sonst hat er keinen Gedanken und weiß nicht, was er den Herrn Doctores und Professores sagen könnt bezüglich der Engel und deren Wesen, und stammelt erbärmlich und tritt von einem seiner Füß auf den anderen, ganz als stünde er bereits auf der rotglühenden Platte über dem Fegefeuer.

»Herr Kandidat!« mahnt ihn Doktor Martinus. »Die Engel!«

Da, wie er schon davonlaufen will in Schande, ganz gleich wohin, erspäht Eitzen den Leuchtentrager, und auf einmal wird's dem Kandidaten Eitzen so absonderlich im Kopf und ist ihm, als umsprühten Funken ihm die Stirn, und er hebt an, die Worte kommen ihm wie von selbst, weiß nicht woher, und deklamiert, »*Angeli sunt spiritus finiti,* von geistiger Substanz, an Zahl endlich, von Gott erschaffen, mit Verstand begabt sowie mit freiem Willen, und bestimmt, Gott eifrig zu dienen. Ihre Attribute sind, *ad primum,* die negativen: *Indivisibilitas,* da sie nicht aus Teilen komponiert, sondern ein Ganzes sind; *Invisibilitas,* da ihre Substanz unsichtbar; *Immutabilitas,* da sie nicht wachsen oder geringer werden; *Incorruptibilitas,* da sie nicht sterblich; und *Illocalitas,* da sie überall und nirgends. *Ad secundum...*«

Eitzen sieht, wie dem guten Doktor Martinus das Maul weit offensteht, und wie der Magister Melanchthon die Augen aufreißt vor solch gelehrtem Redefluß, aber der Geist, der über ihn gekommen ist, trägt ihn mit sich fort, und er berichtet, *ad secundum,* nun von den affirmativen Qualitäten der Engel, als da sind ihre *Vis intellectiva,* weil sie mit Einsicht begabt, ihre *Voluntatis libertas,* weil ihnen die Kraft innewohne zum Guten oder zum Bösen, ihre *Facultas loquendi,* denn sie redeten häufig, zu den Menschen wie untereinander, ferner ihre *Potentia,* die sie zwar *Mirabilia,* nämlich Wunderbares, nicht aber *Miracula,* also keine Wunder, vollführen lasse; und dann sei da ihre *Duratio aeviterna,* man beachte, nicht *eterna,* denn sie seien wohl unvergänglich, doch nicht ewig in Anbetracht, daß sie einen Anfang hatten; und endlich besäßen sie *Ubietatem definitivam,* einen eindeutigen Wohnsitz, und *Agilitatem summam,* da sie mit größter Beweglichkeit bald hier, bald dort auftauchten.

Bis dahin nun hat der Atem des Kandidaten Eitzen gereicht, jetzt aber muß er verschnaufen, wie auch die Herren Examinatoren und die vom Rat der Stadt und vom kurfürstlichen Amte, welch alle noch nie bei einem Examen eine solch weitreichende und ins einzelne gehende Ausführung vernommen haben und davon ganz erschlagen sind. Die Studiosi aber, die nie viel von Eitzen gehalten, trampeln mit den Füßen und schlagen mit den Fäusten auf die Tische, daß es eine Art hat und der Herr Dekan um seine Dielen und sein Mobiliar zu fürchten beginnt. Nur Leuchtentrager zieht ein Gesicht, als geschäh so was alle Tage, und hebt sein Puckelchen ein wenig, und Eitzen spürt, wie es ihn wieder packt und daß er weiterreden muß wie die Propheten von einst, in Zungen, nur weiß er nicht, sind diese Zungen von Gott oder von wem sonst.

»*Angeli boni sunt*«, sagt er, »*qui in sapientia et sanctitate perstiterunt*«, die also in Weisheit und Heiligkeit beharren, so daß sie von Sünde unangefochten Gott anbeten und von dessen ewiger Güte leben könnten. Ein Teil dieser guten Engel nun seien zum Dienst für Gott und Christus bestimmt, ein anderer Teil jedoch sorge für das Heil der Menschen. Solcher Art Engel dienten einzelnen Frommen, und zwar von deren Kindesalter bis zu ihrem seligen Tod, und seien sie, wie jeder Vernünftige leicht einsehen werde, besonders verantwortlich für die Prediger des heiligen Wortes.

Wobei der junge Eitzen einen Blick voller Bedeutung auf Luthern wirft und auf seinen guten Lehrer Melanchthon, sodann jedoch sich hinwendet zu den Herren vom Rat und den Amtleuten des Kurfürsten und mit erhobener Stimme fortfährt, »Sind aber auch verpflichtet ihrem politischen Auftrag, sind untergeordnet den öffentlichen Gesetzen, unterstützen die Diener der Obrigkeit, bewahren diese vor Gefahren und schützen sie vor ungerechten Feinden!«

Da ist's nur natürlich, daß die Herren vom Rat und die vom kurfürstlichen Amt nicken und beifällig murmeln, und mehrere von ihnen haben ein deutliches Gefühl, daß das von höherer Stelle ihnen zugewiesene Schutzengelchen hinter ihnen steht und ihnen über die Schulter guckt und spricht: Hier bin ich, Herr Erster Secretarius.

Bei solcher Wirkung seiner Worte ist's kein Wunder, daß der Kandidat Eitzen sich immer mehr begeistert und beschreibt, wie die guten Engel sich auch in der Wirtschaft betätigen, indem sie die Geschäfte der Frommen unterstützen und zu gutem Gelingen brächten, und in der Familie, indem sie diese schützen und die Ordnung in ihr aufrechterhalten, denn die Familie sei im Kleinen, was Kirche und Staat im Großen. Doch *in summa* sei all dieses, erklärt er, nur eine *Praeparatio* für ihre Aufgaben beim jüngsten Gericht, wo die guten Engel das Gerichtsurteil Christi vorzubereiten hätten, indem sie als Assessoren dienten und die Frommen von den Gottlosen schieden, die Frommen in Richtung ihres künftigen Sitzes zur Rechten Christi, die Gottlosen aber hinunter zur Hölle. Deswegen gezieme es sich für jedermann, daß wir die Engel verherrlichten und liebten, und uns hüteten, ihnen bei anrüchigen Handlungen zu begegnen; Gebete an sie zu richten sei jedoch ungebührlich.

Eitzen zittern die Knie. Zwar gebraucht der Mensch beim Reden nur Lippe und Zunge und Kehle, und manchmal die Hände, 's ist aber doch große Kraft vonnöten besonders da, wo er will, daß seine Rede mit Geist erfüllt sei; und daß die Worte des Kandidaten voll frommen Geistes sind, des sind die Herren Examinatoren, an ihrer Spitze der Doktor Luther und der Magister Melanchthon, und die andern in der Runde überzeugt. Eitzen meint, er habe es zu einem guten Punkt gebracht mit dem jüngsten Gericht und der Engelverehrung, aber so wie auf der Welt kein Ja ist ohne Nein, ist auch kein Gut ohne Böse, und er schuldet das *Caput* noch, in dem von den bösen Engeln gehandelt wird, nicht so sehr wegen der gelehrten Herrn, die ließen's wohl auch bei dem schon

Gesagten bewenden, sondern weil er fühlt, daß es sein muß. Aber wie er aufblickt um Inspiration, ist der Leuchtentrager fort; im Feld seines Gesichts findet er nur den Doktor Martinus und seinen Lehrer Melanchthon, beide voller Erwartung, und kein andrer zwischen ihrer beider Köpf, und er kriegt's mit der Angst und weiß nicht, was zu sagen, er weiß nur, wer vom Teufel spricht, erhält Besuch von ihm.

Dann jedoch spürt er, daß einer ihm nah ist, 's ist ein Hauch, nicht mehr, und er sieht, wie der Leuchtentrager ihn von der Seite her anschaut, ganz so wie in der vergangenen Nacht, da jener ihm sagte, nur frisch drauflos geschwatzt, die ganze Theologie ist doch nur ein Wortgekläub. »Angeli mali sunt«, tönt es aus Eitzens Munde, »qui in concreata sapientia et justitia non perseverarunt«, und er weiß nicht, hat er's wirklich gesagt oder sprach da einer durch ihn, und wundert sich, daß keiner der Herrn Examinatoren Protest erhebt gegen die Präsenz eines anderen zu seiten des Kandidaten, da solches doch wohl unüblich ist, wenn nicht gar verboten. Redet aber weiter von den bösen Engeln, welche in der ihnen verliehenen Weisheit und Gerechtigkeit nicht beharrt, sondern aus eigenem Willen von Gott und den Wegen des Rechts abgewichen, und somit sich zu vollendeten Feinden Gottes und der Menschen gemacht hätten.

So weit so gut, und der Doktor Luther kratzt sich wohlwollend die Backe; hat selber seine Erfahrung gehabt mit allerlei bösen Engeln, nach einem hat er sein Faß Tinte geworfen, traf aber daneben. Dem jungen Eitzen jedoch reihen sich die Worte zurecht im Munde, 's ist wie eine ganz sonderbare Besessenheit, eins um das andere zählt er auf, was die bösen Engel mit den Frommen tun, wie sie ihnen Krankheiten schicken und ihre Kräfte schwächen und sie in Versuchung führen und sie von Gott abzuwenden trachten und ihren Sinnen falsche Hoffnungen vortäuschen; und ferner, wie sie mit den Gottlosen verfahren, sich ihrer Leiber bemächtigen und ihrer Seelen und sie schon zu Lebzeiten zwicken und zwacken; besonders abgesehen aber hätten sie's auf die Geistlichkeit, indem sie Häresien sprießen ließen, und fromme Kleriker zum Ungehorsam reizten, und die Sinne der Zuhörer in der Kirche von der Predigt abwendeten, kurz, indem sie all jene verfolgten, die sich für das Reich Christi einsetzten.

Den Kandidaten Eitzen schüttelt ein Kichern, das seines sein mag oder nicht, da er bemerkt, wie die anwesenden Herrn Prediger und Pastoren die Worte schlecken, die er hat fallenlassen, so als wären's die schönsten Leckereien. Und kommt ihm auch sofort noch mehr desgleichen in den Sinn für die Herren vom Rat der Stadt und vom kurfürstlichen Amte, denn was den einen recht ist, soll den andern billig sein, und so referiert er, wie die bösen Engel sich auch tummelten unter der Obrigkeit, und wie sie die Harmonie im Staate störten, indem sie die Dissidenten unterstützten oder als Zeugen aufträten für diese, oder dem Feind an die Hand gingen, indem sie Kaisern und Fürsten falsche Ratschläge einbliesen, oder Unruhe und Unzufriedenheit schüfen unter dem Volke.

Das ist wie himmlische Musik für die Ohren der Amtleute und Ratsherren, daß ihnen bestätigt wird aus berufenem Munde, nicht sie wären schuld an ihren Ungelegenheiten, sondern eine muntere Rotte von Teufeln; und hinge es nur ab von ihnen, sie gäben dem Kandidaten Eitzen wohl gerne ein »*summa cum laude*«. Dem aber ist, als krieche sein Freund Leuchtentrager in ihn hinein, so dicht ist dieser an ihn herangerückt mitsamt Puckel und Hinkebein. Und er ruft aus mit einer Stimme, die ihm selber durch Mark und Bein dringt, »Ist der bösen Engel Macht aber größer denn alle menschliche, weil sie von göttlicher Kraft herrührt, und ist nur um weniges schwächer als die Macht Gottes. Und ist ihr Herr der Engel Lucifer, der über der unteren Ordnung thront auf einem schwarzen Thron, umlodert von Flammen, und ein anderer ist Ahasver, welcher die Welt verändern will, da er glaubt, sie sei veränderbar und die Menschen in ihr desgleichen. Und weiß keiner, wie viele von ihnen noch da sind, und in welcher Gestalt.«

Und verstummt. Luther, sieht er, ist höchst unruhig geworden; von derlei Kenntnissen will der gute Doktor Martinus nichts hören, weiß keiner, von wem sie dem Herrn Kandidaten beigekommen. Eitzen selber wird's immer unheimlicher, ein Dunkel hat sich gesenkt, draußen als auch drinnen in der Halle, und vor den Fenstern fährt ein Blitz nieder, gefolgt von einem Donnerschlag. Er stürzt auf die Knie.

Und da noch sein Lehrer Melanchthon und die Herren Examinatoren um ihn beschäftigt sind und suchen, ihn aufzurichten, merkt er auf einmal, daß sein Freund fort ist, und daß er allein hier ist unter den Doctores und Professores und anderen frommen Herrn, und erleichtert faltet er die Hände zusammen wie im Gebet und sagt wieder in der Stimme, die man von ihm kennt, trocken und lehrhaft, »Wir aber werden uns aufraffen gegen die Mächte des Bösen unter dem Schutz Gottes. Christus gehört der Sieg über den Teufel und die gefallenen Engel.«

Luther hat's plötzlich eilig. »Ich will ihn noch predigen hören«, sagt er zu Melanchthon, fügt aber hinzu, »ich hab Euch doch gesagt, Magister Philipp, den muß man sich merken, der wird's weit bringen.«

Achtes Kapitel

*In welchem der Ahasver den Rabbi zu retten
versucht, dieser aber darauf besteht, den
Weg, den er predigt, zu Ende zu gehen*

Ich weiß, daß er weiß, wie alles gehen wird. Einer wird ihn verraten und einer wird ihn verleugnen, und welche werden kommen mit Schwertern und Spießen und ihn hinwegführen, und der Hohepriester wird ihn verhören und verurteilen und ihn den Römern überantworten, und diese werden ihn ans Kreuz schlagen und wenn ihn dürstet, werden sie ihm Essig und Galle zu trinken geben, und er wird in schrecklichen Schmerzen sterben, und wird begraben werden und am dritten Tage auferstehen und noch ein Weilchen wandeln auf dieser Erde, bis er auffahren wird zu GOtt und seinen Sitz einnehmen zur Rechten des Vaters.

Und was dann?

So weit denkt er nicht. Ach, Reb Joshua, armer Freund, warum fragst du nicht einmal, nicht ein einziges Mal, das einfache, auf der Hand liegende: Wenn alles gesagt und getan ist, was habe ich verändert?

Ich stand in der Menge und ich sah, wie er einritt in Jerusholayim, auf einem Eselchen sitzend, wie der Prophet geweissagt, und seine langen, schmalen Füße streiften den Staub des Weges, bis die Leute ihre Kleider vor die Hufe seines Tieres warfen. Und ich hörte, wie die Leute Hosannah riefen, und etliche nannten ihn den Sohn Davids und verlangten, daß er sie führe wie David einst das Volk Israels geführt habe als König und als Prophet, und viele liefen ihm nach, darunter auch Bewaffnete, und sagten, der Tag des Gerichts sei nahe und das Ende ihrer Bedrückung. Und ich sah sein Gesicht, und es war ein Leuchten darauf, zugleich aber auch, wie ein Schleier, eine große Traurigkeit. Und ich wußte, was er dachte. Heute Hosannah, dachte er, und morgen Kreuziget ihn. Aber daß das an ihm selber liegen möchte, daran dachte er nicht. Er war wie ein Rad, das in einer Spur läuft.

Da war einer, der hieß Judas Iskariot, ein Landsmann des Rabbi aus Galiläa, aber ungemein gewitzt, und unter seinen nicht immer sehr angenehmen Schülern der unangenehmste. Bei ihm fand ich Lucifer, der mit ihm über dies und das redete, und wie denn das Geld so sehr an Wert verloren, und was gestern noch einen kupfernen Groschen gekostet, sei heute kaum für einen silbernen Denar zu haben. Dies, sagte Judas, sei genau seine Sorge; die Einnahmen des Rabbi für dessen Gebete und Weissagungen und Wundertaten stünden in keinem Verhältnis mehr zu den Preisen für Brot und Fleisch; zwölf Jünger aber wollten nach wie vor gespeist werden aus dem gemeinsamen Säckel, das er verwalte, und dabei stehe das Passahfest vor der Tür, das auch noch ein Schläuchlein Wein erfordere.

Laß diesen aus dem Spiel, Bruder, sagte ich zu Lucifer, es geht um GOtt und um alle, die hilflos in seiner Schöpfung umherkriechen, und da kommst du mit dreißig Silberlingen.

Ach du Engelchen, sagte er da zu mir, du hast dich schon ganz schön hochgearbeitet aus der Tiefe, ein regelrechter Retter der Menschheit. Das weiß ich auch, daß wir den hier nicht brauchen, verfolgen doch die Spitzel der Hohen Behörde jeden Schritt deines Reb Joshua und berichten jedes seiner Worte ohnehin; aber warum soll einer, der das Seinige dazutut, nicht ein paar ehrliche Groschen verdienen? Womit er sich dem Judas Iskariot zuwandte und ihm sagte: Mein Freund hier meint, ich gäbe dir schlechten Rat. Nun, so sage ich dir, gehorche du deinem Meister; will er, daß du ihn verrätst, so verrate ihn, wenn nicht, so nicht; dein Meister weiß, was er will.

Da ging Judas Iskariot getrost von dannen, denn die Last der

Entscheidung war von ihm genommen. Ich aber haderte mit Lucifer, doch der lachte mich aus und sagte: Der da, der uns am ersten Tag erschaffen hat aus dem Hauch des Unendlichen und aus Feuer, bevor er noch diese verstümperte Welt schuf, ist mir maßgebend. Wer, wenn nicht Er, hat sich diesem Reb Joshua gezeigt und zu ihm gesprochen? Wer, wenn nicht Er, hat ihm den Weg vorgezeichnet, den der Arme jetzt geht? Und da soll ich mich Seinem allerhöchsten Ratschluß entgegenstellen? Das habe ich einmal getan, aber du siehst, es hat wenig genützt; Er hat's immer noch mit den Geschöpfen aus Dreck und Wasser und ihrer sündigen Seele, die Er mit eingebaut hat. Was hat er nicht schon versucht! Erst hat Er sie absaufen lassen, dann hat er Schwefel und Flammen herabregnen lassen auf sie, dann hat Er sie hinmorden lassen in einem Krieg nach dem andern; nichts hat gefruchtet, immer wieder wächst das Gezücht nach, ein jedes Geschlecht übler noch als das vorhergehende, und da soll jetzt einer helfen, indem er die Sünden aller auf sich nimmt und dafür leidet? Ein höchst mangelhafter Gedanke von diesem höchst mangelhaften Gott. Nur weiter so, Herr GOtt, nur weiter so, bis das Ganze am Ende zurückstürzt in das schwarze Loch, aus dem's dereinst geschossen kam!

Da wußte ich, daß ich allein war mit meiner Hoffnung, und am ersten Tag der ungesäuerten Brote, am Abend des Tags, da man das Passahlamm opfert, begab ich mich zu dem Haus am Rand der Stadt, in dessen besten Raum schon die Polster bereitlagen für das Mahl des Reb Joshua und seiner Schüler, und wartete dort.

Nach einer Weile, als es gegen Abend ging, kamen sie alle und lagerten sich zum Mahle; Reb Joshua aber, der mich wohl erkannt hatte, wies mir den Platz zu an seiner Seite und beugte sich hin zu mir und sagte: Ich weiß, daß meine Zeit gekommen ist, es ist gut, daß du da bist, wie du versprochen hast. Dann stand er auf und legte seine Kleider ab bis auf einen Schurz, mit dem er sich gürtete, und nahm ein Becken und füllte es mit Wasser und kniete nieder vor mir und wusch mir die Füße; dieses tat er dann auch mit den anderen, auch mit Simon Petrus, der sich schrecklich dabei zierte. Ich weiß noch welch eigenartiges Gefühl ich empfand, als seine Hand mir den Fuß berührte; es war, als berührte mich ein Liebender, und ich dachte, daß diese Hand durchbohrt werden würde von einem rostigen Nagel, wenn ich's nicht verhinderte.

Reb Joshua aber sagte: Wißt ihr, was ich euch getan habe? Ihr nennt mich Meister und Herr, und das mit Recht. Ich aber bin unter euch wie ein Diener. Ich habe euch ein Beispiel gegeben, damit ihr tut, wie ich euch getan habe.

Danach legte er seine Kleider wieder an und kehrte zurück auf seinen Platz, und ich legte meinen Kopf an seine Brust, als wäre ich sein Lieblingsjünger, und redete mit ihm. Rabbi, sagte ich, deine Demut widert mich an. Dein Verräter sitzt schon unter diesen und der, der dich verleugnen wird, und die andern sind auch nicht viel besser.

Ich weiß, sagte er.

Ein Rad kann die Spur nicht wählen, in der es dahinrollt, sagte ich, aber der Fuhrmann, der den Ochsen lenkt, kann sie wechseln. Tue darum nicht, als sei dein Schicksal dir vorbestimmt, sondern raffe dich auf und kämpfe. Du hast gesehen, wie das Volk sich um dich sammelte vorm Tor der Stadt und wie die Leute dir folgten, und du hast gehört, wie sie dich begrüßten und was sie dir zuriefen. Wenn sie aber sehen werden, daß du dich greifen läßt wie ein Schaf und zur Schlachtbank führen, so werden sie sich abkehren von dir, und weder ich noch du können's ihnen verübeln.

Ich habe die Liebe gepredigt, sagte er, die Liebe ist stärker als das Schwert.

Und die nach dir kommen, sagte ich, werden zum Schwert greifen im Namen der Liebe, und das Reich, von dem du geträumt hast, wird härter regiert werden als das römische, und nicht der Herr wird die Füße des Volkes waschen, sondern das Volk wird den Nacken beugen unter den Fuß des Herrn.

Da schob er mich beiseite und nahm das ungesäuerte Brot und sprach den Segen darüber und brach es in Teile und reichte es mir und den anderen in der Runde und sagte: Nehmt und eßt; das ist mein Leib. Dann nahm er den Kelch und füllte ihn mit Wein und segnete diesen gleichfalls und sprach: Nehmt ihn und teilt ihn unter Euch; dies ist mein Blut, welches vergossen wird für viele zur Vergebung der Sünden.

Und ich aß und trank und wußte um das Vergebliche meiner Mühe, und ich sah, wie der Schatten der Trauer wiederum auf das Gesicht des Reb Joshua fiel, und er sprach: Wahrlich, ich sage euch, einer unter euch wird mich verraten.

Da war ein Geraune unter den Schülern und Angst und Verwirrung, denn sie verstanden nicht, eben noch hatte der Rabbi sie teilhaben lassen an seinem Leib und seinem Blute, und nun das. Und Simon Petrus kam und trat hinter mich und neigte sich zu mir und sagte: Du hast an seiner Brust gelegen; frag du ihn, wer unter uns der Verräter ist.

Ich hätte es ihm sagen können, ebenso den Preis, aber ich wollte, daß es der Rabbi selber täte, denn täte er's, so wäre es wohl ein erstes Zeichen gewesen, daß er sich wehrte. Reb Joshua aber tauchte ein Stück Brot in die Tunke mit bitteren Kräutern und bot den Bissen dem Judas Iskariot und sagte: Was du tust, das tue bald.

So erfüllte sich denn das Wort des Lucifer, der dem Judas gesagt hatte, so dein Meister will, daß du ihn verrätst, verrate ihn; und ich meinte, Lucifers Hohnlachen zu hören, aber er war nirgends zu sehen; und ich kehrte mich ab von Reb Joshua, denn ich dachte, wer sich selbst so verrät, der ist wahrhaft verloren.

Heute frage ich mich, hat er sich wirklich selber verraten? Oder liegt nicht die Größe des Rabbi darin, daß er den Weg zu Ende ging, den er vor sich sah? Und was wäre wohl aus ihm geworden, hätte er den Zweifel nicht von sich gewiesen, den ich ihm eingab?

Den Judas Iskariot aber nahm ich beiseite nach der Beendigung des Mahls und sagte ihm: Von deinen dreißig Silberlingen überlaß mir einen dafür, daß ich geschwiegen habe, als Simon Petrus mich fragte.

Neuntes Kapitel

Worin der Kandidat Eitzen die Macht des Wortes erfährt, besonders wenn dieses gegen die Jüden gerichtet ist

Wenn einer sein Examen glücklich hinter sich gebracht hat, kann's einen froheren Menschen geben? So einer fühlt sich, als wär ihm ein Sack Steine vom Herzen gefallen, er juchzt, wenn nicht laut heraus, so doch zutiefst in der Seele, und könnt ein gut halb Dutzend Bäume ausreißen als wären's ebensoviele zarte Grashalme.

Bei all seiner Erleichterung und Heiterkeit vergißt der junge Eitzen, nunmehr schon beinah Magister, keineswegs, wem er Dank schuldet: in erster Linie Gott, von dem alle Gnade kommt, zum zweiten aber, und dicht danach, seinem Freunde Leuchtentrager. Gott widmet er ein schönes Gebet, in das er alles hineinlegt, was ihn vor, während und am Schluß der Prüfung bewegt hat, als da sind die große Angst, die Gott von ihm genommen, und die Leere im Kopf, den Gott ihm im rechten Moment mit den gelehrtesten Gedanken gefüllt, und die Demut des Herzens, die Gott ihm eingegeben, damit er die Herren Professores und Doctores der Universität, allen voran den guten Doktor Martinus und den Magister Melanchthon, auch so recht beeindrucke. Dazu ein Verschen, das er sich ausgedacht in gut Lutherscher Manier:

Die Stund der Prüfung ist vorbei,
dir, Gott, so recht gedanket sei.
Von Gott zur rechten Zeit kommt Rat
für jeden frommen Kandidat
und Antwort auf die Prüfungsfragen,
du magst getrost solch Antwort sagen.
Drum preiset Gott auf seinem Thron
und rechts von ihm den Gottessohn.

Was anderes ist's mit seinem Freund Hans. Das Wunder der plötzlichen Kenntnis vom englischen Wesen weist deutlich darauf hin, daß der ein Werkzeug Gottes gewesen ist, vergleichbar den guten Engeln, über die er, der Kandidat Eitzen, so trefflich referiert hat bei seinem Examen, denn diese sind *per definitionem* Diener, Boten und Werkzeuge Gottes; allerdings zeigt der Leuchtentrager verzweifelt wenig Ähnlichkeit mit der Art Engeln. Und wie ihm danken? Mit Geld? Aber das Säckel am Leibgurt des jungen Eitzen hat die Auszehrung, besonders seit er den Magisterschmaus hat zahlen müssen für die Herren Studiosi, die die gleiche Bank drückten wie er, während draußen vorm Fenster die liebe Sonne so hell schien und die Vöglein so lieblich zwitscherten, und für die Herren Instructores, die drinnen über die *Historia* der Welt und die rechte Lehre Gottes lasen; und er wird wohl noch Geld leihen müssen von seinem Freund Hans als

Zehrung für den Weg, wenn er nicht zum Jüden gehen will und dort welches ausborgen gegen hohen Zins und auf die Tuche und Wolle im Geschäft seines lieben Vaters, Gott gebe ihm einen leichten Tod und die ewige Seligkeit.

»Hans«, sagt er also, »der liebe Gott wird's wohl zufrieden sein mit einem Gebet und einem Verslein zu seinem Lobe, aber was willst du haben dafür, daß du mir geholfen hast in meiner Prüfungsnot?«

Leuchtentrager, da der erste Hahn gerade zu krähen beginnt, blinzelt schläfrig und betrachtet den jungen Eitzen, der vor ihm steht im Hemd und mit nackten Beinen, und sagt, »Wenn deine Seele mehr wert wäre als Pastorenseelen gemeinhin, würde ich sagen, die vielleicht. Aber solche kommen dutzendweise und sind wie fauler Fisch auf dem Markte.«

Eitzen ist beleidigt; die unsterblichen Seelen braver Christenmenschen, die eigene einbegriffen, sind kein Gegenstand für so schändliche Scherze.

»Ich mein's ernst«, sagt Leuchtentrager. »Ich weiß gar nicht, warum ich mich abgebe mit dir: weder bist du ein Held, der kühn voranstürmt, noch hast du die Gabe, die Menschen um dich zu sammeln, und deine Gedanken bewegen sich in den ausgefahrensten Bahnen; aber vielleicht sind gerade solche zu wirken berufen in kleiner Zeit, was nützen uns die Alexander und die Sokratesse, wenn selbst der Himmel über uns kaum höher scheint als die Zimmerdecke?«

»Der Luther ist aber doch ein großer Mann«, sagt Eitzen, dem's um die Beine kalt wird.

»Ganz recht«, sagt Leuchtentrager. »Erst hat er dem Papst einen Tritt in den Hintern gegeben, hat dann aber doch gesehen, daß die göttliche Ordnung, wo oben oben und unten unten ist, muß bestehen bleiben. So wird ein fester Bau auf einem Misthaufen gegründet. Was predigst du heut früh?«

»Ich denk, über die Jüden.«

Der Leuchtentrager richtet sich auf, kratzt sich das Bärtchen und grinst. »Wegen dem, der dir die Margriet ausgespannt hat?«

»Das Predigtamt«, sagt Eitzen gereizt, »ist von Gott; dieser aber ist vom Teufel.«

»Ei ja«, sagt Leuchtentrager, »so tust du's des Doktor Luthers wegen. Hast gut hingehört, wie der gegen die Jüden geflucht und gewettert hat neulich im Haus des Magisters Melanchthon; wie denn auch der Prophet sagt: Wer dem Herrn nach dem Munde redet, wird gut fahren.«

Eitzen ärgert sich. »Ich hab meine eigenen Worte.« Er will noch mehr sagen; wie kommt der Freund dazu, ihn zu verhöhnen; zügelt sich aber, denn er meint, er möchte ihn brauchen bei seiner Predigt, so wie er ihn bitter nötig gehabt vor den Herren Examinatoren. »Du wirst doch bei mir sein in der Schloßkirchen?« sagt er zaghaft.

»Paul«, sagt Leuchtentrager, »kriech in deine Hosen; die Beine schlottern dir, daß die Knie aneinanderschlagen.«

»Du wirst doch?« sagt Eitzen.

»Ich hab nichts verloren in der Kirche«, sagt Leuchtentrager. »Und das, was du predigen wirst, kommt zu dir auch ohne mich, des bin ich sicher.«

»Du bist wohl für die Jüden?« fragt Eitzen, eingedenk des anderen, mit dem sein Freund Hans vertrauten Umgang pflegte in jener Nacht.

»Die Jüden«, sagt Leuchtentrager, »sind verflucht von Gott. Das ist wenigstens etwas, was sie auszeichnet. Was haben die restlichen Völker?«

Der junge Eitzen, der gerne glauben möchte, daß Gott sich sorgend um ihn bemüht und sogar seinen eingeborenen Sohn in dieses Jammertal geschickt hat, um ihn persönlich von seinen Sünden reinzuwaschen, erschrickt bei dem Gedanken, der da oben könnte wirklich von solcher Gleichgültigkeit sein, wie Leuchtentrager angedeutet. Aber nein, wenn schon nicht sein Freund Leuchtentrager, so wird doch Gott ihm zur Seite stehen, wenn er jetzt geht, sich anzukleiden, und sein Mehlsüppchen ißt, und danach mit der Würde, die er von nun an zeigen muß, hinüberwandelt zur Schloßkirche, um die Frühpredigt zu halten vor den Andächtigen und vor den kritischen Ohren des Doktor Martinus und seines Lehrers Melanchthon. Es ist auch sein Kopf nicht, wie er vor wenigen Tagen war, öd und bar der hineingepfropften Lehren, sondern alles ist wohlgeordnet darin, noch letzte Nacht hat er die Bücher Mosis durchwälzt nach bezüglichen Sprüchen und hat viel Zutreffendes gefunden, und zur Not hat er ein Merkzettelchen in der Tasche, das ihm wohl

Erleuchtung verschaffen wird, wenn andre Erleuchtung versagt. Auch ist der Morgen so schön, wie er aus der Tür tritt, die Tautropfen leuchten wie Diamant und Edelstein, sogar das Wasser in der Kotrinne in der Mitte der Gasse widerspiegelt den jungen Tag, und die Leute, die wie er zum Hause Gottes hineilen, grüßen ihn so freundlich, daß er im stillen meint, heute könne gar nichts mißlingen, und gleich drauf sich selber zur Ordnung ruft, denn der Teufel hat es seit je mit jenen, die voll Übermuts.

Er kennt die Kirche wohl mit ihrem hohen Dach und ihrem Tor, an welches der Doktor Martinus einst seine Thesen schlug; so, denkt der junge Eitzen, entsteht aus Geringem ein Großes; nicht einmal hundert Sätze, und Rom erzittert, die Feste des Antichrist. Und denkt weiter, daß, wenn er nur recht tapfer redet, auch sein Wort sich mächtig fortpflanzen mag zum Wohle der Christenheit.

Wie er dann die Kanzel ersteigt nach etlichen frommen Gesängen und alles still wird unten und die Gesichter sich ihm zukehren von rechts und von links und er das Haupt senkt in stillem Gebet, um den Segen des Herrn zu erflehen für das Gelingen seiner Predigt, damit er nicht dastehe wie ein Narr und ein Stammler, gedenkt er der vielen Male, da er dort unten verharrte in frommer Gesinnung, während hier oben in dieser Kanzel sein Lehrer Melanchthon oder gar Luther selber ihre Stimme erhoben. Und beginnt, »Geliebte! Gnade und Friede in Christo!« Und verliest seinen Text, »Da aber Pilatus sah, daß er nichts schaffte, sondern daß ein viel größer Getümmel ward, nahm er Wasser und wusch die Hände vor dem Volk und sprach: Ich bin unschuldig an dem Blut dieses Gerechten; sehet ihr zu! Da antwortete das ganze Volk und sprach: Sein Blut komme über uns und über unsre Kinder!« Und beginnt wieder, »Geliebte! Seht, solches hat sich zugetragen vor mehr denn tausend und fünfhundert Jahren vor dem Haus des Landpflegers Pilatus zu Jerusalem, und es ist eindeutig das Volk der Jüden gewesen, das nach dem Blut unsres Herrn und Heiland geschrieen, damit er gekreuziget werde. Und dieses Volk, mit dieser Schuld, lebt heut in unserer Mitten, und haben sie die Hoffart zu glauben, daß sie das Land Kanaan, die Stadt Jerusalem und den Tempel von Gott gehabt haben, und können jetzt noch nicht von ihrem unsinnigen Ruhm lassen, daß sie Gottes Volk seien, obzwar sie seit der Römer Zeiten vertrieben, über die Welt verstreut und bis zum Grund verworfen sind.«

Eitzen blickt auf, und sein Auge sucht den Doktor Martinus, und er sieht, wie dieser beifällig nickt, denn solcherlei Gedanken über das Volk der Jüden entsprechen genau seinen eigenen. Und der junge Prediger erkennt, daß er's richtig getroffen hat, und fährt gestärkt und ermutigt fort. Da die Jüden, sagt er, unsern Herrn Jesus mit so großem Haß verfolgt hätten und nicht hätten glauben wollen, daß in seiner Person der Messias gekommen sei, so verfolgten sie mit ebensolchem Haß auch alle Christenmenschen. Diese hießen sie Goyim, und wären wir Goyim vor ihren Augen gar keine vollwertigen Menschen, denn wir wären nicht des hohen, edlen Geblüts, Stammes und Herkommens wie sie, die sie sich von Abraham, Sarah, Isaak und Jakob herleiteten, obzwar, und dies sei wohl vermerkt, Gott durch seine heiligen Propheten die Kinder Israel allzeit eine böse Hure schalt, weil, wie insonderlich der Prophet Hosea geklagt, sie unter dem äußerlichen Schein der Befolgung der göttlichen Gesetze lauter Bosheit und Abgötterei betrieben hätten.

Der junge Prediger spürt, wie sein Wort die Herzen seiner Gemeinde rührt und daß nicht nur der Doktor Luther, sondern sie allesamt im stillen sagen, recht hat er, und jawohl und Amen. Das beflügelt ihn, und er beschließt, noch eins draufzulegen und so richtig einzuheizen, und sagt, »Sie haben einen so giftigen Haß wider die Goyim von Jugend auf eingesoffen, daß es niemanden Wunder nimmt, wenn in den Historien ihnen die Schuld gegeben wird, sie hätten Brunnen verdorben und Kinder gestohlen, welche sie dann zerpfriemt und zerstochen, wie zu Trent geschah und zu Weissensee. Wenn sie uns Christen begrüßen, verdrehen sie das Wort Seid willkommen und sprechen Sched wil kom, das ist: Scheitan komm! oder: da kommt ein Teufel. So fluchen sie uns das höllische Feuer und alles Unglück an den Leib. Dazu nennen sie Jesus einen Hurensohn und seine Mutter eine Hure, die ihr Kind mit einem dahergelaufenen Schmied im Ehebruch gehabt.«

Eitzen holt tief Atem. Ihm ist, als kämen seine Worte wie von selber, so wie beim Examen die Kategorien der Engel, obwohl in der ganzen Schloßkirche kein Schatten seines Freundes Leuchtentrager zu entdecken ist. Aber er sieht den anderen vor sich, den frechen jungen Jüden mit den kotigen Stiefeln, wie der die Margriet auf dem Schoß hielt, und das kann wohl nicht des Teufels Blendwerk sein, weil der in die Kirche nicht hineinkommt, sondern ist ein Wink Gottes, und so redet er weiter, »Womit verdienen wir eigentlich der Jüden grausamen Zorn und Neid und Haß? Wir heißen sie nicht Huren, wie sie es Maria tun, und nicht Hurenkinder, wie sie unsern Herrn Christum nennen, wir stehlen und zerpfriemen ihre Kinder nicht, vergiften ihr Wasser nicht, uns dürstet nicht nach ihrem Blut. Im Gegenteil: wir tun ihnen alles erdenklich Gute; sie leben bei uns zu Hause, unter unserm Schutz und Schirm, brauchen unsre Straßen, unsren Markt, unsre Gassen; die Fürsten lassen die Jüden aus ihrem Beutel und Kasten nehmen, was sie wollen, lassen sich selbst und ihre Untertanen durch der Jüden Wucher schinden und aussaugen.«

Womit er bei dem ist, was, wie er weiß, seine Gemeinde mehr noch bewegt als des Pilatus Wäsche und der Jüden Stammesdünkel und angebliche Auserwählung durch Gott. Und da kennt er sich aus, von Haus her und von den Reden der Erbtante in Augsburg. So hebt er denn die Hände und ruft, »Geliebte! Hat je einer unter euch einen Jüden arbeiten sehen, so wie ihr arbeiten müßt in Hitz und in Kälte, von früh bis spät? Nein, es ist, wie die Jüden wohl selbst sagen: Wir arbeiten nicht, haben gute, faule Tage, die verfluchten Goyim müssen für uns arbeiten, wir aber kriegen ihr Geld; damit sind wir die Herren, sie aber unsere Knechte. So sprechen sie, und folgen damit noch ihrem Gesetz, wie es denn heißt in Deuteronomium 23,20: Von dem Fremden magst du Zinsen nehmen, nicht aber von deinem Bruder. Der Odem stinkt ihnen nach der Heiden Gold und Silber, denn kein Volk unter der Sonne ist geiziger gewesen als sie. Nun höre ich sagen, die Jüden gäben große Summen Geldes den Fürsten und Herrschaften, und wären dadurch nütze. Ja, wovon geben sie es? Von derselben Herrschaften und ihrer Untertanen Gütern, welche sie durch Wucher stehlen und rauben.«

Er blickt um sich und sieht die Augen seiner Hörer, und wie sie an seinen Lippen hängen, und merkt plötzlich, welch große Macht von ihm ausgeht, da er hier oben auf der Kanzel steht, und daß ein wahrer Prediger des Herrn nur das rechte

Wort sagen muß zu rechten Zeit, damit die Menschen sich erheben und hinausströmen und tun, wie er sie geheißen. Und mit diesem erhebenden Gedanken im Herzen bringt er den ganzen Sermon zum guten Schluß, indem er mit Fleiß zusammenfaßt, worin der verfluchte Jüd und ein frommer Christenmensch in der Hauptsache differieren. »Die Jüden nämlich«, erklärt er, »wollen einen Messias haben aus Schlaraffenland, der ihnen den stinkenden Bauch sättige, einen weltlichen König, der uns Christen totschlage, die Welt unter die Jüden austeile und sie zu Herren mache. Wir Christen aber haben einen Messias, der macht, daß wir den Tod nicht müssen fürchten und nicht beben müssen vor dem Zorn Gottes und dem Teufel ein Schnippchen schlagen können. Auch wenn er uns nicht Gold, Silber und andern Reichtum gibt, bei solch einem Messias mag uns das Herz vor Freude springen, denn da wird die Welt zum Paradies. Und dafür danken wir Gott, dem Vater aller Barmherzigkeit, Amen.«

Spricht's, und klimmt herab von der Kanzel, mit aller Vorsicht sich an den Stein klammernd, denn nun fühlt er doch eine Schwäche in all seinen Gliedern; so kühn und geradeheraus hat selten einer gesprochen in seiner ersten Predigt und gleich die Klaue des Löwen gezeigt, eines im geistlichen Habit, versteht sich. Danach geht er hin zum Altar und beugt das Knie und spricht das Gebet zu Gott dem Allmächtigen, aber ohne Sinn und Verstand, nur die Wörter in ihrer Folge, denn erst jetzt, da er's vollbracht hat, wird ihm in der Seele so richtig klar, was das Predigtamt ist, wie denn auch der große Doktor Martinus gelehrt hat: Ein Prediger muß ein Kriegsmann und ein Hirte sein, und das sei die schwerste Kunst. Dann aber wendet er sich der Gemeinde zu und hebt die Hände, wobei er den Blick feierlich hinauf zum Gewölbe der Kirche richtet, und spricht den Segen, den einst schon der Priester Aaron gesprochen, »Der HErr segne dich und behüte dich; der HErr lasse sein Angesicht leuchten über dir und sei dir gnädig; der HErr hebe sein Angesicht über dich und gebe dir Frieden«, und erschauert zugleich bei dem Gedanken, daß es von nun an in seiner Kraft sein soll, den Segen Gottes herabzuflehen und zu erteilen, ein wahrer Mittler zwischen diesen hier und dem da oben, und sagt, »Amen«, und hört, wie die Glocke im Turm zu läuten anhebt, mächtig und klar, zum Gruß an den neugebackenen Herrn Pastor.

Draußen vorm Tor, da er den Talar schon abgelegt hat in der Sakristei, begegnet er Luthern, der, scheint's, im Schloßhof auf ihn gewartet hat und mit ihm reden will: »Junger Mann«, sagt Luther und mustert ihn mit dem einen sehenden Auge halb zweifelnd und halb auch anerkennend, »Ihr habt mir meine Gedanken im Kopf gelesen in dem, was Ihr da ausgeführt habt über das Volk der Jüden. Aber wie ich Euch zuhörte, hab ich bei mir auch gedacht: so einer wie der ist so recht gemacht, vom Teufel versucht zu werden; glaubt mir, ich habe da meine Erfahrungen. Drum rat ich Euch, verharrt allzeit in Demut und blickt gelegentlich zurück über Eure Schulter, ob er nicht bereits hinter Euch steht. Und nehmt dies; 's ist ein Brieflein, das ich Euch mitgeben will.«

Womit der große Mann sich zu ihm hinneigt, als wolle er ihn umarmen; tut's aber dann doch nicht; nur die Wolke von Bierdunst und Zwiebel, die von ihm ausströmt, umschwebt den jungen Eitzen noch, als Luther längst nicht mehr zu sehen ist.

Zehntes Kapitel

In dem Professor Leuchtentrager über die
Dialektik in der Gottesvorstellung referiert
und aus den Dead Sea Scrolls Belege
für eine wahrhaftige Begegnung
des Ahasver mit dem Rabbi
beibringt, Professor Beifuß
aber einen Forschungsauftrag erhält

Herrn Prof. Dr. Dr. h. c. Siegfried Beifuß
Institut für wissenschaftlichen Atheismus
Behrenstraße 39 a
108 Berlin
German Democratic Republic

29. Februar 1980

Lieber Herr Kollege!

Es tut mir leid, einen Mann von Ihrer geistigen Brillanz und parteilichen Prinzipienfestigkeit, eine in unserm Leben leider sehr seltene Kombination, so grausam auf den Hörnern eines Dilemmas aufgespießt zu sehen. Sie schreiben mir in Ihrem liebenswürdigen Brief von 14. ds., die Langlebigkeit des Ahasver als Tatsache zu akzeptieren, hieße, auch an Jesus zu glauben. Zwar sagen Sie nicht ausdrücklich, daß Ihnen, da Sie letzteres nicht tun können, auch das erste verwehrt ist, doch liegt dies implicite in Ihrer Feststellung.

Es handelt sich hier aber, verzeihen Sie mir, wenn ich Ihnen das sage, um einen Trugschluß, denn zum einen kann man Ahasver sehr wohl ohne Jesus sehen; zum andern jedoch, nimmt man, wie ich es tue, die Begegnung Ahasver-Jesus als gegeben an, so bedeutet dies noch lange nicht, an Jesus als den Sohn Gottes oder überhaupt als ein göttliches Wesen zu glauben. Sowieso hat es, da renne ich sicher bei Ihnen offene Türen ein, seine Not mit den Göttern. Sie sind eine Kommodität, die der Mensch sich je nach Bedarf selber herstellt und seit altersher auch hergestellt hat; nur, und das ist das Problem, entwickeln diese Götter dann ein Eigenleben, das ans Gespenstische grenzt. Ich sehe darin eine nicht zu verleugnende Dialektik, die Ihnen, der Sie doch gleichfalls Dialektiker sein wollen, sicher Freude machen wird.

Nun, bevor ich zum wichtigsten Teil meines Briefes, nämlich dem Qumran-Bericht, komme, noch einiges Wenige zu Ihren Fragen.

Ich teile Ihre Meinung durchaus, daß der Ahasver des Buches Esther nicht identisch ist mit unserm langlebigen Ahasver; dies schon deshalb, weil jener kein Jude war und seine Beziehung zum Judentum ausschließlich über seine Geliebte, besagte Esther, lief. Der Ahasver des Buches Esther ist tatsächlich der offiziell Artaxerxes genannte Perserkönig, und zwar der erste seines Namens, mit dem Beinamen Makrocheir, zu deutsch Langhand (464 bis 424 v. u. Z.), welcher in dem bekannten kimonischen Frieden die Unabhängigkeit der griechischen Städte in Kleinasien anerkannte. Wie weit Artaxerxes Makrocheir wirklich zu einem Freund und Förderer der Exiljuden wurde, darüber gibt uns allerdings nur das Buch Esther Auskunft, und bezüglich der historischen Zuverlässigkeit der einzelnen Bücher der Bibel hege ich ganz ähnliche Zweifel wie Sie; in jedem Fall sind sie mit kritischem Auge zu betrachten.

Ihrem Herrn Dr. Wilhelm Jaksch andererseits kann ich nicht

beipflichten, wenn er mit seinen sicher wohlgemeinten Fragen über das mangelnde Interesse der Medien an meinem Freunde Ahasver sowie über dessen Werbemethoden die zugegebenermaßen phänomenale Existenz des Mannes in Frage zu stellen sucht. Herr Ahasver, das hat er mir mehr als einmal versichert, haßt jeden Rummel um seine Person. Dies geht so weit, daß er nicht einmal seinen Geburtstag feiert, obwohl er in Anbetracht der Anzahl seiner Jahre dazu doch Grund genug hätte.

Jetzt aber zu dem bereits angekündigten Hauptpunkt, der Bestätigung der Begegnung des Ahasver mit Jesus durch den Abschnitt in den Dead Sea Scrolls, auf den ich in meinem Brief an Sie vom 19. Dezember des Vorjahres schon hinwies. Es handelt sich um die Rolle 9QRes, Kap. VII, 3 bis 21, und VIII, 1 bis 12; diese Rolle wurde jetzt zur Veröffentlichung freigegeben, und ich habe mich beeilt, die entsprechenden Stellen, wenn auch nur provisorisch und dem poetischen Gehalt des Originals nur mangelhaft entsprechend, ins Deutsche zu übertragen. 9QRes, für Ihre Information, bedeutet, daß diese Schriftrolle in Höhle 9 der Siedlung Qumran gefunden wurde und den Titel *Resurrection* erhielt, weil darin unter anderem von der Auferstehung und endlichen Wiederkehr des Lehrers der Gerechtigkeit die Rede ist. Es ist also eine eschatologische Schrift, und der in ihr erscheinende Lehrer der Gerechtigkeit, ebenso wie der gleichfalls in ihr auftretende Fürst der Gemeinde, sind von den Leuten in Qumran wahrscheinlich als messianische Gestalten verstanden worden. Die mit Pünktchen bezeichneten Stellen in meiner Übersetzung weisen auf Beschädigungen der Schriftrolle hin.

. . . ist gekommen der Tag, da sie nehmen den
                          Lehrer der Gerechtigkeit,
dem Gott kundgetan hat die Geheimnisse der Worte
                          der Propheten,
und führen ihn vor den Frevelpriester, der den
                          Weg der Greuel beging,
und vor den Statthalter der Rotte Belials, der
                          Kittäer . . .
. . . verspottet, in Schmerzen . . .
. . . gekommen die Zeit der Bedrängnis für das
                          Volk Israel,

unter all seinen Nöten war keine wie diese.
Denn es ist die letzte Zeit vor der Ausbreitung
der Himmel
und bevor die Heerschar der Lichter...

...und geht hinauf, wankend unter der Last der
Balken,
blutiger Schweiß rinnt von der gequälten Stirn
des Lehrers der Gerechtigkeit
hinab über sein Gesicht, die Lippen zittern ihm,
doch er schweigt zu den Worten des Hohns
taub sein Ohr...

...aber taub auch der Stimme des Fürsten der
ganzen Gemeinde, des Gottgeliebten...
...höre, Israel...
...fürchtet euch nicht,
schreckt nicht zurück und ängstigt euch nicht vor
den Scharen des Feindes,
denn vor euch wird gehen...
...gewappnet mit dem Schwert Gottes und dem
Schild Davids, unbesiegbar...

...gelangt er zu dem Haus, wo der Weg sich
wendet zum Berg der Schädel
und steiler wird...
...vor der Schwelle der Fürst der Gemeinde,
welcher da war von Anbeginn der Schöpfung,
einer der Söhne Gottes, gezeugt aus Licht und
Geist...
...und tritt hin zu ihm der Lehrer der
Gerechtigkeit...
...lasse mich ausruhen, bevor ich
aufsteige...

...sind angetreten in sieben Sturmreihen die da
arm sind und bedrückt,
und in Hundertschaften und Tausendschaften die
Gemeinde der Heiligen des Bundes,
und warten des Rufes...
...und auf dein Panier schreibe ›Das Volk

Gottes‹ und die Namen Israel und Aaron,
und auf deine Feldzeichen schreibe ›Wahrheit
                    Gottes‹ und ›Gerechtigkeit Gottes‹
und ›Ehre Gottes‹ und ›Gericht Gottes‹...
... denn dein ist der Kampf und durch die Kraft
                    deiner Hand...

... der Lehrer der Gerechtigkeit aber beugt
                    das Haupt und schweigt.
Da spricht zu ihm Ahasver, hebe dich fort von hier
                    und geh deines Weges,
hier ist kein Platz für einen wie dich. Der
                    Lehrer der Gerechtigkeit jedoch
sagt zu ihm, der Menschensohn geht, wie ge-
          schrieben steht nach dem Wort des Propheten,
du aber wirst bleiben und meiner harren, bis ich
                    wiederkehre...

Dies also, lieber Herr Kollege, ist meine Übersetzung der
Teile der Schriftrolle 9QRes, die sich auf die Begegnung des
Lehrers der Gerechtigkeit mit dem Fürsten der Gemeinde beziehen: wie Sie bemerkt haben werden, wird letzterer an entscheidender Stelle auch direkt mit dem Namen
Ahasver bezeichnet. Bei genauerer Lektüre werden Sie ferner finden, daß diese Stelle sich durch ihren Realismus
vom Rest des Materials unterscheidet; demnach handelt es
sich hier mit großer Wahrscheinlichkeit um einen historischen Bericht über ein den Verfassern der Rolle wichtiges Ereignis. Die Gemeinde von Qumran war ja nur
eine von mehreren jüdischen Sekten, die, ganz ähnlich
der urchristlichen Gemeinde, von dem Glauben beseelt
waren, daß die Endzeit nahe oder bereits gekommen sei;
in Qumran erwartete man den Messias allerdings in zwie-
facher Gestalt, oder glaubte gar an zwei Messiasse, einen
sozusagen zivilen und einen militärischen, wie denn auch
der alte Judengott einen Doppelcharakter hat, einmal als
Rache- und Kriegsgott, und dann als Gott der Gnade und
Liebe.
Da Sie in Berlin weder an den einen noch an den anderen
glauben, erübrigt sich jede Spekulation darüber, welcher er
nun eigentlich sei; an 9QRes ist dagegen nicht zu zweifeln,

finden sich doch darin Verse, die fast wörtlich auch in 1QM, der sogenannten Kriegsrolle, und in 1QpHab, dem Habakuk-Kommentar, enthalten sind.

Ich hoffe, Ihnen mit all dem gedient zu haben, und verbleibe bestens grüßend,

Ihr
Jochanaan Leuchtentrager
Hebrew University
Jerusalem

Herrn Prof. Dr. Dr. h. c. Siegfried Beifuß
Institut für wissenschaftlichen Atheismus
Behrenstraße 39 a
108 Berlin

14. März 1980

Werter Genosse Beifuß!

Der letzte Brief an Dich von Prof. J. Leuchtentrager in Jerusalem enthält eine Übersetzung einer mit dem Zeichen 9QRes versehenen jüdischen Handschrift. Wenn keine Fälschung vorliegt, was nach Lage der Dinge nicht anzunehmen ist, so handelt es sich hier um ein typisches Produkt des militaristischen Geistes des israelischen Volkes, der seinen vorläufigen Höhepunkt in der Entwicklung des zionistischen Imperialismus gefunden hat. Man braucht nur zu lesen, was da auf das »Panier« Israels geschrieben werden soll, um zu wissen, in welche Richtung das weist.

Ich gebe Dir zu überlegen, ob Du nicht unter Zugrundelegung dieser Handschrift und etwaiger anderer Texte, deren Beschaffung Dir überlassen bleibt, Material zusammenstellen solltest, in dem Du die Zusammenhänge zwischen Religion und imperialistischem Expansionsdrang aufzeigst, besonders in bezug auf Israel. Ich betone Israel, weil sich auch im Islam ähnliche Tendenzen zeigen, die wir aber in Anbetracht der von unseren sowjetischen Freunden und uns verfolgten politischen Ziele außer acht lassen wollen.

Wenn Du das Material rechtzeitig beschaffen und bearbeiten kannst, könnten wir dieses im nächsten Jahr auf der Konferenz in Moskau verwerten. Auch die Wissenschaft darf sich angesichts des verschärften Klassenkampfes nicht abseits halten, sondern muß in parteilicher Weise Stellung beziehen.

Mit sozialistischem Gruß,
Würzner
Hauptabteilungsleiter
Ministerium für Hoch- und Fachschulwesen

Herrn Prof. Jochanaan Leuchtentrager
Hebrew University
Jerusalem
Israel

17. März 1980

Verehrter Herr Kollege!

Wer hätte gedacht, daß sich aus Ihren ersten kurzen Bemerkungen zu dem Abschnitt über den sogenannten Ewigen Juden in meinem Buch »Die bekanntesten judäo-christlichen Mythen im Lichte naturwissenschaftlicher und historischer Erkenntnisse« eine so interessante und instruktive Korrespondenz entwickeln würde, die auch von meinem Kollektiv mit Anteilnahme verfolgt wird. Ich habe immer den Standpunkt vertreten, daß Wissenschaftler selbst da, wo sie weltanschaulich die größten Differenzen haben, sich auf ihrem Gebiet miteinander verständigen können, und ich ersehe aus Ihrem letzten Brief mit Genugtuung, daß es uns hier gelungen ist, Ihre Position doch ein wenig zu erschüttern.

Sie geben zunächst einmal zu, daß der Perserkönig Ahasver nicht auch noch identisch ist mit Ihrem Freund, dem Schuhladenbesitzer; damit fallen schon reichlich 400 Jahre aus dem Leben des letzteren weg. Sodann geht aus der Handschrift 9QRes, der Sie so viel Gewicht beimessen, hervor, daß es sich bei dem »Lehrer der Gerechtigkeit« wie auch bei dem »Fürsten der ganzen Gemeinde« um zwei menschliche Wesen handelt und nicht um immerzu wiederkehrende oder ewige Geister. Mit Recht verweisen Sie, verehrter Herr Kollege, auf den Realismus eines Teils der von Ihnen zitierten Verse. Trotzdem müssen wir konstatieren, daß das Ganze in so überhöhter Form geschrieben ist, daß außer an der einen Stelle kaum irgendwelche realen Fakten durchscheinen. Offenbar glaubte man in der Gemeinde Qumran, wie Sie selbst ja auch erwähnen, an zwei Messiasse, und die Autoren der von Ihnen zitierten Handschrift berichten, wie diese sich zerstreiten. Der Wortlaut des Streits ist erfreulich natürlich erzählt, und es geht da auch mit ganz natürlichen Dingen zu. Wir sind der Meinung, daß die beiden angeblichen Messiasse entweder einfach Gauner waren, die bei der Ausnutzung der abergläubischen Instinkte ihrer Gemeindemitglieder zunächst Hand in Hand arbeiteten, oder, was angesichts der von Ihnen durchaus richtig gesehenen hysterischen Stimmungen zwischen dem 1. Jhdt. vor und dem 2. Jhdt. nach unserer Zeitrechnung wahrscheinlicher ist, Paranoiker. Daß Gauner sich häufig verzanken, ist bekannt; aber auch Paranoiker, von denen ein jeder sich für den Größten hält, ob Napoleon oder Messias, bekommen häufig miteinander Streit und müssen dann möglichst isoliert werden.

Für Paranoia, zumindest bei dem »Fürsten der Gemeinde«, spricht ferner dessen deutlich hervortretender kriegerisch-religiöser Wahn. Insofern ist der *Geist* dieser in der Rolle 9QRes auch als Ahasver bezeichneten Person allerdings unsterblich, und ich habe zwei meiner Mitarbeiter beauftragt, in der Bibel, den Apokryphen und weiteren Schriften der Art nach ähnlichen Äußerungen anderer jüdischer Persönlichkeiten zu suchen. Diese werden wir Ihnen, sobald unsre Arbeit zu einem gewissen Punkt gelangt ist, gerne zur Verfügung stellen; vielleicht können aber auch Sie uns aus dem reichen Schatz Ihrer Kenntnisse entsprechende Hinweise geben.

Ich sehe Ihrer Antwort entgegen und grüße Sie freundlich,

Ihr ergebener
(Prof. Dr. Dr. h. c.) Siegfried Beifuß
Institut für wiss. Atheismus
Berlin, Hauptstadt der DDR

Elftes Kapitel

In welchem ein Einblick in die schöne Seele des
Paulus von Eitzen gegeben wird und der
Hahn auf dem Kirchturm dreimal kräht
zum Beweis, daß der Ahasver ist,
der er ist

Der Brief, welchen Doktor Luther dem jungen Eitzen in die Hand gedrückt, ist gerichtet an den Hauptpastor Aepinus zu St. Petri in der Stadt Hamburg, und ist wohlverschlossen und versiegelt mit Luthers eigenem Petschaft. Aber Eitzen brennt der Brief in der Tasche, je weiter er geritten ist, desto heißer. Bis Rosslau an der Elbe erträgt er's, indem er seinem Begleiter von seiner Frühpredigt spricht; hat alles noch fein im Gedächtnis, wie die Jüden so voller Hoffart und Unglauben unter uns leben, von keiner Arbeit, sondern vom Wucher, dabei aber die, von denen sie's nehmen, die Goyim nämlich, noch verspotten und verfluchen; und was man von Rechts wegen mit ihnen tun sollte. Doch schon in Zerbst, im Anhaltischen, wie er aufsitzt nach unruhig verbrachter Nacht, hält's ihn nicht mehr und er spricht zu Leuchtentrager, »Sag mir denn, Hans, welches ist des Menschen teuerstes Gut, das er bewahren soll gegen alle Versuchung?«
Der Leuchtentrager kratzt sich das Puckelchen, hat wohl einen Floh mitgeschleppt aus der Zerbster Herberge, und betrachtet die Landschaft, grüne Bäume, in denen das Licht so recht lustig spielt, und Felder ringsum, alle wohlbestellt, 's ist eine gesegnete Gegend, nur die Leute sehen nicht aus, als ob's ihnen wohl ginge; wo ein ordentlicher Staat ist mit ordentlichen Würdenträgern, da hält man das Volk kurz.
»Des Menschen teuerstes Gut?« sagt er, obwohl er bereits weiß, wohinaus sein Freund will; er hat's schon erwartet, seit der ihm erzählt hat, welch eine Abschiedsgabe er von dem guten Doktor Martinus erhalten. Darum sagt er nun in der gleichen würdigen Art, die auch Eitzen zur Schau trägt, nachdem ihm die neue Magisterwürde verliehen, »Des Menschen teuerstes Gut, Paul, ist das Vertrauen, welches ein anderer in dich gesetzt und welches du nicht enttäuschen darfst, bei Strafe an deiner unsterblichen Seele.«
Eitzen hat so etwas zu hören erwartet, obwohl er gehofft,

einer wie sein Freund Hans würde es ihm leichter machen, das Siegel zu brechen. »Das ist es ja justament«, seufzt er daher, »wo kämen wir auch hin, wenn kein Verlaß mehr wäre auf Ehre und Treu; die Welt, die jetzt schon übel genug, würde vollends zu einem Nest von Schlangen und andrem Gezücht werden.«

Aber wie sie in Magdeburg einreiten, der prächtigen Bischofsstadt, wo sie im Haus des Herrn Dompredigers Michaelis nächtigen werden, packt Eitzen die Unruhe wieder.

Dem Herrn Domprediger ist's ganz lieb, dem jungen Confrater Quartier zu geben, er hat drei ledige Töchter, eine hagerer als die andere und allesamt geradezu prädestiniert zur künftigen Pfarrersfrau; da nimmt er den hinkenden Begleiter in Kauf, der sofort die schmeichelhaftesten Dinge über die züchtigen Jungfern zu sagen beginnt, so daß diesen die Ohren rot werden. Beim Abendmahl, welches die Frau Domprediger mit liebender Hand und fleißig assistiert von den drei jungen Damen zugerichtet hat, berichtet Leuchtentrager des langen und breiten von der machtvollen Predigt, die sein Freund Eitzen zu Wittenberg im Angesicht von den Doctores Luther und Melanchthon gehalten; dabei streichen seine Finger unterm Tischtuch bald über das knochige Knie von Lisbeth, der mittleren, bald über den mageren Schenkel von Jutta, der jüngsten Tochter. Die Älteste, Agnes mit Namen, ist mit Bedacht neben den jungen Eitzen placiert worden und muß auskommen, ohne geprickelt und getickelt zu werden.

Der Herr Domprediger weiß nicht, wovon er mehr beeindruckt sein soll, von der Beredsamkeit und der Sachkenntnis seines eben erst promovierten Mitbruders oder dem fabulösen Gedächtnis von dessen merkwürdigem Begleiter, und sagt zu diesem, »Da müßt Ihr aber sorgfältig hingehört haben, daß Ihr Euch so trefflich erinnert. Wollte Gott, da wären welche in meiner Gemeinde, die meinen Worten des Sonntags so ehrfürchtig folgten!«

's wär nicht sein Verdienst, erwidert Leuchtentrager und spielt den Bescheidenen; bei solch einer Predigt, mit solch einem Thema und vorgetragen in solch einem Geist, da fühlte man sich, als lausche man einem der Propheten, und jedes Wort, auch das geringste, präge sich unvergänglich ein.

Der junge Magister verschluckt sich am Wein, den er gerade zum Munde führt, weiß er doch, daß sein Freund Hans gar nicht in der Schloßkirche gewesen, wie er von den Jüden und deren Unwesen gewettert. Die Jungfer Agnes ist aufgesprungen und beklopft ihrem Tischherrn den Rücken; 's ist liebevoll genug gemeint, aber er wird die farbigen Flecke noch mehrere Tage mit sich herumtragen und den Spott seines Freundes dazu, der ihm, da er ihm des Nachts die schmerzenden Stellen untersucht, grinsend mitteilt, die dürren Finger träfen eben am schärfsten.

Doch dann, wie er nicht schlafen kann, weil der nahende Tod seines Vaters ihn doch mehr angeht, als er sagen kann, und weil er spürt, wie schwach und hilflos der Mensch ist ohne den Schutz Gottes oder den mächtiger Freunde, worüber der Brief in der Tasche ihm Aufschluß geben möchte, wendet er sich hin zu Leuchtentrager und fragt, »Hans? Bist du noch wach, Hans?«

Der mümmelt was von zuviel Wein und zu knochigen Weibern, und dreht sich weg von ihm.

Doch Eitzen läßt nicht locker. »Hans«, sagt er, »ich möcht doch zu gern wissen, was der Doktor Luther hineingeschrieben hat in das Brieflein, welches er mir mitgab.«

»So öffne's doch«, sagt Leuchtentrager unwirsch, als ob's eine Kleinigkeit wäre, ein Handgriff und erledigt.

Das aber möchte Eitzen nicht tun, besonders jetzt nicht, da er schon beinah ein Pastor ist, ein guter Hirte, welcher dem Rest der Christenheit mit schönem Beispiel vorangehen soll. Darum sagt er, »Du weißt doch so allerhand, Hans; kannst sagen, an welche Karten einer gedacht, Herz Daus oder Blatt Ober oder vielleicht auch die Eichel Neune, oder in was einer geprüft werden wird, in Heilige Dreieinigkeit, oder ob Jesu Leib und Blut *a priori* in Brot und Wein gewesen, oder über die guten und bösen Engel.«

»Geht alles mit rechten Dingen zu«, sagt Leuchtentrager, da er sieht, so bald wird er nicht zum Schlaf kommen, »auch du kannst's wissen, wenn du den Schmalz tüchtig umrührst, welcher sich in deinem Schädel befindet.«

»Da kann ich noch so viel rühren«, klagt der junge Magister, »davon kommen doch keine Grieben.«

»So versetz dich hinein in den Luther«, sagt sein Freund ungehalten, »was wird er dir schreiben an den Herrn Haupt-

pastor Aepinus? Daß du ein Nichtsnutz bist und ein Hypo-
krit, der den Oberen nach dem Munde redet, damit er
vorankommt in der Welt?«

Womit Leuchtentrager es wieder getroffen hat: denn dies ist
genau, was Eitzen zuinnerst befürchtet; nur zu gut kennt er
die Geschichte von jenem anderen Brief, den König David
schrieb an seinen Feldhauptmann Joab und dem Urias mitgab; nur daß er, Eitzen, keine schöne Frau besitzt wie die
Bathsheba, sondern auf die Jungfer Barbara Steder zusteuert,
die leider, obzwar nicht ganz so fleischlos und flach wie das
Fräulein Agnes hier in Magdeburg, auch nichts ist, wofür er
jemanden würde umbringen lassen.

»Vielleicht hätte er's schreiben sollen«, fährt Leuchtentrager
fort, »aber er wird's nicht getan haben; wir kennen den
Luther doch, du und ich, der schreibt nichts, was aufzeigen
könnte, daß er nur wieder einen frömmelnden Hohlkopf auf
die Menschheit losgelassen.«

Das ist zwar kränkend, zugleich aber auch sehr tröstlich;
drum läßt Eitzen seinem Freunde die Äußerung hingehen,
jammert dafür aber um so mitleiderregender, wie quälend es
wäre, in derart Unsicherheit dahinreiten zu müssen, vierzig
Meilen am Tag und mehr, und wie leicht ihm das Herz sein
würde, trotz des düsteren Ereignisses, dem er entgegenziehe,
wüßte er nur akkurat, was der gute Doktor Martinus geschrieben.

»So zünd die Kerze an«, sagt Leuchtentrager, »und gib mir
das Brieflein.«

Eitzen hantiert mit Feuerstein und Schwamm, bis er's ge-
schafft hat: ein flackerndes Licht erhellt die Kammer ein
wenig und zeigt ein gruseliges Bild, den jungen Magister und
den Puckeligen mit dem Hinkefuß, sie beide im Hemd und
beider Köpfe über das Stück Papier gebeugt, während der
eine mit seiner gestreckten Hand geheimnisvoll leuchtende
Kreise über dem Siegel beschreibt, bis dieses mit einem leicht
schnalzenden Laut hochspringt und der Brief sich wie von
allein entfaltet.

»Da«, sagt Leuchtentrager, »lies.«

Eitzen, dem diese Art, Briefe zu öffnen, unheimlich, liest
dennoch; so stark ist die Wißbegier, wenn's um den eigenen
Vorteil geht. Die Schrift erkennt er, die eigenwilligen Häk-
chen und Kürzungen, die Tintenspritzer, als wären ihrer

zwei oder drei Kakerlaken übers Papier gelaufen. Gnade und Friede in Christo, hat Luther geschrieben, ehrsamer, lieber Bruder.

Und dann kommt's: ... wollet dem Zeiger des Briefs, dem jungen Magister Paulus von Eitzen, Euer günstig Ohr leihen. Denn ist derselbe, gebürtig aus Eurer Stadt Hamburg, gar fleißig gewesen hier zu Wittenberg an der hohen Schule, und hat sich dem Studium der Lehre Gottes mit großem Erfolg appliziert, ist auch examiniert worden und ist redegewandt und eifrig und richtet sich brav nach dem Wort seiner Oberen...

Eitzen hebt den Blick vom Papier und sieht den gelangweilten Ausdruck auf dem Gesicht seines Begleiters, als ob der den Inhalt des Briefs schon kennte. Und liest daher nun um so lauter vor, in einem Ton gemischt aus Stolz und Protest, ». . . und kann ich darum, lieber Bruder, den Magister von Eitzen Euch freundlich empfehlen, damit Ihr ihn fördert nach Eurer Maßgabe und Möglichkeit. Das wird ohne Zweifel, so wahr als unser Evangelium und Christus wahrhaftig sind, Gott ein gefälliger Dienst sein. Gehabt Euch allzeit herzlich wohl in Christo. Gegeben zu Wittenberg, etcetera, etcetera. Euer Martin Luther.«

»Nun«, sagt Leuchtentrager, »bist du endlich beruhigt?«

Eitzen zupft sich das Hemd zurecht, das ihm vorne verrutscht ist, und antwortet, »Hast doch selber gesagt, daß er's gar nicht anders hätte schreiben können, der gute Doktor Martinus.«

»Hätte er nicht?« fragt Leuchtentrager, und hat plötzlich ein zweites Brieflein in der Hand, haargleich dem ersten und genauso mit glatt geöffnetem Siegel, auf dem noch der Abdruck von Luthers Petschaft, »da lies mir das vor«.

Dem Eitzen ist kalt geworden. Die Schrift ist dieselbe, und sogar die Tintenflecken, aber die Worte sind auf ganz teuflische Art verdreht, und steht da zu lesen, wie der junge Magister Paulus von Eitzen ganz andres im Kopf habe als das Wort Gottes, dafür aber liebediener und scharwenzele, und daß man ihm kein Lehrstuhl oder Katheder anvertrauen könne, geschweige denn eine rechtschaffene Christengemeinde, denn er wolle nur hoch hinaus und Macht über die Leute haben, statt ihnen in Demut und Herzlichkeit zu dienen. Und darunter wieder die Signatur, getreuliches Abbild der ersten: Martin Luther.

Eitzen graust's. Es ist ihm, als seien in den zwei Briefen die zwei Seiten eines Menschen enthalten, und dieser Mensch ist er selbst. Da aber der Doktor Luther nur einen Brief geschrieben haben kann, welcher ist nun der echte, welches die Wahrheit Luthers? Und welches, in Wahrheit, ist er, der Magister Paulus von Eitzen?

Der Leuchtentrager hält jetzt beide Brieflein mit spitzen Fingern und läßt sie leise hin und her schaukeln vor Eitzens mißtrauischem Auge. Eitzen hascht nach dem rechten, dem guten, den er dem Herrn Hauptpastor Aepinus geben muß, wenn er weiter will auf der steilen Leiter der geistlichen Laufbahn; aber immer wieder entgleitet es ihm, sein Freund Hans selber scheint auf einmal wie eine Nebelgestalt, und er schreit auf und erwacht im Bett neben seinem Reisebegleiter, den offenen Brief in der Hand mit dem Siegel fein säuberlich unverletzt, und liest im letzten Licht der verflackernden Kerze, ... *und kann ich darum, lieber Bruder, den Magister von Eitzen Euch freundlich empfehlen*...

»Wo ist der andere?« fragt er, den Leuchtentrager in die Seite stoßend.

»Welch anderer?« sagt der.

»Der andere Brief!«

Leuchtentrager schüttelt den Kopf; er weiß von keinem anderen Brief, nur von dem, den sein Freund Eitzen in der Hand hat, und sagt ihm, er möge das Siegel über die Kerze halten, damit es sich erweiche und der Brief sich wieder schön schließen lasse, und darauf erlischt auch die Flamme und 's ist wieder dunkel um die beiden in der Kammer des Hauses von Domprediger Michaelis. Aber Eitzen kann nicht schlafen. Durch die Wände hindurch glaubt er das trockene Husten der Jungfer Agnes zu hören, oder vielleicht ist's auch die Lisbeth oder die Jutta, und irgendwo stöhnt einer, als säße ihm ein Alp auf der Brust, und in den Balken knistert's und knackt's, als wären die Geister von ganz Magdeburg losgelassen, und er denkt voller Angst, mein Gott, mein Gott, soll das mein ganzes Leben so weitergehen, da hab ich geglaubt, nach Examen und Predigt wird alles seinen ordentlichen Lauf nehmen, wie Gott in seiner großen Gnade es vorbestimmt, aber weiß keiner, wie dünn der Boden, auf dem er steht, und gleich drunter brodelt das ewige Feuer.

Am Morgen dann, nachdem der Leuchtentrager den jüngeren Dompredigertöchtern schäkernd in die hageren Wangen gekniffen und Eitzen der Jungfer Agnes artig die Hand gereicht, und noch ein Stück Brot und Wurst von der Frau Domprediger mitbekommen als Wegzehrung, reiten sie weiter gen Helmstedt, wo der Herzog von Braunschweig eine hohe Schule unterhält und man wohl meinen kann, ein Gasthaus zu finden, wo sich's gut essen und trinken läßt und ein geistlich Gespräch führen über die Läufte der Welt; Eitzen aber hängt im Sattel wie ein Sack Mehl und alles schmerzt ihn, oben und unten und hinten und vorn. Da geht's dem Leuchtentrager besser; der beobachtet ihn von der Seite her, während er auf seinem Pferdchen dahinzuckelt, und sagt sich, ach, was sind die Menschen doch für ein schwaches Geschlecht, jedwede Unbill wirft sie um, daß sie zu Gott jammern wie Hiob, trotzdem aber noch an ihn glauben, und zu sich selber kein Vertrauen haben; so leben sie nach Regel und Gesetz, und meinen, diese wären gottgegeben, und klammern sich daran, merken aber nicht, wie alles fein ordentlich und nach der Reihe zum Teufel geht, die Fürsten und geistlichen Herren zuerst, danach die Dichter und Kaufleute, und zum Schluß der gemeine Haufe.

In Helmstedt aber ist an dem Tag Markt, und von weither ringsum sind die Leute hingekommen und kaufen und verkaufen, und wer nichts andres hat, bietet Maulaffen feil. Und ist ein gar buntes Bild, denn ein jeder will sich hervortun, die Töpfer und Schneider, die Zuckerbäcker und Wurstmacher; die Gänse schnattern und die Hühner gackern was das Zeug hält, bevor man ihnen die Hälse umdreht; und überall sind die Jüden mit ihren spitzen Hüten, und preisen dir einen alten Fetzen an für das Kleid einer Herzogin und einen halbtoten Klepper für ein edles Schlachtroß aus Arabien.

Vor dem Gasthaus hat der Wirt ein paar Bänke hingestellt, dort finden der junge Eitzen und sein Freund Hans Platz, nachdem sie ihre Pferde angebunden und aus dem Trog haben saufen lassen, und Eitzen streckt sich wohlig mit dem Becher Wein in der Hand, den Leuchtentrager ihm spendiert, und sieht zu, wie dieser der Frau Dompredigerin Stück Wurst mit seinem schönen Messerchen zerteilt, die Hälfte für ihn und die Hälfte für sich selber, und spürt zum ersten Mal diesen Tags, daß das Leben doch seine guten Seiten hat, wenn's auch nicht viele sind. Auch sieht er, daß weiter zur Rechten, nahe der Kirch, die Leute sich dichter drängen als anderswo; dort ist ein hölzern Gestell errichtet worden und dahinter ein bemaltes Tuch gespannt, das unsern Herrn Jesus am Kreuz zeigt, mit rotem Bart und rotem Blut auf der Stirn, und neben ihm die beiden Schächer, die ihre Köpfe traurig hängen lassen. 's wird eine Vorstellung sein, denkt er, oder es singt einer und zeigt Bilder dazu, und er weiß nicht, soll er sich hinzugesellen zu den anderen, die dort stehen und warten, oder hierbleiben auf der bequemen Bank, wie sich's für einen geziemt, der fast schon Pastor ist und eine Empfehlung von der Hand des Doktor Martinus in der Tasche trägt; auch macht sein Freund keinerlei Anstalten, sich zu der Darbietung hinzubegeben, hat möglicherweise gar nicht bemerkt, was sich da abspielen soll.

Doch dann wird's still vor der Kirche. Auch der Lärm vom Markt her klingt plötzlich wie durch ein dickes Tuch. Auf dem hölzernen Gestell steht eine Frau, trägt grüne Pluderhosen wie auf Bildern aus der Türkei, die er in Büchern gesehen, und ein besticktes rotes Westchen über einem weißen Hemd, und auf dem Kopf einen blauen Turban mit schimmernder Agraffe, von der ein weißes Haarbüschel in die Luft sticht. Das Gesicht hat sie dick bemalt, weiß keiner, was unter dem Schminkzeug liegt, wahrscheinlich die gefältelte Haut eines alten Weibs. Nur die Augen, groß und glänzend wie Perlen, sind jung, und die Augen kennt er, und nun reißt es ihn hoch von der Bank und er läuft hin, wo die Leute sich um das Gestell scharen, und schiebt und stößt sie beiseite, ohne ihres Geschimpfs zu achten, und steht vor der Frau und starrt sie an wie einer, der einen Geist sieht, und sieht durch ihr Hemd und ihre Pluderhose hindurch die Form ihrer Brüste und Schenkel, und der Mund wird ihm trocken wie Sand und er will rufen, Margriet! – doch kein Ton kommt ihm aus der Kehle.

Die Frau aber hebt die Hand, und wie sie sieht, daß die Leute gehörig das Maul aufsperren, erklärt sie mit weithin hallender, feierlicher Stimme, sie wäre die Prinzessin Helena, die jüngste und Lieblingstochter des Fürsten von Trapesund,

welcher wie ein Großherzog sei am Hofe des mächtigen
Sultan; sie aber habe Vater und Mutter und den schönen
Harem von Konstantinopel verlassen, wo sie alles gehabt
habe, was des Menschen Herz begehrt, Kleider und Schmuck
und seidene Kissen und schwarze Sklaven zur Bedienung und
zum Fächerwedeln, denn in der Nacht vor ihrem achtzehnten
Geburtstag sei ihr der ewige Jude Ahasver erschienen, der
von unserm Herrn Jesus Christus verflucht wurde zu wandern bis zum Jüngsten Tag, und habe sie zum rechten
Glauben an unsern Herrn Jesum Christum bekehrt, in Ewigkeit, Amen. Und seither folge sie dem ewigen Juden Ahasver, der nicht sterben könne und sich stets wieder erneure,
auf seinen verschlungenen Wegen und sei ihm wie eine
himmlische Braut, damit sie die Größe Gottes und das Leiden
unseres Herrn Jesu Christi bezeugen könne, wie der ewige
Jude Ahasver es mit eigenen Augen gesehen, und werde
dieser selber dann auftreten und seine Füße mit dem Kreuzes-
zeichen darin vor allem Volke zeigen und mit eigenen Worten
berichten, wie unser Herr Jesus zu ihm gesprochen und ihn
verflucht habe wegen seiner großen Herzlosigkeit, wofür der
Arme jedoch nun schon seit eintausend und fünfhundert und
zweiundzwanzig Jahren büße. Und wer ungerührt bleiben
könne von der traurigen Geschichte, der möge hinterher
ruhig davongehen, der ewige Jude werde's ihnen verzeihen
und unser Herr Jesus Christus auch; wem's aber ans innerste
Mark gegangen, wie's einem echten Christenmenschen gehen sollt, der möge hernach den fein bebilderten und be-
druckten Bogen mit der Geschichte von der Verfluchung des
ewigen Juden Ahasver kaufen und sein Scherflein in den
Beutel tun, den sie herumtragen werde, denn sie und Herr
Ahasver wollten auch andrenorts das Volk ihrer Botschaft
teilhaftig werden lassen.
Eitzen ist immer noch sprachlos. Wohl hat er damals, nach
jenem Abend im Haus des Magisters Melanchthon, in seinem vom Wein benebelten Kopfe geahnt, daß der aufdringli-
che junge Jüd, der die Margriet auf dem Schoße hielt und dies
und das mit ihr trieb, in irgendwelcher Beziehung stehen
möchte zu dem ewigen Juden, hat's aber im Licht des
drauffolgenden Tages von sich gewiesen als eitel Fabel- und
Blendwerk. Nun jedoch soll auch noch die Prinzessin Helena
von Trapesund als Magd bei seinem Freund Leuchtentrager

gedient und ihm, dem früheren Studiosus Eitzen, das Bett geräuchert und das Nachtgeschirr herausgetragen haben und dabei noch die zwei fleischernen Halbmonde hinten unterm Rock so verlockend geschwenkt: ja, sind wir denn alle von doppeltem Wesen, und wer ist dann der andere, der in ihm steckt?

Der Leuchtentrager sitzt, scheint's, immer noch auf der Bank vor dem Gasthaus, trinkt seinen Wein und ahnt nichts von den Stürmen in der Brust des Magisters Eitzen, der am liebsten hinaufspringen möchte auf das hölzerne Gestell und der Prinzessin Helena unter die Weste und an die Pluderhosen, nicht darum, was ihr Schmutzfinken denkt, sondern der Wissenschaft wegen; aber da wäre er schön angekommen, denn die Leute wollen nun wissen, was es auf sich hat mit der Verfluchung des Jüden, und mehr als einer wünscht sich, er könnte der schönen Helena an die gestickten Sächelchen, tut's aber doch nicht.

Die Prinzessin Helena hat inzwischen eine große Tafel an eine Latte gehängt, auf welcher Tafel der rotbärtige Jesus zu sehen, bekleidet mit einem schöngefärbten purpurnen Gewand und mit einer grasgrünen Dornenkrone auf dem Haupt, davor die Kriegsknechte, die ihm die Zunge zeigen und die grauslichsten Gesichter schneiden und ihn auf alle Arten verspotten, und einer schlägt ihn mit einem Rohr auf den Kopf. Dazu deklamiert sie mit getragener Stimme und artiger Betonung:

»Hier seht ihr, wie der Knechte Schar,
den Herrn verspottet ganz und gar,
ihm Schläge gibt und gräßlich plackt,
ihn auch bespuckt und übel zwackt.
Dies alles trägt er mit Geduld
für unser Sünd und unser Schuld.«

Eitzen denkt, daß dies so gar nicht der freche Ton ist, in dem die Margriet stets mit ihm gesprochen, oder die Sprache, in der sie geredet, vielmehr ist die, welche das schöne Gedicht so ganz ohne Stammeln und Stocken aufgesagt, nach Redeweis und Zungenschlag ganz offensichtlich eine Dame, ob auch aus Trapesund und eine Prinzessin, sei dahingestellt. Um so erregter wird er und sieht sich um nach seinem Freund Leuchtentrager, denn der, wenn irgendeiner, müßt ihm doch sagen können, welche Bewandtnis es mit dem allen hat; doch dieser ist wieder mal nirgends zu erblicken, und die türkische Helena hat bereits eine neue Tafel aufgesetzt, in deren Mitte gleichfalls Herr Jesus zu sehen, aber diesmal im weißen Hemd, und purpurn sind die dicken Tropfen Bluts, die ihm in dichter Folge übers verhärmte Gesicht fließen, während er tief gebückt unter der Last des Kreuzes sich dahinschleppt, mitleidig begafft von jammernden Frauen, die ihre Hände teils vor der Brust, teils überm Kopf zusammenschlagen. Die Prinzessin von Trapesund, mit der Linken auf das Bild weisend, die Rechte jedoch anklagend zum Himmel gehoben, wird leidenschaftlicher:

»Nun liegt das Kreuz auf seinem Rücken
und will ihm schier die Luft abdrücken,
doch immer weiter muß er da
den Weg hinauf nach Golgatha.
Der Weiber Schar beklaget ihn.
Er sagt: Weint nicht und laßt mich ziehn.«

Eitzen weiß, wenn überhaupt etwas in der Bibel, so ist's diese Geschichte, die die Leute kennen; dennoch stehen sie da wie gebannt, den Dunst von Schweiß und Zwiebeln um sie herum, kaum daß sie atmen, dem Alten dort rinnt eine Strähne Speichel das Kinn herab, er merkt's nicht, ein andrer kratzt sich selbstvergessen am Hintern; die schöne Helena aber wechselt rasch die Tafel, die neue zeigt neben dem gequälten Jesus einen Mann mit goldgelbem Rundhelm und roten Pausbäckchen, der dem armen Beladenen vergeblich die Hand bietet. Sodann spricht sie mit bebender Stimme:

»Ein Offizier am Wegesrand,
der reicht ihm hin die Bruderhand,
doch Jesus sieht's nicht allsogleich,
er denkt an Gott und Gottes Reich.
Der Offizier nur sagen kann:
Ecce homo – welch ein Mann.«

Bei dem *Ecce homo* läuft's Eitzen kalt den Rücken hinunter wie immer, wenn er die zwei lateinischen Worte hört, und diesmal ganz besonders, denn er meint zu erkennen, daß die schöne Sprecherin ihn bemerkt habe bei all ihrer Vortragskunst; da war ein Aufblitzen des Augs gewesen und ein

Zögern, nicht mehr als einen kurzen Atemzug lang, doch ihm deutlich spürbar; die Margriet, die er kennt, und die Prinzessin von Trapesund verschwimmen in eins in seinem Hirn, *Ecce homo,* denkt er, aus dem Maul dieser Teufels- und Jüdenhur, und ihn schwindelt's ein wenig; dann aber denkt er, wer bin ich, daß ich gestrenger sein soll als unser Herr Jesus Christus, welcher, nachdem die Sünderin ihm die Füße netzte mit Tränen und sie küßte und mit ihren Haaren trocknete und mit ihrer Salbe salbte, von dieser sprach: ihr sind viele Sünden vergeben, denn sie hat viel geliebt; nur daß eben die Margriet bis dato keinerlei Neigung gezeigt, mit seinen Füßen zu tändeln, aber noch ist ja nicht aller Tage Abend. Jetzt hängt aber da oben schon die nächste Tafel, und darauf ist zu sehen zur Linken unser Herr Jesus unter seiner Last, wie er in die Knie sinkt, und zur Rechten von ihm ein Jüd in schwarzem Kaftan, der dem zu ähneln scheint, den Eitzen an jenem schicksalsvollen Abend kennengelernt, und hinter dem Jüden ein Haus mit Säulenvorbau, und zwischen den schiefen Säulen ragt eine Stange heraus, woran ein Zeichen befestigt, nämlich ein grasgrüner Kranz und mittendrin ein schöner purpurner Stiefel. Die Prinzessin Helena aber hat sich neben das Bild placiert, und man sieht ihr an, daß ihre Geschichte jetzt dem Punkte zueilt, wo der Knoten, den sie mit solchem Fleiße geschürzt, sich löst und das große Getöse folgt; der Busen hebt und senkt sich ihr und der Haarbusch am Turban ragt steil in die Höh und sie blickt hin über die Köpfe der Leut, als sähe sie dort in der Ferne eine lichte Erscheinung, und sie spricht:

»Ein Jude namens Ahasver
und von Beruf ein Schuhmacher
hat dort die Werkstatt und sein Haus.
Herr Jesus denkt, ich ruh mich aus
vor seinem Tor, kann nicht mehr laufen,
will nur ein Weilchen mich verschnaufen.«

Und da, die Menge seufzt auf wie aus einem Munde, steht er neben der Prinzessin, in seinem zerschlissenen Kaftan und das runde Käpplein auf dem Haar, das die gleiche rötliche Farbe hat wie das des Herrn Jesus auf all den Tafeln und auf dem großen Bild, wo er am Kreuz hängt. Steht da, als wäre er vom Himmel gefallen oder, denkt Eitzen, aus der Hölle gefahren, der ewige Ahasver, der nicht ruhen und nicht sterben kann und über die Welt wandern muß in Kälte und Hitze, hinauf in die Berge und hinab durch die Wüsten, vorbei an Ginster und Dornbusch, an Fels und Gestein, durch Eis und Geröll, über Fluß und Meer, endlos, endlos, und hier auf dem Markt zu Helmstedt bereit ist, Rede und Antwort zu stehen darüber, wie es denn wirklich war mit ihm und unserm Herrn Jesus, und warum er so schrecklich verflucht worden.

»Und da sagt der Rabbi zu mir«, sagt er in die Stille auf dem Marktplatz, »laß mich ausruhen, sagt er, es drückt mir auf dem Rücken, es sind ihrer gut dreihundert Pfund, schätz ich, und alles hartes Holz, mit Kanten. So, sag ich zu ihm, es drückt. Und was meinst du, drückt uns das Joch, das uns die Römer aufgelegt? Laß mich ausruhn, sagt er, der Weg hier hinauf ist steinig und steil, und sie haben mich gepeitscht. So, sag ich zu ihm, der Weg ist steinig und steil. Und was meinst du, wie steinig und steil ist der Weg, den das Volk Israel geht? Laß mich ausruhn, ich bitt dich, sagt er, ich muß meine Kraft sammeln, damit ich hinkomm zu meinem Vater im Himmel. So, sag ich zu ihm, zu deinem Vater im Himmel willst du –«

»Er lügt!«

Eitzen erschrickt. Hat's selber gerufen, aber trotzdem erschrickt er und zieht den Kopf ein und blickt geschwind um sich, ob nicht einer die Faust hebt, sie ihm aufs Maul zu dreschen oder hinters Ohr, wovon der Mensch einen dauernden Schaden davontragen kann. Aber die Leute um ihn herum sind, scheint's, genauso erschrocken wie er selbst oder wie der Jüd da oben, dem das Wort auf der Zunge geronnen ist, so daß er dran würgt und ins Schwitzen gerät. Und da Eitzen erkennt, daß keiner ihm zuwiderredet oder gar die Hand gegen ihn hebt, vielmehr alle ihn anglotzen, als sei nicht der Jüd der Wundermann, sondern er, da faßt er Mut, fühlt sich gar wie ein Streiter Gottes, und sagt sich, jetzt wird er's dem Jüden aber zeigen, und holt tief Atem und ruft, was die Lunge hergibt, »Ist alles erstunken und erstellt, ist lauter Dunst und Trug und Falschheit! So fängt man dumme Bauern und zieht ihnen das Geld aus der Taschen, aber nicht die Herren Studiosi und Doctores und ehrbaren Bürger von Helmstedt! Der ist kein Ahasver, und hat zu keiner Zeit von unserm Herrn Jesus Christ auch nur den Schatten von einem Haar erblickt! Ist vielmehr der Jüd Achab, welchem ich zu Wittenberg begegnet, wie er die da auf dem Schoß gehabt, die Frau Prinzessin, und meint, er könnt ehrliche Christenmenschen für dumm verkaufen.«

Da setzt ein garstiges Murren ein, und Eitzen weiß, gegen wen's gerichtet ist, gegen den Jüden, nicht gegen ihn, und das Murren wird lauter und immer bedrohlicher, und Eitzen wartet, wie der Jüd ihm antworten wird, oder ob's dem die Rede weiter verschlägt, und überlegt sich, wie er der schönen Helena bedeuten könnt, sie soll herabklimmen von dem Gestell und sich zu ihm, in seinen Schutz begeben, findet aber keinen Weg. Und da ist auf einmal auch sein Freund Leuchtentrager neben ihm und sieht ihn so seltsam an und lacht mit schiefem Mund und sagt, »Nur immer brav weiter, Paul, Gott wird's dir lohnen, wenn sie hinaufstürmen zu dem Jüden und ihn totschlagen mitsamt der Prinzessin von Trapesund.«

Inzwischen hat sich der Himmel verdunkelt mit schwarzen Wolken, die von rechts herankommen und von links und nur einen Streifen Licht lassen in der Mitte, wo der Jüd steht und hinter ihm das große Bild mit dem rothaarigen Gekreuzigten, wie er da hängt zwischen den Schächern, und wieder dahinter der hohe Kirchturm mit dem spitzen Dach und dem goldenen Wetterhahn obenauf. Da gruselt's so manchen und er glaubt, alsbald werde ein Gottesurteil kommen darüber, wer hier Falschheiten rede, der Jüd mit seiner Prinzessin oder der junge Mann mit dem Magisterhut in der vordersten Reihe.

Der Jüd hebt jetzt die Hände wie ein Prophet. Das letzte Murren verstummt. Die Augen des Jüden sind wie zwei Kiesel, grauglänzend und hart, und er spricht, »'s ist schon einmal einer verleugnet worden von einem, der's hätt besser wissen müssen. Ich aber sage euch, so wahr ich der ewige Jude bin, Ahasver geheißen, und von dem Rabbi verflucht, weil ich ihn von meiner Tür gewiesen, da er bei mir ausruhen wollte unter der Last seines Kreuzes, so wahr wird der goldene Hahn dort oben auf dem Turm dreimal krähen, bevor der Blitz Gottes herabfährt.«

Eitzen weiß, jetzt müßt er lauthals lachen, damit alle es hören und der Zauber bricht; ein Wetterhahn auf der Turmspitze mag den Wind anzeigen, aber krähen, hat noch keiner von ihnen eine Kehle dafür gehabt und den richtigen Schnabel. Er blickt sich um nach seinem Freund Leuchtentrager und sucht in dessen Aug und auf seinem Gesicht die Versicherung, jawohl, Hahn ist Hahn und Blech ist Blech; doch der hebt die Hand zum Ohr und sagt, »Horch!«

Und da ist's, leise zunächst und unsicher, wie von einem jungen Hahn, der sich's noch nicht zutraut und seine Stimme erprobt, und darauf schon lauter und sicherer, und das dritte Mal schmetternd und weithin zu hören: der Hahnenschrei, der die Schatten verjagt und das Gewese der Dunkelmänner.

Alles ist wie erstarrt. Nur der Gekreuzigte scheint sich zu bewegen, aber das ist der Wind, der aufkommt vor dem Unwetter und das Tuch bewegt, auf dem er gemalt ist. Der Blitz, der dann kommt, grell und zischend, löst die Starre; er fährt in das hölzerne Gestell und zündet, und die Flammen schießen auf und verbrennen's mitsamt dem Bild des Gekreuzigten und den Vorzeigtafeln und sonstigem Zubehör, dieweil, unter Geheul und Schreckgeschrei, die Leute in alle Richtungen davonstieben, daß die Röcke und die Mantelschöße nur so flattern.

Eitzen spürt, wie er beim Handgelenk gepackt und fortgezerrt wird. »Machen wir, daß wir davonkommen«, hört er den Leuchtentrager zu ihm sagen, »die Leut möchten sich's sonst in den Kopf setzen, dich zu erschlagen.«

Zwölftes Kapitel

Worin der große Vorhang im Tempel zerreißt und
der Ahasver dem Iskariot auseinandersetzt, wie
der Mensch, obwohl ihm sein Schicksal
vorbestimmt, dennoch selbst darüber
entscheidet

Weiß keiner die Wahrheit außer mir selber, und außer dem Rabbi, doch der ist tot all die vielen Jahre, und die Toten reden nicht.

Es war dieser Tag aber von einer Schönheit wie selten; die Erde, noch feucht von den Winterregen, roch nach der

Krume des Ackers, die Lilien standen in ihrer Pracht, und der Himmel war noch nicht verblaßt durch das Gleißen des Sommers, sondern wölbte sich tiefblau über der Stadt und dem Tempel. Ein Tag zum Leben und nicht zum Sterben; aber es war der Tag vor dem Vorabend des Sabbath, und was vollbracht werden sollte, mußte heute getan sein, denn am siebten Tag hatte GOtt geruht, und keine Hand in Israel darf sich rühren an diesem Tag.

Darum die Hast. Darum das Hin und Her zwischen dem Haus des Kaiphas und dem Haus des Herodes und dem Haus des Pilatus, und die plötzliche Volksbefragung, welcher soll leben und welcher soll gerichtet sein, der Guerillero, der Barrabas, oder dieser verrückte König der Juden; darum die eiligen Konferenzen der Rechtsgelehrten, hier ging es um Zuständigkeiten, wer spricht das Urteil, wer vollstreckt es, um nationale und religiöse Belange, hie Priesterschaft, hie Tetrarch, hie Besatzungsmacht, und dazu die Störrigkeit des Reb Joshua, wohl auch sein völliges Unverständnis für weltliche Vorgänge, er sah nur seine Berufung auf den Platz zur Rechten von GOtt, zugleich aber war sein Herz voller Ahnung und Angst. Und darum die Hetzjagd den Berg hinauf, die der Menge so geringe Gelegenheit bot, die Schau zu genießen. Ein Kauz, der sich selber als König bezeichnet und das eigne Kreuz schleppen muß, welch schöne Möglichkeit für Witze aller Art, hier kann der Humor des Volkes sich straflos austoben und Stoff für Gespräche liefern an vielen heiteren Abenden, aber nein, kaum taucht dieser Mensch auf, keuchend und Blut schwitzend, getrieben von den Stockschlägen der Eskorte, da ist er schon vorbeigetaumelt, und nur dort, wo er in die Knie sinkt wie ein überbürdeter Lastesel, kann man ein höhnisches Hosannah! rufen, oder ein Heil dem König! oder: Wie willst du uns erlösen, du Sohn GOttes, kannst dir doch selber nicht helfen!

Da war mir leid um dich, Reb Joshua, trotz deines großen Wahns, und das Herz zog sich mir zusammen in der Brust, da ich dich auf mich zukommen sah mit dem Kreuz auf deinem Rücken. Und ich sah deinen Blick, da du mich erkanntest vor meinem Hause, und wie deine rissigen Lippen zitterten und du zu sprechen suchtest, doch brachtest du nur ein heiseres Flüstern zustande. Und ich ging zu dir hin und sagte: Wie du siehst, bin ich bei dir in deiner schweren Stunde.

Er nickte und sprach mit Mühe: Du hast gesagt, daß ich werde ausruhen dürfen bei dir.

Ich aber neigte mich nieder zu ihm, denn er stand tief gebückt unter seiner Last und ich sagte: Ich habe ein Schwert GOttes bei mir unter meinem Kleide, und ich will es ziehen für dich, und all deine Spötter und deine Feinde und alles Kriegsvolk werden zu Tode erschrecken und fliehen vor seinem feurigen Glanz.

Er schwieg.

Du aber, Reb Joshua, sprach ich weiter, wirst das Kreuz von dir werfen und dich aufrichten von deiner Last, und das Volk Israel wirst du um dich scharen und es führen, wie denn geschrieben steht, dein ist der Kampf, oh Fürst, und dein der Sieg, oh König.

Er jedoch schüttelte den dornengekrönten Kopf und antwortete mir: Lasse dein Schwert in der Scheide. Soll ich den Kelch nicht trinken, den mir mein Vater gegeben hat? Aber ich möchte mich ausruhen im Schatten deines Tores, denn ich bin zum Sterben matt.

Da ergriff mich der Zorn ob so viel Starrsinns, und ich stieß ihn von mir und rief: Pack dich, du Narr! Glaubst du, den da oben kümmert's, wenn sie dir die Nägel treiben werden durch deine Hände und Füße und dich stückweise absterben lassen am Kreuz? Er hat doch die Menschen gemacht, wie sie sind, und da willst du sie wandeln durch deinen armseligen Tod?

Und ich sehe noch, als wär's heute, das Gesicht des Rabbi, wie es fahl wird unter den Blutstropfen und höre ihn sagen: Der Menschensohn geht, wie geschrieben steht nach dem Wort des Propheten, du aber wirst bleiben und meiner harren, bis ich wiederkehre.

Danach ging er weiter und entschwand um die Ecke, wo der Weg hinführt nach Golgatha, und mit ihm alles Volk, das lärmte und umherhüpfte, als bekämen sie's bezahlt von einem wirklichen König. Und dann war eine große Stille, und das Licht lag auf den Blättern meines Weinstocks, der sich über den Säulenvorbau rankte, und die Schatten der Blätter zitterten auf den Steinen des Hofes, und ich saß und gedachte des Rabbi, der nun sterbend am Kreuz hing, und seiner Worte, die er zu mir gesprochen, und der Vergeblichkeit allen Bemühens.

Da kam Judas Iskariot und stand vor mir mit dem Beutel in

der Hand und sagte zu mir: Du bist doch der, der den Kopf an die Brust des Rabbi legte bei dem Abendmahl, da dieser uns teilhaben ließ an seinem Leib und seinem Blute.

Und du bist der, sagte ich, der mir einen Silberling schuldet von den dreißig, die er für seinen Verrat erhielt.

Verrat, sagte Judas, ist ein garstiges Wort. Ich aber habe nur gehandelt nach dem, was sein sollte, und nach des Rabbis eigenem Wunsch, denn sagte er nicht zu uns, daß er sein Blut vergießen müsse für viele zur Vergebung ihrer Sünden, und darauf zu mir, ich möge, was ich zu tun hätte, bald tun? Also habe ich nur getan, wie's bestimmt war, und nach seinem Willen; du jedoch hast ihn von deiner Tür gewiesen, wie er nur ein wenig ausruhen wollte von seinen Mühen, darum hast in Wahrheit du ihn verraten und nicht ich.

Das ist mir eine bequeme Denkart, erwiderte ich, wo einer meint, was er tut, sei wohlgetan, nur weil er ein Werkzeug ist und ein Spielding in der Hand eines Höheren. Aber schon dein Vorvater Adam wurde mit Verbannung bestraft und mußte arbeiten gehen, nur weil er den Apfel fraß, obwohl's ihm vorbestimmt war, daß er ihn fressen sollte, denn wieso hätte GOtt ihm den Apfel sonst vor die Nase gehängt und die Schlange geschaffen und das Weib Eva? Das ist so ein Spiel, das GOtt treibt mit den Menschen, daß sie entscheiden sollen über Gut und Böse und dennoch nicht anders können, als wie's ihnen vorbestimmt, so daß du, obzwar zum Verräter geboren, dennoch ein Verräter wirst aus eigenem Willen und darum nicht anders kannst als hingehen zu dem Baum, der oberhalb meines Hauses steht, und dich daran aufhängen. Ich aber bin Geist vom Geiste GOttes; ich handle absolut und ohne Wertung, brauche daher keinen, der sein Blut hergibt für Sünden, die ich gar nicht begehen kann. Und jetzt gib mir den Silberling, den du mir schuldest.

Da erschrak Judas Iskariot und gab mir hastig den silbernen Denar, den ich gefordert, und lief davon. Nach einer Weile aber, das es auf die sechste Stunde ging, kehrte er zurück und sagte, die andern neunundzwanzig habe er zum Tempel getragen und den Priestern hingeworfen; diese jedoch hätten's nicht nehmen wollen, da es Blutgeld wäre. Darauf wandte er sich um und ging hinauf zu dem Baum, der oberhalb meines Hauses steht, und nahm einen Strick, wie die Eseltreiber benutzen, und erhängte sich.

Ich aber sah, daß der Himmel sich verdunkelte, und ein eisiger Wind hob sich von den Bergen. Und es kamen Leute gelaufen, die schrieen, der große Vorhang im Tempel sei in zwei Teile zerrissen als wie von einer riesigen Hand, und die ganze Stadt sei voller Angst vor der Strafe GOttes.

Da wußte ich, daß der arme Reb Joshua tot war, und ich verhüllte mein Haupt und weinte um ihn.

Dreizehntes Kapitel

In dem die lästerliche Frage gestellt wird, ob der
Mensch wirklich Gott ähnlich ist oder nicht
vielmehr Gott dem Menschen, und von
den Widersprüchen gehandelt wird,
die alle Ordnung gefährden

Ich weiß, was ich weiß.

Ich erkenne die Stimme GOttes. Sie ist im Dröhnen der Wasser, im Brausen der Flammen, im Heulen der Stürme, und ist gewaltiger als diese; doch auch im Säuseln des Dornbuschs ist sie, ein Hauch, kaum vernehmbar. Sie kann dich verfolgen bis an die Enden der Welt, vorbei an längst schon verglühten Sternen und an solchen, die im Entstehen sind, und sie kann in dir sein wie ein bohrender Wurm und ein Sirren im Ohr.

Und die Stimme GOttes erhob sich und sprach: Ich habe Meine Hand abgezogen von dir, Ahasver, und dich gestürzt aus den Höhen am sechsten Tag um die dritte Stunde, und dieses tat Ich, weil Meine Ordnung dir keine Ordnung war und Mein Gesetz in deinen Augen ein Spott; nun aber, da du verdammt bist, die Tiefen zu durchwandern, statt in den Himmeln zu jubilieren und Meine Herrlichkeit zu preisen, strebst du immer noch, das Obere zuunterst zu kehren und das Untere zuoberst, und zweifelst an Meiner Schöpfung.

Ich aber richtete mein Antlitz empor zu den Wolken über den Wolken, woher die Stimme gekommen war, und antwortete: Ich zweifle vor allem am Menschen, von dem gesagt ist, Du habest ihn Dir zum Bilde geschaffen, zum Bilde GOttes, und an dem Menschensohn, von dem es heißt, er sei von Dir und gesandt für die Sünden der anderen, und an dessen Brust ich mein Haupt legte bei seinem letzten Abendmahl.

Und wieder erhob sich die Stimme und sprach: Die Welt ist voller Wunder vom Morgen bis Abend. Ein einziges Molekül schon ist von so komplizierter Konstruktion und zugleich so genial einfach konzipiert, daß nur einer es erschaffen konnte, nämlich Ich. Und du zweifelst noch?

Da beugte ich mich vor GOtt und sagte: Fern sei es von mir, an Deinen Wundern zu zweifeln, o HErr, und an Deinen Molekülen; ich zweifle an Deiner Gerechtigkeit und an der GOttgleichheit des Menschen, den Du schufst.

Da öffneten sich die Wolken, und die Wolken über den Wolken, und ein Lichtschein brach hervor, der strahlte wie der Schein von tausend Sonnen und blendete doch nicht, und in dem Schein ward eine Leiter sichtbar, die stand ohne einen, der sie festhielt, und war so hoch, daß ihre Spitze sich verlor in der Unendlichkeit der Höhe; an dieser Leiter aber stiegen Engel hinauf und hernieder, gute Engel natürlich, nicht solche wie Lucifer oder ich, so daß es aussah, als kletterte eine Schar Ameisen auf und ab an der Leiter, weiße Ameisen mit rosa Köpfchen und durchsichtig schimmernden Flügelchen.

Und da waren welche, die trugen einen großen Thronsitz die Leiter hinab und mühten sich sehr, denn der Sitz war schwer und verziert mit kostbaren Steinen, die funkelten in allen Farben des Frühlings, Blau und Grün und Rot und Golden, und die Armlehnen waren geschnitzt und gehämmert und zeigten an ihren Enden die Köpfe von zwei Cherubim, und die vier Füße waren die Pranken von Löwen, und der Abschluß der Rücklehne war gebildet aus zwei glänzenden Schlangen, deren Leiber ineinander verknotet waren, während die Häupter sich bekämpften. Auf dem Thronsitz jedoch saß keiner, so daß es schien, als ginge es all den fleißigen Engeln um nichts als ein leeres Stück Möbel.

Und da sie den Thronsitz endlich heruntergebracht hatten, trugen sie ihn zu mir und stellten ihn vor mich hin, dazu eine Fußbank, die an dem Thronsitz befestigt war mit goldenen Zargen, und darauf entfernten sie sich mit flatternden Flügelchen und wehenden Hemdchen. Die Stimme GOttes aber erhob sich von neuem und sprach: Da du an der GOttgleichheit des Menschen Zweifel hegst, will Ich Mich dir zeigen.

Und das Licht aus der Höhe legte sich um den Thronsitz wie

ein Kranz, und in dem Lichtkranz zeigte sich ein Streif wie von Nebel am Morgen. Dieser aber verdichtete sich zusehends und ließ Schatten und Form erkennen und Wesen und Körperlichkeit, und saß einer auf dem Thronsitz, weißgewandet, mit leuchtendem Aug und gewelltem Haar und gekräuseltem Bart, ein Mann in den besten Jahren, und alles an ihm war vollkommen und von großer Schönheit.

Ich aber, statt mich in den Staub zu werfen vor dem auf dem Thron und seine Füße zu küssen, konnte den Blick nicht von ihm wenden, denn mir war, als sähe ich zugleich mit ihm und durch ihn hindurch die Jammergestalt des Reb Joshua, und ich sprach: Du also bist GOtt?

Er aber sagte: Ich bin, der Ich bin.

Du bist schön, o HErr, sagte ich, da Du in Dir selber ruhst, und ich könnte Dich lieben.

Aber du zweifelst an Mir und Meiner Ordnung, sagte er, obwohl Ich hier sitze auf Meinem Thron und der lebendige Beweis bin für die GOttähnlichkeit des Menschen.

HErr, sagte ich, ich bin verstoßen von Dir und ohne Macht. Dennoch frage ich Dich: Was ist wirklich, die GOttähnlichkeit des Menschen oder die Menschenähnlichkeit GOttes?

Da verdunkelte sich Seine Stirn, und das Licht in der Höhe verdunkelte sich, und die Engelchen mit ihren rosa Köpfchen und ihren durchsichtig schimmernden Flügelchen schwirrten erregt um die Leiter herum, ganz so, als ob diese in Bälde zusammenstürzen müßte, und auch ich fürchtete mich ob meiner Frage.

Die Stimme GOttes aber erhob sich und klang verändert, fast ein wenig kreischend, und sprach: Ob so oder so, was ist es dir, der du weniger bist als der Staub, aus dem Ich den Menschen geschaffen?

Es ist ein Widerspruch, o HErr, sagte ich, ein Loch in Deiner Ordnung, aus welchem der Sand rieselt.

Da kamen welche von den guten Engeln, die breite Schultern hatten und kräftige Arme und Fäuste wie Fleischhacker, und stellten sich neben mich. GOtt aber winkte ihnen, beiseite zu treten, und fragte mich: Und siehst du noch mehr solcher Widersprüche, Ahasver?

Ich aber neigte mich tief und sagte: Oh ja, HErr, es gibt ihrer viele, und sind sie wie das Salz im Brei und die Hefe im Teig, und die Seele von unserm Geschäft, Deinem und meinem.

Und GOtt sprach: Ich habe dich geschaffen am zweiten Tag, und nicht aus Staub wie den Menschen, sondern aus Feuer und dem Hauch des Unendlichen. Das aber gibt dir noch lange nicht das Recht zu deiner jüdischen Frechheit.

Ich aber sagte: Man wird doch noch fragen dürfen, HErr. Du hast mich verstoßen am sechsten Tag um die dritte Stunde und hast mich verdammt, die Tiefen zu durchwandern bis zum Jüngsten Tag, und dann kam Dein Sohn auf dem Weg nach Golgatha und verdammte mich desgleichen. War einmal denn nicht genug? Oder wenn Ihr dreieinig seid, Du und Dein Sohn und der Geist, von dem nur wenig gesprochen wird, glaubtest Du, doppelt sei sicherer?

Da erhob sich GOtt von Seinem Thron und kam auf mich zu, funkelnden Auges und Röte auf Seiner Stirn und glorreich anzusehen in Seinem Zorn, ich aber breitete die Arme, ihn zu empfangen wie ein Liebender, denn ich liebte Ihn wirklich, da Er endlich Seine GÖttliche Ruhe verlor, und hätt's Ihm verziehen, hätte Er mich auch noch ein drittes Mal verflucht. Er jedoch zögerte plötzlich und lächelte, und dann löste Er sich auf in einen Streif Nebel, dann war auch der verflogen, und nur noch der Thronsitz stand da in seiner leeren Pracht.

Ich weiß, was ich weiß. Und GOtt ist, der Er ist, und seine Ordnung so voller Widersprüche wie Er selbst.

Vierzehntes Kapitel

In welchem der Ewige Jude einem christlichen Kaufmann zum seligen Sterben verhilft, indem er ihm Sicherheit bietet

Ist er doch zurückgekommen, denkt der Kranke erleichtert; ein Pastor in der Familie ist besser noch als ein Arzt, der Arzt nützt nur für das irdische Leben, welches sechzig Jahre währt oder, wenn's hoch kommt, siebenzig, der Pastor aber hilft für die Ewigkeit.

Dennoch, denkt der Kranke, 's ist so eine Sache mit dem Tod. Wir, denkt er, die wir ein gottesfürchtiges Leben geführt allzeit und gehorsam gewesen der Obrigkeit, und etliche Kindlein in die Welt gesetzt mit unsrer uns angetrauten Ehefrau und mit keinem andren Weibe, so uns bekannt, außerdem uns ferngehalten der Sünde der Hoffart und Begehrlichkeit, nicht gemordet, nicht gestohlen, und unsre Geschäfte ehrlich geführt nach gutem Maß und üblichen Regeln, soundso viel Prozent aufs Kapital, das Risiko eingeschlossen: Sollten wir nicht dem Tod getrost entgegentreten können und gefestigt im Glauben an die Seligkeit, welcher wir teilhaftig sein werden?

Aber zugleich mit dem Schmerz, der sich nun wieder ausbreitet in seiner Brust, bohrt dem Kranken der Zweifel im Herzen: Wie nun, wenn's alles Dunst wäre und eitel Erfindung, und wenn vom Menschen nichts bliebe als das Häuflein Erde, aus dem wir alle gemacht? »Weiß einer denn wirklich um die Seele?« sagt er zu seinem Sohn, der zu seiten des Bettes hockt mit leidender Miene und umflortem Blick. »Weiß einer, wann Gott sie ihm eingehaucht, die nun zurück soll gehen zu ihrem Spender wie ein geliehener Gulden? Hat einer sie je gesehen oder berührt? Aus welchem Loch meines sterblichen Leibes wird sie entweichen, der Nase, dem Mund, dem Ohr, oder wo? Und könnt es nicht doch sein, daß ich der, der ich war, ganz und gar nicht mehr sein werde?«

Der Sohn sagt, »Es steht aber geschrieben, Herr Vater, daß Gott hat den Menschen geschaffen zum ewigen Leben.«

Der Kranke stöhnt leise. »Angst«, sagt er, »ich habe Angst vor dem Nichts. Früher, bei den Papisten, da herrschte gute kaufmännische Ordnung, so viele silberne Pfennige Hamburgsch für so viele Jahr Ablaß vom Fegefeuer und anderen Plagen, und war verbrieft vom Heiligen Vater selber. Aber jetzt, nachdem dein Herr Doktor Luther dagegen gewettert? Wer ist jetzt, der mir's geben kann mit Brief und Siegel, daß es weitergeht nach dem Tode, oder aber am Tag der Auferstehung, da die mürben Knochen sich wieder zusammenfügen und das verrottete Fleisch sich beseelen und die toten Augen sich auftun sollen, den Glanz und die große Pracht zu sehen? Wer garantiert's, und welcher Jüd leiht mir auch nur einen Groschen darauf?«

Der Sohn sagt, »Der Apostel Johannes verkündet aber, daß alle, so an den Herrn glauben, das ewige Leben haben werden. Ihr müßt glauben, Herr Vater.«

Da habe ich den Jungen studieren geschickt, denkt der Kranke, er soll die Ohren auftun und lernen, wie sich's verhält mit den letzten Geheimnissen und mit der unsterblichen Seele; wer soll's denn wissen, wenn nicht die gelehrten Herren Doctores zu Wittenberg? Und was sagt er mir nun, da er selbst den Magisterhut trägt und ein kirchliches Amt sucht, damit er die große Weisheit, die er geschöpft, ausschütten mag über die Bürger hiesiger Stadt? Ich soll glauben. »Glauben, so«, sagt er. »Aber Kredit, mein Sohn, gibt's nur gegen Sicherheit. Welche Sicherheit kannst du mir geben?«

Das trifft den jungen Magister. So viel versteht er als Sohn des Hauses Eitzen, Tuche und Wolle, von Handel und Wandel, daß einer, der auf Treu und Glauben geht, Ware und Besitz leicht verlieren mag, und die Hosen dazu. Und wie im Geschäft, so in der Religion.

»Ihr versprecht uns das ewige Leben«, sagt der Kranke, »ihr geistlichen Herren. Ach, wie gern würd ich's nehmen und alles dafür hergeben, Geld und Gut, ich würd auf den Knien rutschen bis vor die Tür von St. Petri und dem Herrn Hauptpastor Aepinus den Saum küssen an seinem Rock, oder meinetwegen auch den Saum an dem deinigen. Aber wo ist die Sicherheit?«

Der Sohn weiß der Sprüche viele aus dem Heiligen Buch und andern gelehrten Büchern, und könnt sie fein hersagen, das hat er gelernt bei Philipp Melanchthon und dem guten Doktor Martinus; aber was nützen solch tröstliche Worte einem, der sechsmal die Woche das Kontobuch aufschlägt und das Gebetbuch nur einmal, und der gewohnt ist, das Haben aufzuwiegen gegen das Soll? Für einen solchen braucht's einen lebenden Zeugen, der zuverlässig aussagt, denkt der Sohn, und weiß zugleich, daß der Gedanke ihm längst schon im Schädel sitzt; hat doch das Krähen des kupfernen Hahns zu Helmstedt ihn durch und durch gerüttelt und ihn verfolgt den ganzen Weg bis Hamburg, und er spekuliert, daß der Fluch, der den einen verdammt bis in alle Ewigkeit, zum ewigen Segen werden könnt für den anderen.

»Sicherheit«, sagt er, »ich will Euch Sicherheit geben, Herr Vater, ich will Euch erzählen vom Jüden Ahasver, dem ich mehrmals begegnet, und wie der Hahn dreimal gekräht hat auf dem Kirchturm.«

Der Kranke lauscht den Worten des Sohnes. Diese sind wie

ein Balsam für das arme Herz, das sich fühlt, als läge ein eiserner Ring darum und preßte es zusammen; er wünscht zu Gott, er könnte den Ring sprengen, und weiß doch, zerspringt der Ring, zerspringt auch das Herz. Aber dieser Jüd, denkt er, wenn's wahr wäre, daß er ist, der er vorgibt zu sein, das wär ein handfester Beweis und gute Sicherheit und hat der Junge besagten Jüden nicht auf die Probe gestellt und hat selber gehört, wie der kupferne Hahn dreimal gekräht auf dem Marktplatz und Blitz und Donner herabfuhren aus heiterem Himmel? Und wenn's das gäbe, ein ewiges Leben, zu dem einer verflucht ist, wie dann nicht erst recht, wo einer gesegnet stürbe und in Frieden mit sich selber und mit Gott? »Und wo, mein Sohn«, sagte er, »befindet sich der Jüd zur Zeit?«

Das hat der Herr Magister vergessen zu bedenken, daß es dazu kommen würde wie nach dem Benedictus zum Amen, und er den Ahasver, einmal erwähnt, auch werde herbeischaffen müssen zum Trost und zur Aufrichtung des Kranken. Den Jüden aber suchen gehen in den engen Gassen, wo dieses Volk haust, und ihn gar noch freundlich bitten, das mag er nicht, schon wegen der Prinzessin von Trapesund nicht, deren Spott er fürchtet, und weil er zu Helmstedt den Zorn der Leute hat aufpeitschen wollen gegen die beiden. »Wo der Jüd sich zur Zeit befindet?« sagt er darum. »Das weiß der Teufel.«

Der Kranke sieht, wie der junge Magister mit dem Steiß auf dem Stuhle hin- und herschleift, und denkt sich sein Teil, ist aber jetzt erst recht ganz versessen darauf, den Jüden zu befragen, ob der in der Tat unsern Herrn Jesus noch lebend gesehen und zu ihm gesprochen, und danach gewandert ist diese tausendfünfhundert Jahre und mehr. Hahn hin, Hahn her, denkt er, mir wird dieser Jüd nichts vortäuschen, ich hab eine Nase für Menschen, hätt sonst wohl schon dreimal Bankerott gemacht. 's ist ein hartes Geschäft, Tuche und Wolle, mehr Gauner, Diebe und Schelme darin als ehrliche Kaufleute. »Mein Sohn«, sagt er, »du wirst mir den Jüden herbeischaffen. Ich will mich mit ihm bereden.«

Der Junge will anheben zum Widerspruch, aber der Kranke richtet sich stöhnend auf und sagt, »'s ist mein Wunsch, mein letzter. Geh.«

Da bleibt dem Magister von Eitzen nur Gehorsam vor dem

Herrn Vater, und er erhebt sich und geht. Der Junge hat schon den Pastorenschritt, denkt der Kranke, so gemessen und bedächtig, und dennoch auf leisen Sohlen: sie wollen den Sünder nicht schrecken, bevor sie ihn zu packen kriegen. Und er wird mir den Jüden finden, denkt er, und sucht sich auszumalen, wie einer wohl aussehen müßt, der so viele Jahre schon auf dem Puckel hat, ein zittriges Männlein mit Triefaugen, geschrumpft und geschrumpelt auf Knochen und Haut, und um ihn herum ein Geruch von Moder und Fäulnis. Über solchen Gedanken schläft er ein, und wacht erst auf, als er Stimmen hört im Raum, und glaubt, es wäre sein Sohn, der Magister, mitsamt dem Jüden Ahasver, und hebt das Haupt, sie zu sehen; 's ist aber die Familie, nämlich sein braves Weib Anna, und der ältere Sohn Dietrich sowie die Töchter Martha und Magdalena, und alle traurigen Blicks, die Frauen mit Schnupftüchlein in der Hand, an denen sie zupfen, und bei ihnen der Herr Hauptpastor Johann Aepinus, gekommen, des Sterbenden letztes Stündlein zu erleichtern; was diesem jedoch gar nicht so recht zupaß kommt, denn er hat noch Wichtiges zu bereden mit einem ganz anderen.

Der Herr Hauptpastor Aepinus aber ist einer von jenen, die allzeit schnurstracks die Hauptsach verfolgen, ganz gleich, wem sie auf die Füß treten dabei, und hier gilt's, eine Seele auf den Weg zu bringen, wohl präpariert und gut gerüstet für die Reise, ein löbliches Tun und ein Dienst der Freundschaft überdies. So scheucht er denn Frau und Kinder des Kranken hinaus, wie ein großer Vogel mit schwarzen Schwingen, denn für das heilige Sakrament der Beichte ist vorgeschrieben, daß er allein sei mit dem Sünder. Dann tritt er an die Seite des Bettes, in dem der Kranke liegt, so still und blaß und den Angstschweiß auf der Stirn, und redet ihn an mit einer Stimme, die klingt, als käme sie halb schon von jenseits des Grabes, »Bekennst du, Reinhard Eitzen, daß du gesündiget hast, und bereust du diese deine Sünden, so antworte: Ja.«

Der Kranke erschrickt gewaltig bei diesen Worten, die er kennt. Ist's denn nun so weit, denkt er, daß ich mich wenden muß von der Welt, da ich doch noch nicht bereit bin; und wo ist mein Sohn Paul mit dem Jüden, welchen er versprochen hat zu bringen?

Der Hauptpastor Aepinus hat zwar kein Ja gehört von den Lippen des Kranken, nimmt jedoch den traurigen Blick, den dieser nach oben gerichtet zu den Balken der Zimmerdecke, für die gewünschte Antwort und hustet streng und fährt fort zu fragen, »Begehrst du, Reinhard Eitzen, die Vergebung deiner Sünden im Namen Jesu Christi, so antworte: Ja.« Dem Kranken ist's, als hörte er Stimmen im Streite erhoben draußen vor der Tür. Da liegen sie sich in den Haaren, denkt er, obzwar ich noch nicht kalt bin; 's ist alles Eitelkeit und vergebliche Müh, und der mir die Sicherheit geben sollte, der ich bedarf, wo bleibt er?

Noch immer ist da kein Ja gewesen vom Munde des Kranken, ja nicht mal ein schwaches Nicken, doch der Hauptpastor Aepinus nimmt das müde Flattern der Lider für die gewünschte Antwort und stellt seine dritte Frage, die schwerste und ernsteste, von der es abhängen wird, ob dieser hier, geläutert und frei, nach oben entschweben wird in einer kleinen Weile, hin zu den lieben Engelein, und er sagt in feierlich dumpfem Tone, »Glaubst du auch, Reinhard Eitzen, daß Jesus Christus dich erlöset hat von all deinen Sünden und daß die Vergebung, die ich dir zuspreche, Gottes Vergebung ist, so antworte: Ja.«

Diesmal jedoch, zu des Herrn Aepin freudiger Überraschung, versucht der Kranke zu sprechen, seine Lippen rühren sich, ein heisres Geflüster, unverständlich. Der Herr Hauptpastor neigt sich hinab zu dem Kranken, sein Ohr dicht an dessen Munde, und versteht nun, was dieser sagt, nämlich, »Wo bleibt der Jüd? Ich will den Jüden!«, und versteht's doch nicht, denn was hat ein Jüd zu suchen zwischen einem, der sich da rüstet fürs Jenseits, und seinem Beichtiger? Daher denkt er, daß der Geist des Kranken bereits wandere, wie es denn häufig der Fall ist bei Sterbenden, und daß nun die Zeit knapp bemessen sei für die Absolution und Abendmahl, und haspelt das *absolvo te* herunter, als wär seine Zunge in unheiligem Wettlauf mit dem Teufel, »In Kraft des Befehls, welchen der Herr seiner Kirche gegeben, verkündige ich dir, Reinhard Eitzen: der allmächtige Vater hat sich deiner erbarmet und durch das heilige Leiden und Sterben und Auferstehen unseres Herrn Jesu Christi vergibt er dir alle Sünden, Amen.«

Und schlägt hastig das Zeichen des Kreuzes und eilt hin zur Tür, um diese zu öffnen, denn Frau und Kinder des Kranken sollen bezeugen, daß dieser das heilige Abendmahl genossen und teilhaft geworden des Leibes und Blutes des Herrn, der letzten Wegzehrung auf dieser Welt; doch kaum hat die Tür sich knarrend aufgetan, da stürzt herein der Magister Paul, an seiner Hand einen rothaarigen Jüden zerrend und lauthals verkündend, »Hier ist er!«, und den zweien hinterdrein Bruder Dietrich und die Schwestern Martha und Magdalena sowie Frau Anna, welch letztere sämtlich in hoher Erregung, und reden von Frevel und Schande, ein dreckiger Jüd an einem sauberen christlichen Sterbebett.

Der arme Magister Paul ist ganz zerrissen im Innern. Da ist seine Sohnespflicht, die zu erfüllen er durch halb Hamburg gelaufen, bis sein Freund Leuchtentrager ihn an die rechte Stelle geführt; da ist aber auch, und arg konsterniert und verstört ob des ungehörigen Sterbebesuchs, der Adressat des Luther-Briefchens, welches er, der Magister Paul, in seiner Tasche trägt, und der Herr Hauptpastor Aepinus ist drauf und dran loszukeifen. Die letzte Wohltat am Vater, ahnt Paul, wird ihm nicht wohl bekommen, wie's ihm auch Bruder Dietrich gesagt, der ihm von Narrenstreich und studentischem Unwesen gesprochen, und insgeheim verflucht er die Prinzessin von Trapesund, die wie eine Schlampe sich räkelte im Quartier des Jüden, die prallen Brüste schamlos entblößt, und diesem abriet, den Sterbenden zu trösten, denn habe der Herr Magister ihnen beiden nicht gewaltig an den Kragen gewollt zu Helmstedt? Aber da hilft nichts, weder seine Wut auf die Margriet, wegen derer soviel kostbare Zeit verrann, noch sein flehentlicher Blick, gerichtet auf den Herrn Hauptpastor Aepinus und den Bruder Dietrich; er muß erklären und muß es glaubhaft machen, und dabei sieht er, wie sein Herr Vater dem Jüden zuwinkt, der soll zu ihm kommen, doch der Jüd hat die Hände vor der Brust gefaltet und scheint's nicht zu bemerken, wie auch die andern alle den Kranken vergessen haben, welcher doch die eigentliche Hauptperson ist.

Magister Paul beginnt zu reden, voller Eifer, redet er doch nicht nur um das ewige Leben seines Herrn Vaters, sondern auch um das eigene, höchst irdische, und wie dieses sich gestalten möge. Es sei, sagt er, der Wunsch seines Herrn Vaters gewesen, daß er den Jüden herbeibringe, der nun allerdings kein gewöhnlicher Jüd sei, wie ihrer zu viele auf den Straßen und Gassen umherliefen, vielmehr sei er der

Ahasver, welcher von unserm Herrn Jesus Christus zu ewigem Wandern verdammt worden, nachdem er den Herrn, da dieser kurz einmal rasten wollte von der Last des Kreuzes, von seiner Tür gewiesen; und sollte der Jüd Ahasver dem Herrn Vater bezeugen, daß er in der Tat unsern Herrn Jesus Christus gekannt und mit ihm wahrhaftig geredet habe, und somit erweisen, daß das ewige Leben nicht nur ein Symbolum sei, an das man zu glauben habe, sondern sichtbarlich existent.

Worauf der Herr Hauptpastor Aepinus sich das spärliche Haar rauft ob so unsinniger Rede aus dem Mund eines soeben zu Wittenberg promovierten künftigen Amtsbruders, und poltert, »Papperlapapp, ewiger Jüd! Ewige Teufelslehr!« Und fährt fort, da habe der Herr Magister sich wohl so recht anschmieren lassen, und seit wann's eines frechen Jüden bedürfe, um das ewige Leben unter Beweis zu stellen, welches einem jeden gläubigen Christenmenschen sicher, da's die Propheten verkündet und unser Herr Jesus gleicherweise, und nach ihm die heiligen Apostel. Und ob das die Art Lehre sei, die er an der Universität von Martinus Luther und Philipp Melanchthon erhalten, oder ob solche Weisheit nicht viel mehr aus dem Dunst von Bier und Wein entstanden, dem die Herren Studiosi, Gott sei's geklagt, so häufig zusprächen?

Dem jungen Magister verwirrt sich alles im Kopf: das Bild des Vaters, dort auf dem Sterbebett, wie er mit schwacher Hand winkend den Jüden zu sich zu locken trachtet; das ärgerlich gerötete Gesicht des Herrn Aepin, welcher nach alledem die empfehlenden Worte, die Luther geschrieben, in höchst ungünstigem Licht lesen dürfte; das Armefuchteln und Augenverdrehen von Bruder und Schwestern und Mutter; und inmitten des Tohuwabohu, still und lächelnd, der Jüd, als ginge ihn dies alles gar nichts an und als sei er nicht Grund und Ursach des Ganzen. Und er, der Magister Paul, wird den Jüden noch verteidigen müssen zusammen mit seiner eignen Person, schon damit er nicht vollends dastehe wie ein Narr und Phantast.

Also sagt er, mit Verlaub und gemach, Herr Hauptpastor, aber sein Lehrer, der gute Doktor Martinus, könne es bestätigen, und er führe es schriftlich bei sich in einem Brieflein an den Herrn Hauptpastor selber, wie brav er studiert habe und wie er das Wort Gottes und der Propheten sich zu eigen gemacht; dennoch sei aber auch der Jüd wahr und wahrhaftig, und möge der Herr Hauptpastor doch bedenken, ob nicht das lebendige Zeugnis eines, der unserm Herrn Jesus einen Tort angetan und dafür von ihm verflucht wurde, heute, nach etlichen tausend und fünfhundert Jahren, nicht gleich viel wert sei wie das überlieferte Wort, wenn nicht gar wertvoller? Und statt ihn, den Magister Eitzen, ob seines Eifers zu schelten, möge der Herr Hauptpastor weiter bedenken, ob die Stimme des Ahasver nicht höchst brauchbar sein könnte im Streit gegen solche, die an der allein seligmachenden Lehre immer von neuem zweifelten?

Das nun erscheint dem Herrn Aepinus der schiere Wahn oder, schlimmer noch, Ketzerei, und er verwahrt sich mit starken Worten; nämlich ob Herr Paul neben anderem, welches von Übel, auch noch ein Freund der Jüden sei, die unsern Herrn Jesus ans Kreuz schlagen ließen und bis zum heutigen Tag die Jünger Christi verspotten, verleumden und verfolgen und christliche Kindlein pfriemen und das Blut in ihrem Passah-Brot verbacken, und ob ihm nicht bekannt sei, was sein Lehrer Doktor Martinus von den Jüden gesagt und geschrieben?

Ein solcher Vorwurf ihm, dem Magister Paul, nach dem, was er an seinem letzten Morgen zu Wittenberg in der dortigen Schloßkirche gepredigt! Herr Paul erbleicht, und sein Mund zieht sich zusammen wie nach saurem Wein; nur zu gern möcht er dem Herrn Hauptpastor exponieren, was er von den Jüden hält und deren Stamm und Wesen; aber da steht der Jüd Ahasver, den er noch brauchen wird seines Herrn Vaters wegen, und hat die Ohren gespitzt; und so bringt Herr Paul nur ein Stammeln zustande, bis er, aus gepreßter Brust, endlich hervorstößt, »Der Hahn, der Hahn, der Hahn hat dreimal gekräht!« Und blickt sich um, Hilfe suchend, nach dem Jüden, daß der das Wunder zu Helmstedt besser berichte, doch dieser rührt sich nicht und schweigt immer noch.

Dagegen wird dem Herrn Hauptpastor Aepinus das Gered und Gehabe des jungen Magisters unheimlich. »Der Hahn, der Hahn!« sagt er. »'s ist aber kein Hühnerstall, in welchem wir uns befinden, Herr Magister, sondern ein rechtschaffen christliches Sterbezimmer, und ist auch der Hahn, der dem Apostel Petrus gekräht seinerzeit, längst schon geschlachtet.« Womit er sich endlich erinnert, daß da der Kranke noch immer auf seinem Bett liegt, ungewartet geistlich wie leiblich, und daß es wohl allerhöchste Zeit sei, ihn mit dem heiligen Abendmahl zu erfrischen und so zum guten Schluß zu kommen. Er geht also hin zu dem lederbezogenen, schön verzierten Kästchen, welches er mit sich gebracht und neben das Bett gestellt, und öffnet's und entnimmt ihm ein Döschen, darin ein dünnes Stück Brot, sowie ein Fläschlein mit dunklem Wein und einen Becher aus Silber.

Nun aber rührt sich der Kranke. Zum Entsetzen aller, nur nicht des Jüden, ächzt er fürchterlich und richtet sich auf, wobei ihm die Augen schier aus dem Kopf treten, und bleibt, auf die dürren Ellbogen gestützt, in sitzender Haltung. »Ich will den Jüden«, sagt er deutlich und allen hörbar, »ich will mit ihm reden.«

Dem Herrn Aepin klappt der Mund auf, und er glaubt, da muß doch der Teufel im Spiel sein und sehnt sich zurück in die Zeit, da man den Teufel noch austrieb mit viel Lärm und Gebet; auch dem Sohn Dietrich und den Schwestern Martha und Magdalena und gar erst Frau Anna ist nicht gar so wohl zumute, stehen da wie Lots Weib, die sich umblickte gen Sodom, wiewohl ihr's doch verboten war, und zur Salzsäule wurde. Der Jüd aber rückt sich das Käpplein zurecht auf dem roten Haar und zupft einen Faden aus der Ärmelnaht seines Kaftans und sagt zu dem Kranken, »Da ist noch viel Zeit für uns beide, Herr Eitzen«, und zu dem Herrn Hauptpastor Aepinus, »Ich hab Euch gestört in der Verrichtung Eures Amtes, macht nur weiter, nützt es auch nichts bei Gott, so ist's doch dem Menschen tröstlich.«

Der Hauptpastor schießt einen giftigen Blick auf den Magister, der ihm den unverschämten Jüden hergebracht, und einen ebensolchen auf den Jüden, welcher sich so großmütig gezeigt und zugleich solche Lästerung hat geäußert; doch bleibt ihm nichts weiter als seines Amtes zu walten, ganz so, wie's der Jüd ihm geraten. Nimmt also die Hostie zwischen die Finger und spricht, »Unser Herr Jesus, in der Nacht, da er verraten ward, nahm er das Brot, dankte und brach's und gab's seinen Jüngern und sagte, nehmet hin und esset, das ist mein Leib, der für euch gegeben wird.«

Womit er dem Kranken das dünne Scheibchen auf die zitternde Lippe legt, damit der's rasch schlucke; der Jüd aber hört und sieht dieses und gedenkt des Rabbi, wie der ihn an seine Brust zog und ihm zugeflüstert, daß dennoch die Liebe stärker wäre als das Schwert, und wie die Öllämpchen flackerten im Abendwind, der durch die Fenster drang, und Licht und Schatten warfen auf die Gesichter der Jünger, auch auf das des Judas Iskariot, und ist alles so lange schon her, und das ist nun daraus geworden, denkt er, ein Abrakadabra.

»Desgleichen nahm er auch den Kelch«, spricht der Herr Hauptpastor weiter und gießt aus dem Fläschchen ein weniges in den Becher, »und gab ihnen den und sagte, nehmet hin und trinket alle daraus, dies ist mein Blut, das für euch vergossen wird zur Vergebung der Sünden.« Womit er den Becher dem Kranken an den Mund hält; läuft aber das meiste des Weins über dessen Kinn herab aufs Bett und verfärbt die Zudecke, ganz so, als sei's wirkliches Blut. Sodann intoniert der Herr Hauptpastor das Vaterunser, in welches Magister Paul fleißig einstimmt, gleichwie der Rest der Familie, und danach ist's soweit, daß der Tod eigentlich kommen könnte. Aber nicht der Tod tritt ans Bett des Kranken, sondern der Jüd, der plötzlich größer wirkt um Haupteslänge als vorher und sein Kaftan wie ein Priestergewand. Und legt seine Hand, wie einst der Rabbi es tat, auf die des Kranken und sagt zu diesem, »Ich bin gekommen, wie Ihr's gewünscht, Herr Eitzen, und steh Euch zu allen Auskünften zur Verfügung.«

Inzwischen haben sich die andern hinzugedrängt, in erster Linie Magister Paul, der glaubt, ein Anrecht zu haben auf den Jüden, aber auch Bruder Dietrich und die Schwestern Martha und Magdalena sowie Frau Anna, und selbst der Herr Hauptpastor Aepinus, denn nebst der Geldgier und der Gier nach Lust ist die Neugier des Menschen stärkster Antrieb. Der Kranke aber hat kein Aug mehr für Weib und Kinder oder den würdigen Herrn Hauptpastor; er sieht nur den unheimlichen Jüden und betrachtet ihn fiebrigen Blicks, denn dieser Ahasver gleicht so gar nicht dem geschrumpften, triefäugigen Uralten, den er sich vorgestellt, und fragt, »So ist's denn wahr, daß Ihr's seid, der ewige Wanderer, und daß Ihr unsern Herrn Jesus noch in Person gesehen und mit ihm geredet habt?«

Der Jüd wiegt den Kopf. »Wer sonst? Würd ich gekommen sein zu Euch, wenn ich nicht wär, der ich bin? Und so wahr ich hier vor Euch stehe, Herr Eitzen, so wahr hab ich mit dem Rabbi geredet, da er auf dem Weg war nach Golgatha mit dem Kreuz auf dem Rücken und Halt machte vor meiner Haustür.«

Das erscheint dem Kranken sehr folgerichtig und gibt ihm Vertrauen, so daß er nun freimütig berichtet, »Mich plagt die Angst vor dem Nichts. Sagt mir, ich bitt Euch, Herr Ahasver, gibt's die unsterbliche Seele, und so es sie gibt, auf welchem Loch entfährt sie dem menschlichen Leib, und wohin geht dann die Reise?«

Dies nun ist dem Herrn Aepin denn doch zuviel und er ruft dem Kranken zu, »Ihr dürft Euch nicht plagen lassen durch derlei Angst und Gedanken; 's ist alles bestens bestimmt und geregelt durch das heilige Sakrament, welches Ihr empfangen.«

Der Kranke schließt die Augen; der Schmerz in der Brust drückt ihm den Atem ab, und nur mit Mühe sagt er, »Ihr schuldet mir noch Antwort, Herr Ahasver, auf meine Frage.«

Der Jüd lächelt. »Ich treffe sie überall, die verwaisten Seelchen; über der Erde und zwischen den Himmeln schweben sie dahin, durchsichtig wie ein Hauch Atem im Winter und verloren im Wind der Unendlichkeit, und ich frage mich oft, ob's nicht barmherziger wäre von Gott, er ließe sie gänzlich vergehen.«

Dem Kranken wird gar trostlos zumute, und er fängt an, gottsjämmerlich zu weinen. Dann schnieft er und zieht den Rotz hoch und fragt, »Und ist keine Rettung in Christo?«

Der Jüd zögert. Und gedenkt wieder des Rabbi und wie dieser sich aufraffte unter dem Kreuz und weiterschritt, und er sagt, »Der Rabbi hat die Menschen geliebt.«

Da ist dem Kranken, als ob der Ring, der ihm ums Herz liegt, zerspränge, und er stöhnt laut auf und atmet tief und glücklich, ein letztes Mal, und dann fährt ihm der Jüd mit erfahrener Hand über die Augenlider.

Weiß keiner, wie lange die Stille gedauert, bis daß der Herr Hauptpastor Aepinus sich faßt und laut zu beten beginnt, »O du Gotteslamm, das der Welt Sünde trägt, erbarm dich über uns. O du Gotteslamm, das der Welt Sünde trägt, verleih uns Frieden. Christe, erhöre uns. Kyrie eleison. Christe eleison. Kyrie eleison.« Wonach Frau Anna und die Töchter Martha und Magdalena in lautes Wehklagen ausbrechen, und Sohn

Dietrich denkt, daß er baldtunlichst Briefe aussenden muß an alle Handelspartner und Korrespondenten, des Inhalts, daß das Haus Reinhard von Eitzen, Tuche und Wolle, nunmehr von ihm geleitet werde, und werde das Haus wie stets getreulich allen Verpflichtungen nachkommen, was, denkt er weiter, bei den sich laufend verteuernden Preisen, und weil er den Bruder, den Magister, und seine Schwestern Martha und Magdalena wird anteilig auszahlen müssen, der göttlichen Hilfe bedürfen wird, oder er wird borgen müssen von den Jüden.

Bei diesem Gedanken fällt ihm der Jüd wieder ins Aug, mit dem sein Herr Vater zuletzt noch geredet und der da steht, ein wenig verloren und gar nicht mehr erhaben, sondern wie ein ganz gewöhnlicher Jüd, und so packt er ihn beim Kragen seines speckigen Kaftans und stößt ihn zur Tür hinaus. Ein Weilchen später geleiten er und die trauernde Familie den Herrn Aepin die Treppe hinab und durch die geräumige Diele zum Tor des Hauses, wobei der Magister Paul den Herrn Hauptpastor besonders eifrig umschwänzelt; zurück bleibt allein der Tote, die Hände gefaltet über der Brust, die Lippen friedlich, und weiß nun bereits, aus welchem seiner Löcher die unsterbliche Seele gefahren und wohin ihre Reise geht.

Fünfzehntes Kapitel

In dem Professor Leuchtentrager belehrt wird, daß
die Seele eine Funktion des menschlichen
Nervensystems ist, die frommen
Warschauer Juden aber an Gott
verzweifeln und der Ahasver
sich selbst verbrennt

Herrn Prof. Jochanaan Leuchtentrager
Hebrew University
Jerusalem
Israel

24. März 1980

Sehr verehrter Herr Kollege!

Daß ich Ihnen heute, nur wenige Tage nach meinem Brief an Sie vom 17. ds., ein zweites Mal schreibe, findet seinen

Grund in meiner Befürchtung, ich könnte einen Gedanken, der in engem Zusammenhang mit dem Ahasver-Komplex steht, bisher nicht oder nicht genügend beleuchtet haben. Meine diesbezüglichen Vorstellungen werden übrigens von dem Kollektiv meines Instituts geteilt, welches die Selbstverpflichtung übernommen hat, bis zum 1. Mai, dem Weltfeiertag der Arbeiterklasse, das Material zu einem Essay über den reaktionären Charakter des Mythos der Seelenwanderung zu erstellen.

Den Ahasver, der angeblich zu verschiedenen Zeiten und an verschiedenen Orten immer wieder auftaucht, als konkretes Beispiel einer Seelenwanderung zu sehen, wobei die gleiche verdammte Seele in stets neuer, einander allerdings ähnlicher Gestalt sich verkörpert, liegt nahe, und ich habe, wie Sie nachlesen können, in dem Abschnitt »Über den Ewigen (oder Wandernden) Juden« in meinem Werk »Die bekanntesten judäo-christlichen Mythen im Lichte naturwissenschaftlicher und historischer Erkenntnisse« auch bereits kurz darauf hingewiesen; bei weiterem Nachdenken über unsere beiderseitige Korrespondenz zu dem Thema schien mir dieses Moment noch zusätzlich an Gewicht zu gewinnen, so daß ich es jetzt für notwendig halte, ausführlicher darauf einzugehen, besonders da ich vermute, daß auch Ihnen solche Ideen im Kontext mit dem Problem Ahasver schon gekommen sein dürften.

Nun setze ich, was Sie mir hoffentlich gestatten, Ihre Zustimmung zu meiner These, daß der Begriff der Seelenwanderung das Vorhandensein einer Seele erfordert, voraus. Aber gibt es das überhaupt, die menschliche Seele, und logisch aus dieser Frage folgend, ein Leben des Menschen nach dem Tode?

Aber bitte, wird man sagen, wir haben eine ganze Wissenschaft von der Seele, die Psychologie, und von den Krankheiten der Seele, die Psychiatrie, mit den zugehörigen Fachleuten, als da sind Psychologen, Psychiater, Psychoanalytiker, Psychotherapeuten, und den entsprechenden Lehrstühlen, klinischen Einrichtungen, Zeitschriften, Medikamenten usw. usf.; also wird es doch auch die Psyche geben, mit der sich das alles beschäftigt. So weit, so gut, so richtig. Aber diese Art von Seele kann nur betrachtet werden unter dem Aspekt der Einheit von Körper und Geist; eine Separatseele, die ein eigenes Leben vor, während oder nach der physischen Existenz des zugehörigen Menschen führen könnte, gibt es, das haben sämtliche naturwissenschaftliche Forschungen in dieser Richtung erwiesen, nicht; vielmehr ist das, was wir als Seele oder Psyche bezeichnen, einfach eine Funktion des menschlichen Nervensystems, einschließlich des Gehirns, hervorgerufen durch objektive Vorgänge in der Natur und in der Gesellschaft, welche ihrerseits über die Sinnesorgane des Menschen auf dessen Nervenapparat einwirken und diesen in Gang setzen. Viele dieser Wechselwirkungen, die sich im Bewußtsein oder Unterbewußtsein, im Denken, Fühlen und Träumen des Menschen widerspiegeln, sind bereits erforscht und erklärt, andere nicht; aber es ist nur eine Frage der Zeit, bis wir auch da völlige Klarheit erhalten werden. Absolut sicher ist jedoch, daß die Psyche des Menschen, seine Seele also, in dem Moment zu existieren aufhört, in dem die physische Gehirnfunktion ihr Ende findet, weshalb die Ärzte ja auch den klinischen Tod auf den Zeitpunkt ansetzen, zu dem das letzte Flackern elektrischer Ströme im Gehirn erlischt.

Dies alles sind Binsenweisheiten, und ich weiß, daß ich damit bei Ihnen, verehrter Professor Leuchtentrager, offene Türen einrenne. Ich wiederhole sie auch nur in aller mir möglichen Kürze und Prägnanz um des Phänomens Ahasver willen, welches Sie für real halten, für das uns aber immer noch jede irgendwie geartete wissenschaftlich akzeptable Erklärung fehlt. Seelenwanderung kann es jedenfalls nicht sein, da es keine selbständig im Raum schwebende Seele gibt, die über die Jahrhunderte hinweg von einer Ahasver-Inkarnation zur anderen transmigriert haben könnte. Hier möchte ich Sie bitten, gefälligst einzuhaken; dies ist die Kardinalfrage; was ist Ihre Antwort darauf?

Natürlich, und das gestehe ich Ihnen gerne zu, mag man es für einen Mangel halten, daß eine menschliche Seele, die imstände wäre, sich von ihrer leiblichen Hülle zu lösen, nicht existiert. Daß ein so feines Instrument, fähig, Freude und Leid, Liebe, Haß und dergleichen Emotionen mehr zu empfinden, von einer Sekunde zur nächsten aufhören soll zu bestehen, ist sicher bedauerlich; aber Wissenschaftler, die verpflichtet sind, der Objektivität zu dienen, werden sich mit dieser Tatsache ebenso abfinden wie mit der Erkenntnis, daß wir allesamt nur Klumpen einer allerdings hochentwickelten Materie sind, die sich in einem langwierigen, aber durchaus natürlich verlaufenen Prozeß herausgebildet hat.

Man darf bei dieser Betrachtung auch nicht vergessen, daß die in Wahrheit nicht vorhandene unsterbliche Seele seit je ein probates Mittel gewesen ist, die Menschen für den Schweiß und das Blut, das sie hienieden vergießen, mit der Aussicht auf ein besseres Los in der nächsten Welt zu vertrösten. So spottet denn auch der ehemals jüdische Dichter Heinrich Heine über das »Eiapopeia vom Himmel, mit dem man einlullt, wenn es greint, das Volk, den großen Lümmel«, und Karl Marx schreibt in seiner Kritik der Hegelschen Rechtsphilosophie: »Das *religiöse* Elend ist in einem der Ausdruck des wirklichen Elends und in einem die *Protestation* gegen das wirkliche Elend. Die Religion ist der Seufzer der bedrängten Kreatur, das Gemüt einer herzlosen Welt, wie sie der Geist geistloser Zustände ist. Sie ist das *Opium* des Volkes.«

Dies sind die Grundsätze und vielfältig bestätigten Erfahrungen, von denen wir in unserm Institut ausgehen, und darum ist uns das Phänomen Ahasver, das Sie uns beschreiben, einfach ein Faktor, dessen Komponenten noch nicht genügend klargestellt sind, in den wir aber mit Ihrer gütigen Hilfe, verehrter Herr Kollege, Licht zu bringen hoffen.

Mit freundlichem Gruß,

> Ihr ergebener
> (Prof. Dr. Dr. h. c.) Siegfried Beifuß
> Institut für wiss. Atheismus
> Berlin, Hauptstadt der DDR

Herrn Prof. Dr. Dr. h. c. Siegfried Beifuß
Institut für wissenschaftlichen Atheismus
Behrenstraße 39a
108 Berlin
German Democratic Republic

2. April 1980

Lieber Herr Kollege!

Ihr Brief vom 17. März erreichte mich zur gleichen Stunde wie dessen Nachtrag vom 24., woraus man nur schließen kann, daß die Wege, welche die Post heutzutage besonders im Verkehr zwischen Ost und West nimmt, höchst wunderbare sind. Da jedoch der Gegenstand unserer Korrespondenz von solcher Art ist, daß auch der scharfsinnigste Zensor darin nichts Nachteiliges für Sie oder mich erblicken könnte, bleibt uns nur, die Verzögerungen mit Gelassenheit zu ertragen und uns zu freuen, wenn unsere Schreiben überhaupt beim Adressaten ankommen.

Nun sehe ich allerdings wenig Sinn darin, Ihre Argumente im einzelnen aufzugreifen und dort, wo sie mir zweifelhaft erscheinen, den Versuch zu unternehmen, sie zu entkräften. Erstens ist manches, was Sie zu sagen haben, auch mir aus dem Herzen gesprochen, und zum zweiten möchte ich vermeiden, daß wir bei Dingen, die mich nur am Rande interessieren, uns in langwierige Disputationen verwickeln. Ob also der »Lehrer der Gerechtigkeit« und der »Fürst der Gemeinde« in der Handschrift 9QRes der Dead Sea Scrolls Gauner oder Paranoiker waren, ist in meinen Augen eine müßige Frage; wichtig ist mir nur, daß der Ahasver in 9QRes dokumentiert ist. Auch Ihre Gedanken zum Wesen der menschlichen Psyche, so wertvoll sie mir und anderen sein mögen, besagen nichts über die Existenz oder Nicht-Existenz des Ewigen Juden; weder ich noch sonst irgendeiner haben je behauptet, daß der Ahasver ein wandelnder Beweis für Seelenwanderung oder Ähnliches wäre.

Doch erkenne ich aus Ihren Briefen, lieber Herr Kollege, etwas ganz anderes, was Sie eigentlich ein wenig beunruhigen sollte: nämlich eine beginnende Fixation auf das Phänomen Ahasver, das Sie durchaus nach den Maßstäben Ihrer Ratio zu erklären wünschen, obwohl es sich offensichtlich nicht in das Prokrustesbett Ihrer Erfahrungswerte einzwängen läßt. Das Verfahren, welches Sie da anzuwenden suchen, gestatten Sie mir diese kleine Kritik, ist im Grunde ein unwissenschaftliches; es erinnert an jene vatikanischen Gelehrten, die die Monde des Jupiter nicht anerkennen wollten, weil diese nicht in ihr aristotelisches Weltbild paßten. Wir kommen um die Tatsache nicht herum, daß der Ahasver existiert; das Wie und Warum seiner Existenz, und was darauf zu folgern wäre, mag Gegenstand der Forschung sein, aber zuerst muß anerkannt werden, daß er *ist,* wofür ich Ihnen schon einige Beweise lieferte und noch weitere erbringen werde.

In diesem Zusammenhang hatte ich früher schon Gelegenheit, auf das Erscheinen des Ewigen Juden in den letzten

Tagen des Warschauer Ghettos hinzuweisen; während ich Ihnen sonst aber nur mit Dokumenten aller Art, wie etwa 9QRes oder dem Bericht über den Prozeß gegen die Ratgeber des Kaisers Julian Apostata, oder mit Zeugenaussagen anderer aufwarten kann, so bin ich in diesem Falle selber Zeuge und, wie ich hoffe, ein Ihnen unverdächtiger. Ich war im Ghetto in Warschau und habe miterlebt, wie die mehr als 350 000 Menschen, die da hineingepfercht worden waren, gequält und vernichtet wurden. Kein Teufel, das dürfen Sie mir glauben, Herr Kollege, hätte die Methoden ersinnen können, die der Durchführung dieses Zweckes dienten: das war Menschenwerk, war das Werk, verzeihen Sie, wenn ich das erwähne, Ihrer Landsleute.

Ich habe mich damals und später des öfteren gefragt, wieso es nicht eher, nicht schon am Beginn der Ghettozeit oder kurz danach, zu Aktionen des Widerstands kam, und ich sehe die Gründe dafür in der Religiosität der Juden. Es war ihnen unmöglich, sich vorzustellen, daß Wesen, die ihnen nach Körperstruktur und Fortbewegungsweise ähnelten, es sich vorgenommen haben sollten, sie total auszurotten, sie verhungern zu lassen und, wo das in Kombination mit Typhus und Cholera nicht schnell genug ging, sie zu erschlagen oder ins Gas zu deportieren. Und ebenso unmöglich war ihnen anzunehmen, daß ein Gott, ihr Gott, das zulassen könnte. Die Nachfahren jenes Volkes, das Gott und dessen Erlösersohn und die zugehörige Ethik erfand, hofften fast bis zum Schluß auf Erlösung.

Fast. Denn am Ende war die Verzweiflung. Am Ende waren die Fragen. Was war denn ihre Sünde gewesen, daß Gott sie so schrecklich schlug? Sie hatten ihm angehangen, auch wenn er sie von sich schob; sie hatten seine Gebote erfüllt, auch wenn er sie peinigte; sie hatten ihn geliebt, auch wenn er sie zur Schande und zum Gespött machte. Und wo in der Welt gab es eine Sünde, die solche Strafe verdiente? Und wann war es genug der Strafe? Wie lange noch würde Gott Geduld haben mit ihren Peinigern? Hatten sie, die Gepeinigten und Erniedrigten, Geschändeten und Gequälten, Geschwächten und Sterbenden, nicht das Recht, endlich zu erfahren, wo die Grenzen seiner Geduld lagen?

Unter diesen Umständen erschien mir die Gegenwart des Ahasver im Ghetto als mehr als eine poetische Notwendigkeit. Und in der Tat ging von ihm eine merkwürdige Wirkung aus: wo er sich zeigte, schöpften selbst die Sterbenden neuen Mut; es war, als wüßten sie durch ihn, daß etwas von ihnen fortbestehen würde, etwas sehr Essentielles, und daß ihr Leiden und ihr Tod eine Bedeutung hatten, die sie nur ahnen konnten und die erst spätere Generationen erkennen würden.

An jenem Tag gingen der Ahasver und ich durch die Straßen, die wenigen, aus denen das Ghetto noch bestand, denn das Ghettogebiet war immer mehr eingeschränkt worden, und die noch Überlebenden drängten sich auf immer geringerem Raum zusammen. Es ist ein sonderbares Gefühl, das einen beschleicht, wenn man plötzlich zu seinen Füßen Kinder erblickt, die Hungers starben, skelettartige Püppchen, in Lumpen gehüllt, und weiß, daß keiner sie mehr begraben wird. Wir beide spürten, daß man sich das und vieles andere für alle Zeit einprägen müßte; Ihnen, verehrter Herr Kollege, möchte ich eine Beschreibung ersparen; Sie können, wenn Sie Interesse haben, in den Archiven, die Ihnen sicher offenstehen, nachforschen, denn die Deutschen haben seit je gerne photographiert, und das Ghetto bot ihren Kameras Motive in Menge.

»Ja«, sagte er, »wir fangen an.«

Ich wußte um die Vergeblichkeit des Unternehmens; Ahasver aber war beinahe freudig gestimmt, denn zum Unterschied von mir glaubt er an eine Veränderbarkeit der Welt.

»Hast du das Messerchen noch?« fragte er mich.

Es ist dies ein altes Messerchen mit einem Griff aus geschnitzter Koralle, ein sehr schönes nacktes Weibsbild zeigend. Ich nahm's aus der Tasche und hielt es ihm hin.

»Schenk mir's«, sagte er, »das Bild erinnert mich so.«

Ich gab ihm das Messerchen, und er führte mich hin zu dem Haus, von dem aus der Angriff auf die SS geführt werden sollte. Der Angriff, wohl, weil er so überraschend kam, war erfolgreich; zum ersten Mal erlebten die immer Verfolgten ihre Verfolger auf der Flucht. Überhaupt war alles wie verwandelt; die Juden, die hier kämpften, waren nicht mehr die Juden, die man gewohnt war zu sehen, und noch im Tod erschienen sie völlig anders als die ewig Leidenden, ewig Geschlagenen, deren Abbild jener Reb Joshua ist, der ans Kreuz genagelt wurde.

Wir hielten uns mehrere Wochen gegen die Einheit des Herrn Dirlewanger und seine Hilfstruppen. Dann war das Haus, das uns als Befestigung diente, zu drei Vierteln zerstört, seine Verteidiger bis auf einige wenige, die in dem Stockwerk über uns lagen, gefallen. Wir hatten keine Munition mehr, nur noch ein paar Flaschen Benzin. In all dieser Zeit, während das Haus um uns in Trümmer sank und die Kameraden einer nach dem andern, von Kugeln oder Granatsplittern getroffen, fielen, war der Ahasver sehr schweigsam gewesen; nun aber sprach er mit Gott. Er hat ja immer ein ganz eigenes Verhältnis zu Gott gehabt, zugleich Rebell und Geliebter; jetzt suchte er das zu klären, aber Gott antwortete nicht.

Statt Gott kam die SS. Ahasver sagte zu mir, »Geh. Durch die Kanalisation. Ich werde dich decken.« Dann nahm er die drei Flaschen Benzin, die wir noch hatten, und kroch über die Schutthaufen vor dem Fenster den Angreifern entgegen.

Zwei Flaschen zündete er an und schleuderte sie gegen die SS. Mit der letzten übergoß er sich selbst und warf sich, eine brennende Fackel, unter die brüllende Meute.

In Jerusalem traf ich ihn wieder, vor seinem Schuhgeschäft in der Via Dolorosa, das er als seinen Besitz erkannte und von Grund auf renovierte, nachdem jener Stadtteil im Gefolge des Sechstage-Kriegs für Juden zugänglich wurde. Er hatte auch das Messerchen noch; er zeigte es mir und wollte wissen, ob ich's zurückhaben möchte. Ich sagte, er könne es behalten, ich wüßte eine Werkstatt, die mir ein genau solches anfertigen würde, sogar mit allen Merkmalen einer Antiquität.

Ich bin, wie immer, mit besten Grüßen,

Ihr
Jochanaan Leuchtentrager
Hebrew University
Jerusalem

Sechzehntes Kapitel

*Worin der Magister Paul einen verdienstlichen Plan
zur Bekehrung der verstockten Jüden entwickelt
und zusätzlich gezeigt wird, welch großen
Anteil an der Liebe die Phantasie hat*

Der Doktor Martinus Luther hat einmal gesagt: Es ist gut,
daß Gott den Ehestand eingesetzt hat, sonst sorgten die
Eltern für die Kinder nicht, die Haushaltung läge darnieder
und zerfiele; darnach würde auch der Polizei und des weltlichen Regiments, desgleichen der Religion nicht geachtet;
also ginge es alles dahin und würde ein wüst, wild Wesen in
der Welt.

Der Spruch geht dem Magister Paulus von Eitzen zu wieder-
holten Malen durch den Kopf angesichts der Jungfer Barbara
Steder, die so treulich auf ihn gewartet hat, ebenso andere
Sprüche des gleichen Inhalts und Sinnes; auch könnte er die
Mitgift wohl brauchen, die Vater Steder, Schiffsmakler und
Lieferant, der Tochter ausgesetzt, denn das Anteilige vom
Erbe des eigenen seligen Vaters liegt vorläufig fest im
Geschäft und wirft wenig genug ab, und die erhoffte Pfründe
verweigert der Herr Hauptpastor Aepinus, erschreckt durch
den Jüden am Sterbebett, noch immer; gelegentlich darf er zu
St. Jacobi oder Maria Magdalenen als Hilfsprediger einsprin-
gen, aber das füllt weder den Beutel noch das Herz, das nach
Höherem strebt.

»Ach, Hans«, sagt er zu seinem Freund Leuchtentrager, wie
sie des Abends zusammensitzen im *Goldenen Anker,* »die
Jungfer Barbara wird abwechselnd rot und weiß im Gesicht,
wenn sie mich sieht, und möcht mich schon nehmen, und
wartet nur, daß ich das Wort sag zu Mutter und Vater, und
auch am Gelde sollt's nicht fehlen, des bin ich sicher, der Alte
ist Tausende wert in Gold und kaum verschuldet und hat
auch Anteil an mehreren Schiffen im Rußlandhandel; aber je
mehr ich nachdenk darüber, daß ich mein ganzes Leben lang
müßt neben ihr liegen und sie betatschen und befondeln,
desto mehr dünkt mich, ich würd's nicht fertigbringen zu
tun, was ein Mann zu tun hat an und mit seiner ihm
angetrauten Ehefrau, denn der Sinn steht mir nach einer ganz
anderen, doch die ist bei dem elenden Jüden und ist mir
verloren.«

»Ich weiß, ich weiß«, sagt der Freund und spielt mit seinem Messerchen, indem er die Spitze der Klinge auf die Tischplatte stellt und mit der Kuppe des Zeigefingers leicht auf das Ende des Griffs drückt und so das Korallenweiblein mählich um sich selber kreisen läßt, bis dem Magister ganz schwindlig im Schädel wird. »Aber woher weißt du, daß nicht auch die Jungfer Barbara dir's besorgen könnt, daß es eine Art hat? Gott hat die Weiber, mögen sie lang oder kurz sein, rund oder knochig, glatt oder verrunzelt, allsamt mit dem gleichen Loch geschaffen und zu dem gleichen Zweck.«

»Ach, Hans«, sagt Eitzen und wundert sich wieder, daß der Leuchtentrager noch immer in Hamburg verweilt, weiß keiner, in welchen Geschäften, »ich hab ja die Probe gemacht, in allen Ehren, versteht sich, aber die Jungfer war steif wie ein Brett und kalt wie ein Eisblock und hat nur immer gestöhnt, wie sie voller Angst wär, und den Hintern verkniffen dabei, als wollt ich ihr ein Dutzend Mäus hineinschieben; da ist mir das wenige, was ich für sie gehabt, gänzlich vergangen, und eine so spitze Nase hat sie und dürre Lippen und ist flach wie eine Schreibtafel, wo andre ihr Paar Zitzen haben. Da mußt ich den Eltern sagen, ich möcht's noch verschieben, zu kurz noch läge der Tod meines Herrn Vaters zurück, und das Herz sei mir, bei aller Liebe für die Jungfer, zu schwer und voller Tränen.«

Der Leuchtentrager kratzt sich bedächtig das Puckelchen. »'s wird aber Zeit, daß du unter die Haube kommst, Paul«, sagte er, »denn alles muß seine Ordnung haben, und ein Pfarrer ohne Weib ist wie ein Hirte ohne Stab, es fehlt ihm das Wichtigste; da du jedoch zu Großem berufen bist, zunächst in deiner Vaterstadt und dann noch höher hinaus, müssen wir sehen, daß dir und der Jungfer auf die Sprünge geholfen wird.«

Derlei Voraussagen aus dem Mund des Freundes erfreuen den Geist und erfrischen die Seele, besonders da Eitzen sich wohl erinnert, wie auch damals zu Wittenberg der Leuchtentrager ihm prophezeit hat, man werde ihn über die Engel examinieren, und dann war's so. Da darf man schon zustimmen, wenn dieser ihm vorschlägt, man könne am nächsten Sonntag des Nachmittags, so das Wetter günstig, sich treffen zu einem gemeinsamen Spaziergang entlang der Reiche Straß und der Alster, wo Freund Leuchtentrager die Jungfer beaugenscheinigen könne und vielleicht auch Einfluß nehmen auf sie, zugunsten seines Freundes Eitzen natürlich und zu keinem anderen Ziel; vielleicht, sagt Leuchtentrager, möchte er noch jemand anderen mitbringen, eine Dame, welche nach Wesen und Erfahrung imstande, der Jungfer dies und das mitzuteilen und ihr den Mund wäßrig zu machen.

Dem Eitzen schießt's sofort heiß durch den Kopf, aber er wagt nicht zu hoffen, was er gern hoffen will, und so verbannt er das lockende Bild aus dem Herzen und zieht am nächsten Tag hin zum Stederschen Hause, der Jungfer die Einladung zu überbringen, was diese freudig erregt, und ihr in den höchsten Tönen von seinem Freunde zu sprechen, wie kreuzgescheit dieser sei und wohlbemittelt, und nicht unhübsch mit seiner spitz zulaufenden Brau und dem gestutzten Bärtchen; auch den Puckel verschweigt er wohlweislich nicht, ebensowenig wie den Hinkefuß, betont aber, daß just dies beides dem Herrn Leuchtentrager den eigentümlichen Reiz verleihe, weshalb denn auch die Damen nicht selten ein heimliches Aug auf ihn würfen, wie etwa zwei der drei Fräulein Michaelis zu Magdeburg, Lisbeth und Jutta, Töchter des Herrn Dompredigers am Orte, und denkt zugleich, welch tolles Durcheinander das gäbe, wenn auch die Jungfer Barbara nicht fühllos bliebe dem Freund gegenüber.

Am Sonntag ist dann ein Wetter wie selten in Hamburg, ein tiefblauer Himmel rundet sich über dem Gewirr der Dächer und über den Spitztürmen der Kirchen, und da es am Vortag noch stark geregnet, ist der Dreck von den Straßen in die Elbe geflossen und das Wasser der Alster hat sich erneuert und stinkt fast gar nicht. Die Jungfer Barbara hat sich in ihr Bestes geworfen, das Dunkelgrüne, durch welches ihr Gesicht eine interessante Blässe gewinnt, mit einem Pelzbesatz, der die flachen Stellen vorn und hinten verbirgt; dazu ein gesticktes Häubchen und ein goldener Schmuck aus der Schatulle der Mutter. Auch Eitzens Robe, obzwar seinem geistlichen Stande entsprechend dunkel, ist aus feinstem Tuch und wohlgeschneidert, und der Magisterhut auf dem Kopf zieht die respektvollen Blicke des Volkes auf sich, so daß die Stedersche die Hände zusammenschlägt und laut heraus meint, welch stattliches Paar, der Herr Paul und ihre Barbara, auch wenn der Magister noch kein Amt und Stelle hätte an einer der großen Kirchen, das würde sich finden, da habe ihr Ehegatte, der Schiffsmakler und Lieferant, auch noch ein Wörtlein zu sagen im Rat der Stadt.

So spazieren sie nun, gemessenen Schritts, und wissen einander wenig zu sagen, die Jungfer, weil ihr das Herz so bang, und Eitzen, weil er in seinem Innersten spürt, daß wieder einmal fremde Mächte über ihn bestimmen. Und wie sie zur Brücke kommen, die zu Heilig Geist führt, sieht er endlich den Leuchtentrager, doch ist dieser nicht allein, und der Herr Magister erstarrt als wie vom Blitz getroffen.

Der Leuchtentrager aber, der ein rotes Käpplein trägt mit einer Feder daran und einen silbernen Degen, dazu rote Strümpf und einen kurzen roten Umhang, verbeugt sich vor der Jungfer und ergreift ihre Hand und küßt diese nach spanischer Art, und sagt gleich, wie er froh sei, der Jungfer nun zu begegnen, nachdem der Herr Magister so viel von ihr gesprochen, und nur immer das Beste, und ihre Schönheit gepriesen und all die Gaben, die sie in reichem Maße besäße.

Der Jungfer Barbara läuft's so sonderbar den Rücken hinauf und hinunter, und das Herz in der Brust schlägt ihr mit Macht: so einer ist ihr noch nie begegnet, der ihr das Blut aufwallen läßt schon beim ersten Wort. Ihr Paul aber steht noch immer wie ein Klotz; ihm hat's die Sprache verschlagen beim Anblick der Margriet, oder Prinzessin von Trapesund, die herausgeputzt ist wie eine Herzogin, ein goldnes Beutelchen am Arm und ein seidnes Tüchlein in der Hand, und neben ihr der Jüd, kaum zu erkennen, gekleidet, wie er ist, nach feinster englischer Fasson, mit geschlitzten Ärmeln am Wams, und den rötlichen Bart gestutzt und gestriegelt.

»Sir Ahasver«, sagt der Leuchtentrager, auf diese Weise seinen Begleiter der Jungfer vorstellend, »Sir Ahasver und Lady Margaret.«

Sir Ahasver, denkt Eitzen, und Lady Margaret; und da er die Lady sieht und wie sie so ganz anders gebaut ist als seine Barbara, und ihre zwei Lippen, die eine einzige große Versuchung, und den dunklen Glanz ihrer Augen, die Lüste versprechen, von denen er gar nicht zu denken wagt, so packt ihn die Wut, denn was ist schon ein stellungsloser Magister zu einem Jüden, der plötzlich zu Geld gekommen und ein englischer Sir geworden, und er sinnt, wie er den Jüden dennoch beseitigen könnt, da es ihm damals zu Helmstedt mißlang.

Sein Freund Leuchtentrager jedoch, nachdem Sir Ahasver und Lady Margaret einerseits und das Fräulein Steder andererseits einander gebührlich beknickst und bedienert, promeniert letztere unter allerlei zierlichen Reden die Reiche Straß hinauf, wobei er die linke Hand am Knauf seines silbernen Degens, die rechte aber am Ellenbogen der gänzlich Willenlosen hat; der Sir und die Lady folgen den beiden; der arme Eitzen mag sehen, wie er den zwei Paaren nachkommt. Weiß aber schon, was er tut, der Leuchtentrager; denn während er den Ellenbogen der Jungfer sanft caressiert, redet er von nichts als ihrem Paulus und dessen Tugend und Frömmigkeit und wie der Herr Magister ein groß Licht in der Kirche zu werden verspreche, wenn nicht gar ein Bischof; reibt auch, damit die Jungfer nicht glaube, es ginge ihm nur um die Lobpreisung ihres Angelobten, sein Puckelchen zart gegen ihre Seite, so daß ihr ganz anders wird und sie so recht zu vergehen meint; darnach erzählt er, den Gegenstand wechselnd, in wohlgewählten Worten von Sir Ahasver und seiner Lady, und wie der Sir, obzwar ein Jüd, ein mächtiger Herr sei aus alter Familie, und für sich und die Lady ein ganzes Haus gemietet für die Zeit seiner Hamburger Geschäfte, reich appointiert mit den feinsten Möbeln und den weichsten Teppichen, und wie die Jungfer Barbara und ihr Magister Paul durch seine, des Leuchtentrager, Freundschaft und Vermittlung dorthin geladen seien am heutigen Abend, zu Speis und Trank und lustigen Spielen hernach.

Magister Paul, atemlos noch von dem eiligen Schritt, mit dem er der kleinen Gesellschaft hinterhergehastet, vernimmt des Leuchtentragers letzte Worte und sieht, wie enthusiasmiert seine Barbara ist von dem Vorschlag; so dankt er in aller Form dem Sir und der Lady für deren Courtoisie und akzeptiert diese Einladung, zugleich im Namen der Jungfer; denkt aber auch mit geheimer Sorge, was für Teufelsspiele da stattfinden würden mit dem Jüden und seinem Freund Hans als Zeremonienmeister, und ist dennoch bis ins Herz freudig erregt, daß er die Margriet, nach allem, was vorgefallen ist zwischen ihnen, wird heut noch stundenlang sehen, vielleicht sogar ihr nah sein dürfen. Die Lady läßt's auch nicht fehlen an kleinen Zeichen, die seine Hoffnung bestärken, ein

Blick voll Bedeutung hier, eine Neigung des Kopfes da, verliert sogar einmal ihr Tüchlein an so günstiger Stelle, daß er's rasch aufheben und ihr darreichen kann, bevor noch der Sir sich gerührt hat; so daß er zu glauben beginnt, Titel und Reichtümer hin, Kleider und Schmuck her, da sei doch noch was da aus der Zeit, da sie ihm die Flöh aus dem Bett geschüttelt, und auch der langlebigste Jüd möchte nicht genügen, einem Weib wie ihr den Brand zu löschen, der ihr unter den Zotten schwelt.

Nur der Jüd betrachtet das Kreuz und Quer und alles, was sich da anspinnt, mit großer Gelassenheit, ganz so, als sei er wahrhaftig ein Gentleman von Geblüt, der da einherschreitet unberührt von dem Getu und Getriebe des gemeinen Pöbels, und merkt erst auf, da der Magister Paul ihn anspricht auf das Helmstedter Wunder und sein Zeugnis vom lebendigen Jesus Christ.

»Was ist es Euch, Herr Magister?« sagt der Jüd. »Vielleicht wünscht Ihr, daß ich in Elend und Jammer meine Straße ziehe wie die meisten meines Volkes?«

Das nun leugnet Eitzen in heller Entrüstung ab; er habe, sagt er, so seine Meinung über die Jüden und deren Nützlichkeit, habe wohl auch hier und dort darüber gepredigt; wenn jedoch, fährt er betont fort, alle Jüden so wären wie Sir Ahasver, so großmütig und von einnehmendem Wesen, dann wär's eine Frage anderer Art und wären wohl viele Goyim, die sich anfreunden möchten mit der Gegenwart der Jüden in Deutschland und würden ihnen auch Schutz gewähren auf den Straßen und in den Städten, statt sie zu überfallen und ihnen abzunehmen, was sie durch Zinswucher gewonnen, und sie an den Bärten zu zerren und ihnen allerlei anderen Tort anzutun. Und dieses, fügt er hinzu, obwohl Sir Ahasver vor nunmehr über tausend und fünfhundert Jahren unsern Herrn Jesus von seiner Tür gewiesen; denn man sehe ja deutlich, daß er sich geläutert in der langen Zeit seiner Wanderung und seine Tat herzlich bereue und auch bereit sei, wie er's zu Helmstedt getan, Zeugnis abzulegen für die großen Leiden Jesu Christi, die dieser auf sich genommen um unserer Sünden willen.

Sir Ahasver blickt sinnenden Auges auf den Magister, der neben der Lady einhergeht und sich derart ereifert, und dieser, ein wenig unsicher, ob der Jüd etwa errate, wo hinaus er, Paulus von Eitzen, mit seiner Rede wolle, räuspert sich lange und laut, beschließt dann aber doch das Eisen zu schmieden, solang's noch heiß ist, und sagt, »Zu Wittenberg, da ich noch dort die Theologie studierte, hatte mein Lehrer Melanchthon einen Disput mit dem guten Doktor Martinus in Sachen Eurer Person; Herr Philipp Melanchthon meinte, da Ihr dabei wart, als unser Herr Jesus nach Golgatha zog mit dem Kreuz auf der Schulter, so könntet Ihr manchen Zweifel beheben daran, daß er auch wahrhaftig der Messias gewesen, und somit helfen, die andern Jüden zum allein seligmachenden Glauben zu bekehren; Luther aber stritt's ab und sagte, die Jüden wären von Grund verworfen und ebenso unbelehrbar wie unbekehrbar.«

Sein Freund Leuchtentrager, eifrig Süßholz raspelnd für die Jungfer Barbara, ist dennoch in solchem Maße mit dieser nicht beschäftigt, daß er die Worte Eitzens nicht auch vernommen hätte, und bestätigt grinsend, jawohl, just so sei's gewesen, und er selbst habe es mit eignen Ohren gehört, wie die beiden gelehrten Herren beim Essen sich in die Haare gerieten dieserhalb, nur habe Magister Melanchthon zum Schluß geschwiegen, weil der Doktor Luther gar so cholerisch und man immer habe befürchten müssen, es könnt ihn bei solchem Streit der Schlag treffen.

Ob nun durch die Unterstützung beflügelt, die ihm seitens Leuchtentragers zuteil geworden, oder durch die Nähe der Lady, welche ihn höchst angenehm erschauern läßt, Eitzens Gedanken eilen mit ihm davon; selten hat er so klar gesehen und so geradlinig gefolgert: nämlich daß er, die Idee seines Lehrers Melanchthon nutzend, den Ahasver so oder so malefizieren könnt, indem der Sir, oder wie auch er sich nennen mag, wenn er vor einer großen Gemeinde von Jüden und anderen für den Messias zeugt, sich seine Mitjüden sämtlich zu Feinden machen und geschäftlich dadurch großen Schaden leiden würd, wenn er's aber verweigert und aussagt, unser Herr Jesus sei nicht der Messias gewesen und nicht der wahre Sohn Gottes, welcher um unsrer Sünden willen das Leid der Welt auf sich genommen, von einem weisen Rat der Stadt Hamburg oder vom Herzog zu Gottorp, je nach Ort der Disputation, als ein Schwindler und Fälscher der Wahrheit entlarvt und in Schimpf und Schande davongejagt, wenn nicht gar ersäuft oder verbrannt werden würde, wonach die Margriet nur eine Zuflucht und einen Beschützer hätte, nämlich den Magister Paul.

Allerdings fehlt ihm zur Zeit noch das Amt und die Autorität, ein solches *spectaculum* zu instituieren, und der Herr Hauptpastor Aepinus, des ist er sicher, würd's aus Verärgerung gegen den Jüden und gegen ihn selber auch nicht tun; aber 's ist nicht aller Tage Abend, denkt er, und was heute nicht ist, kann morgen schon werden, und so bohrt er weiter und sagt zu dem Jüden, »Man könnt doch auf Euch zählen, Sir Ahasver, daß Ihr bezeugen würdet, wir Ihr's zu Helmstedt vor der Prinzessin von Trapesund und allem Volke getan, daß Ihr unsern Herrn Jesus im Fleische gesehen und daß dieser war, der er war?«

Da wird die Lady, vielleicht weil sie heute nichts hören will von der Prinzessin von Trapesund, zornig und sagt, »Was fällt Euch ein, Herr Magister! Ihr seht doch, Sir Ahasver ist hier in Geschäften und nicht in Fragen der Religion, mit welcher ein jeder es halten mag, wie er will, Jüd oder Christ.«

Dies jedoch geht gegen alles, was Eitzen gelernt hat bei dem guten Doktor Martinus und den andern gelehrten Herren, und er sagt, »Da sei Gott vor, Lady, daß jeder glauben kann, wie's ihm in den Kopf kommt, und seine Kinder taufen läßt oder nicht, wie's ihm beliebt, und das heilige Abendmahl nimmt in der oder jener Gestalt, wie's ihm gerad zupaß kommt; vielmehr ist die Religion eine Sache der Obrigkeit und der allgemeinen Ordnung, sonst würd's nur so wimmeln von Schwärmern und Rottengeistern und Ketzern und Aufrührern, und mit Kirche und Gesetz wär's zu Ende; 's gibt nur eine Wahrheit, und diese ist auch für Frauen verständlich im Katechismus des Doktor Martin Luther niedergeschrieben, und darum wär's ein verdienstliches Werk, wenn der Sir vor allen Jüden aufstehen und davon sprechen würde, wie er selber noch mit unserm Herrn Jesu geredet, welcher der verheißene Erlöser oder Messias gewesen, und wie die Jüden daher nicht mehr auf ihren Messias zu warten bräuchten und sich guten Gewissens zum allein seligmachenden Glauben bekehren könnten.«

Die Lady Margaret sieht den großen Eifer, mit dem der Magister die Sache verficht, und denkt, so sehr könnt ihm die Bekehrung der Jüden denn doch nicht am Herzen liegen und ob hinter seinen dringlichen Worten nicht noch dies oder jenes andere liegen möchte, weiß aber nicht was, und will ihm eine spitze Antwort geben; der Jüd jedoch, sie zu besänftigen, legt ihr seine Hand auf den Arm und sagt, er danke dem Herrn Eitzen für dessen große Sorge um das seelische Wohl seiner Glaubensbrüder, und daß er sich's überlegen werde: der Rabbi sei einer gewesen, über den sich vielerlei berichten ließe, wie denn auch die vier Evangelisten in mehr als einem Punkt sich nicht einig gewesen; nun aber bäte er seine Gäste ins Haus, denn sie seien davor angelangt.

's ist nicht so, daß der Magister Eitzen oder die Jungfer Barbara aus ärmlichen Umständen kämen; Tuche und Wolle, gleich wie die Belieferung von Schiffen, ernähren ihren Mann, und im Hause Steder wie bei Eitzens war Schmalhans nie Küchenmeister, und ein jeder hat seine Kammer und sein Bett und seine zwei Hemden; aber das Haus des Sir Ahasver, ob's auch nur gemietet, übertrifft an Pracht alles, was sie je gesehen, und erscheint ihnen beiden wie ein Palast, so fürstlich ausgestattet und reich dekoriert. Da sinkt der Fuß ein in bunte Teppiche, die blumigen Wiesen gleichen, und die Möbel sind aufs feinste gedrechselt, Tische und Stühle und Schränke und Aufsätze für Teller und Becher; diese sind aus poliertem Silber und vergoldet, und stehen daneben schön geschnitzte Figuren aus edlem Holz und aus Elfenbein. Die schweren Leuchter und Chandeliers sind gleichfalls von Silber gemacht und übertreffen an Kunst noch die berühmten zu St. Jakobi und St. Peter, und die dicken gelben Wachskerzen darin werfen ein mildes Licht auf Mensch und Gegenstand, vor allem auf die Wände mit ihren Tapisserien, darauf nackichte Nymphen abgebildet, spielend mit einem Einhorn, und auf einer andren der troische Prinz Paris, der wählen soll, welche der drei Göttinnen die schönste sei, und alle drei mit schwellenden Busen und lieblich gerundeten Hüften, ganz ähnlich denen der Lady Margaret, die ihren Straßenumhang abgelegt hat und nun die Gäste zum Essen bittet in einem Kleid, welches ihre Reize sämtlich herausstellt und dem Magister Eitzen den Atem mächtig beschleunigt. Der Tisch ist gedeckt mit herrlichen Speisen, mit Krammetsvögeln und gefülltem Fisch und Braten verschiedener Art, alles streng koscher, wie der Sir lächelnd erklärt, und delikat gewürzt, dazu kostbare Glasflaschen aus Venedig, worinnen der Wein gar verlockend funkelt. In einem Erker sitzen zwei Musici, der eine mit Laute, der andre mit einer Viole, und spielen die sanftesten Melodien, wozu der mit der Laute auch singt, zwar nicht von Gott und von himmlischen Freuden, wohl aber von Liebe und Liebeslust. Da läßt sich's gut tafeln, besonders da der Jüd, als Hausherr an der Stirnseite des Tisches, die Lady neben den Magister und den Leuchtentraeger neben die Jungfer Barbara placiert, auf diese Weise die Fäden, welche sich auf dem Spaziergang gesponnen, noch enger knüpfend.

Dem Magister Paul wird's so wohlig zumut, vom Essen und Trinken, und weil da eine Ausstrahlung ausgeht von seiner Nachbarin, welche seine Säfte ganz wunderbar anregt und erhitzt; dabei legt ihm die Margriet, oder ist's die Prinzessin von Trapesund oder die Lady, die besten Stücke vor und schenkt ihm zu wiederholten Malen ein, und jedes Mal sieht er, wie sie die üppigen Schultern bewegt, daß man in ihr Fleisch statt in das auf dem Teller hineinbeißen möcht, und wie ihr die strammen Brüste so tüchtig vorstehen, daß sie schier aus dem Mieder quellen. Aber auch die Jungfer Barbara wird immer geiler auf ihren Nachbarn, der ihr mit schiefem Mund die süßesten Dinge ins Ohr spricht, wie begehrlich er sei nach ihr, justament wegen ihrer jungfräulichen Formen, und wie er's gern täte mit ihr wie die Englein miteinander, aber auch wie die Teufel, nämlich von hinten, sowie mit den Lippen oben wie unten, bis sie beide zusammen davonflögen in die einzige Seligkeit, welche dem Menschen schon hier auf Erden vergönnt, und daß er nur an sich hielte aus Treue zu seinem Freund Eitzen, der, wie sie leicht sehen könne, gleichfalls ganz versessen sei auf das, was der Heilige Geist schon mit der Jungfer Maria getrieben. Und gerade weil die Barbara von derlei Verlustigungen bis dato nur bloße Gerüchte gehört, geschweige denn, sie nächtens geübt hätte, steigt ihr das Blut in heißen Wellen zu Kopfe, aber auch an die Stelle, wohin die Hexen den Besenstiel tun, wenn sie hoch durch die Lüfte zum Brockenberg reiten, und Bilder entstehen in ihrem armen Hirn von nackten Leibern, lustvoll ineinander verkeilt, und von ähnlichen Sündhaftigkeiten, so daß sie nicht anders kann als ihrerseits dem Leuchtentraeger zuzuwispern, er möge doch um Christi willen aufhören mit solcherlei Reden, sie verginge sonst ganz und gar.

Inzwischen hat der Jüd aus einer besonderen Flasche die Gläser nachgefüllt für seine Gäste mit einem süßen, schweren Wein, von dem er sagt, der Teufel selber habe die Traube gepflanzt, doch habe der Reb Joshua, welchen die Christen Jesus nennen, bei seinem letzten Passahmahl zusammen mit seinen Schülern gerade diesen Wein getrunken und ihn, wie man weiß, gesegnet, so daß der Wein nun mache, daß sich dem, der ihn trinkt, die geheimsten Wünsche erfüllen. Dann winkt er den Musicis, und diese treten vor, und der mit der Laute verneigt sich vor der Lady und vor der Jungfer Barbara und beginnt ein Liedlein zu singen wie folgt:

Mir ist, ich weiß nicht, wie,
du liegst in meinem Sinn.
Komm, gib dich mir zur Lust,
ich sterbe sonst dahin.
Sterb sonst dahin.

Ein Stern fliegt durch die Nacht,
so fliege ich zu dir.
Komm, öffne mir dein Herz,
und auch das andre mir.
Das andre mir.

Gott schuf uns Mann und Weib,
nun hat es seine Not.
Komm, laß mich in dich ein,
errette mich vom Tod.
Mich vom Tod.

Von diesen Worten und von der Musik bewegt, blickt die Barbara tief in des Leuchtentragers Augen, und der Magister in die der Lady, und wissen genau, was sie sich wünschen, da sie nun von dem Zauberwein trinken. Sir Ahasver aber gibt einen Wink, worauf der dunkle Vorhang an der Rückwand sich auftut, die eine Hälfte nach links, die andre nach rechts gleitend, und einen weiteren Raum erkennen läßt, so prunkvoll wie der, in dem man gespeist, doch ein weniges kleiner, und in dessen Mitte ein breites Bett mit weichen Kissen darauf und einem Baldachin oder Himmeldach drüber, welches goldbestickt ist und mit goldenen Troddeln an den Rändern.

Und nun, verkündet der Sir, sei's an der Zeit, das junge Paar einander zu verbinden, in allen Ehren natürlich: er und die Lady würden die Trauzeugen sein, und sein Freund Leuchtentrager werde die Eheschließung zelebrieren nach Ritus und Gebrauch, wie sich's gehört und wie's auch der Magister selber nicht besser würde tun können.

Damit bedeutet er diesem und seiner Barbara, sich nebeneinander hinzustellen vor das Fußende des Bettes. Der Leuchtentrager trägt plötzlich geistliches Habit, ganz in Schwarz und mit weißem Spitzenkragen, und hält ein Buch in der Hand, ob's die Bibel sei oder nicht, könnt Eitzen nicht sagen, denn ihm dreht sich's im Kopf, und die Augen gehen ihm über, wie er da steht vor dem Bett neben der ihm zugewiesenen Braut und zu sehen glaubt, daß die Margriet nackt ist wie die Eva auf dem Bild des Meisters Cranach zu Wittenberg, bis auf ein kostbares Band am Halse und etliche goldene Reife am Arm.

Der Leuchtentrager aber öffnet sein Buch und spricht, »Höret, Ihr Lieben, was die Heilige Schrift über die göttliche Stiftung der Ehe lehrt: Gott schuf den Menschen ihm zum Bilde und schuf ihn ein Mann und ein Weib, denn Gott hatte gesagt, ich will dem Mann eine Gehilfin machen, damit er nicht allein sei. Der Mann aber halte seinem Weib die Treue wie das Weib dem Mann. Das Weib aber ist ihres Leibes nicht mächtig, sondern der Mann. Ihr Weiber sollt untertan sein euren Männern als dem Herrn, denn der Mann ist des Weibes Haupt, gleich wie Christus ist das Haupt der Gemeinde. Aber wie nun die Gemeinde ist Christus untertan, also sollt auch ihr Weiber euren Männern untertan sein in allen Dingen.«

Der Magister kennt den Text sehr wohl und weiß, daß der Leuchtentrager ihn wortwörtlich hersagt, und bis aufs Tüpfelchen genau, und ist ihm dennoch, als seien die guten Worte eitel Spott und Hohn, besonders da ihm der Sinn steht nicht nach der mageren Barbara, sondern nach der nackten Margriet, um die der Jüd seinen Arm gelegt als ihr Herr und Besitzer. Und schrickt zusammen, da der Leuchtentrager ihn fragt: »Willst du, Paul von Eitzen, die hier anwesende Jungfer Barbara Steder als deine Ehefrau aus Gottes Hand entgegennehmen, sie lieben und ehren und ihr die Treue unverbrüchlich halten, bis der Tod euch scheidet?«

»Ja«, sagt er, nicht weil er möchte, sondern weil er spürt, daß ihm alles prädestiniert ist seit jenem Tag im *Schwanen* zu Leipzig, und hört, wie sein Freund nun zu der Jungfer spricht und ihr die Frage stellt, ob sie den hier anwesenden Paul von Eitzen zum Ehemann nehmen und ihm gehorsam sein wolle und willfahren in allen Dingen, bis der Tod euch scheidet, und vernimmt ihr Jawort, und sieht, wie der Leuchtentrager die Hand hebt und den neuen Ehebund segnet im Namen Gottes des Vaters, des Sohns und des Heiligen Geistes, ganz als ob er geweiht und ordiniert wäre und auf Du und Du stünde mit der Heiligen Dreifaltigkeit. Sieht auch, wie die Jungfer sogleich ins Bett gleitet und die Arme ausstreckt, aber nicht nach ihm, sondern nach seinem Freund Hans. Der aber beugt sich nieder und löst die Riemen an seinem Schuh, und zwar dem Schuh vom Hinkefuß, und legt diesen Schuh auf die Decke über dem Bauch der Jungfer, und spricht, »Damit du wissest, unter wessen Stiefel du leben wirst von nun an und wer dein Herr ist«; und die Margriet, oder Prinzessin von Trapesund, oder Lady, klatscht laut in ihre Hände und krümmt sich vor Lachen. Der Sir jedoch lächelt fein und fragt den Magister, ob er nicht Anstalten machen möcht, sich seiner ihm Angetrauten hinzuzugesellen.

Spricht's und nimmt die Lady bei der Hand und entfernt sich, gefolgt von dem Leuchtentrager; worauf der Vorhang sich schließt und nur die süße Musik bleibt. Da überkommt Eitzen eine große Gier, und er erinnert sich, was sein Freund Hans ihm gesagt, nämlich daß Gott die Weiber allsamt mit dem gleichen Loch geschaffen und zu dem gleichen Zweck; und ohne weiter zu fackeln, wirft er die guten Feiertagskleider, die er am Leib hat, von sich und kriecht zur Barbara unter die Decke; die aber spreizt sich bereits und bewegt ihr Unterteil, als hätt sie von frühesten Jahren an nichts andres getan, so voller Lust und Leidenschaft, und stöhnt und ruft, »Komm, Liebster, komm zu mir«, daß Eitzen ganz froh wird, bis er sie sprechen hört, was er für ein hübsches Puckelchen habe, und schöne dicke Haar auf der Brust, und solcherlei Sachen. Da merkt er, daß sie einen Inkubus auf sich hat, aber auch er spürt, daß er eine andre unter sich hat als die Barbara, und weiß, 's ist die nackte Margriet, die er reitet, in

vollem Galopp und dann wieder schön langsam und genüßlich im Schritt, und die ihn hält und umfängt, bis er glaubt,
sein ganzes Leben verströme aus ihm und bliebe nichts von
ihm als die verdörrte Haut.

Dann ist Ruhe. Er seufzt auf und nimmt die Hand der
Barbara in die seine, und sie schlafen beide. Wie sie aber nach
vielen Stunden erwachen, ist's grauer Morgen, und sie liegen
auf einem stinkenden Bett in einer Kammer, darin sich der
Dreck und die Spinnweben häufen, in einer üblen Herberge
vor der Stadt, weiß weder er noch die Barbara, wie sie
dorthin gelangt, und statt ihrer schönen Kleider sind da ein
paar zerfetzte Lumpen, in welche sie sich hüllen; nur der so
absonderlich geformte Schuh des Leuchtentrager steht einsam auf der Bettdecke, als hätte dieser ihn dort vergessen.
Und wie sie die Stiege hinunterschleichen, kommt die Frau
Wirtin und schreit nach Geld, acht Groschen hamburgsch,
wo doch kein Pfennig ist in Hemd oder Hose, und Eitzen
muß einen Boten schicken ins Kontor des Bruders ums Geld
und hier warten, dieweil das Pack in der Gaststube höhnt und
spottet und zu wissen verlangt, wie's denn gewesen sei die
ganze Nacht, und ob er die Jungfer auch richtig gediddelt und
gefiddelt, und wie viele schwarze Fleck auf der Haut sie ihm
beigebracht mit ihren spitzigen Knochen.

Siebzehntes Kapitel

In welchem untersucht wird, woher es kommen
mag, daß aus den lautesten Revolutionären die
strengsten Hüter der Ordnung werden, und
zugleich von dem Widerspiel zwischen
Nein und Ja und den Schwierigkeiten
bei der Errichtung eines Reiches
der Freiheit gehandelt wird

Wir schweben.

In den Tiefen des Raums, der Sheol genannt wird und der
sich erstreckt außerhalb der Schöpfung, ohne Finsternis oder
Licht, überallhin, in endloser Krümmung.

Hier können wir sprechen, sagt Lucifer, hier ist kein GOtt
und keines Seiner Geschöpfe, sei es aus Geist oder aus

Materie; hier ist nur das Nichts, und das Nichts hat keine Ohren.

Ich fürchte mich nicht, sage ich.

Lucifer zeigt sein schiefes Lächeln. Wer wie du die Welt verändern möchte, sagt er, hat allen Grund, um sein Wohlergehen zu fürchten.

Etwas wie ein Windhauch streift uns; ist aber kein Wind, sondern ein Strom von Partikeln, winzigen Teilen des Nichts, die sich vom Nichts ins Nichts bewegen.

Ich habe dich gesucht, Bruder Ahasver, sagt er.

Wo sind die anderen, sage ich. Wo sind deine dunklen Heerscharen, die gestürzt wurden aus dem Himmel über den Himmeln zusammen mit dir und mit mir, da wir uns weigerten vor GOtt, den Menschen zu verehren, den Er sich zum Bilde schuf aus einem Staubkörnchen und einem Wassertröpfchen und einem Windlüftchen und einem Fünkchen Feuer. Wo sind sie?

Hier verliert sich alles, sagt er.

Ich sehe, wie er zittert von der großen Kälte, die um uns ist, und ich verstehe, daß er mich suchte, denn schlimmer noch als das Nichts ist der Gedanke an dessen ewiges Bestehen.

Ich habe dich verfolgt und dein Tun, sagt er. Du hast dich aufgerichtet und deine Faust gehoben und wurdest immer wieder gebeugt und gebrochen. Dennoch aber hoffst du.

GOtt ist Veränderung, sage ich. Als Er die Welt schuf, aus dem Nichts heraus, veränderte Er das Nichts.

Das war eine Laune, sagt er, ein Zufall, der einmal kommt und nicht wieder. Denn siehe, da GOtt Seine Schöpfung betrachtete am siebenten Tag, ließ Er auf der Stelle verlautbaren, wie herrlich gut Er sie fände in der real vorhandenen Form, und daß die Welt auf alle Zeiten zu bleiben habe, wie Er sie geschaffen, mit Oben und mit Unten, mit Erzengeln und Engeln, Cheruben und Seraphen und Heeren der Geister, sämtlich eingeteilt nach Rang und Ordnung, und der Mensch die Krönung des Ganzen. GOtt ist wie alle, die einmal etwas veränderten; sogleich bangen sie um ihr Werk und die eigene Stellung, und aus den lautesten Revolutionären werden die strengsten Ordnungshüter. Nein, Bruder Ahasver, GOtt ist das Bestehende, GOtt ist das Gesetz.

Wenn dies so wäre, sage ich, warum dann sandte Er Seinen eingeborenen Sohn, damit dieser durch Sein Leiden die

Schuld für die Sünde aller auf sich nehme und den Menschen erlöse? Ist Erlösung denn nicht Veränderung von Grund auf?

Wir schweben.

Und Lucifer legt seinen Arm um mich, so als schiede uns nichts voneinander, keine Weltsicht und keine Zielvorstellung, und sagt zu mir: Du hast ihn ja auch gekannt, den Rabbi.

Da gedachte ich des Reb Joshua und wie ich ihn fand in der Wüste, den schütteren Bart verfilzt und den Bauch geschwollen von Hunger, und wie ich ihn auf den Gipfel eines hohen Berges führte und ihn blicken ließ auf seines Vaters Schöpfung mit all ihrem Elend und all ihrer Ungerechtigkeit, und zu ihm sprach, er möcht's in die Hand nehmen, denn die Zeit sei gekommen, das wahre Reich GOttes zu errichten; er aber antwortete mir: Mein Reich ist nicht von dieser Welt.

Und was, sagt Lucifer, hat er erreicht, der Rabbi? Wird weniger gesündigt, seit er sich hat ans Kreuz schlagen lassen, und trinkt nicht die Erde mehr Blut denn je? Wohnt der Wolf friedlich neben dem Lamm, und ist nicht der Mensch noch immer des Menschen Feind? Warum gehst du nicht hin zu ihm, da er sitzt im Lichte, droben in der Höhe, zur Rechten des Vaters, und fragst ihn? Dir wird er wohl Rede und Antwort stehen.

Er hat mich verflucht, sage ich, da ich ihm den Schatten meiner Tür verweigerte, wie er auf dem Weg war zu seiner Hinrichtungsstätte mit dem Kreuz auf dem Rücken.

Und ich sehe Lucifer, wie er die Braue verzieht voller Ungeduld. Ich weiß, ich weiß, sagt er, doch gerade darum wird er sprechen wollen mit dir, denn hattest du nicht recht, da du ihn von deiner Tür wiesest als einen, der elend fehlte?

Und dennoch, sage ich, der Rabbi hat die Menschen geliebt, und hat dafür gelitten.

Leiden, sagt Lucifer, ist kein Verdienst; das Lamm, das sich fressen läßt, stärkt die Ordnung der Wölfe. Aber du, Bruder Ahasver, willst dich nicht schicken in diese Ordnung und hoffst auf GOtt, daß Er dir gestatte, ein wenig herumzuflikken an Seiner Schöpfung, und dir ein Löchlein lasse, durch welches du guten Gewissens hindurchkriechen magst zurück in Seine Göttliche Gnade, und willst nicht erkennen, daß diese Welt verurteilt ist zum Untergang von Anbeginn an durch just die Ordnung, welche GOtt ihr gegeben, und daß alles Flickwerk daran vergeblich ist und nur die Agonie verlängert. Laß sie zugrunde gehen, diese alte Welt, und laß uns aus unsrem Geist ein Reich der Freiheit errichten, ohne diesen kleinen GOtt eines kleinen Wüstenvolkes, der nur leben kann, so sich ein jedes Wesen ihm unterwirft.

Ich fürchte nur, Bruder Lucifer, sage ich, dein Weltuntergang möchte der endgültige sein, und woher einen neuen Gott nehmen für eine neue Schöpfung?

Wir schweben.

In diesem Raum, der keinen Anfang hat und kein Ende und weder Hell noch Dunkel, und in den Farbe und Ton, Gedanke und Gefühl, alles Lebendige, wieder einfließen sollen und zu nichts werden nach Lucifers Willen.

Mein Nein mißfällt dir, sagt Lucifer.

Das Nein ist so notwendig wie das Ja, sage ich, und aus dem Widerspiel beider erwächst die Tat.

Du wirst also hingehen zu ihm, sagt er.

Ich aber gedachte des Reb Joshua, wie er mich gewähren ließ, da ich mein Haupt an seine Brust legte beim letzten Abendmahl, und wie ich ihm das Gleichnis gab vom Rad, das seine Spur nicht wechseln könne, aber der Fuhrmann, der den Ochsen lenkt, der könne sie wohl wechseln.

Wie soll ich zu ihm sprechen gegen den Vater, sage ich, da sie doch eines sind, Vater und Sohn, mit dem Heiligen Geist als Drittem im Bunde?

Und ich sehe Lucifer, wie er sich krümmt vor Lachen. Aus drei mach eins, aus eins mach drei, sagt er; mir scheint, du willst dich verstecken hinter dem alten Abrakadabra und Zahlenspiel, womit die Kirche, die sich nach dem Rabbi nennt, ihre griechisch-jüdischen Ursprünge hinwegzuzaubern sucht. Du wirst dich entscheiden müssen, Bruder Ahasver. Entweder ist dein Reb Joshua aufgefahren in den Himmel, wo er nun sitzet zur Rechten GOttes: dann ist er ein Ganzes in sich und ansprechbar. Oder aber er ist Eines geworden mit GOtt, und selbdritt mit dem Heiligen Geist sind sie ein Neues geworden. Was aber ward dann aus dem Einen GOtt, welcher da war, bevor diese dreifaltige Kombination zustande kam, und welcher uns stürzte am sechsten Tag der Schöpfung?

Ich aber gedachte des Reb Joshua, wie er auf mich zukam mit

dem Kreuz auf dem Rücken und mich erkannte vor meinem Hause und zu mir zu sprechen suchte, und wie ich ihm sagte, ich wolle das Schwert GOttes ziehen für ihn, und all seine Feinde und alles Kriegsvolk würden zu Tode erschrecken vor dessen Glanz und hinwegschwinden, worauf er das Volk Israel um sich scharen und es führen solle, so wie es verheißen sei in der Schrift; er aber erwiderte: Soll ich den Kelch nicht trinken, den mir mein Vater gegeben hat?

Immer noch schweben wir.

In der Kälte des Raums, im Windhauch, der keiner ist, und ich höre das Zähneklappern des Lucifer. Es ist zu unbehaglich hier, sagt er, für die Wiederholung einer Disputation, bei welcher die heiligen Kirchenväter schon sich mit harten Worten zerstritten. Was also ist dein Sinn, Bruder Ahasver?

Ich will doch hingehen zu dem Rabbi, sage ich, und sehen, was wirklich geworden ist aus ihm und wie er in Wahrheit denkt.

So trennten wir uns denn, er seine Geschäfte zu verfolgen, und ich die meinen.

Achtzehntes Kapitel

Woraus erhellt, was alles sich durch das Studium historischer Quellen erweisen läßt und wie man ohne viel eigenes Zutun einen Doktorhut, geistlichen Ruhm und sechs Ellen braunen Stoff erwirbt

Herrn Prof. Jochanaan Leuchtentrager
Hebrew University
Jerusalem
Israel

17. April 1980

Sehr verehrter Herr Kollege!

In Ihrem letzten Brief an mich, datiert vom 2. dieses Monats, versuchen Sie, mir eine beginnende Fixation auf das Phänomen Ahasver zuzuschreiben.

Von einer Fixation, auch einer beginnenden, kann überhaupt

nicht die Rede sein. Ich bin, selbst in leitender Funktion, Angehöriger eines Kollektivs, und auch meine Forschungs-projekte unterliegen Beschlüssen und gemeinsamer Kon-trolle. Ahasver interessiert mich als typisches Beispiel religiösen Aberglaubens und daraus entstehender Legenden; allerdings bin ich auf Grund neuer Erkenntnisse nunmehr bereit, ihm eine reale Existenz zuzugestehen, nur eben *keine ewige*.

Als Vertreter des dialektischen Materialismus habe ich es stets abgelehnt, das Vorhandensein übernatürlicher Wesen und Erscheinungen anzuerkennen (vgl. meinen Brief an Sie vom 14. Februar); wohl aber habe ich erklärt, daß es noch ungeklärte wissenschaftliche Probleme gibt, die jedoch, soll-ten sie sich als wichtig genug erweisen, zweifellos eines Tages von den Menschen gelöst werden würden. Um so mehr freut es mich, Ihnen, verehrter Herr Professor Leuchtentrager, heute mitteilen zu können, daß zumindest das Problem Ahasver als gelöst zu betrachten ist. Es ist dies zwar nicht das Verdienst unseres Instituts; aber immerhin war es unser Mitarbeiter Dr. Wilhelm Jaksch, der bei seinen Nachfor-schungen über das dialektische Moment bei der Entwicklung der Ahasver-Legende auf eine Arbeit gestoßen ist, welche die Grundlage für die Lösung enthält: einen 1951 in Band XLI der Zeitschrift des Vereins für Hamburgische Geschichte veröffentlichten Artikel von Paul Johansen mit dem Titel *War der Ewige Jude in Hamburg?*

Darin erbringt Johansen den Nachweis, daß Ahasver iden-tisch ist mit dem »livländischen Propheten« Jürgen von Meißen. »Tatsächlich«, schreibt Johansen, »sind die Paralle-len in der Schilderung des Hamburger Ahasverus und des livländischen Propheten und Bußpredigers so augenfällig, daß an einer Identität beider Gestalten nicht gezweifelt werden kann.« Schon die zeitliche Übereinstimmung ihres Auftretens sei so eklatant, daß sich ganz unwillkürlich beide Personen zu einem Bilde vereinigten.

Johansen führt die älteste auffindbare Beschreibung des Ahasver aus dem 1602 bei Rhode in Danzig gedruckten Volksbüchleins vom Ewigen Juden an, dem zufolge Paul von Eitzen, damals Studiosus in Wittenberg, im Winter 1547 in Hamburg »in der Kirche unter der Predigt einen Mann, welcher ein sehr lange Person mit einem langen, über die Achsel abhangenden Haar gewesen, gegenüber der Kanzel auf bloßen Füßen stehn sehen: welcher mit solcher Andacht die Predigt gehört, daß man an ihm eine Bewegung nicht habe spüren können; außer wenn der Name Jesus Christus genannt worden, hab er sich geneigt, an seine Brust geschlagen und sehr tief geseufzt; und hab kein andere Kleidung angehabt in demselbigen harten Winter als ein Paar Hosen, die an den Füßen durch gewesen, ein Rock bis an die Knie und darüber ein Mantel bis auf die Füß.«

Ich zitiere diesen Bericht, der Ihnen, Herr Kollege, wahrscheinlich vertraut sein wird, weil er die Basis für Vergleiche mit zeitgenössischen Berichten über den Propheten Jürgen oder Jörg von Meißen bietet. So schreibt Johann Renner, der spätere Stadtchronist von Bremen, der 1556 bis 1558 in Livland lebte: »Nun war zu dieser Zeit einer in Riga mit Namen Jorgen, ein Meißner, derselbe ging bloß und barfuß, wollte auch nicht essen oder trinken, er hätte denn davor gearbeitet. Derselbige vermahnte die Bürger täglich zur Buße. Er war aber vor neun Jahren (also gleichfalls 1547!) auch hier zu Riga gewesen und hat das Volk zur Buße vermahnt, oder Gott würde sie mit Feuer plagen, als aber seine Vermahnungen nichts helfen wollten, zog er weg.«

Worauf in Riga wirklich ein Großfeuer ausbrach und die Domkirche und große Teile der Stadt verbrannten. Im Winter 1557/58 befindet sich Jörg wieder in Livland, worüber der Revaler Pastor und Chronist Balthasar Rüssow (Chronica der Provinz Lyfflandt, Barth, 1584) wie folgt berichtet hat: »Dasselbige Jahr im Winter ist ein wunderlicher Mensch, genannt Jürgen, durch Polen und Preußen nach Livland gekommen und ganz barfuß, nackt und bloß mit einem Sack allein bekleidet gegangen, und hat lange Haar bis über die Schultern gehabt. Etliche halten ihn für einen Unsinnigen, etliche für einen Phantasten, etliche aber sprechen, er wäre ein Wunderzeichen Gottes, und würde etwas nachfolgen.«

Was nachfolgte, war der Einfall Iwans des Schrecklichen in Livland. Tilman Brackel, der livländische Poet, hat in seiner Flugschrift *Christlich Gesprech von der grawsamen Zerstörung in Lifflandt durch den Muscowiter* dazu gedichtet:

Zuletzt hat Gottes Gütigkeit
Ein schrecklich Zeichen lassen sehn,
Es mußt ein sinnlosz Mensch erstehn,

Unnd predigen auf Markt und Gassen
Sie solten von den Sünden lassen,
Gar schrecklich würd Gott sein Gericht
Bald lassen gehn, doch gleubt mans nicht.
Bisz nun das Glasz war ausgelauffn,
Da kam der Reusz mit grossen Hauffn.

Johansen zitiert nun Quellen, denen zufolge der Prophet Jörg
bei Dorpat, nahe der russischen Grenze, von unwissenden
Bauern erschlagen worden sei, bezweifelt diese Quellen aber
und stellt die Frage: Was wollte der Bußprediger eigentlich an
der russischen Grenze? Und was habe der Chronist Rüssow
im Sinne gehabt, als er schrieb, Jörg habe sich zwischen Reval
und der Narva *verloren?* Johansen vermutet nämlich eine
weitere Identität der Person Ahasver-Jörg mit Wassilij Blazhennij, Wassilij dem Glückseligen, jenem Gottesnarren, der
den Teufel mit Steinen bewarf und Iwan dem Schrecklichen
mit der Rache Gottes drohte und nach dem die Wassilij-
Kathedrale auf dem Roten Platz in Moskau benannt ist.
Außerdem, bemerkt Johansen, sei der Gottesnarr Wassilij
Schuhmacher gewesen, genau wie Ahasver.
Aber wieso – das werden auch Sie, verehrter Herr Kollege
Leuchtentrager, längst gefragt haben – wieso nannte der
Prophet Jürgen sich bei seinem Hamburger Aufenthalt Ahasver? Sonst reiste er doch unter eigenem Namen!
Johansen hat dafür eine durchaus plausible Erklärung. Er
verlegt die Begegnung des Jürgen mit Eitzen, der nach
Johansen »eine Persönlichkeit gewesen ist, deren Glaubwür-
digkeit eigentlich nicht in Frage gezogen werden kann«, in
die Nikolaikirche, wo sich 1547 noch ein großes Gemälde
befand, das den Perserkönig Ahasver samt seiner jüdischen
Geliebten Esther zeigt; das Bild wurde erst 1555 vernichtet,
als, der Hamburger Stadtchronik zufolge, der Blitz einschlug
in die »St. Nyclawes karken baven dem gemelte vam konin-
ge Ahaswerum und van Hester und sloch den ramen ok en
stucken«. Jürgen, ein »unsinnig Mensch«, meint Johansen,
sei von dem Bild so beeindruckt gewesen, daß er sich für
einen Juden Ahasverus gehalten habe. »Wie dem nun auch
sei«, schlußfolgerte er, »der Name Ahasverus für den Ewigen Juden kann nur in diesem Zusammenhang erklärt
werden.«

Meine Kollegen am Institut wie auch ich sind geneigt, der Johansenschen These zu folgen, denn sie liefert nach unserm Dafürhalten den schlüssigen Beweis, daß der Ahasver, dem der spätere Superintendent von Schleswig, Paul von Eitzen, in Hamburg begegnete, ein sterblicher Mensch war wie Sie und ich, und eben kein *ewiger* Jude.

Wir alle hier erwarten mit Spannung, was Sie, verehrter Kollege Leuchtentrager, nun sagen werden, nachdem die Johansensche Arbeit das ganze Ahasver-Problem in ein neues Licht gerückt hat und eine ganz natürliche Lösung desselben anbietet.

Mit ganz vorzüglicher Hochachtung und kollegialem Gruß,

> Ihr ergebener
> (Prof. Dr. Dr. h. c.) Siegfried Beifuß
> Institut für wiss. Atheismus
> Berlin, Hauptstadt der DDR

Herrn Prof. Dr. Dr. h. c. Siegfried Beifuß
Institut für wissenschaftlichen Atheismus
Behrenstraße 39 a
108 Berlin
German Democratic Republic

2. Mai 1980

Lieber, verehrter Kollege Beifuß!

Ihr so ausführliches und mit zahlreichen Zitaten und Quellenangaben versehenes Schreiben vom 17. April hat mir eine Menge Vergnügen bereitet, und ich habe mich beeilt, es meinem Freunde in der Via Dolorosa, wo er über seinem Schuhgeschäft ein sehr gepflegtes Junggesellen-Appartement besitzt, zu zeigen. Herr Ahasver sagte mir, daß er sich sehr wohl an das in dem Johansenschen Aufsatz erwähnte Zusammentreffen mit Eitzen erinnere, aber auch an andere, weniger erfreuliche Begegnungen mit diesem; wie denn der spätere Superintendent von Schleswig überhaupt kein sehr angenehmer Mensch gewesen sei, beschränkt, von sich selbst eingenommen, ehrgeizig und intrigant. Übrigens war mir der Artikel von Paul Johansen in der Zeitschrift des Vereins für Hamburgische Geschichte bekannt; wenn er in unserer Korrespondenz von meiner Seite bisher keine Erwähnung fand, so wegen seiner totalen Irrelevanz.

Alles bei Johansen ist Vermutung, gestützt von keinerlei Beweismaterial, das sich als wissenschaftlich bezeichnen ließe. Das wenige, was wir über den Propheten Jörg wissen, spricht vielmehr gegen seine Identität mit Ahasver. Jörg predigt Buße und droht mit Unheil; Ahasver tut dergleichen nicht, er ist ein Weltveränderer ganz anderer Art. Ferner gibt es auch keine zeitgenössischen oder anderen Hinweise, daß Jörg je behauptet hätte, er habe Jesus gekannt oder sei gar von diesem verflucht worden, wie das bei Ahasver der Fall ist; und der Gedanke, sich nach dem Bild des Perserkönigs in der Nikolaikirche zu Hamburg Ahasver zu nennen und gar noch als Juden zu bezeichnen, entspringt eher dem phantasievollen Hirn Johansens als dem des armen Propheten. Die Kühnheit, mit der Johansen noch eine dritte Identität andeutet, die mit dem Gottesnarren Wassilij Blazhennij, ist sicher bewundernswert; aber er hat nicht den Schatten eines Indizes dafür, es sei denn, man wolle den gemeinsamen Schuhmacherberuf des russischen Heiligen wie des jüdischen Wanderers als ein solches betrachten. Ein Moskauer Bettelmönch als Urbild des Ahasver – bei aller Anerkennung der großen Leistungen des russischen Volkes erscheint das doch unglaubhaft.

Das einzig Zutreffende an Johansens Schriftchen ist die Feststellung, daß Ahasver sich in Hamburg aufgehalten hat. Die Hamburger Episoden im Leben des Ahasver werden bestätigt nicht nur durch dessen Aussagen mir gegenüber, sondern auch in der entsprechenden Literatur. Dabei beziehe ich mich weniger auf die verschiedenen, ab 1602 in zahlreichen Varianten erschienenen Volksbücher als auf Selbstzeugnisse Eitzens, wie sie in den 1744 veröffentlichten *Cimbria Literata* des Flensburgers Johannes Moller und dem »Hamburgischen Ehren-Tempel« des Hamburger Stadtarchivars Nicolaus Wilckens aus dem Jahre 1770 Erwähnung finden, besonders aber auf ein Dokument, das ich durch die Freundlichkeit des Herrn Herwarth von Schade, des Leiters der Nordelbischen Kirchenbibliothek, kürzlich erhalten habe, nachdem es beim Umzug der Bibliothek in ihr neues Gebäude zutage kam, und dessen Authentizität mir gewährleistet zu sein scheint. Dieses, ein eigenhändig geschriebener Brief Ahasvers, sagt einiges Interessante über seine Hamburger Zeit und sein Verhältnis zu Eitzen aus. Doch wird es zunächst nötig sein, Ihnen, werter Herr Kollege, kurz zu erklären, in welche Lebensphase des Eitzen der Brief eingeordnet werden muß.

Persönliche Gründe, es handelt sich da um bösartige Gerüchte über Ausschweifungen in verrufenen Herbergen, aber auch die Abneigung des Hauptpastors Aepinus gegen ihn, veranlaßten den Magister von Eitzen, mitsamt seiner jungen Frau nach Rostock zu ziehen, wo er an der Universität nützlich zu wirken gedachte; doch bei dem bekannten Ressentiment der Mecklenburger gegen die gedankenschnelleren Hanseaten aus Hamburg gelang es ihm nicht, dort Fuß zu fassen, und so kehrte er bald in die Heimatstadt zurück, das erste Kind, ein Mädchen namens Margarethe, in der Wiege. Dieses Kind, das trotz seines Puckelchens und seines Hinkefüßchens der erklärte Liebling seiner Mutter war, sollte später zu trauriger Berühmtheit gelangen: Margarethe Eitzen ermordete nämlich in Gemeinschaft mit ihrem Ehegatten, dem herzoglichen Amtsschreiber Wolfgang Kalund, den Bürgermeister von Apenrade Esmarch, ihren Schwiegersohn, und wurde im Jahre 1610 hingerichtet. Doch kann uns dieser kleine Kriminalroman nur am Rande interessieren; wichtiger ist, daß Eitzen durch den vereinten Einfluß seiner Familie und der seiner Frau endlich eine geringe Pfründe als Lector Secundarius am Dom, als Hilfsprediger also, erhielt; in Kürze jedoch erwarb er sich durch seinen christlichen Eifer und seine absolute Treue zum Lutherschen Buchstaben einen solchen Ruf in Hamburg, daß er, nach des Aepinus Tod, von einem jeglichen theologischen Experimenten abholden Senat zu dessen Nachfolger als Hauptpastor und Superintendent ausersehen wurde. Nur leider reichte da die akademische Legitimation nicht aus, die Eitzen aus Wittenberg mitgebracht hatte; er mußte dorthin zurückreisen, um sich den Doktorhut zu beschaffen, und damit er auch ganz sicher sei, das Examen zu bestehen, stattete man ihn mit einem Schreiben an die Theologische Fakultät in Wittenberg aus, worin die wichtigsten Hamburger Pastoren »dieselbe ersuchen, ihrem Collegen und Superintendenten Paul von Eitzen zur Doctorwürde behülfflich zu seyn«, und worin es u. a. heißt, daß die Fakultät durch die Erteilung dieser Würde nicht nur »*privatim M. Paulum, sed etiam totam nostram Ecclesiam & civitatem*«, also nicht nur den Magister Paulus, sondern die gesamte Hamburger Kirche und Bürgerschaft »ehren und zu großem Eifer und tiefer Dankbarkeit verpflichten würde«. Einer solchen Pression, verstärkt durch Eitzens alte Beziehungen zu Melanchthon, mochte die Wittenberger Fakultät sich nicht widersetzen, und so waren die gelehrten Herren trotz der offensichtlichen Plattheiten und Tautologien in den 58 Punkten der von Eitzen mündlich vorgetragenen Dissertation ihm »behülfflich«, den Doktortitel zu erlangen und es ihm zu ermöglichen, seinen nächsten Schritt zu tun.

Im Zusammenhang nun mit diesem nächsten Schritt, einer »Disputation mit den Jüden«, steht das Schreiben des Ahasver an ihn vom 14. Oktober 1556, dessen Ablichtung ich beilege. Da Eitzen erst im Mai des genannten Jahres promoviert hatte, muß er sehr bald nach seiner Rückkehr nach Hamburg mit der Planung und Vorbereitung seiner Aktion begonnen haben. Die Handschrift des Ahasver ist nicht ganz leicht zu entziffern; doch meine ich, Sie werden sich schon hineinlesen. Ich möchte Sie nur auf einige Stellen aufmerksam machen, die mir von besonderer Bedeutung zu sein scheinen, so etwa den schönen Anfang:

Würdiger *Doctor,* guter Herr *Superintendent,*

Ich arm Jüdlein, welches gewandert ist diese vielen Jahr von einem zum andern Ort und mancherlei, Böses zumeist, gesehen, soll also nach Euer Würden Vorschlag und Begehr in einer großen und öffentlichen *disputatio* Zeugnis ablegen *de passione Christi,* der mich verflucht hat *in eternitatem,* und soll der Gemeine der Jüden zu Altona *ex ore testis* sagen und bestätigen, daß der Rabbi der eine und wahre Sohn von Gott *Jahwe,* geheiligt sei sein Name, gewesen sowie der *Meschiach,* auf welchen das Volk Israel gewartet, und soll ich dieses tun um der Frömmigkeit und Reue wegen, welche ich gezeigt, und *ad majorem Dei gloriam.*

Oder seine spätere Frage:

Und was würd geschehn, wenn ich's verweigerte? Würd ich nicht verfolgt werden von Euch und einer hohen Obrigkeit, und zerrissen und zerfleischt wie das Schaf von den Wölfen? *Ad majorem Dei gloriam,* sagt Ihr, ist aber eher *ad majorem gloriam* des würdigen D. von Eitzen denn der Gottes, und dafür sollt ich arm Jüdlein mich in *situationes* begeben, welche mir nichts profitieren, wohl wohl aber den Kragen kosten möchten?

Und noch weiter unten:

    Will's aber tun für den Rabbi, denn wer, wenn nicht ich, hat ihn in Wahrheit verstanden?

Worauf er unterschreibt:

    Grüsset *Barbaram conjugem,* ich will ihr die sechs Ellen braunen Stoff wohl verschaffen, auch das Gehänge aus der Türkei, und für klein Margarethen das Häublein. Euer Würden Diener und wandernder Jüd Ahasverus.

Soviel, lieber Herr Professor Beifuß, zu den Thesen des Herrn Johansen und den wirklichen Vorgängen während der Hamburger Zeit des Ahasver.

Womit ich freundlich grüßend verbleibe,

Ihr
Jochanaan Leuchtentrager
Hebrew University
Jerusalem

Neunzehntes Kapitel

*In welchem disputiert wird, ob der ans Kreuz
geschlagene Reb Joshua wahrhaftig der
Meschiach gewesen, und der gelehrte
Doktor von Eitzen von einem ebenso
gelehrten Jüden aus Portugal in die
himmlischen Rechenkünste verwickelt wird und der Ahasver
verkündet, daß jeder, der
geschaffen ist im Bilde Gottes,
die Macht in sich trägt, ein
Erlöser zu sein*

Es ist mancherlei Art der Stimmen in der Welt, sagt schon der Apostel Paulus, Stimmen innerhalb und außerhalb des Menschen, und weiß keiner, sind sie englisch oder teuflisch, und der frischgebackene *Doctor theologiae* von Eitzen, der da hinüberfährt über die Wiesen nach Altona, durchrüttelt und durchschüttelt von den Löchern im Weg, weiß auch nicht, ob die Stimme, welche ihn warnt, die Sache könnt auch schieflaufen, von oben kommt oder aus unteren Bereichen; ist aber alles schon zu weit gediehen, um's noch zu ändern oder gar zurückzunehmen, die Gäste geladen, darunter Herren vom Gottorpschen Hof, die das Ohr des Herzogs haben, und die Abgesandten vom Senat der Stadt Hamburg, und Pastoren von überallher, und der gelehrte Jüd Ezechiel Pereira aus Portugal, gegen welchen disputiert werden soll in der Synagoge; nein, kein Zurück, er ist wie der römische Feldherr Caesar, denkt er, hier ist sein Rubikon, hier muß er hinüber, und wenn auch nur ein halbes Dutzend Jüden öffentlich überträten zum allein seligmachenden Glauben, so wär's schon ein Sieg, und solchen *Convertiten,* das hat er verbreiten lassen in der Gemeine, würd dann gestattet sein, in Hamburg zu siedeln; und außerdem hat er auch noch seinen geheimen Trumpf, der alles stechen wird.

Dabei hat er, trotz seiner Bemühungen um diese Jüden, eine Scheu vor ihnen, und nicht etwa nur vor dem Ahasver, wofür er, nach allem, was sie miteinander gehabt, seine guten Gründe hätte; 's ist, denkt er, weil sie unsern Herrn Jesus haben ans Kreuz schlagen lassen, und wegen ihrer Fremdheit; überall sind sie fremd und ein Ärgernis, und es ist gut und lobenswert, daß ein hochwohlweiser Senat ihnen verbietet, sich in der Stadt Hamburg niederzulassen und ihr Geschäft zu betreiben; die Dänen sind da anders, sie sind wie die Ameisen, die ihre jüdischen Blattläuse melken, der Gottorper Herzog an der Spitze.

Fremd, denkt er, zerstreut über die Länder der Welt, Gäste an fremden Tischen, doch ungeladen und ungeliebt. Mit Seiner Herzoglichen Gnaden gütiger Erlaubnis ist er mehrmals zu Altona gewesen und hat die Synagoge inspiziert, eine rechte Mördergrube, die Wände pechschwarz vom Ruß der Kerzen, die ständig brennen, das Gewölbe voller Spinnweben, welche sie nicht abkehren, weil, sagen sie, der *Schem jisborach,* der Unnennbare, der Gepriesene, darin ruhe. Hat auch dem beigewohnt, was die Jüden als Gottesdienst bezeichnen, was aber Gott nur verdrießlich sein kann, denkt er, denn sie kommen in ihre Schul, wann's ihnen gefällt, der eine früher, der andere spät, der eine zieht seinen *Tallis* oder Gebetmantel an, während ein anderer ihn ablegt und davongeht, und das meiste Beten besorgt der *Chasen,* der Vorsinger, welcher nur leider nicht singen kann, sondern vor dem *Aron hakkodesch* steht, dem Heiligen Schrank, worin die pergamentnen Gesetzesrollen, und mit verkehrtem Kopf, die Daumen in den

Ohren, schreit, was der Hals hergibt, in hebräischer Sprach, bald so geschwind, daß keiner zu folgen vermag, bald gezerrt und gedehnt, dazu weint er bisweilen oder lacht, kurz, gebärdet sich, als wär er außer sich selbst, bis die andern Jüden auch gepackt werden von dem Ungeist und hineinschreien in des *Chasen* Geblök, oder murmeln und sich neigen nach den vier Teilen der Welt, oder ein Geräusper machen und ausspeien, oder mit starker Bewegung des Leibes in die Höh hupfen und wieder zurückspringen, daß man glauben möcht, es wären ihrer soviel Ziegenböck. Und aus diesem Volk, denkt er, soll unser Herr Jesus gekommen sein?

Wie er jedoch, ein wenig vor der Zeit, eintrifft bei der Synagoge zu Altona, in einer Gasse, worin seine Kutsche kaum Platz hat zu fahren und die Räder halb bis zur Achse versinken im Schlamm, und eintritt ins Innere, stellt er erleichtert fest, daß wenigstens der Fußboden gekehrt ist; auch sind Wohlgerüche verstreut worden, die dem sauren Dunst, welcher sonst vorherrscht in der Schul, einen süßlichen Beigeschmack geben, und sind hölzerne Bänke hingestellt worden für die Herren *Honoratiores;* die Ältesten der Gemeine aber und der gelehrte Ezechiel Pereira begrüßen ihn in großer Ehrfurcht, so als wär er nicht nur der Superintendent von Hamburg, sondern ein Abgesandter Gottes, und versichern ihn, daß alle Jüden von Altona, soweit männlichen Geschlechts und dazu fähig, angehalten worden, zu der großen Disputation zu erscheinen und ihr mit Aufmerksamkeit zu folgen. Eitzen aber hört plötzlich ihre Worte nicht mehr; sein Auge sucht in den dunkelsten Ecken des Baus, wo kaum noch ein Kerzenschein hindringt, nach dem Schatten eines, den er jetzt brauchen könnt, so wie er ihn gebraucht hat bei seinem Magister-Examen zu Wittenberg, da er über die Engel befragt worden, und den er nicht mehr gesehen hat seit jenem Tag im Haus des Sir Ahasver, da Klein-Margarethe gezeugt wurde mitsamt ihrem Puckelchen und ihrem Hinkefüßchen; doch ist nirgends eine Spur von ihm, kein Blick, kein Flüstern, und sinkenden Herzens denkt Eitzen, daß er ohne den Freund wird auskommen müssen und daß ihm, bis er den Ahasver zum Zeugen wird aufrufen können, nichts bleibt gegen des Ezechiel Pereira gelehrtes Wortgeklaub als die *puncta* und *argumenta,* welche schon die heiligen Kirchenväter benutzt im Widerstreit gegen die Jüden und welche er mit Fleiß studiert hat.

Inzwischen beginnen die Herren vom Gottorpschen Hofe einzutreffen und die vom Senat, und sind alle aufs feinste gekleidet und ihre Kutschen reich verziert mit Wappen und Beschlägen, und alles drängt sich in der engen, schmutzigen Gassen, so daß man meinen könnt, es wäre mehr wie ein Fürstentag, wo Herzöge und Kurfürsten beraten über göttliche Dinge, als eine Disputation mit starrköpfigen Jüden, und seine Hamburger *Confratres,* die Pastoren Westphal, Phrisius und Boetker, welche den schönen Brief an die Wittenberger Fakultät unterschrieben, sind gleichfalls gekommen und harren heiter der Dinge; 's ist ja nicht ihr Fisch, der hier brät, und nicht ihr Ruf, welcher auf dem Spiele steht, sondern der ihres neuen Herrn *Superintendens,* auf dessen Stuhl sich ein jeder der drei bereits sah, bis unerwartet für sie die Obrigkeit anders beschloß. Jetzt naht auch das Volk der Jüden, ein dunkler Haufe, die spitzen Hüt auf dem Kopf und die speckigen Röck eng am Leib, und drängeln sich und tuscheln miteinander, so wie's ihre Väter einst taten am Tor von Jerusalem, da unser Heiland einritt auf seinem Eselchen. Mir, denkt Eitzen, werden diese kein *Hosannah* rufen, aber auch kein *Crucifige;* dies würde von anderer Seite kommen, von den Neidern nämlich und jenen, die das Wort des gottseligen Doktor Luther schwächen möchten und verkehren und aus der Christenlehr ein Lotterhaus machen, worin einer tun und lassen kann, wie's ihm beikommt.

Und nun sieht er, daß sie mählich auf ihre Plätze finden, Jüd und Christ, und hört, wie der Jüdenälteste anhebt zu sprechen, steht auf dem *Alemar,* der hölzernen Kanzel inmitten der Schul, und redet gar zierlich und begrüßt unter vielen Verneigungen die Gäste aus Gottorp und die aus Hamburg, auch den Weisen aus dem fernen Portugal, ihren verehrten Lehrer und Meister Dom Ezechiel Pereira, hauptsächlich aber den Herrn Superintendenten der großen Nachbarstadt Hamburg, Herrn Doktor Paulus von Eitzen, auf dessen Vorschlag und nachdenkliche Fürsorge hin sie, die Jüden von Altona und untertänigsten Diener Seiner Gnaden Adolphus, Herzogs von Schleswig zu Gottorp, die Möglichkeit erhielten, einem gelehrten Streitgespräch oder *disputatio* beizuwohnen darüber, ob der ans Kreuz geschlagene Jesus Christus der eine und wahre Sohn Gottes, geheiligt sei sein Name, und der *Meschiach* gewesen, und ob die Jüden in Anerkenntnis dieses nicht besser täten, sich zum christlichen Glauben zu bekehren, das Sakrament der Taufe anzunehmen und derart ihre jammervolle Existenz zu verbessern und sogar in der großen und reichen Stadt Hamburg das Bürgerrecht erwerben zu können. Werde aber, fügt er hinzu, keiner zur Taufe gezwungen werden, auch wenn in dieser *disputatio* der würdige Herr Doktor von Eitzen obsiege.

Die Jüden, bemerkt Eitzen, wenden ihre Köpf einander zu und tuscheln wieder; einer aber, mit einer großen spitzen Nase und wildem grauem Bart, hebt die Hand und fragt, ob sie dann auch nach Art der *Goyim* vom Leib des Gehenkten fressen müßten, wo doch geschrieben steht, daß verflucht ist, wer am Holze hängt, und von seinem Blut trinken in der Kirch?

Da füllt sich das Herz des Doktor Paulus mit heiligem Zorn, und alles Zögern und Zaudern, und ob's nun richtig war und opportun und zu gutem Ende geführt werden könne, was er unternommen, ist zerstoben und verflogen, und er richtet sich auf und verkündet laut, hier ließe sich erkennen, welch greulich Ausmaß die Verstocktheit der Jüden erreicht; Christus aber in seiner großen Güte sei auch für die Sünden der Jüden gestorben, wenn sie's nur anerkennten, und darum müsse ein jeder Christenmensch für das Heil auch ihrer verfluchten Seelen beten, damit, wenn die Zeit des Jüngsten Gerichts gekommen, auch diese von Jesus eingesammelt werden könnten. »Warum aber«, sagt er erhobenen Hauptes wie ein Prophet, »wollen die Jüden nicht glauben, daß ihr Messias in der Person Jesu Christi gekommen, wiewohl sie doch sehen und an ihrem eigenen Leibe verspüren, daß ihr Tempel zerstört und sie zerstreut worden über alle Länder, damit sie im Elend leben müssen unter Fremden und erschlagen werden von ihren Feinden? So aber hat Gott die verblendeten und verstockten Jüden mit Recht gestraft und straft sie noch heutigen Tages, weil sie den Erlöser nicht haben erkennen wollen, sondern von Pilato gefordert, er möge ihn ans Kreuz schlagen lassen, und da dieser sich die Hände wusch und sprach, ich bin unschuldig am Blut dieses Gerechten, da sagten sie, Matthäus 27: Sein Blut komme über uns und unsere Kinder.«

Eitzen merkt, wie er sich hat hinreißen lassen, und daß er, wider all sein Planen und Absicht, schon in die *disputatio* hineingeraten und in ihr feststeckt; aber auch der gelehrte Ezechiel Pereira hat dieses erkannt und streicht sich den schön gelockten Bart und fragt, zu den Honoratioren und den anderen hohen Gästen gewandt, ob der Herr Doktor und die würdigen Herren hier ihm möchten eine bescheidene Zwischenfrage gestatten, nämlich, nach welchen Autoritäten sein Widerstreiter hier disputieren wollt und nach welchem Testament, dem Alten oder dem Neuen oder beiden? Denn wo es doch um die Bekehrung von Jüden und keinem anderen ginge, könne man nicht billig von ihnen fordern, daß sie *a priori* Evangelien oder Apostelbriefe anerkennten; solches könne erst nach ihrer Konversion verlangt werden; bis dahin aber müsse man sie nach den fünf Büchern Mosis und den Worten ihrer eigenen Propheten belehren sowie aus den heiligen Psalmen und Sprüchen, und aus diesen müsse hervorgehen, worin und wodurch die Jüden sich so sehr versündigt.

Bei derart Rede wird es dem Eitzen flattrig im Magen, und der Schweiß tritt ihm auf die Lippe, da er noch dazu sehen muß, wie etliche von der Obrigkeit bedächtig nicken, so als billigten sie, was der Pereira gesagt; haben sich einreden lassen, die Toren, daß ein Jüd könnt nur die eigene Lehre kennen, und ahnen nicht, wie arg sie ihrem Superintendenten mitspielen, indem sie ihn seines Arsenals zur Hälfte berauben.

Worauf der Pereira auch gleich nachstößt und zu wissen verlangt, wo's denn geschrieben stehe bei Mose oder den Propheten, daß Rettung und Heil des Volks Israel und Wiedergewinn der göttlichen Gnade im Glauben an einen Meschiach liege, welcher bereits erschienen? In der Schrift sei gefordert der Glaube nur an Einen, nämlich Gott, geheiligt sei sein Name, wie denn das Wort des Herrn ausging, *Schmah Jisroel, Adonaj Elohenu, Adonaj Echod,* höre, Israel, der Herr unser Gott, der Herr ist einig, und daß er, Gott, ein eifersüchtiger Gott sei, weshalb Israel keine andern Götter haben dürfe neben ihm, von irgendwelchen Söhnen Gottes ganz zu schweigen.

Eitzen wird's immer unwohler zumut, da er erkennt, wie der Pereira dem Streit um die Bestrafung Israels, die allen sichtbarlich, sich schlau entwunden und ihn dafür verwickelt hat in die himmlischen Rechenkünste, zu denen die irdischen, insbesondere die der Jüden, sich so schwer fügen wollen. Muß aber, um dem Gegner das Argument zu nehmen, sofort Widerpart geben und sagt, der Sohn Gottes, unser Erlöser, auf den der gelehrte Dom Pereira so hämisch anspiele, sei durchaus kein Gott neben Gott, sondern seien Gott Vater, Gott Sohn und der *Logos,* der Heilige Geist, seit Anbeginn eines gewesen, so daß hier *in puncto* Verehrung eines einigen Gottes absolut kein Widerspruch entstehen könne gegen das göttliche Gebot; dies erhelle auch aus dem göttlichen Namen in hebräischer Sprach, *Elohim,* welches ein *pluralis* oder Mehrzahl, und werde durch das Wort Gottes selber bestätigt in I Mose 1, 26, worin Gott spricht: Lasset *uns* Menschen machen *uns* zum Bilde – was, da das Pronomen sich nicht wohl auf die Engel im Umkreis beziehen könne, notwendig bedeuten müsse, daß Gott sich selbdritt da ans Werk gemacht und wir sämtlich die Geschöpfe auch des Sohnes seien und daher verpflichtet, an diesen ebenso zu glauben wie an den Vater.

I Mose 1, denkt Eitzen, weiter zurück als die Schöpfungsgeschichte geht's nicht: da hat er den Pereira mit dessen eigenen Waffen geschlagen; kommt her aus Portugal, wo ihn der König vertrieben mitsamt all den andern vornehmen Jüden, und will uns die Weisheit und das Wort Gottes lehren und unsern Herrn Jesus zum zweiten Mal verspotten und erniedrigen. Pereira jedoch zeigt ein Lächeln und verbeugt sich vor denen von der Obrigkeit und fragt, ob einer der Herrn Senatoren oder hohen herzoglichen Räte seinen gelehrten Opponenten nicht bitten möcht, auch den nächstfolgenden Vers im ersten Buch Mose zu zitieren, nämlich 1, 27; und da Eitzen überrascht schweigt, fährt er fort, darin heiße es dann allerdings: Und Gott Einzahl schuf den Menschen ihm Einzahl zum Bilde – woraus ersichtlich, daß der *pluralis* in Vers 26 der sogenannte *Pluralis Majestatis* sei, wie denn Seine Herzoglichen Gnaden zu Gottorp und andere fürstlichen Herren gleichfalls Wir sagen, wenn sie von ihrer erhabenen Person reden, ohne darum aus drei verschiedenen Wesen zusammengefügt zu sein. Der freche Jüd aber, welcher schon vorhin wegen des Fleischs des Gehenkten gefragt, erhebt wiederum seine Stimme und will von dem Herrn *Superinten-*

dens wissen, ob bei der Erschaffung des Menschen der Sohn vielleicht nur faul gewesen und den Vater hat allein arbeiten lassen; worauf das andere Jüdenvolk zu lachen beginnt und sich auf die Schenkel schlägt und Ojojoj ruft, bis der Stadtbüttel, welcher am Eingang der Synagoge postiert, sich in Bewegung setzt und das Schandmaul packt und zur Tür hinausexpediert.

Da wird es Eitzen klar, daß es wohl besser wär, er zöge die heiligen Propheten heran, statt über Einzahl und Mehrzahl zu streiten, denn ein Rechenexempel kann jeder in Frage stellen, eine Weissagung aber trifft immer zu. Also erklärt er, daß in den mehreren Büchern der Propheten unser Herr Jesus deutlich vorausgesagt worden als der erwartete Messias, sowohl was seine Geburt und Abstammung betrifft aus dem Hause Davids als auch sein Leben und Wirken und Tod. Ja, wenn es nur eine Weissagung wäre, die sich erfüllte, so möchte man's füglich noch in Zweifel ziehen; aber es seien ihrer so viele, und so verschiedene, und wiesen sämtlich genau auf ihn als den eingeborenen Sohn Gottes, daß auch der hartnäckigste Jüd, bekommt er's einmal auf die Hand gezählt, die Summe bestätigen müßt. Habe nicht der Prophet Micha prophezeit: Und du, Bethlehem, die du klein bist unter den Städten in Juda, aus dir soll mir der kommen, der in Israel Herr sei – und sei nicht unser Herr Jesus just zu Bethlehem geboren, in einem Stall, aus dem Schoß einer Jungfrau, wie denn der Prophet Jesaja als ein Zeichen Gottes verheißen: Siehe, eine Jungfrau ist schwanger und wird einen Sohn gebären? Und gleicherweise habe Jesaja gesagt: Es wird eine Rute aufgehen vom Stamme Jesses und ein Zweig an seiner Wurzel Frucht tragen, auf welchem wird ruhen der Geist des Herrn – und sei nicht Joseph, der Vater unseres Herrn Jesus, nachweislich ein Sproß König Davids gewesen, welcher seinerseits ein Sohn des Jesse, so daß auch diese Weissagung sich erfüllte?

Worauf der Pereira höflich fragt, ob er ein Wörtlein richten dürft an den gelehrten *Doctor,* und wie's ihm gestattet, diesem sagt, er möcht sich doch bitte entscheiden, für wessen Sohn er diesen zu Bethlehem geborenen Jesus nun eigentlich halte: des Zimmermanns Joseph, von welchem es in zweien der vier Evangelien heiße, er sei aus dem Hause Davids, oder Gottes, und auf unerfindlichen Wegen in den Schoß einer Jungfrau gepflanzt? Und ob besagter Jesus, als Sohn Gottes, überhaupt hätte menschlicher Natur sein können oder, als Sohn des Joseph, ein Drittel der Heiligen Dreifaltigkeit?

Da wird es nun unruhig auf den Bänken der Honoratioren, und Eitzen blickt unsicher auf seine Hamburger Pastoren, denn hier ist der Punkt, in welchem selbst Matthäus und Lukas und Markus und Johannes, die Evangelisten, sich uneins; aber seine geistlichen *Confratres* schauen gleichgültig drein, oder als freuten sie sich gar der Verlegenheit ihres neuen Superintendenten; und auch die Jüden haben, wie's scheint, gemerkt, daß ihr Vorkämpfer, wie weiland der junge David mit seiner Schleuder den Goliath, den würdigen *Doctor* sauber getroffen hat. Doch ist der neue Goliath aus härterem Stoff als der plumpe Riese, gegen welchen David einstmals angetreten; weiß auch, daß der Mensch lieber glaubt als denkt; hebt darum die Stimme und ruft aus: »Oh jüdische Spitzfindigkeit! Oh schändliche Falschheit und Irreführung! Da meint Ihr, Dom Pereira, Ihr hättet Gott bei einem Widerspruch ertappt. Maßt Ihr Euch an, mit Eurem kleinen Geist die Ratschlüsse des Allerhöchsten erkennen zu wollen? Der Gott, der eine ganze Welt erschaffen mit allem, was da kreucht und fleucht, sollt nicht imstande sein, ein Kind des Joseph zu erzeugen?«

Da verschlägt's dem Pereira das Wort, und überwältigt von der Schlagkraft des Eitzenschen Arguments hört er fein stille zu, wie sein Widerstreiter fortfährt, die Propheten auszuschlachten. Und habe nicht, sagt dieser, der Prophet Sacharja geweissagt: Freue dich, Tochter Zion, und du, Tochter Jerusalem, jauchze, denn siehe, dein König kommt zu dir, ein Gerechter und ein Helfer, arm, und reitet auf einem Esel und auf einem jungen Füllen der Eselin – und sei's nicht so, daß unser Herr Jesus eingezogen vorm Passahfest ins Tor von Jerusalem auf einem Eselein sitzend, während alles Volk jauchzte: Gelobt sei, der da kommt, ein König?

Wohl könnt er erwidern, denkt Pereira, daß damals in Israel die Esel so zahlreich gewesen wie heutzutage die Pferde im Herzogtum Schleswig, und sollt darum ein jeder, der hoch zu Roß einreitet in Hamburg oder Altona, auch gleich ein Messias sein? Aber lohnt es der Müh, denkt er, bei jedem Prophetenwort, das jener heranzieht, auf die Willkür zu weisen, mit welcher der Spruch appliziert wurde auf Späteres? Und wie er noch so grübelt, ist der Herr Superintendent schon weiter vorangeeilt und redet, wie Gott seinen eingeborenen Sohn ans Kreuz schlagen ließ als ein Bußopfer für die Sünden von uns allen, und wie unser Herr Jesus gelitten um des sündigen Volks der Jüden willen, des verstockten und verbiesterten, wie aber auch dies bereits vorausgesagt und prophezeit gewesen von dem Propheten Jesaja, der da verkündigte: Wir gingen alle in die Irre; aber der Herr warf unsere Sünde auf ihn. Da er gestraft und gemartert ward, tat er seinen Mund nicht auf, wie ein Lamm, das zur Schlachtbank geführt wird; fürwahr, er trug unsre Krankheit und lud auf sich unsre Schmerzen. Er ist um unsrer Missetat willen verwundet und um unsrer Sünde willen zerschlagen; die Strafe liegt auf ihm, auf daß wir Frieden hätten, und durch seine Wunden sind wir geheilt.

Doch da hält's den Pereira nicht länger, und er hebt seinen Blick himmelwärts, wo der Rauch der blakenden Kerzen sich unter dem Dachfirst sammelt, und ruft, »Unwahr! Unwahr! Der Gott, der sich mit anzusehen geweigert, wie Abraham das Opfermesser erhob gegen die Kehle Isaaks, seines Sohnes, und ihm darum in den Arm fiel, der hätt seinen eignen einzigen Sohn ans Kreuz geliefert? Das glaube, wer will! Und weiß denn einer, was wirklich geschehen in jenen Tagen und wer dieser Jesus war, von dem gesagt wird, er sei der Erwartete gewesen, und ob nicht der Evangelist von dem Propheten nahm, was ihm zupaß kam, um des großen Glorienscheins willen, den sie woben um das Haupt ihres gekreuzigten Rabbi?«

Eitzen freut's, wie der Sturm nun losbricht, nachdem der schlaue Pereira endlich die Beherrschung verloren, da er seinem jüdischen Gott wollt zu Hilfe eilen. »Lästerlich!« rufen die Honoratioren, »Erschrecklich! Abscheulich!« Und die von der Obrigkeit zetern nach dem Büttel, während die geistlichen *Confratres* die Handflächen gegeneinander pressen wie im Gebet und Gott um Vergebung ersuchen ob der sündhaften Worte, welche sie haben hören müssen; die Jüden aber zittern und drängen sich zusammen wie Hühner, wenn der Fuchs um den Stall streicht. Eitzen wartet ruhig, daß der Lärm sich lege, wehrt nur zum Büttel, da dieser sich dem Pereira naht, ihn abzuführen; dann spricht er, »Ihr habt gesagt, Ezechiel Pereira, ob einer wisse, was wirklich geschehen in jenen Tagen und wer dieser Jesus war; nun, ich will Euch einen zeigen, der's weiß und der selber dabeigewesen, und ist dieser ein Jüd wie Ihr selbst und die Jüden dieser Gemeine, aber um etliches älter, denn er kann's bezeugen, wie unser Herr Jesus gelitten und wie er das Kreuz auf sich nahm.« Womit er die Hände hebt und nach dem Ahasver ruft, welcher auch gleich eintritt durch die Tür der Synagoge, ein weiß Käpplein auf dem Scheitel und einen langen, zerschlissenen Rock um den hageren Leib, an den Füßen aber trägt er weder Schuh noch Strümpf, so daß ein jeder sehen kann, wie das eigene Leder gewachsen ist über die Hunderte Jahr an seinen Sohlen. Und wie alle erschaudern in der engen Schul, Jüd gleich wie Christ, verlangt Eitzen: »Sagt, wer Ihr seid?«

»Bin der, den Ihr gerufen«, sagt Ahasver.

»Und Ihr habt unsern Herrn Jesus vom Tor Eures Hauses gewiesen«, fragt Eitzen weiter, »da er zu Euch kam auf dem Weg nach Golgatha, mit dem Kreuz auf der Schulter und rasten wollt in Eurem Schatten von seiner großen Müh?«

»Ich hab den Reb Joshua von meiner Tür gestoßen«, sagt Ahasver, »und bin gewandert seither jeden Tag, den Gott hat werden lassen.«

»Er hat Euch verflucht?« sagt Eitzen.

»Der Rabbi hat gesagt«, erwidert Ahasver, »der Menschensohn geht, wie geschrieben steht nach dem Wort des Propheten, du aber wirst bleiben und meiner harren, bis ich wiederkehre.«

Die Jüden starren auf den Ahasver, der aussieht wie ihrer einer, so um die dreißig oder fünfunddreißig Jahr, und doch schon dagewesen sein will zu einer Zeit, da der große Tempel noch stand in seiner Pracht auf dem Berg Zion und Israel wohnte in dem Land seiner Väter, welches Gott ihm verheißen; die Honoratioren aber und die von der Obrigkeit erschrecken, und die Herren Pastoren staunen gewaltig, woher ihr Superintendent den ewigen Juden gerad für die Disputation hat aufgetrieben, da er ihnen doch nie von so einem gesprochen, und ob nun ein Unglück kommen wird über Altona oder die freie Stadt Hamburg, wie es denn auch heißt in dem frommen Liede:

Kommt der Ahasver, o Graus,
Steht groß Unheil euch ins Haus,
Sturm und Flut und Feuers Hauch,
Hunger, Pest und Kriege auch.
Tuet Buß, bereut die Sünd,
Daß er euch bereitet find.

Nur Eitzen frohlockt in seiner Brust, daß alles so schön läuft,
wie er's geplant, und spricht zu Ahasver, »Dann sagt uns und
bezeugt, ob unser Herr Jesus Christus, den Ihr gekannt und
gesehen mit Euren eignen Augen und zu dem Ihr gesprochen
mit Euren eignen Lippen und dem Ihr solches Unrecht getan
in Eurer Hartherzigkeit, ob dieser in Wahrheit und vor Gott
ist der Messias gewesen, auf welchen das Volk der Jüden
gewartet nach der Verheißung der Propheten?«
»Ob er der Meschiach gewesen?« sagt Ahasver und kratzt
sich hinterm Ohr und seufzt. Und sagt dann: »Der Rabbi
hat's geglaubt.«
Eitzen sieht, daß sein Zeuge unsicher geworden, und er
fürchtet, der Jüd möcht ihn im Stich lassen, wiewohl doch
alles, Frage und Antwort, reiflich bedacht und mit ihm
abgesprochen, und sagt mit heiserer Stimme, »Geglaubt!
Geglaubt! Diese vernagelten Jüden wollen nicht wissen, was
unser Herr Jesus geglaubt, so wie sie's schon nicht wissen
mochten, da er selber noch zu ihnen predigte; sie wollen dein
Zeugnis, Jüd Ahasver, der du ihm keinen Trost gegönnt,
sondern ihn hast leiden lassen in der Hitze des Tages mit der
schweren Last auf der Schulter und den Dornen auf der Stirn:
War er der Messias, ja oder nein?«
»Der Meschiach?« sagt Ahasver. »Der große, gewaltige
Meschiach?« Und richtet sich auf, und es ist, als ginge ein
Licht aus von ihm und als wüchse er um Haupteslänge und
mehr über alle, die da um ihn sind, über den Pereira und die
Jüden von Altona und die vornehmen Herrn, die erhöht
sitzen, und über den würdigen und gelehrten *Doctor* und
Superindentens erst recht. »Der Meschiach«, sagt er, »von
dem es heißt bei dem Propheten, daß er richten wird über die
Völker und machen, daß die Schwerter zu Pflugscharen und
die Spieße zu Sicheln werden?« Und da Eitzen nicht weiß,
wie ihm wird, heiß oder kalt, und stumm bleibt, fährt er fort,
»Ich habe den Rabbi geliebt, und er hätt's wohl sein können.

Er hätt sein können der Meschiach, so wie ein jeder, der geschaffen ist im Bilde Gottes, die Macht in sich trägt, ein Erlöser zu sein der Menschen. Und er hat gelitten und ist gehangen am Kreuz und langsam und elendiglich gestorben. Aber zähle einer, wie viele vor ihm und wie viele nach ihm gleich qualvoll geendet sind wie er und gerufen haben in ihrer Not: Mein Gott, mein Gott, warum hast du mich verlassen? Und wo ist der ewige Friede, und wo das Reich, das da kommen sollte mit ihm und durch ihn? Noch immer ißt Adam sein Brot im Schweiß seines Angesichts, und Eva gebiert in Schmerzen, noch immer schlägt Kain den Abel, und Ihr, Herr Doktor«, spricht er zu Eitzen gewandt, »ich hätt nicht bemerkt, in all der Zeit, da ich Euch gekannt, daß Ihr Eure Feinde besonders geliebt, oder gesegnet hättet, die Euch fluchten, oder gebetet für die, welche Euch beleidigten, wie Euer Herr Jesus gepredigt auf dem Berg, noch tun's die andern, die sich nach Christus nennen.«

Da endlich, wie er das Entsetzen sieht auf den Gesichtern der vornehmen Herren und die Wut und Fassungslosigkeit derer von der Obrigkeit und die Schadenfreud seiner kopfschüttelnden *Confratres,* besinnt sich der Herr Superintendent und kreischt, »Schluß, elender Jüd! Und ob Ihr diese tausendfünfhundert Jahr Euch durch die Welt getrieben, dies ist der letzte Streich, den Ihr geführt!« Und ruft nach dem Büttel, daß dieser den Ahasver festnehme wegen Lästerung Gottes und Beleidigung Seiner Gnaden des Herzogs zu Gottorp, welcher hier oberster Kirchenherr, sowie wegen Anstiftung zu Unglauben und Aufruhr. Nun aber, da auch die Jüden erregt durcheinanderschrein und mit den Armen rudern, ist ein großes Gewirr: der eine will dahin, der andre dorthin, und raufen sich ihre Bärte, bleibt fraglich, ob vor Sorge oder geheimem Vergnügen, und daß sich einer gar bekehren wollt zum allein seligmachenden Glauben, damit ist's ganz vorbei; und in dem allgemeinen Tohuwabohu ist der Ahasver verschwunden, als hätt ihn die Erde geschluckt, denn durch die Tür hat ihn keiner hinausgehen sehen.

Zwanzigstes Kapitel

*Worin der Ahasver den himmlischen Frieden stört
und dem Rabbi auseinandersetzt, daß die Wahrheit
nicht bei irgendwelchen zentralen Stellen liegt,
sondern sichtbar ist für den, der sehen will*

Es ist sehr still, und nichts rührt sich.

Das Licht, in welchem er thront, ist sanft wie ein blauer
Dämmer; er ist umhüllt von der milden Liebe GOttes, und
ein Glanz des Friedens liegt auf seinem Angesicht, da er
hinabblickt auf die Welt, die Hand segnend erhoben, die
Hand, in der noch die Wunde, die der Nagel ihr schlug.

Ich aber dachte, wie fremd und fern er mir geworden, ob er
gleich aussieht wie der Reb Joshua, den ich gekannt, und auf
gleiche Art lächelt, das Leid, das er auf sich zu nehmen
bestimmt war, schon in sein Lächeln geprägt; er ist wie die
Puppe in der Puppe, in der wiederum eine Puppe: so sind
ihrer drei in einem, und doch jeder eines.

Und ich nahte mich ihm und fragte, Rabbi, bist du es?

Er aber bewegte sich nicht, und sein Blick blieb starr in die
Ferne gerichtet, während er sprach, Ich bin Jesus Christus,
GOttes eingeborener Sohn, der empfangen wurde durch den
Heiligen Geist von der Jungfrau Maria und geboren von
dieser, und gelitten hat unter Pontius Pilatus, gekreuzigt
wurde, gestorben ist und begraben, hinabgestiegen in das
Reich des Todes, am dritten Tag aber auferstanden von den
Toten und aufgefahren in den Himmel, wo er sitzet zur
Rechten GOttes, des allmächtigen Vaters.

Und ich fragte, Rabbi, was siehst du?

Und er sagte, Ich sehe die Menschen, die ich erlöste von der
Schuld ihrer Sünden durch den bitteren Kelch, den ich
trank.

Ich aber fragte, Rabbi, siehst du sie auch recht deutlich?

Da füllte sich sein Auge mit Schatten, und die segnende Hand
sank ihm herab, und er sagte, Sie sind sehr klein, und es ist ein
großes Gewimmel.

Ich jedoch beugte mich vor ihm und sagte, Du hast mich
verflucht, Rabbi, deiner zu harren da unten, bis du wieder-
kehrst; darum wandere ich unter ihnen und bin wie einer von
ihnen und höre, was sie reden, und sehe, was sie tun.

Da neigte er sein Haupt, und seine Schultern krümmten sich

und seine Hand griff nach der Speerwunde an seiner Seite, so als schmerzte ihn diese von neuem, und er sagte, Ich will es nicht wissen.

Ich aber sagte, Da wir einander begegneten in der Wüste und du nackt warst und verlassen, führte ich dich auf einen hohen Berg und zeigte dir die Reiche der Welt und wie in jedem von ihnen ein andres Unrecht hauste, und sprach zu dir, du solltest's in die Hand nehmen und das Untere zuoberst kehren, denn die Zeit sei gekommen, das wahre Reich GOttes zu errichten. Du jedoch wiesest mich ab und sagtest, dein Reich wäre nicht von dieser Welt.

Und wieder war da dieses Lächeln auf seinem Gesicht, von dem keiner sagen kann, ob's Trauer sei oder Ironie, und er erwiderte, Du sagst es.

Ich aber fuhr fort, Und da du den Schatten meiner Tür suchtest auf dem Weg nach Golgatha, mit dem Kreuz auf der Schulter, sprach ich zu dir von dem Schwert GOttes, das ich ziehen wollte für dich, und du solltest das Volk Israel um dich scharen und es zum Kampfe führen. Du jedoch wiesest mich wiederum ab und sagtest, du wollest den Kelch trinken, den dir dein Vater gegeben hat.

Höre, sagte er, ich habe am Kreuz gehangen auf dem Hügel Golgatha in der Hitze des Tages und habe nachgedacht, solange noch Blut war in meinem Gehirn, auch über das, was du mir gesagt; aber nicht für diese Zwecke hat mein Vater mich gesandt, sondern daß ich leide und sterbe, damit das Wort sich erfülle und das Reich komme für alle.

Da erhob ich mich vor ihm und fragte, Und hat sich das Wort erfüllt? Ist das Reich gekommen?

Er schwieg. Und das Licht, in dem er thronte, verfärbte sich, und der Glanz des Friedens schwand von seinem Angesicht, und er wandte den Kopf, um hinter sich zu blicken, so als stünde da einer und lauschte.

Und wieder fragte ich, Ist es gekommen, das Reich?

Da öffnete er seine Augen weit, wie im Schrecken, und rief, Hebe dich hinweg von mir, Satan!

Ich aber lachte und sagte, Ich bin nicht der, den du ansprichst, obzwar mich manches mit Lucifer verbindet; ich bin ein anderer Engel, welcher die Wahrheit kennt.

Die Wahrheit, sagte er, liege in GOtt.

Wie oft, sagte ich, habe ich das schon gehört. Aber die

Wahrheit ist sichtbar für den, der sehen will, und für den, der denken will, ist sie erforschbar. Du aber sitzest auf deinem Thron und siehst nicht, und das Unerforschliche ist dir ein Trost.

Da endlich fragte er, Was willst du überhaupt?

Und ich antwortete, Ich will, daß du bist, der du sein solltest.

Als ich meinen Leib darbrachte meinen Jüngern, sagte er, und mein Blut denen, die mich liebten, da saßest du bei mir und lehntest dein Haupt an meine Brust. Was mehr kann ich geben, als ich gegeben habe, und was mehr leiden, als ich schon gelitten?

Rabbi, erwiderte ich, ich will, daß du siehst, was ich gesehen in dem Reich, das nach dir gekommen ist, und hörst, was ich darin gehört habe, und erkennst, was ich erkannt habe über seine Strukturen.

Da schlug er die Hände vor sein Gesicht. Dann aber faßte er sich und sagte, Ich habe die Schuld für die sündigen Menschen auf mich genommen und diese Schuld getilgt durch mein Opfer, doch wo ist verheißen, daß ich die Sünde selber würde vertilgen?

Rabbi, sagte ich, die Unvollkommenheit der Menschen ist die Ausrede einer jeden Revolution, die ihr Ziel nicht erreicht hat. Und du hast doch gefordert, Liebet Eure Feinde. Und du hast doch gesagt, Trachtet am ersten nach dem Reich GOttes und nach seiner Gerechtigkeit. Und du hast doch geglaubt, was du fordertest und sagtest. Aber für die Hunderttausende, die einander zerfleischten, da du auf dem Berg gepredigt, sind's ihrer jetzt hundertmal Hunderttausende. Sie gieren nach Reichtümern und ihres Nachbarn Weib, huren und saufen und verkaufen ihre Kinder, spritzen sich Gift in die Adern und verlästern, was edel ist im Menschen. Und ist ein jeder von ihnen des anderen Feind, belauschen sich und verraten einander, sperren einander in Lager, wo sie in Massen verhungern, oder in Kammern, wo sie ersticken, schlagen und quälen einander zu Tode, und an jedem Ort verkünden die Herrschenden, dies alles geschehe im Namen der Liebe und zum Wohle der Völker. Sie vergeuden und vernichten die Schätze der Erde, verwandeln fruchtbares Land in Wüste und Wasser in stinkende Jauche, und die vielen müssen sich plagen für die wenigen und sterben dahin vor ihrer Zeit. Kein Schwert, entgegen dem Wort des Propheten, wurde je umgeschmiedet zur Pflugschar, kein Spieß zur Sichel geformt; vielmehr nehmen sie die geheimen Kräfte im All und machen daraus himmelhohe Pilze aus Flamme und Rauch, in denen alles Lebendige zu Asche wird und zu einem Schatten an der Wand.

Da ich aber geendet hatte, saß er stumm und rührte sich nicht, so als wäre er aus Holz geschnitzt und bemalt; und es war ein großes Dunkel um uns, und nur auf ihm lag ein geringer Lichtschein.

Rabbi, sagte ich, hast du mich gehört?

Und da war eine Stimme, die sprach, Des Menschen Sohn wird wiederkehren, denn er ist verordnet von GOtt zum Richter der Lebendigen und der Toten, und er wird seine Engel senden und sie werden sammeln aus seinem Reich alle Ärgernisse und die da Unrecht tun; und da wird sein ein Heulen und Zähneklappern, die Gerechten aber werden leuchten wie die Sohnne vor dem Herrn.

Und wann wird das sein? wollte ich wissen.

Der Rabbi schien zu erwachen aus seiner Starre. Mein Vater hat einen Tag gesetzt, sagte er.

Ich würd's nicht verschieben bis dahin, sagte ich.

Einundzwanzigstes Kapitel

In welchem Herzog Adolf das Reich Gottes in
Schleswig gründet, sein Superintendent aber bei der
Gräfin Ehrentreu nicht einfahren kann und der
Ahasver mit Gesang in den Krieg zieht

Das Weichbild Hamburgs im Rücken, in der Tasche die herzogliche Einladung nach Schloß Gottorp, fährt Eitzen durch das schöne Holsteiner Land, rechts Kühe, links Kühe, Schafe und Schweine dazu; 's ist ein neues Kanaan, ein wenig versumpft zwar, was Wunder, eingekeilt, wie es ist, zwischen Ost- und Nordsee, aber der Herzog will's eindeichen lassen, erfährt er von dem wackeren Propst Vorstius zu Itzehoe, wie er dort Halt macht, die Pferde zu rasten und lecker gebratene Scholle zu speisen. Herzog Adolf, sagt Vorstius, sei ein wahrer Vater des Landes, auch wohlbewan-

dert in göttlichen Dingen; fehle nur der geistliche Oberbera-
ter, der Ordnung schaffe in der verwahrlosten Kirche, wo
man nie wisse, ist der Prediger überhaupt ordiniert, wie
sich's gehört, und welch blühenden Unsinn wird er das
nächste Mal reden von seiner Kanzel.

Davon kann Eitzen selber ein Lied singen: er habe nichts wie
Ärgernisse in der eigenen Vaterstadt, wo seine Herren *Pastores* einander heimlich verketzern, und ihn besonders, wegen
seiner Treue zum Lutherschen Wort, gar nicht zu reden von
denen, die ihn offen anfeinden als einen Tyrann und Pharisäer, und ihn verlachen, weil er die halsstarrigen Jüden hat
wollen belehren mit seiner Disputation; und der Senat von
Hamburg, der da hineinfahren sollte mit eisernem Besen, tue
es nicht. Ach ja, sagt der brave Vorstius, allüberall sei die
geistliche Ordnung ins Wanken geraten; dazu wimmele es im
Lande von Schwärmern und Rottengeistern, Nachfahren
derer, die sich aus Münster davongemacht, als jenes Sünden-
babel, wo man sogar die Weiber gemeinsam beschlief,
endlich ausgeräuchert wurde; Gott und der Obrigkeit ein
Greuel, trügen sie die verfluchte wiedertäuferische Irrlehre
von Ort zu Ort, von Holland bis hinein ins Herzogtum
Schleswig, und läsen in heimlichen Konventikeln die Büchlein des Menno Simons und ihrer andern Afterprediger.

Dann redet Vorstius vom Kriege, in den Herzog Adolf zu
ziehen gedenkt, dem Spanier Alba und den Kaiserlichen zu
Hilfe bei der Niederschlagung der aufständischen Holländer:
er, Vorstius, habe da seine Bedenken in Anbetracht, daß die
Leute in den Niederlanden, auch wenn sie dem Genfer Calvin
anhingen, dennoch ehrliche Protestanten wären, just wie sie
hier in Schleswig, der Kaiser aber erzpapistisch und im
Bündnis mit dem Teufel selber. Aber da kommt er schlecht
an bei Eitzen, welcher ihn belehrt, daß Herzog Adolf zu
Gottorp, obwohl gut lutherisch, als Reichsfürst dem Kaiser
helfen müsse, und mehr noch, ein brav christlich Werk
verrichte, indem er die Aufrührer aufs Haupt schlage; schon
Herr Christus habe gesagt, Gebet dem Kaiser, was des
Kaisers ist, und unser Doktor Luther habe bekräftigt, daß
kein Aufruhr recht sei, wie rechte Sach er auch habe, und sei
von Gott verboten, und daß die Obrigkeit eingesetzt sei mit
dem Schwert, damit Aufruhr verhütet werde.

Und wie er die Reise fortsetzt und nächsten Tags der Stadt

Schleswig naht, sieht er auch viel Kriegsvolk gelagert entlang der Schlei oder am Tor der Stadt und in den Gassen lungernd, das ganze Regiment Pufendorf, aber auch dänische Hellebardiers, ausgehoben für den Feldzug; diese sind mürrisch und maulen, wären wohl lieber zu Haus geblieben bei ihrem Viehzeug, statt im fernen Flandern ihr Blut zu verspritzen. Vor des Herzogs Schloß Gottorp aber drängt sich alles, und im Schloßhof ist ein Hin und Her, Räte und Offiziere, Diener, Schreiber, Lieferanten, stoßen einander beiseite, rufen und kommandieren; um ihn aber, den Superintendenten Paulum von Eitzen, der zögernd aus seiner Kutsche aussteigt, kümmert sich keiner.

Bis er ein Lachen hört, das ihm bekannt klingt; und wie er sich umdreht, steht da sein Freund Hans. Der Freund ist höchst vornehm gekleidet, trägt einen Kurzdegen an kostbarem Gehenk, und ist jetzt, wie Eitzen bald erfährt, der Geheime Herzogliche Rat Johann Leuchtentrager; ist auch um etliches älter geworden, Bärtchen und Schläfen ergraut; aber wer von uns altert nicht, denkt Eitzen, auch er ist nicht mehr der junge Spund, der dem sonderbaren Fremdling damals im *Schwanen* zu Leipzig begegnete. Und es friert ihn ein wenig, obwohl's noch warm ist im Schloßhof von der späten Sonne, und er zuckt zusammen, da der Leuchtentrager ihn anrührt mit seinen trockenen Fingern und ihm sagt, Herzogliche Gnaden hätten schon dringlich gewartet auf ihn. Im übrigen, sagt er, sei alles zu seiner Bequemlichkeit bereitet in einer der Kammern.

Später dann, wie sie zusammensitzen beim Feuer in der Stube des Leuchtentrager und Eitzen dem Wein zugesprochen hat und dem kalten Hirschbraten, sind beide wieder, was sie früher waren, Hans und Paul, und Hans klatscht dem Paul auf den Schenkel, und Paul haut dem Hans auf sein Puckelchen, daß es eine Art hat; nur bisweilen klappt Eitzen das Maul auf, wenn er merkt, wie sein Freund so allerhand weiß über ihn, bis hinein ins einzelne der Hamburger Querelen, und über seinen geheimen Handel mit Ahasver, den dieser am Ende nicht einhielt, und wie's ihn immer noch juckt wegen der Margriet, die ihm des Nachts erscheint, bald als sie selber, bald als Prinzessin von Trapesund, bald als die Lady, und sich entkleidet und vor ihm liegt mit gespreizten Schenkeln, daß er meint, er müßt verrückt werden vor fleischlicher Begier; fast möchte Eitzen glauben, der Freund wäre allzeit um ihn gewesen wie zu Wittenberg, da die Herren *Professores* ihn examinierten wegen der Engel. Wenn Eitzen dagegen von ihm wissen will, weswegen man ihn nach Gottorp geholt, lächelt der Geheime Herzogliche Rat nur und schweigt; höchstens deutet er an, es wäre wohl etwas, das wie geschaffen für einen wie seinen Freund Paul, und möchte lieber über Frau Barbara reden und über die Kinderchen, vor allem über Klein-Margarethe. Und als Eitzen ihm sagt, daß diese, obzwar schon hübsch groß und grundgescheit, doch oft verspottet werde auf Markt und Gassen und mehrmals von ihrer Mutter habe wissen wollen, warum gerade sie so böse verformt sei und andere nicht, da wischt sich der Freund das Auge und schnieft, gerade als berühre das Unglück der Kleinen ihn in seinem Herzen. Doch faßt er sich bald und sagt, »Gott schuf die Menschen sich zum Bilde, ein übles Geschlecht.« Und da Eitzen, erschrocken ob der Lästerung, die Hand hebt, fährt er fort, »Nun, sie wird lernen, damit zu leben, und hart werden und zurückschlagen, und wehe dem, der ihr zu nahe treten wird.« Dann steht er auf vom Feuer und sagt, es sei Zeit zu gehen, der Herzog warte bereits. Eitzen hat gemeint, er werde erst nächsten oder gar übernächsten Tags in Audienz empfangen werden, und jammert nun, er habe dem guten Wein zu heftig zugesprochen; es dampfe ihm unterm Schädeldach und er werde Torheiten reden vor Seiner Herzoglichen Gnaden. Sein Hans aber packt ihn beim Kragen und führt ihn durch dunkle, zugige Räume, die einer sich öffnen in den anderen, nur selten flackert an der Wand eine Fackel, bis hin zu einer reich verzierten Tür, die sich wie von alleine auftut und den Blick freigibt auf den fürstlichen Herrn.

Dieser sitzt lässig zurückgelehnt auf einem gepolsterten Möbel, halb Sessel, halb Ruhebett, das Hemd offen am Halse, den mächtigen Hosenlatz notdürftig verschnürt, eine bunte Robe über die Schulter geworfen; in der einen Hand hält er den silbernen Becher, aus dem er getrunken, mit der andern scheucht er die Damen beiseite, die mehr oder weniger entkleidet, ihre reizenden Spiele mit ihm getrieben, und winkt Eitzen zu sich. »So, so«, spricht er mit schwerer Zunge und sucht sich aufzurichten, »Ihr also seid der gelehrte

Doktor von Eitzen aus Hamburg, welcher mir von meinem Geheimen Rat so höchlichst empfohlen.«

Leuchtentrager versetzt Eitzen eins mit dem Ellbogen, worauf dieser sich eiligst verbeugt und erwidert, »Derselbe, Euer Herzogliche Gnaden.« Leuchtentrager aber fügt hinzu, »Der Herr Superintendent verficht die Lehre Luthers in allen Dingen und predigt getreulich gegen jegliche Ketzer und gegen solche, die abweichen vom wahren Evangelium; hat auch eine gute Nase für derart Schelme, so daß ihm keiner entgeht, der Zweifel verbreiten könnte an Ordnung und Obrigkeit, geistlich oder weltlich.«

»Sehr gut«, sagt Herzog Adolf, »so einen brauchen wir.« Und da es ihm endlich gelungen, sich aufrecht hinzusetzen, fährt er fort, »Denn wir sind gesonnen, in Schleswig das Reich Gottes zu errichten, in dem ein jeder Christi Gebot befolgen soll, wie es von Luther vermittelt; und sollen, wo Wir der kirchliche Oberherr, alle eines Geistes sein und soll eines gepredigt werden von den Kanzeln und nichts anderes, wofür Ihr mir Sorge tragen werdet, Herr Doktor, und wofür Wir Euch heutigen Nachts noch bestallen werden zum Superintendenten und kirchlichen Oberaufseher in meinem Herzogtum, damit Ruhe und Ordnung herrsche im Volke, insbesondere jetzt, da ich in den Krieg ziehe gegen die aufständischen Niederlande.«

Spricht's und wartet, voller Stolz auf die wohlgesetzte Rede, die ihm da gelungen, daß der gelehrte Gast sich äußere zu der Gewalt des herzoglichen Gedankens; der aber bleibt stumm, starrt nur, als säh er Gespenster; sind aber seine Gespielinnen, wie der Herzog wohl erkennt, die den Blick des frommen Mannes fesseln, oder vielmehr eine von ihnen, und starrt und starrt, bis der Herr Geheime Rat ihn grob in die Seite stößt. Da endlich besinnt sich Eitzen, verneigt sich tiefer noch, als er's beim ersten Mal getan, und sagt, wie er erschüttert sei von der Größe des herzoglichen Vorhabens sowie von dem Vertrauen, das Seine Herzoglichen Gnaden in ihn gesetzt, weshalb er auch so lange Zeit sprachlos geblieben, und wie er nichts sehnlicher wünsche, als nach Maßgabe seiner schwachen Kräfte an der Errichtung des Reiches Gottes in Schleswig mitzuwirken; doch möchten Seine Herzoglichen Gnaden nicht vergessen, daß er Weib und Kinder habe und daß, wie es so heiße, der Schornstein rauchen müsse.

Worauf der Herzog seinem Geheimen Rat bedeutet, er möge vom Tisch, auf welchem ein Durcheinander von Krügen und Bechern und halb abgespeisten kostbaren Tellern, eine Schriftrolle mit Band und Siegel herbeiholen und sie dem Herrn Superintendenten geben: der Herr Superintendent werd's schon zufrieden sein; gleich als erste Amtspflicht aber solle der Herr Superintendent ein starkes Bittgebet schreiben fürs Gelingen des flandrischen Feldzugs, welches morgen in der Früh schon zu sprechen sei zu den Truppen und darauf in allen Kirchen des Herzogtums. Nachdem er solcherart den Regierungsgeschäften Genüge getan, tut Adolf einen tiefen Trunk, läßt sich zurücksinken in die Polster und winkt die zweite Dame rechterseits herbei, welche bislang schräg hinter dem herzoglichen Sessel im Halblicht der Kerzen gestanden, gar verlockend an eine Statue des griechischen Gottes Priap gelehnt.

»Gräfin Ehrentreu«, sagt er, »Ihr habt da, wie's scheint, einen Verehrer gefunden in unserm neuen kirchlichen Oberaufseher; Ihr habt wohl bemerkt, wie er Euch so unchristlich angeblickt; oder wär's möglich, daß Ihr zwei beide einander schon irgendwo begegnet seid?«

Die Gräfin neigt sich hinab zu dem Herzog, wodurch die Form ihres Busens, zu dessen Vorteil, sich deutlich zeigt, und pflanzt mit gespitzten Lippen einen Kuß auf Seiner Herzoglichen Gnaden schweißfeuchte Stirn, und sagt, »Hat jeder seine Vergangenheit, Euer Gnaden, wenn nicht in dieser, so in jener Welt, und der Herr Superintendent wird wohl gleich mir ein lieb Englein gewesen sein und, hoch auf den Wolken sitzend, im Chor mit mir die gottgefälligsten Liedlein gesungen haben, bevor er zur Erde hinabstieg, hier seine guten Werke zu tun.«

Der Herzog lacht schallend, da er sich den kleinen, dürren Eitzen mit seinem störrischen Haar und der verkniffenen Miene im weißen Hemdchen vorstellt, Flügelchen auf dem Rücken, im Arm ein Saitenspiel und der üppigen Gräfin, die gleicherweise ausgestattet, Kußhändchen zuwerfend von Wolke zu Wolke; Eitzen aber, dem die aufreizende Stimme der Gräfin nur zu gut vertraut, ist's heiß geworden bei ihren Worten, und er meint plötzlich zu erkennen, warum er so teuflisch hängt an der Margriet: er ist, mag sein dort droben in wolkiger Höh, wahrscheinlicher jedoch an andrem, dunklerem Ort, an sie gekettet worden; und sie, was das Übelste ist, weiß um die verfluchten Ketten und wird ihn quälen bis ans Ende. Und weil das Gelächter des Herzogs nicht aufhören will, sucht er nach Hilfe bei seinem Freund Leuchtentrager; der bemerkt's auch, verbeugt sich mit dem Puckelchen zum Herzog und bittet, ob Seine Herzoglichen Gnaden ihn und den Herrn Superintendenten nicht gnädig beurlauben möchten: es gäbe noch mancherlei zu tun für heut nacht, und das Gebetschreiben sei eine schwere Kunst, wenn die Worte Gehör finden sollten am rechten Ort.

Kaum aber sind sie in Eitzens Kammer, da packt dieser den Freund am Ärmel und ruft, »Sie war's doch! Die Margriet! Die Prinzessin von Trapesund! Die Lady! Und jetzt die Gräfin Ehrentreu!«

Leuchtentrager jedoch schüttelt ihn ab und sagt, »Wenn du so weitermachst, Paul, siehst du die Margriet bald in jedem Weibe. Ich kann's aber richten, daß die Ehrentreu zu dir kommt, nachdem sie den Herzog bedient, und dir zu Willen sein wird in allem, was du wünschst.« Und wie er wahrnimmt, daß dem Eitzen die Hände zu zittern beginnen und der Speichel ihm aus den Mundwinkeln rinnt, fügt er hinzu, daß Gott vor die Lust die Mühe gesetzt habe und vor die Erfüllung das Gebet, und da es noch seine Weile haben werde, bis er an das Gärtchen gelangt, in welchem das Tor zum Paradies sich befindet, möge er ruhig auch seine Bestallung lesen, bevor er sich ans Gebetschreiben mache.

Dies erscheint Eitzen sehr vernünftig, und so nimmt er die Schriftrolle zur Hand, bricht das Siegel, löst das Band, entrollt das Papier und überfliegt den Inhalt: *Wir, Adolf, tun hiermit kund vor jedermänniglich et cetera et cetera, daß wir den Ehrwürdigen und Hochgelehrten, unseren lieben, andächtigen und getreuen et cetera et cetera der Heiligen Schrift Doctor, sub heutigem dato angenommen und bestellt haben et cetera et cetera Uns und den Unsrigen zuvorderst in Sachen der Religion verantwortlich et cetera et cetera mit Rat und Tat et cetera et cetera soll er bis in sein Grab behalten, was wir ihm anvertrauen werden et cetera et cetera für welche Dienste er das Jahr über 360 Gulden aus unserer Kammer et cetera et cetera dies zur Urkund unser Fürstlich Siegel et cetera et cetera und uns mit eigner Hand unterschrieben et cetera et cetera Adolf.* Und da er glaubt, in dem Schreiben des Herzogs die feine Hand des Herrn

Geheimen Rats zu erkennen, fällt er diesem um den Hals und schluchzt, »Dreihundertundsechzig Gulden! Die Kindlein, voran Klein-Margarethe, werden's dir danken, Hans!« – stutzt aber ihm selben Atemzug, denn soviel Geld erweckt sein Mißtrauen; er will also wissen von seinem Freund, ob der nicht das oder jenes Zusätzliche von ihm fordern möchte, was schwerer zu leisten wäre als ein wenig Verschwiegenheit und Aufbauhilfe am Reiche Gottes? Leuchtentrager aber winkt ab: was wäre das für eine Freundschaft, sagt er, wo der eine immer gleich zahlen müßte für das, was der andere gibt; sie stünden eben der eine bei dem anderen in der Kreide, und werde man schon sehen, wer am Schluß dem anderen schulde. Und nun frisch ans gute Werk!

Aber wer kennt das nicht? Tinte und weißes Papier sind zur Hand, die Feder gespitzt, doch im Kopf des Schreibers ist alles wüst. Krieg! denkt er. Krieg!... Und sieht das Schlachtfeld vor sich im düstren Licht, die Toten hingestreckt in ihrem Blut, die Blessierten um Hilfe wimmernd oder sterbend ihr Gebetlein sprechend, während der brave Feldkaplan im Angesicht des Feinds sie mit der Aussicht aufs Paradies vertröstet, und dankt im stillen dem lieben Gott, daß er nicht dieser Feldkaplan ist, sondern zu Haus bei seinen frommen Büchern wird sitzen dürfen, der Stunde harrend, da er, nachdem er im Kreise der Familie zur Nacht gespeist, sich zum Besuch bei der Gräfin Ehrentreu aufmacht.

Und schrickt zusammen, wie er den Freund hüsteln hört, und weist auf das Blatt Papier, das immer noch weiß und unbeschrieben vor ihm liegt, und seufzt, »Da hab ich studiert zu Wittenberg und bin Magister und Doktor geworden und weiß über die Engel Gottes und die Heilige Schrift und über den Großen und Kleinen Katechismus, aber wie ich einen Mann in den Krieg senden soll, so daß er getrost geht, das weiß ich nicht.«

Leuchtentrager zieht sein Puckelchen in die Höh. »Das macht«, sagt er, »weil du's ernst nimmst. Du mußt aber denken, daß bei denen, gegen die unser Herzog zu Feld zieht, auch einer jetzt sitzt und an seiner Feder kaut um ein Gebet, und daß das seit Urzeiten so gewesen, daß der Mensch hat zu Gott gebrüllt um Schutz und um Sieg, bevor er auszog, seinen Bruder zu erschlagen. Aber Gott hört nicht, dem ist's gleich, der ist wie die Zeit, die für alle abläuft, und wie die fernen Gestirne, die über beiden leuchten, Siegern wie Besiegten. Darum kehrt sich höchstens der Herzog um dein Gebet, und dem wird der Schädel morgen noch brummen von dem, was er heut nacht gesoffen, so daß er nicht wissen wird, was hinten und was vorn ist; komm, ich führ dir die Hand: 's ist alles recht, was du schreibst, solang's nur aufs Vaterunser hinausläuft.

Und siehe, da er den Rücken von Eitzens Hand mit dem Finger berührt, fliegt dessen Feder übers Papier, und dieses bedeckt sich mit frommen Worten, und wie er den letzten Schnörkel unter das letzte Amen setzt und aufblickt, sieht er, daß sein Freund nicht mehr da ist, aber in der Tür steht die Gräfin Ehrentreu und duftet nach allen Wohlgerüchen des Orients und fragt mit süßer Stimme, »Wollt Ihr mich nicht hereinbitten in Eure Kammer, Herr Doktor?«

Da hüpft Eitzen das Herz in der Brust, daß das Weib nun leibhaftig und ganz für ihn sein soll mit ihren dunklen, lockenden Augen und den schwellenden Lippen und all den andern Reizen; nur das Haar, das bei der Margriet rötlich war, glänzt jetzt wie schwarzer französischer Sammet und ist aufgesteckt nach adliger Manier; und so heftig springt er auf und eilt hin zu ihr, daß der Stuhl, auf dem er gesessen, mit großem Gepolter umstürzt. »Ach, Frau Gräfin«, sagt er, »ich bin der glücklichste Mensch, denn ich hab mich nach Euch verzehrt, seit wir als Englein so schön miteinander musizierten.«

Die Gräfin macht sich's bequem auf seinem Bett, mit dem Polster im Rücken und die Füß in den feinen Stiefelchen auf der Decke; dann blickt sie ihm schalkhaft ins Auge und sagt, daß von allen Männern der Gottesmann ihr doch der liebste, nämlich weil er geübt sei in der Vermittlung der Seligkeit. Der Herr Superintendent, dem der Atem heißer und heißer kommt, kniet sich hin vor ihr, als wäre sie die Göttin Venus, und nestelt mit fliegenden Fingern an ihrem Kleid, bis er's gänzlich geöffnet hat, und Mieder und Hemd auch, und sie vor ihm liegt in ihrer ganzen Pracht; danach beküßt und betatscht er sie von oben bis unten und wieder hinauf. Sie hat ihr Gefallen daran und lobt seine geschickten Finger und fragt, die habe er wohl beim häufigen Blättern in den heiligen Büchern erworben? Da glaubt er, nun wär's an der Zeit, überzugehen vom Techtel zum Mechtel, will's ihr auch machen nach ihrer Lust, so wie er's im Haus des Ahasver getrieben, da er vermeinte, auf der Lady zu liegen, und streift in größter Hast seine Schuh ab und seine neugeschneiderten Hosen, und will schon die Gräfin bespringen, die voller Erwartung vor ihm liegt, da merkt er, daß es auf einmal nichts ist mit ihm und er's nicht wird tun können vor plötzlicher Angst, es möchte ihm ergehen wie damals, wo er auch genarrt worden ist von seinem Succubus und hinterher mitsamt seiner Barbara in einer üblen Spelunke aufwachte, nackt und ausgeraubt, dem trunkenen Volk zum Spott: und was würde, geschäh es ihm wieder, aus dem Reich Gottes in Schleswig und aus seiner neuen Stellung?

»Herr Superintendent«, sagt die Gräfin nach einer Weile, »da werd ich mich wohl an den Heiligen Geist halten müssen; geht und laßt mich allein.«

Eitzen, was soll er sonst tun, verläßt sie auf der Stelle und wartet draußen vor der Kammer; die Glocke im Schloßturm schlägt die Stunde, und immer noch kein Zeichen von der Gräfin; er spürt, wie ihm schläfrig wird; aber von überallher zieht's und er friert am Hintern und an den nackten Beinen, und wie ihn ein Niesen ankommt, fürchtet er schon, morgen sein schönes Bittgebet nicht sprechen zu können vor lauter Heiserkeit. So faßt er sich endlich ein Herz, pocht höflich an die eigene Tür, und da keiner Antwort gibt, öffnet er diese: die Gräfin ist fort. Nur ihr Duft schwebt noch im Raum, vermischt mit ein wenig Geruch von Schwefel, und wohinaus sie ist, weiß der Teufel, denn da ist keine zweite Tür, und durchs Fenster zum Schloßhof hinab, stellt er fest, sind's ihrer vierzig, fünfzig Fuß. Also war alles nur Blendwerk, denkt er mit Schaudern, die Gräfin und die Margriet und die Liebe; oder er hat ihren Weggang verschlafen, wie er da draußen stand; 's gibt Leute, die sind wie die Mehlsäcke und schlafen sogar im Stehen, ein tröstlicher Gedanke.

Und da sind schon die ersten Trompeten, schmettern Reveille, und vom Hof her schallt ein mächtiges Getrappel und Geruf: dort, im Licht der Fackeln, sammelt sich die Leibgarde, zu Pferde und zu Fuß, sämtlich gekleidet ins herzogliche Rot-Weiß-Blau. Bald aber verblassen die Fackeln, am Himmel dämmert's, und Eitzen erkennt mißmutig, daß er sich wieder eine Nacht hat um die Ohren geschlagen, und für nichts. So geht er und betupft sich das Gesicht mit Wasser aus

dem Krug und schlüpft in sein priesterliches Habit, dann
steckt er sein Gebet in die Tasche und macht sich auf die
Suche nach einem warmen Morgensüppchen.

Erhält's auch, nach längerem Herumirren, in der Königshalle
des Schlosses, wo unter dem gekreuzten Gewölbe die Herren
Herzoglichen Räte und andre hohe Herren und Offiziere
ganze Humpen Bier in sich hineinschütten und dicke Schei-
ben Geräuchertes vom Knochen säbeln zur Stärkung für die
kommende Parade mit darauf folgendem Abmarsch. Kaum
hat er Zeit, die Schüssel leerzulöffeln und ein paar Worte mit
seinem Freund Leuchtentrager zu wechseln, da kommt der
Herzog schon, gestiefelt und gespornt und den Harnisch um
die Brust geschnallt, und alles ruft, »Hoch!« und »Heissa!«
und hebt die Schwerter und schlägt diese gegeneinander, daß
man meinen könnte, der Krieg hätte schon angefangen. Der
Herzog jedoch schreitet schnurstracks, wenn auch ein wenig
schwankend, auf Eitzen zu, und während dieser vergeblich
sucht, wohin mit Schüssel und Löffel, fragt er, für jeden
vernehmlich, ob der gelehrte Herr Doktor die Nacht auch
recht angenehm verbracht und ob er willens und bereit, den
Segen Gottes und Sieg und Erfolg herabzuflehen für die gute
Sache?

Das ist nun, selbst wenn sie aus trunkener Seele gekommen,
eine Gunstbezeigung, wie Eitzen sie noch nie erfahren hat,
und ist wie warmer Regen für sein von der Gräfin zerknicktes
Herz; und während sein Freund Leuchtentrager ihn auf die
Paradewiese begleitet, vorbei an dem roten Baldachin, welcher für die Herzogin und die andern herzoglichen Damen
und die kleinen Prinzen und Prinzessinnen errichtet worden
ist, hin zu einem hölzernen Gestell, worauf ein weithin
sichtbares Kreuz, denkt er, wie die Gräfin ihn bewundern
soll, wenn er im Angesicht seiner Herzoglichen Gnaden und
der ganzen Armee Gott anrufen wird. Aber so oft er sich auch
suchenden Blicks umwendet, nachdem er das Gestell er-
klommen hat, die Gräfin ist nirgends zu sehen, und er weiß,
er darf seine Worte nicht länger verschieben, denn das Heer,
geordnet nach Fähnlein und Kompanien, ist vollzählig angetreten zum Gebet, vor der Front der Herzog in einsamem
Glanze.

Also hebt er die Stimme und beginnt: daß der Herzog, unser
gnädiger Fürst und Herr, seine Kriegsrüstung angetan, um

mit Gottes Hilfe die Niederlande aus ihrer jetzigen Empörung wieder zu Frieden, Eintracht und gutem Regiment zu bringen, mitnichten aber, um die heilige christliche Kirche dort, so sie die reine Lehre des allein seligmachenden *Evangelii* bekenne, zu verfolgen, sondern vielmehr zur Stärkung und Stützung dieser reinen, wahren Lehre beständig beizutragen; darum also sollten wir als Seiner Herzoglichen Gnaden getreue Untertanen den allmächtigen, lieben, barmherzigen Gott im Namen seines eingeborenen Sohns Jesu Christi anrufen und bitten, daß er unserem gnädigen Fürsten und Herrn samt seinen hochweisen Kriegsräten, Befehlshabern, Dienern und ganzem Kriegsvolk wolle gütig gesinnt sein und sie durch seine lieben heiligen Engel vor allem Unglück und Schaden gnädiglich bewahren, sie gegen die Feinde beschützen und beschirmen, und ihnen Glück, Sieg und Gewinn verleihen möge.

Eitzen schöpft Atem. Der Herzog, sieht er, steht da stumpf und dumpf und hat wohl nicht begriffen, wie sein neuer Herr Superintendent ihn in niederländischen Glaubenssachen *implicite* festgelegt hat, oder will's nicht wissen, denn Krieg ist Krieg, und da fragt dich keiner, bevor er dir eins über den Schädel zieht, ob du das heilige Abendmahl nach Art der Papisten oder auf gut protestantisch nimmst. Und fährt fort: wir sollten auch fleißig bitten, daß der allmächtige, gnädige und barmherzige Gott um seines lieben Sohnes Jesu Christi willen diese Fürstentümer und Lande vor allem Bösen, Schaden und Unglück behüten und auch gnädiglich geben und gewähren wolle, daß unser gnädiger Fürst und Herr seine herzliebe Gemahlin, unsre gnädige Fürstin und Frau, und die jungen Herrschaften, und uns alle, seine getreuen Untertanen, mit seiner glücklichen Heimkunft erfreue, welches wir gleicherweise für seine hochweisen Kriegsräte, Befehlshaber, Diener und Kriegsleute erbitten, daß dieselben auch glückselig und gesunden Leibs und wohlbehalten wieder heimkommen.

Und da Eitzen nach so langer inständiger Rede die Luft wieder knapp geworden, hält er noch einmal inne und sieht, wie er das Auge von seinem Papier hebt, daß so mancher Kriegsmann sich heimlich die Nase schneuzt, damit ihm der Rotz und das Wasser nicht in den Bart laufen; und selber von seinen erbaulichen Worten gerührt, kommt er zu Ende und sagt, »Solches alles zu erlangen, wollen wir von Grund unsres Herzens und in Zuversicht unser Gebet tun und alle sprechen: *Unser Vater, der du bist im Himmel...*«

Da sinkt die ganze Armee wie ein Mann in die Knie, der Herzog, der aber seine Not hat, sich im Gleichgewicht zu halten, an der Spitze, und ist ein Geklirr und Geächz auf der Wiese; dann aber hört Eitzen den Chor der tausend und mehr Kriegsleute, die in einem sprechen, »*Geheiliget werde Dein Name. Dein Reich komme. Dein Wille geschehe...*« Und er spürt die Gewalt des göttlichen Worts, das ja auch sein Wort ist und seine Gewalt; zugleich aber sieht er zur Seite den Geheimen Rat stehen, seinen Freund Leuchtentrager, der ihn angrinst mit seinem schiefen Maul, und da weiß er, wie er das »*Dein ist das Reich und die Kraft und die Herrlichkeit*« hört und darauf, »*In Ewigkeit Amen*«, daß dieser es ist, der seine Schritte lenkt, und nicht, wie's doch sein sollte, unser Herr Jesus, und daß er, der Doktor der Gottesgelehrtheit und künftige Erbauer des Reiches Gottes in Schleswig, ein Werkzeug ist in Händen, welche ihn nie loslassen werden.

Inzwischen haben mit viel Flüchen und Geschrei die Offiziere des Heers und die Rottenführer ihre Mannschaften zum Abmarsch geordnet, die Reiterei ist aufgesessen, und der Herzog hat einen breitärschigen Schimmel bestiegen, sein Schlachtroß, geschmückt mit goldenem Zaumzeug und ebensolcher Schabracke; Eitzen aber hebt seine Arme zum priesterlichen Segen, welchen er dem Herzog und dessen tapferem Heer, Fähnlein um Fähnlein, erteilen wird; so, für alle Welt wie eine schwarze Krähe anzusehen, die vergebens aufzufliegen sucht, läßt er die Armee vor sich vorbeidefilieren, Herzog und Kriegsrat voran, drauf die Leibgarde, drauf die dänische Hellebardiers zu Fuß, drauf, aufrecht im Sattel, des Herzogs leichte und schwere Reiter, und schließlich im festen Schritt das Regiment Pufendorf, zu fröhlichem Marschgesang.

Drum gehet tapfer an,
Ihr meine Kriegsgenossen,
Schlagt ritterlich darein
Eur Leben unverdrossen.

Ein jeder sei bedacht,
Wie er das Lob erwerbe,

Daß er in männlicher
Postur und Stellung sterbe.

Daß seine Wunden sich
Lobwürdig all befinden
Davornen auf der Brust,
Und keine nicht dahinten.

Und nach jedem Verslein wird ein trotziges »Valleri, Valleri.
Vallera!« herausgeschmettert, das den immer noch fleißig
segnenden Eitzen mit frohem Mut erfüllt, so daß er beinahe
mitziehen möchte ins Feld. Mit dem Schlußvers aber –

Wer nur des Tods begehrt,
Wer nur frisch geht dahin,
Der hat den Sieg und dann
Das Leben zu Gewinn –

kommt das letzte Fähnlein des Regiments, und gleich hinter
dem jungen Fähnrich, am äußeren Flügel der ersten Reihe,
marschiert einer, den Eitzen zu kennen glaubt, und der kennt
ihn sichtlich auch, denn beim »Vallera!« wendet er sich hin zu
ihm und ruft etwas, was wie Hebräisch klingt und das böse
Wort *Sched* sein könnte, was soviel wie *Satan* heißt oder *Der
Teufel hol dich,* und ist der Rufer kein andrer als Ahasver, in
Pufendorfscher Montur mit Pluderhosen und geschlitztem
Ärmel am Wams, und mit voller Wehr.
Eitzen ist wie vom Blitz getroffen, obwohl er geahnt hat, seit
er unter den Damen des Herzogs die Gräfin Ehrentreu
entdeckt, daß der Ahasver da nicht weit sein möchte; auch
befürchtet er, es könnte ein schlechtes Omen für den Feldzug
nach den Niederlanden sein, wenn der ewige Jüd mit von der
Partie ist. Doch sein Amtsgeschäft hält ihn bei seinem
hölzernen Kreuze fest, so daß er nicht hineilen kann zu dem
Ahasver und diesen zur Rede stellen; und bald ist das Fähnlein
abgezogen, und der Troß wälzt sich vorbei, aller Art Wagen
und buntscheckiges Gelichter, das johlt und pfeift und nicht
nur keinerlei Respekt zeigt vor den hohen Herrschaften, die
sich eilends zurückziehen, sondern auch des Herrn Superintendenten dort oben auf seinem Gestelle spottet. Trotzdem
will Eitzen, in christlicher Liebe, auch diese segnen; aber da
sieht er, hoch auf einem der Marketenderwagen, zwischen

Töpfen und Pfannen und sonstigem Gut frech ihre Beine schaukelnd, die Margriet.

Nun hält ihn kein geistliches Habit mehr und keine Segenspflicht. Zwar blickt er sich rasch noch um, ob etwa einer zurückgeblieben sei unter dem roten Baldachin; doch die vom Hof, die sein Verhalten hätten sonderbar finden können, sind sämtlich geflüchtet, und so rafft er denn seinen Talar in die Höh, hüpft hinab aufs zertretene Gras und läuft dem Wagen nach, bis er diesen eingeholt, und ruft, während er dem Pferdchen in die Zügel zu fallen sucht, so recht flehentlich, »Ach, Margriet! Margriet! Halt bitte doch an, liebste Margriet, und bleib! Ich will auch dein sein auf ewig, Margriet!«

Sie jedoch verlacht ihn, und da eine Menge Volks sich gesammelt, spricht sie, »Ich kenn den Kerl nicht, aber ihr hört ja, was er von mir will. 's ist wahrhaftig eine schlimme Zeit, wenn sogar die Herren Pfarrer am hellichten Tag schon geil sind wie die Ziegenböck und sich auf die unschuldigen Weiber stürzen.«

Und hätte Eitzen sicher eine Tracht Prügel bezogen, wäre der Troß nicht weitergerollt mitsamt der Marketenderei und er traurig zurückgeblieben.

Zweiundzwanzigstes Kapitel

In dem Professor Beifuß gewisse Zugeständnisse
macht, während Professor Leuchtentrager eine
marxistische Analyse des Ahasver vornimmt
und durch seine Bemerkungen über den
Einfluß des gefeierten Doktor Luther
auf die Entwicklung des modernen
Antisemitismus zur unerwünschten Person wird

Herrn Prof. Jochanaan Leuchtentrager
Hebrew University
Jerusalem
Israel

9. Juni 1980

Lieber Herr Professor Leuchtentrager!
Ich habe Ihnen noch für die freundliche Überlassung Ihrer Ablichtung eines Briefes vom 14. Oktober 1556 an den Superintendenten von Eitzen zu danken, der aus plötzlich

wiederaufgetauchten Beständen der Nordelbischen Kirchenbibliothek zu Hamburg stammt und im Zusammenhang mit einer damals in der Stadt Altona veranstalteten »Disputation mit den Jüden« zu stehen scheint: ein Brief, wie Sie meinen, von der Hand des ewigen Juden.

Ich will die Echtheit des Briefes gar nicht bezweifeln; wohl aber möchte ich in bezug auf dessen Autor Vorsicht walten lassen. Ich habe sofort nach Erhalt der Ablichtung diese in unserm Kollektiv zirkulieren lassen, mit der Bitte um Meinungsäußerung, und wir an unserem Institut sind einhellig der Auffassung, daß es sich hier um eine Mystifikation handelt, und zwar um eine solche *aus der Zeit*. Sie werden, werter Herr Kollege, Verständnis dafür haben, wenn wir als Marxisten auf unserm Standpunkt beharren, daß es Wunder nicht geben kann und folglich auch keinen *ewigen* Juden als Person. Daraus wieder folgt, daß Briefe, von diesem verfaßt und geschrieben, nicht existieren können. Da Sie aber aus Gründen, die man anerkennen mag oder nicht, der These des Paul Johansen von der Identität des um die Mitte des 16. Jahrhunderts in Hamburg auftretenden Ahasver mit dem Propheten Jörg von Meißen (Band XLI der Zeitschrift des Vereins für Hamburgische Geschichte) nicht zustimmen möchten, stellt sich die Frage, wer denn nun wirklich das »arme Jüdlein« gewesen ist, als welches der mit dem Namen Ahasver signierende Briefschreiber sich bezeichnet, und das unter eben diesem Namen mit dem Superintendenten von Eitzen Bekanntschaft schloß und von ihm in der besagten Altonaer Disputation als Zeuge benutzt werden sollte.

Die Klärung dieser Frage und eine Untersuchung des späteren Schicksals des armen Jüdleins wären für Kriminalisten wie für Historiker in gleichem Maße lohnende Aufgaben; nur steht zu befürchten, daß die Zeit alle wesentlichen Anhaltspunkte und Indizien längst schon verwischt hat. Daß es sich um einen recht geschickten Schwindler gehandelt haben muß, wird jedoch klar, wenn man bedenkt, daß ein doch sehr prominenter und für damalige Verhältnisse hochgebildeter Mann wie Eitzen auf ihn hereingefallen ist; und dieser Ahasver, als angeblicher ewiger Jude, wird schon sein Geschäft mit dem Schwindel gemacht haben, was übrigens, verstehen Sie mich bitte richtig, Herr Kollege, überhaupt keine Anspielung auf Ihren Freund, den Schuhhändler gleichen Namens, sein soll.

Es ist ja oft genug in der Geschichte vorgekommen, daß irgendwelche kleinen Gauner sich für Persönlichkeiten, die in der Phantasie des Volkes noch lebendig waren, ausgegeben haben – wie viele falsche Neros sind da herumgelaufen, wie viele falsche Demetriusse, und selbst der berühmte Hauptmann von Köpenick, notabene ein Schuster wie Ahasver, gehört in diese Kategorie, da das Bild des preußischen Offiziers gleichfalls die Gefühle der Bürger anregte und beflügelte. Auch der Apostel Johannes, von dem es, wie Sie sich erinnern werden, im Neuen Testament heißt (vgl. Johannes 21, Vers 20 bis 23), daß er nicht sterben, sondern bleiben werde, bis Christus wiederkehre, hat seine Impersonatoren gefunden, einen, der dann zu Toulouse lebendig verbrannt wurde, noch Ende des 16. Jahrhunderts.

Wie ich bereits in meinem Buch »Die bekanntesten judäochristlichen Mythen im Lichte naturwissenschaftlicher und historischer Erkenntnisse«, Abschnitt »Über den Ewigen (oder Wandernden) Juden« auszuführen Gelegenheit hatte, liegt es nahe, in diesem Johannes, der in den Evangelien als Lieblingsjünger gilt, eines der Urbilder des Ahasver zu sehen. Womit ich bei meinem Hauptpunkt angelangt bin, der in meinem eben genannten Werk möglicherweise ein wenig unterbetont blieb, den ich nach reiflicher Überlegung und Diskussion mit meinen Mitarbeitern nun aber doch stärker unterstreichen möchte: Der Ahasver ist keine, wenn auch zur Sage verklärte, historische Gestalt wie etwa der Staufenkaiser Barbarossa, und er ist schon gar kein Zeitgenosse zugleich des Pilatus und des Professor Jochanaan Leuchtentrager; er ist vielmehr eine *Symbolfigur,* und zwar eine besonders typische.

Wie für die Germanen Siegfried, der ewig jugendliche, von feiger Hand gemeuchelte Held, so steht für den stets mit scheelem Auge betrachteten, nirgends heimischen, ewig von Land zu Land ziehenden, oft auch verfolgten und gehetzten Juden der Ahasver. In ihm ist das Schicksal seines Volkes personifiziert. Das gleichnishafte Element reicht dabei bis ins einzelne der jüdischen Existenz hinein. So zitiert S. Morpurgo in seinem *L'Ebreo errante in Italia* (Florenz 1891), das Ihnen ja sicher bekannt sein wird, den Bericht eines Antonio di

Francesco di Andrea aus San Lorenzo, der dem ewigen Juden im Jahre 1411 begegnet sein will: »Er kann nur drei Tage in einer Provinz verharren und eilt schnell davon, sichtbar und unsichtbar; er trägt nur ein Gewand mit einer Kapuze, umgürtet mit einem Strick, und geht mit entblößten Füßen; trotzdem gibt er, obwohl er weder Börse noch Beutel bei sich hat, nach Belieben Geld aus. Kommt er in eine Herberge, so ißt und trinkt er gut, alsdann öffnet er die Hand und wirft hin, was der Wirt zu bekommen hat; niemals sieht man, woher ihm das Geld kommt, und niemals bleibt ihm etwas davon übrig ...« Diese Angaben decken sich mit denen in einem flämischen Volksbüchlein aus der Mitte des 17. Jahrhunderts, anonym erschienen und ohne Jahreszahl und Verlagsort, das eine Übersetzung aus dem Deutschen sein will, in Wirklichkeit aber wohl den Umweg über das Französische genommen hat. Dort heißt es: »Sein ganzer Schatz besteht aus fünf Stübern, die sich stets erneuern, so oft er sie auch ausgibt.« In mehreren Ausgaben der *Kurtzen Beschreibung und Erzehlung von einem Juden mit Namen Ahasverus,* deren erste uns bekannte Fassung 1602 angeblich »zu Leyden bei Christoff Creutzer« gedruckt wurde, merkwürdigerweise unter dem Text aber das Datum »Schlesswig den 9. Juni 1564« trägt, ist ferner davon die Rede, daß der Jude häufig arm und abgerissen an einem Orte eintrifft, sehr bald jedoch aufs beste und sogar modisch gekleidet auftritt.

Hier schlägt sich natürlich nichts anderes nieder als die Beobachtung der Volksbuchautoren, daß die Handelsjuden nicht wie die christlichen Kaufleute mit einem Geldvorrat im Beutel reisen, sondern bereits den bargeldlosen Zahlungsverkehr, um nicht zu sagen die Credit Card, kennen und auf diese Weise Verlusten durch Straßenräuber und ähnliches Gesindel entgehen; der Jude wandert mit einer Anweisung von Glaubensbruder A. in der Stadt X. an Glaubensbruder B. in der Stadt Y. und verfügt dort sofort über Gelder, die für die unaufgeklärten »Goyim« aus wunderbarer Quelle stammen müssen.

Abschließend darf ich die Auffassung unseres Instituts rekapitulieren: Wir erkennen den Ahasver als jüdische Symbolfigur an. Alles andere halten wir, trotz Ihrer abweichenden Meinung, verehrter Kollege Leuchtentrager, und trotz Ihrer Versuche, uns durch die verschiedensten, zumeist aber am

Rande der Sache bleibenden, wenn nicht gar total absurden Materialien von Ihrer Theorie zu überzeugen, mit Verlaub für Mumpitz.

Ich verbleibe, wie immer mit den besten Wünschen,

Ihr ergebener
(Prof. Dr. Dr. h. c.) Siegfried Beifuß
Institut für wiss. Atheismus
Berlin, Hauptstadt der DDR

Herrn Prof. Dr. Dr. h. c. Siegfried Beifuß
Institut für wissenschaftlichen Atheismus
Behrenstraße 39a
108 Berlin
German Democratic Republic

3. Juli 1980

Verehrter Freund und Kollege Beifuß!

In Ihrem Schreiben vom 9. vergangenen Monats, das ich sofort nach Erhalt gründlich gelesen und dessen Inhalt ich mit Vergnügen zur Kenntnis genommen habe, erklären Sie nun, zugleich auch für Ihr Institut sprechend, daß der Ahasver als eine Symbolfigur zu verstehen ist, und noch dazu eine besonders typische. Dieses tun Sie, nachdem Sie ihn bei früherer Gelegenheit als »real existent, wenn auch nicht ewig« bezeichnet haben und wieder in einem anderen Ihrer Briefe als »einen Faktor, dessen Komponenten noch nicht genügend klargestellt sind«.

Wenn ich also Ihre Gedankengänge im Zusammenhang betrachte, kann ich nur schließen, daß Sie und Ihr Institut der Sache, nämlich dem de facto Vorhandensein des ewigen Juden, wenn auch zögernd immer näherkommen, und ich überlege mir, ob ich nicht den Versuch unternehmen soll, meinen Freund zu einer Reise nach Ostberlin zu überreden, damit Sie ihn kennenlernen und einige Fragen an ihn richten können, die eventuell die noch nicht genügend klargestellten Komponenten dieser real existenten Symbolfigur auch Ihnen sichtbar und begreiflich machen würden. Überredung würde es mich schon kosten; glauben Sie bitte nicht, daß Herr Ahasver nach seinen nicht immer erfreulichen Erlebnissen in deutschen Landen eine Reise dorthin frohen Herzens unternehmen würde.

Aber zurück zu Ihrer neuen Erkenntnis, obwohl mir Ihre Einordnung des Ahasver in eine Kategorie mit dem jugendlichen Helden Siegfried, der besonders in der Zeit des Nationalsozialismus so hoch im Kurse stand, nicht ganz schmecken will. Natürlich ist Ahasver, neben allem anderen, auch Symbolfigur; da er Jude ist und es seit je war, ist sein Schicksal notwendig ein jüdisches, sind sein Blickwinkel und seine Haltung jüdisch, seine Unzufriedenheit mit den bestehenden Verhältnissen, seine Bemühungen, diese zu verändern. Er ist, obwohl dies keine ausschließlich jüdische Eigenschaft, die menschgewordene Unruhe; die Ordnung der Dinge ist für ihn dazu da, angezweifelt und von Fall zu Fall umgestoßen zu werden.

Ich für meine Person habe da eine ganz andere Einstellung – damit ich Sie und Ihr Kollektiv und die Behörden Ihrer Republik, die ja wohl bei der Erteilung von Einreisevisa an Bürger Israels besonders vorsichtig verfahren, gleich beruhige. Für mich ist Ordnung das Wünschenswerte; je ordentlicher es irgendwo zugeht, desto angenehmer ist es mir. Der liebe Gott schon, den Sie nicht anerkennen wollen, hat, als er die Welt erschuf, gleich die Gesetze mitgeschaffen, nach denen sie sich bewegt, und seither läuft alles nach diesen Gesetzen ab, pünktlich und planmäßig, Gott sei Dank. Meinem Freund Ahasver ist das ein Ärgernis, aber ich vertröste ihn immer mit dem, was Sie als Dialektiker ja ebenfalls vertreten, daß nämlich jede These ihre Antithese in sich trägt, man muß nur Geduld haben; doch er hat eben, Symbolfigur, die er ist, diese jüdische Ungeduld.

Nur hat es auch mit der Symbolfigur seinen Haken. Wie ich schon in meiner bescheidenen Studie über den Ahasver in den *Hebrew Historical Studies* erwähnte und Sie viel breiter in dem Abschnitt »Über den Ewigen (oder Wandernden) Juden« in Ihrem verdienstvollen Werk »Die bekanntesten judäo-christlichen Mythen im Lichte naturwissenschaftlicher und historischer Erkenntnisse« ausführten, ist die Ahasver-Legende ja aus sehr verschiedenen Elementen entstanden, die nur eines, die Verdammung zum ewigen Leben auf Erden bzw. zum Wandern und Leiden bis zur endlichen Wiederkehr des Jesus Christus, gemein haben. Sie selber wiesen in Ihrem Brief auf Johannes hin, den Lieblingsjünger, über den der Reb Joshua auf seine oft zweideutige Weise zu dem Apostel Petrus gesagt haben soll (Johannes 21, Vers 22 und 23), »So ich will, daß er bleibe, bis ich komme, was geht es dich an?« Diese Äußerung ist die Keimzelle des Gedankens vom irdischen Weiterleben eines Zeitgenossen des Gekreuzigten bis zu dessen endlicher Rückkunft.

Nun waren der Jünger Johannes wie der Schuhmacher Ahasver beide zweifellos Juden; ob aber auch jene anderen Juden waren, von denen berichtet wird, sie hätten den Jesus auf seinem Weg nach Golgatha weitergetrieben oder gar mißhandelt und seien darauf nach bekanntem Muster verflucht worden, ist zumindest sehr fraglich. Sollte etwa Malchus, auch Markus genannt, Jude gewesen sein, der Polizeihäscher, dem Petrus im Garten Gethsemane das Ohr abhieb und der, nachdem Jesus es ihm prompt wieder anwachsen ließ, seinem Wohltäter am nächsten Tag beim Verhör vor dem Oberpriester Kaiphas mit der gepanzerten Faust ins Gesicht schlug? Eine jüdische Polizei gab es vor der Errichtung des modernen Staates Israel nur im Ghetto, wo die Nazis sie organisierten; jüdische Tradition ist eher, die unschöne und oft auch unsaubere Arbeit des Büttels von Nichtjuden verrichten zu lassen, wie denn auch König Salomo schon dafür seine Krethi und Plethi hatte, seine Kreter und Palästinenser. Oder Cartaphilus, griechisch καρτα φιλος, Vielgeliebter, der als Türsteher bei Pilatus diente und in dieser Funktion den Jesus sehr unsanft behandelte? Unwahrscheinlich, daß ein so wichtiger Beamter des römischen Statthalters in Judäa Jude gewesen sein soll; wie der Name schon besagt, war er wohl Grieche und damit Heide; später ließ er sich, heißt es, von dem Ananias, der auch den Apostel Paulus taufte, bekehren und nannte sich Joseph. Oder jener Unbekannte, der dann in Italien Giovanni Bottadio oder Buttadeus, zu deutsch Gottschläger, heißen wird, war er Jude? Der Malchus sei, so berichtet der österreichische Baron Tornowitz, ihm im Jahre 1643 in Jerusalem von den Türken gegen ein hohes Bakschisch gezeigt worden, »in einem verborgenen gepflasterten Saal unter der Erden, wo der Gefangene in seinem alten römischen Habit auff und nidergangen und mit der Hand zuweilen an die Wand, zuweilen an die Brust geschlagen, zum Zeugnis, dass er Christum unverschuldet in sein heiliges Angesicht geschlagen«. Über Cartaphilus, später Joseph, schreibt der englische

Mönch Roger de Wendover in seinen *Flores Historiarum,* das die Ereignisse von der Schöpfung bis zum Jahre 1235 behandelt, es sei Anno 1228 ein armenischer Erzbischof in das Kloster St. Albans in England gekommen und habe, wegen des Joseph-Cartaphilus befragt, erklärt, er habe diesen noch kurz vor seiner Abreise von daheim an seiner Tafel gespeist. Cartaphilus lebe unter Bischöfen und Prälaten Armeniens und anderer Länder des Orients, ein Mann von heiligen Sitten und heiliger Rede, der gelegentlich auch von den näheren Umständen der Kreuzigung und Auferstehung erzähle, wobei er seine eigene traurige Rolle keineswegs verschweige. Der Hans Gottschläger oder Giovanni Bottadio aber wird im Jahre 1267 in der italienischen Stadt Forli auf einer Wallfahrt zum heiligen Jakobus bezeugt, und zwar von dem Astrologen Guido Bonatti aus der gleichen Stadt, der zu seiner Zeit kein unbekannter Mann war, denn Dante erwähnt ihn in Canto XX seines *Inferno* in einer Reihe mit dem Zaubermeister Michael Scotus.

Aber eine eigentliche Ahasver-Literatur, und das wissen Sie ja, verehrter Kollege Beifuß, entsteht erst nach der Reformation, nämlich um die Mitte des 16. Jahrhunderts; und ebenso sollte es uns zu denken geben, daß als ihr wichtigster Gewährsmann ein protestantischer Eiferer wie der Superintendent von Hamburg und später von Schleswig, Paul von Eitzen, angeführt wird. (Der von mir im Archiv der Hohen Pforte eingesehene Bericht über den Prozeß gegen die Berater des Kaisers Julian Apostata zählt in diesem Kontext ebensowenig wie die Qumran-Rolle 9QRes, denn beide konnten keinen Einfluß auf die Entstehung der Ahasver-Legende genommen haben, das eine, weil es seit Jahrhunderten unter Verschluß liegt, das andere, weil es erst kürzlich aufgefunden wurde.) 1602 erscheinen die ersten Drucke über Ahasver, dann aber häufen sie sich, werden in mehrere Sprachen übersetzt und überschwemmen ganz Nordeuropa. Warum? Warum taucht Ahasver, nunmehr eine Gestalt unabhängig von dem Apostel Johannes, dem Häscher Malchus, dem Türsteher Cartaphilus, dem Gottschläger Bottadio, erst nach Luther auf, dann aber auch gleich mit handfesten Hinweisen auf sein Finanzgebaren? Entsprach er der Stimmung der Zeit? War er aktuell geworden, vielleicht gerade weil er Jude war, der ewige Jude? Und könnte diese Aktualität mit der veränderten Rolle der Juden im ökonomischen Gefüge der protestantischen Gebiete Europas zu tun haben – eine Frage, die Sie, lieber Herr Professor Beifuß, der Sie so gern auf Ihre marxistischen Einsichten verweisen, zu beantworten doch ganz besonders reizen müßte?

Gewiß, auch vor Luther gab es ein gewisses Interesse an etwaigen noch lebenden Zeugen der Leidensgeschichte des Reb Joshua alias Jesus Christus; die Kirche glaubte, ihr Zeugnis gegen Zweifler und Ketzer, und natürlich auch gegen Juden, benutzen zu können. Aber dieses Interesse war beschränkt, und solche Zeugen wurden selten, wenn überhaupt, aufgerufen, war doch zu befürchten, daß sie zu weit gehen und in ihrem religiösen Eifer die Worte und Gedanken des Gekreuzigten den Praktiken des Klerus gegenüberstellen könnten. Und keiner der mutmaßlichen Zeugen, wie auch immer ihre Namen, war zu einer Symbolfigur geworden, schon gar nicht zu einer jüdischen.

Das wurde erst Ahasver, konnte erst er werden, und zwar auch erst nach der Reformation, weil diese in den von ihr eroberten Gebieten das Geldhandelsmonopol der katholischen Kirche und ihrer großen Bankhäuser, der Fugger und Welser, vernichtete. Die Kirche hatte sich längst über das im Fünften Buch Mose, Kapitel 23, Vers 21 verfügte Verbot des Geldverleihs gegen Zinsen hinweggesetzt; daher rüttelte Luther, indem er gegen den Ablaßhandel wetterte, zugleich an den merkantilen Strukturen seiner Zeit, und die frommen Protestanten, die zu den biblischen Geboten zurückkehrten, saßen ohne Bankiers da. Aber wie Sie wissen werden, verehrter Kollege, verbietet 5 Mose, Kapitel 23, Vers 21 nur, Zins zu nehmen von deinem Bruder, dem Fremden aber darfst du's wohl abknöpfen; dieser Dreh prädestinierte die einzigen, die in der Mehrheit der Bevölkerung Fremde sahen, nämlich die jüdische Minderheit, zum Geldgeschäft, und da die Juden sowieso des Rechts auf anderen Besitz oder Beruf beraubt waren, betrieben sie's. Luther war es, der Fürst wie Bauer dem unsteten Juden zutrieb, um dann dessen Wucher um so lautstärker zu verdammen und eine Pogromhetze zu entfachen, von der noch die Nazis zehrten. Bis zur Reformation hatte der Antisemitismus eine hauptsächlich religiöse Komponente gehabt, denn hatten die Juden den Jesus nicht ans Kreuz schlagen lassen und weigerten sie sich nicht immer noch, ihn als Messias anzuerkennen? Nun aber erhielt dieser Antisemitismus eine unverblümt ökonomische Grundlage und auch gleich eine Symbolfigur, jawohl, die man hassen konnte und die zudem den Ängsten entsprach, die man schon immer vor dem Andersgearteten, dem Unheimlichen, dem Jüdischen hatte: den Ahasver.

Ich bin mir bewußt, lieber Kollege Beifuß, daß die gleichen Schwierigkeiten, die Sie schon mit der Person des Ahasver hatten, Ihnen durch meine Analyse nun auch mit der Symbolfigur erwachsen werden. Aber Sie waren es, der den Begriff in die Debatte warf, und so konnte ich nicht anders als darauf einzugehen.

Ich grüße Sie ebenso kollegial wie herzlich,

Ihr
Jochanaan Leuchtentrager
Hebrew University
Jerusalem

Genossen Prof. Dr. Dr. h. c. Siegfried Beifuß
Institut für wissenschaftlichen Atheismus
Behrenstraße 39a
108 Berlin

8. Juli 1980

Werter Genosse Beifuß!

Nach weiterer Einsichtnahme in Deine Korrespondenz mit Prof. Leuchtentrager von der Hebrew University in Jerusalem müssen wir feststellen, daß diese auf immer verschlungenere Umwege gerät. Trotz wiederholter Betonung unserer wissenschaftlich erarbeiteten und erwiesenen Standpunkte Deinem israelischen Briefpartner gegenüber läßt Du Dich von diesem ständig beeinflussen, Konzessionen zu machen, die Du später, wenn er Dich wieder aufs Glatteis geführt hat, umständlich widerrufen mußt. Was noch wichtiger ist, statt in Erfahrung zu bringen, welche Pläne die israelischen Imperialisten mit der Ahasver-Diskussion auf dem Gebiet der ideologischen Diversion verfolgen, hast Du zugelassen, daß Prof. Leuchtentrager Dich in nebulöse Detailfragen verstrickt, die zu nichts führen und die Dich, wenn Du wie bisher fortfährst, in eine gegensätzliche Stellung zur Politik unserer Partei- und Staatsführung bringen müssen.

Dies gilt besonders für die Luther-Diskussion, in die Dein »lieber Kollege« Dich zusätzlich verwickeln möchte und die angesichts des auf uns zukommenden Luther-Jahres 1983, in das sich bekanntlich die höchsten Repräsentanten unseres Staates eingeschaltet haben, überhaupt nicht in unserem Interesse liegt. Wenn Herr Jochanaan Leuchtentrager Dich heute an Luthers antisemitische Reden und Schriften erinnert, dann wird er Dir morgen zitieren, was Luther im Bauernkrieg »wider die mörderischen und räuberischen Rotten der Bauern« gesagt hat, die man »zerschmeißen, würgen und stechen soll, wie man einen tollen Hund totschlagen muß«, und wird damit nicht nur Dich, sondern alle, die unsere geplante Luther-Ehrung zu einem umfassenden Erfolg gestalten wollen, in eine peinliche Situation bringen.

Es wird empfohlen, daß Du dem Prof. Leuchtentrager auf geschickte Weise andeutest, daß sein Besuch in der DDR, besonders in Begleitung von Herrn Ahasver, nicht erwünscht ist. Danach ist die Korrespondenz mit ihm einzustellen.

Mit den zuständigen Organen ist Rücksprache genommen worden.

Mit sozialistischem Gruß,

Würzner
Hauptabteilungsleiter,
Ministerium für Hoch- und Fachschulwesen

Dreiundzwanzigstes Kapitel

*Worin dargestellt wird, wie der Superintendent von
Eitzen die einzig wahre Liebe gegen alle Abweichungen und Anfeindungen verteidigt,
und die Margriet sich als teuflisches
Blendwerk erweist*

Ein paar Jährlein gehen rasch ins Land, selbst im Herzogtum Schleswig, und wie es so ist, mit der *autoritas* kommt die *reputatio,* oder in unserer gemeinen Sprache, mit der Würde der Ruf, und von überallher, vom Hessischen Landgrafen und von der Tübingenschen Fakultät, vom Hamburgischen Senat und dem sächsischen Kurfürsten, wird der Herr Superintendent Paulus von Eitzen angerufen, seiner Meinung in heiligen Sachen wegen, und ist er auf dem besten Wege, ein Arbiter und Schiedsrichter zu werden, wenn's um die einzig richtige Auslegung der Worte Christi geht oder um die Augsburgische Konfession oder darum, was Ketzerei sein möge und was nicht; seine Briefe gehen hinaus in die Lande und werden empfangen wie einst die der Apostel; und mehr als einmal hat er auch selber, wo's nottat, sich aufgemacht und ist bis nach Naumburg gereist und zu andern fernen Orten, stets mit dem Segen seines durchlauchtigen Herzogs als streitbarer Mann Gottes und Advokat der allein wahren und seligmachenden Lehre, wie sie von unserm Doktor Martinus Luther aus- und festgelegt; nur dort, wo der Boden am festesten hätte sein sollen und das Reich Gottes errichtet auf gutem Fundament und starken Grundpfeilern, im eigenen Sprengel, da schwankt's und wankt's immer noch und rieselt's im Gebälk, man braucht nur das Ohr aufzusperren, so hört man das Gewisper der Abweichler und Zweifler an Sakrament und Abendmahlslehre; und das schlimmste ist, daß solches auch dem Herzog Adolf hinterbracht wird, der vom Feldzug aus Holland zurückgekehrt und in Ermangelung von Siegeslorbeer im Feld sich solchen im Glaubensstreit zu ergattern wünscht, und sein Superintendent soll ihm da seine geistlichen Truppen exerzieren, so daß sie im Gleichschritt brav marschieren und rechtsum und linksum schwenken und ihre Kehrtwendungen vollführen lernen, wie sich's gehört.

Der Geheime Rat Leuchtentrager, der wie immer genau weiß, wo der Schuh drückt, spricht mit ihm dieserhalb und sagt, »Der weise Aristoteles schon, von dem auch ein Christenmensch allerlei Nützliches lernen kann, hat gemeint, daß das wahre Heil nicht aus dem Herzen des Menschen erwachsen kann, denn dieses ist voller Schwäche und erliegt häufig der Versuchung, sondern nur aus dem Gesetz; darum muß alles, was Gültigkeit haben soll, kodifiziert sein und der Mensch dran gebunden, wenn nötig durch eiserne Banden.«

»Ach«, erwiderte ihm der Herr Superintendent, »zu unser aller Leidwesen ehren die Leut das Gebot Gottes aber mehr, indem sie's brechen, als indem sie's befolgen, und Gott straft sie nicht ausreichend und vor allem nicht auf dem Fuß, wie's sein sollte, sondern ist langmütig und läßt sie gewähren, so daß sie denken, wenn der da oben nicht dreinfährt mit Donner und Blitz, wird's wohl seine Richtigkeit haben, und das geistliche Ministerium ist weit vom Ort und erfährt auch nichts.«

»Das ist, Paul«, sagt sein Freund Leuchtentrager, »weil du nur siehst mit deinen zwei Augen und hörst mit deinen zwei Ohren; das ist nicht genug. Du müßtest ihrer je zweihundert haben oder zweitausend, die gucken und horchen, dann ging's wohl besser; wofür hast du deine Herren Pfarrer und Prediger, nur damit sie sich's wohl sein lassen?«

»Solches wird schwerlich gehen, Hans«, sagt Eitzen, »denn die Herren Pfarrer und Prediger sind eher lau und neigen dazu, den lieben Gott einen guten Mann sein zu lassen, und wie soll ich ihnen ein Feuer anfachen unter ihrem Hintern?«

»Du mußt sie in die Pflicht nehmen«, sagt sein Freund und streichelt Klein-Margarethen zärtlich über den Kopf, die ins Zimmer getreten ist mit ihrem Hinkefüßchen und ihrem Puckelchen am Rücken, dem Gast einen Wein zu kredenzen: aus den Beständen des Herzogs, denn für die Kirche fällt immer was ab. »In Pflicht nehmen durch Eid und Unterschrift«, fährt der Geheime Rat fort, »schwört nicht auch der Soldat auf die Fahne und ist dann seinem Kriegsherrn gehorsam?«

Da fällt's Eitzen wie Schuppen von den Augen und ist ihm wie eine göttliche Erleuchtung, daß, wenn seine Pfarrer und Prediger schwören müßten auf die Glaubenssätze und heilig versprechen, sie ihren Gläubigen hart einzuprägen, damit auch keiner davon abweiche, andernfalls sie bei der zuständigen Obrigkeit angezeigt würden, so sollte das Reich Gottes in Schleswig wohl bald kommen, seinem Herzog zur Zufriedenheit und Gott zu Gefallen. Und er denkt, welch tiefe Einsicht sein Freund Hans doch habe in die Seele der Menschen im allgemeinen und der Pfarrer und Prediger insbesondere, denn nach solchem Eid wurde man keinen mehr zu vermahnen brauchen, er könnte seiner Pfründe und Privilegien verlustig gehen, wenn er lässig wäre oder gar gegen den Stachel löcken wollte; sie würden's alle sowieso wissen.

Und da der Freund, Geschäfte vorschützend, bald darauf

Klein-Margarethen schäkernd aufs Hinterteil klopft und seinen Abschied nimmt von Frau Barbara, setzt Eitzen sich noch am gleichen Abend ans Pult und bringt mit frisch gespitzter Feder zu Papier, was ein jeder, der im Herzogtum Schleswig die Schäflein Gottes zu hüten wünscht, wird glauben und woran sich zu halten er feierlich wird beeiden müssen: als erstes die heilige Biblische Schrift und das heilige apostolische Glaubensbekenntnis und die andern wahren *Symbola* und Artikel, dazu die untrennbare Vereinigung der göttlichen und menschlichen Natur in der Person Christi und die Augsburgische Konfession und die beiden Katechismen Luthers. Und signieren soll der Herr Kandidat nicht nur unten am Ende des Papiers, sondern jeden Absatz einzeln, damit er später nicht behaupten könne, er hätte dieses oder jenes übersehen.

Wie Eitzen dann aber seine Liste überliest, deucht ihn, daß der wahre Geist des Eifers noch fehle und die scharfe Abgrenzung von der Ketzerei, und er sich auch nicht scheuen sollte, Namen zu nennen und auch gleich von Taufe und Abendmahl zu reden, denn beruht nicht der ganze Bau der heiligen Kirche und die Macht ihrer Diener darauf, daß nur diese allein, kraft ihrer Berufung, die Reinwaschung der Kindlein von der ererbten Sünde und die Wandlung von Brot und Wein in ein anderes, Göttliches, vornehmen dürfen? Sonst könnte ja jeder Ketzer daherkommen und jeder Laie, den keiner je geweiht oder ordiniert hat, und seine eigene Kirche aufmachen.

Schreibt daher, *Dieweil aber zu diesen Zeiten der listige Satan vielerlei greuliche Irrtümer erregt von den vornehmsten Artikeln unsrer christlichen Lehre und Religion, so schwöre ich,* (des Namens soundso) *zum anderen, die falschen Doktrinen all derjenigen, so von der Wahrheit der obengenannten heiligen Schriften, Symbola, Confessiones und Catechismi abweichen, insbesondere aber die Irrlehren der gotteslästerlichen Zwinglianer, Calvinisten, Sakramentsschwärmer und Wiedertäufer, welche die Notwendigkeit und Kraft der heiligen Taufe und die Gegenwart Christi bei Austeilung und Empfang seines wahrhaftigen wirklichen Leibes und Blutes beim heiligen Abendmahl leugnen und so die heilige Einheit des Glaubens zerstören und die einfachen Leute im Glauben irremachen, mit wahrhaftem Eifer hassen, verwerfen und verdammen wollen.*

Das, meint er freudig, ist die Sprache, die schon sein Lehrer, der gute Doktor Martinus, so kräftig benutzt hat und die wie ein Peitschenhieb ist für die laschen Herzen und geeignet, seine Herren *Pastores,* die jetzigen, sowohl als die künftigen, das Fürchten zu lehren; läßt darum diese auch gleich noch schwören, sie würden die ihnen anbefohlene Gemeinde treulich vor solchen Irrtümern warnen und nicht dulden, daß auch nur eines aus der Herde solchen gotteslästerlichen Gesellschaften und Sekten anhänge.

Und wie er nunmehr, nachdem er's mit Fleiß niedergeschrieben, das Ganze noch einmal prüft, erkennt er plötzlich, welche Macht dieser Eid ihm geben wird als dem Richter, welcher befindet, wer denn da zu den Gerechten und wer zu den Bösen zu zählen sei; und um dies auch völlig sicherzustellen, läßt er hier noch einen Hinweis einfließen auf die weltliche Obrigkeit, welche des geistlichen Hirten Stütze und Stab, und schreibt, in kleinerer Schrift, weil denn nicht mehr viel Platz auf dem Bogen, *Zum letzten schwöre ich, daß ich dem christlichen Befehl und Mandat des Durchlauchtigsten Fürsten, Herzog Adolf, unseres gnädigen Herrn, will mit aller Treue gehorsam sein und mich neben der Heiligen Schrift und der Augsburgischen Konfession nur nach der christlichen Kirchenordnung der Fürstentümer Schleswig und Holstein richten.* Und wie als Marginalie, unten auf dem Rand des Blattes gekritzelt, *Das alles schwöre ich ohne Falschheit und Arglist mit gutem Gewissen, so wahr mir GOtt helfe. Amen.*

Der Herzog, dessen höchsteigener Person der Geheime Rat Leuchtentrager den neuen Predigereid vorträgt, ist's höchlichst zufrieden und ordnet an, diesen im Herzogtum Schleswig und überall sonst, wohin seine Herrschaft sich erstreckt, ohne Verzug zu promulgieren, und der Herr Geheime Rat lächelt fein und sagt seinem Freunde Paul, daß der Errichtung des Reiches Gottes in Schleswig, unter der wohlwollenden Diktatur seines Superintendenten, nun wohl nichts mehr im Wege stehe. Und alsbald erweist sich tatsächlich, daß die Herren *Pastores* und solche, die das Amt erstreben, allesamt den neuen Eid schwören und die gedruckten *Formularia,* versehen mit Siegel und Unterschrift, dem Herrn Superintendenten eiligst zurücksenden, damit ihr Treu und Glauben nur ja registriert werde. Und dabei bleibt's nicht etwa, sondern ein Wetteifern beginnt unter der Geistlichkeit, wer die meisten verirrten Schafe zurückbringe in die Hürde oder den zuständigen Stellen Meldung erstatte, wo eines verbockt bleibt und den gotteslästerlichen Lehren weiter anhängt, auf daß die Obrigkeit durchgreifen könne mit der Strenge des Gesetzes. Besonders im Eiderstedtschen, wo Niederländer zu mehreren gesiedelt haben, angeblich weil sie daheim von den Papisten verfolgt worden wären, wird fröhlich Jagd gemacht, ist's doch eine alte Regel, daß, wie im Stall das Vieh durch Füchs und Wölf, so auch die eignen Landeskinder zumeist durch fremde Eindringlinge in Unruhe gebracht werden; und wird herumgehorcht in Wirtsstuben und auf Märkten und selbst in den Häusern der Leute, ob einer krauses Zeug rede oder Büchlein besitze von David Joris oder Menno Simons und solcherart wiedertäuferischen Ketzern und Afterpredigern, oder gar insgeheim zusammen treffe mit anderen Gleichgesinnten; und der Herr Pfarrer notiert sorgfältig und erstattet Bericht, wer seine Kindlein getreulich habe taufen lassen und wer nicht, und wie oft einer zur Kirchen gehe und dort der Predigt lausche, und ob er auch regelmäßig teilhabe am Leibe Christi. Unter den Menschen aber verbreitet sich Schrecken, ist's doch noch nicht gar so lange her, und die Erinnerung lebt, wie man die Wiedertäufer zu Asche und Pulver verbrannt, als Ketzer, etliche auch an Säulen gebunden und gebraten, oder mit glühenden Zangen gerissen, andere wieder erwürgt und zerhauen, oder an Bäume gehängt, oder in tiefe Löcher gelegt unter Ratten und Ungeziefer, wo ihnen die Füße abgefault.

Wo Eifer auf der einen und Furcht auf der anderen Seite, da kann's an Erfolg nicht fehlen. Wie die Hasen zur Herbstzeit, so werden in Schleswig die Mennoniten und Davidjoriten aus ihren Löchern gescheucht; die Herren Pastoren und Pröbste vermelden hier einen und dort einen, und die Streitbarsten unter ihnen, der Pfarrer Mumsen zu Oldenswort und sein *Confrater* Moller zu Tönning, treiben ihrer je über ein halbes Dutzend auf, die nicht zugestehen wollen, daß der Teufel schon in den Neugeborenen steckt und diese darum schleunigst getauft werden müßten; zwar hätten sie, berichten beide übereinstimmend, durch gutes Zureden und Anordnung ewiger Verdammnis mehrere der Sünder zum rechten Glauben zurückgeführt, der Rest aber beharre auf den teuflischen Irrlehren, und ein Stärkerer, nämlich der

Herr Superintendent selber, möge kommen, um mit ihnen zu verfahren.

Dies ist, erkennt Eitzen, ein Wink des Himmels. Man wird ein Exempel statuieren und ein geistliches Gericht halten, allerdings mit der Macht der weltlichen Obrigkeit in der Hinterhand, und diese Sache wird anders ausgehen als damals die Disputation mit den Jüden, weil kein Ahasver ihm in die Quere kommen wird, und gleich, ob die Ketzer zu Kreuz kriechen oder nicht, es wird ein göttlich Werk sein und ein Zeichen setzen für alle im Herzogtum und über dessen Grenzen hinaus, daß hier einer ist, nämlich er, der Superintendent Paulus von Eitzen, der das Luthersche Wort, so wie's der gute Doktor gepredigt, gegen alle Abweichungen und Anfeindungen verteidigt.

Und da er den Plan seinem Freunde vorträgt, dem Geheimen Herzoglichen Rat Johannes Leuchtentrager, kratzt dieser sich das Puckelchen und lächelt, so wie er immer lächelt, nur etwas schiefer noch, und meint, das wäre ein kapitales Stück, solch ein Prozeß einschließlich Anklage und Verhör und Aburteilung der Schuldigen, und würde einen erheblichen Beitrag zur Schaffung jener Ordnung leisten, welche zum Gedeihen des Staates notwendig, und er selbst werde mit dem Edlen und Ehrenfesten Caspar Hoyer sprechen, dem Staller und Präfekten des Herzogs im Eiderstedtschen, damit dieser alles vorbereite und das Verfahren in Bälde stattfinden könne in der Stadt Tönning, wo es übrigens sehr gute Krabben zu essen gäbe und ein vorzügliches Bier dazu.

Von Schleswig nach Tönning ist's eine schöne, wenn auch holprige Straße, und die Sonne scheint am frühlingsklaren Himmel, und ob ihm auch das Gedärm durcheinandergerüttelt wird in seiner Kutsche, ist es Eitzen doch so wohlig zumute, wie's nur einem sein kann, der neben der allein richtigen und seligmachenden Lehre auch die Polizei auf seiner Seite weiß. Und des Herzogs Staller und Präfekt, der Ehrenfeste und Edle Caspar Hoyer, der ihn im Hof des Tönninger Schlößchens erwartet, ist auch ein Mench, mit dem sich's auskommen läßt; zwar könnt dem Herrn Staller nichts gleichgültiger sein als Kindertaufe und Abendmahlslehre, aber da sein Oberherr, der Herzog, nun einmal zu glauben scheint, des Menschen Glück und des Staates Wohl hingen von derlei tüftligen Fragen ab, und da er,

Caspar Hoyer, seinen Aal und seinen Schweinsbraten auch künftig in Ruhe zu verspeisen wünscht, dazu ein gutes Glas Wein, oder auch Bier, so hat er Claus Peter Cotes und Claus Schipper und Dirich Peters und Sivert Peters, ebenso wie Vop Cornelius und Marten Peters und Cornelius Sivers, die meisten von ihnen aus Oldenswort, die andern aus Tetenbüll oder Garding, im Turm zu Tönning festsetzen lassen und hat vorsichtshalber auch gleich ihr Vieh und andres Besitztum konfisziert, damit, wenn sie verurteilt würden, etwas vorhanden sei, worauf der Herzog seine Hand legen könne.

Das alles, und daß er, der Staller und Präfekt Seiner Herzoglichen Durchlaucht, in eigner Person zu Gericht über die Ketzer sitzen wird, erfährt Eitzen von dem Ehrenfesten und Edlen Caspar Hoyer, während sie zum Hafen hinunterspazieren, zwei Herren gesetzten Alters, mit sich und der Welt im Einklang, und zusehen, wie die Fischer ihren Fang an Land bringen, schöne dicke Fische aller Art und ein Gewimmel von Muscheltieren und Krabben, welche, sauber geschält und mit herzhafter Sauce, eine Gaumenfreude sein werden.

Die angenehme Stimmung hält vor auch noch am nächsten Morgen, da Eitzen sich in die Statthalterei begibt, wo das Gericht tagen soll; er hat sanft und tief geschlafen in der Nacht, einesteils des Weins und der scharfen Wässerchen wegen, welche der Ehrenfeste Caspar Hoyer ihm serviert, zum andern aber und hauptsächlich, da sein gutes Gewissen ein so weiches Ruhekissen gewesen. Nein, er haßt diese Cotes und Schipper und Peters, und wie sie alle heißen mögen, nicht, vielmehr wird er sie, so sie nur ein wenig Einsicht zeigen, auf den Weg des rechten Glaubens zurückführen, und er betrachtet sie mit dem Blick des Hirten, der seine verlorenen Schafe an gefährlichem Abhang entdeckt, mit Liebe, aber auch mit Sorge, wie sie da stehen in zwei Reihen, bewacht von des Stallers bewaffneten Bütteln, und rechts und links von ihnen, zurückgelehnt auf bequemen Stühlen, die *Pastores* Mumsen und Moller und die andern geistlichen Herren, welche gekommen sind, um von ihrem Superintendenten den Umgang mit Ketzern zu lernen. Die Beklagten allerdings blicken weniger geruhsam drein; der dunkle Turm hat ihnen das Gesicht gebleicht, sie scheinen zu frieren und kratzen sich das Handgelenk, wo der enge Strick dieses wundgerieben.

Der Ehrenfeste Staller und Präfekt, auf seinem Richterstuhl, neigt sich hinüber zu Eitzen, welcher in seiner Eigenschaft als Inquisitor zu seiner Linken und ein weniges unter ihm sitzt, und flüstert ihm zu, er möge, wenn's zum Verhör käme, den geistlichen Fragenkram kurz halten, die Stallerin hätte zu Mittag ein ganz vorzügliches Essen in Vorbereitung, geräucherten Seelachs zuvörderst, so zart, daß er auf der Zunge zergehe, und danach gestopfte Ente mit Speckkraut. Worauf er, mit lauter Stimme, den Gerichtsschreiber anweist, die Namen der Beklagten aufzurufen, ob auch alle ordentlich und in Person präsent wären, und dann die Anklageschrift zu verlesen. Bei der Abfassung dieser hat Eitzen fleißig mitgewirkt, wie aus dem Text ersichtlich, in dem es von frommen Worten wimmelt und die Beklagten gezieben werden, sich nicht nur nicht gemäß der wahren, reinen Lehre der Augsburgischen Konfession zu verhalten, sondern sogar der verführerischen Sekte der Wiedertäufer anzuhängen und von ihr abzustehen nicht gesonnen zu sein, obwohl sie von ihren Seelsorgern ohne Unterlaß gütlich und freundlich, aber auch mit christlichem Ernst, vermahnt worden; sie jedoch hätten vielmehr auf ihren Irrtümern verharrt und die heilige christliche Kindertaufe verleugnet.

Wie nun die Verlesung geendet, fragt der Staller, ob einer der Beklagten oder auch mehrere sich zu der Anklageschrift äußern, vielleicht gar ihre Reue kundtun wollten; wenn ja, sollten sie's tun, bevor man mit der Befragung beginne. Da hebt Claus Peter Cotes, welcher eine Art Anführer unter ihnen, die Hand und erklärt, sie seien sämtlich einfache Leute, nämlich Bauern und Handwerker, auch ein Tapetenmacher sei unter ihnen; seien daher wenig gewandt im Reden und Argumentieren mit den gelehrten Herren, obwohl sie das Wort der Bibel schon kennten, aber besser wär's doch, einer ihrer Prediger führe das Wort für sie, so es zum Streit käme über Sinn und Bedeutung des Abschiedsmahls Christi oder über die Erbsünde; sie hätten darum an ihre Mennonitischen Brüder in Holland geschrieben um einen solchen, daß er als ihr Advokat diene in geistlichen Sachen, und sei ihnen versprochen worden, es werde einer gesendet werden zu ihrer Unterstützung; der gelehrte Mann hätte bereits gestrigen Tags eintreffen sollen, spätestens aber heute; deswegen bäten sie um wenige Stunden Aufschub bis zur Ankunft ihres Verteidigers.

»Was!« ruft Eitzen empört, denn schon sieht er wiederum seine Felle davonschwimmen, so wie's ihm damals zu Altona geschehen. »Ist's nicht genug mit den abweichlerischen Gedanken der Beklagten, die den geweihten und ordinierten Dienern der Kirche und einer hohen Obrigkeit gerade jene Rechte absprechen wollen, auf denen der ganze göttliche Bau sich gründet, und mit ihren subversiven Absichten? Sollen sie uns auch noch einen Haupt- und Oberketzer ins Herzogtum bringen dürfen, damit der Dispute und Schwierigkeiten kein Ende sei? Oder ihn gar als *expertum legis divinae* vor diesem Gericht einführen? Wir hier verstehen genug von der Sache Gottes und brauchen keinen von anderswoher, der uns belehrt, und aus den Niederlanden, wo jede verfluchte Häresie gedeiht, schon gar nicht.«

Doch der Ehrenfeste und Edle Caspar Hoyer legt den Finger ans füllige Kinn und entscheidet, schließlich könne man den Beklagten nicht verwehren, auch ihrerseits Zeugen zu laden; wo solche Zeugen jedoch sich zum selben Irrglauben bekennten wie die Beklagten, müßten sie gewärtig sein, vom Gericht auch mit der gleichen Strenge behandelt zu werden wie diese; im übrigen jedoch stünde der Termin der Verhandlung lange schon fest und könne nicht einfach verschoben werden, bis irgendwo zwischen der Stadt Amsterdam und der Stadt Tönning irgendwelche hinkenden Pferde beschuht oder Achsbrüche geflickt sein würden. »Und nun, geehrter Herr *Superintendens*«, schließt er, »richtet Eure Fragen an die Beklagten, damit diese durch ihre Antworten erweisen können, ob sie an ihrem falschen Glauben festhalten oder sich nicht lieber zur Lehre Luthers, wie sie in der Augsburgischen Konfession festgehalten, und zur holsteinischen Kirchenordnung bekennen möchten.«

Im Vertrauen auf die Macht Gottes, welche Rösser zum Erlahmen bringt und die Achsen am Reisewagen holländischer Afterprediger zersplittern läßt, beginnt Eitzen also sein Verhör, wobei er listig plant, vom Allgemeinen mählich zum Spezifischen fortzuschreiten, so daß am Ende die elenden Ketzer sämtlich am spitzigen Haken lutherischer Dialektik hängen werden. Diese aber zeigen sich halsstarrig, antworten auf seine wohlbegründeten Worte frech oder gar nicht, und welche erklären sogar, es werde keiner sie von ihrem Glauben abbringen, selbst der Herr Superintendent nicht, so sehr er auch auf sie eindringe.

Solcherart Renitenz, erkennt Eitzen, wird von dem Edlen und Ehrenfesten Staller übel vermerkt, gegen die Beklagten, aber auch gegen ihn, der's duldet. So beschließt er denn, sich nicht weiter aufs Disputieren einzulassen und auf gütliches Zureden; seine Prediger haben sich beugen müssen, wie denn erst dieses Ketzergesindel; und er hat, Gott ist sein Zeuge, genug getan für die Beklagten, indem er sie, ausgehend von den Texten der Heiligen Schrift und dem Wesen unsres Herrn Jesus, zurückgeführt zu den Wassern des Glaubens; nun werden sie saufen müssen oder ersäuft werden. Sie werden bekennen müssen und ja sagen zu Taufe und Abendmahlslehre, wie andere auch, oder die Folgen tragen, von welch letzteren die Ausweisung aus dem Herzogtum noch die geringste. Richtet sich also auf, legt die Stirne in Falten und fragt die Beklagten, *ad primum,* ob alle Menschen, Christus ausgenommen, in der Erbsünde empfangen und geboren worden und folglich Kinder des Zorns seien, ja oder nein?

Der Cotes spürt, jetzt geht es aufs Ganze, und daß der dort in seinem schwarzen Habit sich festgekrallt hat und nicht mehr lockerlassen wird mit seinen Fragen. Sagt darum, »Wir verstehen nicht, daß wir von Adam her sollen sündig sein, und wir können nicht bekennen, daß wir in Sünde empfangen worden. Die Kindlein haben keine Sünde, daß sie an ihrer Seligkeit Schaden nehmen könnten. Auch daß Krankheit und Tod von der Sünde herkommen soll, bleibt uns unverständlich; ist's doch so in der Natur, und der Mensch ist in die Natur gesetzt worden wie Adam vor dem Fall.«

»Häresie, verdammliche«, erklärt Eitzen und wartet, bis der Gerichtsschreiber dieses auch zuverlässig aufs Papier gesetzt. Dann, dem Ehrenfesten Herrn Staller zum Benefiz und damit dieser, als Laie, nur ja auch verstünde, worum sich's hier handle, fragt er, *ad secundum,* ob die Beklagten nicht doch zugestünden, daß die kleinen Kinder getauft werden sollten und daß ihnen die Taufe notwendig und nützlich sei, ja oder nein?

»Es steht geschrieben«, sagt Cotes, »daß wir allein aus dem Glauben leben. Item, nur wer glaubt und um seines Glaubens willen getauft wird, der wird selig. Die Kindlein aber, dieweil sie weder Gutes noch Böses wissen, kann man nicht taufen.«

»Sakramentiererei, lästerliche«, diktiert Eitzen dem Schreiber und will darauf von den Beklagten erfahren, *ad tertium,* ob Christus durch das Leid, das er um unsertwillen ertragen, und durch sein Opfer auch unsere Schuld auf sich genommen, so daß wir allein schon durch den Glauben an ihn entsühnt sind und selig werden können, ja oder nein?

»Wenn wir alles auf Christus schieben«, sagt Cotes, »machen wir den Weg frei zur Sünde. Wir müssen auch das unsere dazu tun, daß wir selig werden, und der Mensch muß Gott ebenso suchen wie Gott den Menschen.«

»Blasphemie, verwerfliche«, konstatiert Eitzen, und sobald der Schreiber auch dieses säuberlich vermerkt, verlangt er zu wissen, *ad quartum,* ob die Beklagten dafür halten, daß Jesus Christus beim heiligen Abendmahl uns wahrhaftig mit seinem Leib speise und seinem Blut tränke, ja oder nein?

»Brot und Wein«, sagt Cotes müde, »nehmen wir zum Gedenken an Christus, und bleiben sie Brot und Wein. Alles andere ist Aberglauben und Papisterei.«

»Ketzerei, teuflische!« Die Stimme kippt Eitzen über. Will aber trotzdem dem Edlen und Ehrenfesten Caspar Hoyer noch demonstrieren, wohin solche greuliche Abweichungen von der allein seligmachenden Lehre *in praxi* führen, denn durchaus nicht immer erhellt, wie eines vom andern abhängt, ein ordentliches Regiment vom richtigen Glauben, und fragt darum, vor frommem Eifer ganz heiser, die Beklagten, ob *ad quintum* nach ihrer Auffassung ein wahrer Christ auch als weltliche Obrigkeit herrschen und ein hohes Amt mit gutem Gewissen verwalten und in solchem Stande selig werden könne, und ob *ad sextum* Christen in allen Dingen, welche nach dem Wort Gottes der Obrigkeit gehören, dieser Gehorsam schulden, und ob *ad septimum* das geistliche Reich Christi etwa in Widerspruch stünde zu den weltlichen Reichen und Regierungen, ja oder nein?

Da ist's, als hörte man den Holzwurm ticken im Gebälk der Statthalterei, so still, und aller Augen richten sich auf Claus Peter Cotes und Claus Schipper und Dirich Peters und Sivert Peters, und auf Vop Cornelius und Marten Peters und Cornelius Sivers; diesen aber liegt der Schweiß silbrig auf ihren fahlen Gesichtern, denn sie wissen, dies ist von allen Fragen die schwerste, und die Prüfung, und jetzt wird das Urteil gefällt und der Stab gebrochen.

»Nun?« sagt Eitzen. »Ja oder nein?«

Und will schon, da keiner ihm antwortet, ansetzen zu der großen Verdammungsrede, welche dem Cotes und Konsorten einen Vorgeschmack geben soll von dem, was sie am Jüngsten Tag von ihrem himmlischen Richter zu hören bekommen werden, da öffnet sich wie von selber die Tür zum Gerichtssaal und herein tritt der von den Beklagten angesagte Ketzerprediger aus Holland, gefolgt von einem verschleierten Weibsbild, das jedoch unter seinen Hüllen die artigsten Formen erkennen läßt. Eitzen ist's auf einmal, als beginne der Raum mit allen Personen darin langsam und dann immer schneller zu kreisen, nur der plötzliche Gast bleibt firm im Mittelpunkt und ohne sich zu rühren, während seine Begleiterin den Schleier zurückschlägt und ihn, den Herrn Superintendenten, frechen Aug's anblickt und dabei den prallen, roten Mund schürzt, so als wollte sie sagen: Sieh da, lebst du auch noch, alter Knoten.

Der Ketzerprediger aber begibt sich gemessenen Schritts zum Stuhl des Stallers, verneigt sich gebührlich vor diesem und erklärt, »Mein Name, Euer Ehren, ist Ahasver, Achab Ahasver, und ich bin hierher nach Tönning gekommen aus der Stadt Amsterdam, Euch Auskunft zu geben bezüglich aller Fragen, den Glauben dieser Männer betreffend, welche vor Euch als Beklagte stehen, und ihnen Trost und Hilfe zu sein, soweit dies in meinen Kräften.«

Der Ehrenfeste und Edle Caspar Hoyer betrachtet den Fremdling, der in seinem dunkelbraunen, nach holländischem Schnitt gefertigten Rock gediegen und vertrauenswürdig genug erscheint und ihm dennoch nicht recht geheuer ist, und sagt, »Mijnheer, für Trost und Hilfe mag's noch nicht zu spät sein, wohl aber für die Befragung, denn diese ist bereits abgeschlossen.«

Der Ahasver verneigt sich wiederum. »Euer Ehren«, sagt er, »steht, nachdem die Befragung beendet, Kläger wie Beklagten nicht zu, zusammenfassend noch einmal je ihre Seite des *casus* darzustellen? Soviel ich weiß, war der gelehrte Herr *Superintendens* darauf und daran, solches zu tun; ich bitte nur, ihm erwidern zu dürfen, nachdem er geendet.«

»Mijnheer –«, sagt der Staller und stockt, um eine gültige Replik verlegen, und sein Blick heischt Hilfe bei Eitzen.

Der nun hat sich endlich gefaßt. Er hebt seine Hände gleich den Propheten der Heiligen Schrift, wenn diese Gott zum Zeugen anrufen, und kreischt, »Mijnheer in der Tat! Mijnheer Ahasver! Dieser Kerl ist nichts als ein Schwindler auf den Marktplätzen, welcher vorgibt, der ewige oder wandernde Jüd zu sein, und schlimmer noch, ein lüderlicher Deserteur vom Regiment Pufendorf, welches in des Herzogs Diensten. Greift ihn! Packt ihn! Und seine Hure auch, daß sie uns nicht entwische!«

Die Büttel des Stallers, nicht faul, stürzen sich auf den falschen Holländer, und da dieser plötzlich einen Kurzdegen zückt, ziehen auch sie vom Leder und ist ein Lärm und Getümmel vor den erschreckten Augen der Herren *Pastores,* und die Funken stieben, daß es eine Art hat, aber gegen die Meute ist auch das edelste Wild verloren, und schon scheint's, als müßte der Ahasver, mehrfach verwundet, zu Boden sinken, da wirft sich die Margriet zwischen ihn und das Schwert des Stärksten der Büttel, und der Streich, ihm zugedacht, trifft sie. Eitzen sieht das Blut, wie's ihren weißen Hals hinabrinnt, genau wie damals zu Wittenberg der rote Wein, und verhüllt schaudernd sein Haupt.

Wie er dann die Augen auftut nach dem allgemeinen Entsetzen, liegt vor ihm, was übriggeblieben von der Frau, die ihn sein Leblang gelockt und verführt: eine hölzerne Kugel, mit einem Flederwisch dran als Haar und Löchern für Augen und Nas und Mund, und daneben ein Strohbund in Fetzen gehüllt, wie ihn die Bauern aufs Feld stellen, die Vögel zu scheuchen. Aber sind nicht auch wir am Ende nur Asche und Staub, und Eitelkeit, und Teufels Blendwerk?

Den Ahasver jedoch haben die Büttel schon abgeführt.

Vierundzwanzigstes Kapitel

In welchem der Gottorper Herzog den Ahasver
zum achtmaligen Gassenlaufen verurteilt und
der verehrungswürdige Herr Superintendent
den Todmatten von sich weist, so wie jener
einst den Rabbi, aber aus anderen Gründen

Was für die Pflanze reichlicher Regen und Sonnenschein, ist
für den Menschen die Hoffnung: er blüht auf, die Wangen
erhalten Farbe, das Haar Kraft, die Augen Glanz, der ganze
Kerl wirkt wie um Jahre verjüngt. So auch der Herr Superintendent Paulus von Eitzen, denn endlich, so denkt er, wird es
dem Jüden ans Fell gehen, der der Fluch seines Lebens
gewesen und ihm all die Jahre vergällt hat und der, des ist er
sicher, zu guter Letzt noch durch seine teuflische Hexerei die
schöne Margriet zu einem Strohwisch hat werden lassen, den
Leuten zum Schrecken und ihm, als frommen Christen und
Diener des Staates, zum Trotz.

Des Gefangenen wegen befragt, sagt er darum dem Herzog,
der noch im Bett liegt und frühstückt, dieweil er und der
Herr Geheime Rat Leuchtentrager je zur Rechten und Linken
des Betts ihre Aufwartung machen: Jawohl, es könne kein
Zweifel bestehen, daß der Gaukler und Marktschreier, wel-
cher im Lande umhergezogen als ewiger oder wandernder
Jüd und den Leuten das Geld aus der Tasche eskamotiert mit
Hilfe der Prinzessin von Trapesund, und der Pufendorfsche
Soldat, der im Dienst Seiner Herzoglichen Gnaden und in
deren Gefolge nach Holland ins Feld gezogen, und der
Mennonitische Ketzerprediger, welcher zu Tönning die bü-
bische Unverschämtheit besessen, vor Seiner Durchlaucht
geistlichem Gericht und vor dem Edlen und Ehrenfesten
Staller des Herzogs als Zeuge aufzutreten und dazu noch ein
in allen Teilen komplettes Weibsbild kraft schwarzer Zauber-
kunst in einen Strohwisch zu verwandeln, ein und dieselbe
Person und somit ein gemeiner Deserteur sei, mit dem nach
Kriegsrecht zu verfahren wäre; auch könne der Herr Geheime Rat, der gleichfalls in früheren Jahren dem Ahasver
mehrfach begegnet, dessen Identität bestätigen; und schließlich wäre da die Dienstrolle des Pufendorfschen Regiments,
in welcher ein A. Ahasver eingetragen und später als vermißt
und verschollen gemeldet.

Der Herzog verschluckt sich an dem Rauchfleisch, von dem er gegessen, und nachdem er sich unter viel Ächzen und Spucken die Gurgel gesäubert, verlangt er von seinem Geheimen Rat zu wissen, ob es nicht weiser wäre, einen solchen Zaubermeister sich warmzuhalten, statt ihn durch die Gasse zu schicken; kenne er doch in seinem Herzogtum eine ganze Anzahl von Weibern, die er lieber als Strohwisch sähe denn angemalt und aufgetakelt; welk und trocken seien sie ohnehin. Der Leuchtentrager aber, mit einem Blick auf Eitzen, der diesen erschauern läßt, sagt dem Herzog, wie ein Zaubermeister oder Schwarzmagier verhalte der Gefangene sich eigentlich nicht; er habe ihn beobachten lassen; der Mann kauere an seiner Kette und führe stundenlang Zwiesprache mit einem Reb Joshua, welches der hebräische Name sei für Jesus.

Da erschrickt Herzog Adolf: bei einem, der derart Umgang pflegt, hält man sich besser zurück, für den ist sein Superintendent zuständig; Eitzen aber empfiehlt, die Sache zu nehmen, wie sie dem Auge erscheint, der Mann war beim Regiment und ist's nicht mehr, wo gäb's noch Armeen, die den Fürsten die Kriege führen, wenn jeder sich davonmachen könnt, wann und wohin's ihn gutdünkt? Einer solchen Begründung, denkt der Herzog, kann er sich nicht wohl verschließen, knurrt also, da werde der Ahasver eben gassenlaufen müssen, den andern zur Abschreckung und dem Herrn Superintendenten zu Gefallen. Und da er nun zu Ende gefrühstückt und auch das Bier alle geworden, winkt er dem Diener, und der bringt ihm die Schüssel, und er wäscht sich die Hände, lange und gründlich, und sagt, »Ihr habt ihn erkannt, Eitzen, und habt ihn genannt und den Finger auf ihn gelegt; seht Ihr zu, wie's geht.«

Wie er das hört, wird's dem Herrn Superintendenten doch bänglich ums Herz, und er sieht sich um nach seinem Freund Leuchtentrager, daß der ihm jetzt auch wieder helfe; dessen Augen aber sind wie Marmelsteine und sein Gesicht wie Gletschereis, da er den Herzog fragt, wie oft der Ahasver durch die Gasse solle, zweimal, viermal, achtmal, und der Herzog, nun schon gelangweilt, sagt achtmal, und Eitzen weiß, das ist das Todesurteil. Denkt aber zugleich auch, nun werde sich's zeigen: denn ist der Ahasver in der Tat der ewige Jüd und von unserm Herrn Christus verflucht zum Weiterleben bis zu dessen endgültiger Wiederkehr, so wird ihm nichts weiter Böses zukommen außer einer gehörigen Tracht Prügel; ist er jedoch ein Aufschneider und Hochstapler, der sich auf Kosten der Leut einen fetten Tag gemacht und es noch dazu mit der Margriet getrieben, bis diese sich in einen Strohwisch verkehrte, so verdient er nichts Besseres als zu Tode gepeitscht zu werden. Beruhigt also auf diese Art sein Gewissen, oder was er anstatt desselbigen in seiner Brust trägt, und schläft die folgende Nacht friedlich schnarchend neben seinem Weibe Barbara, und da diese des frühen Morgens ein Rühren verspürt und ihn entsprechend betittelt und betuttelt, will's ihm auch beinah gelingen; doch gerad wie sie mit den knochigen Hüften tüchtig zu mahlen beginnt und es ihm so recht wohl werden will, glaubt er, auch an ihrem Hals den blutigen Ring zu sehen und fährt angstvoll zurück und hockt sich ans Fußende des Bettes, zitternd und bebend und die Augen verdreht; sie aber meint, er hätt sich sein Dingums verklemmt und Schaden genommen, und fragt, »Ist alles, wie's sein soll, Paul, und noch heil und am rechten Platze?«

Da erkennt er, daß sie noch im Fleische sein muß, wenn auch in hagerem, und aus einem Stück, denn noch nie hat einer einen Kopf allein reden hören, außer dem des Pferdes Fallada, und der war angenagelt. Murrt drum, was das dumme Fragen solle, und wie's mit dem Frühstück stehe; der Tag heute werde ihn schwer genug ankommen, denn um die Vesperzeit werde einer durch die Gassen gejagt werden, und der Herzog wolle, daß er in Person, als höchster Vertreter kirchlicher Autorität, dem Kerl geistlichen Beistand leiste. Die Barbara läutet nach der Magd, und zusammen richten sie Eitzen ein Frühstück, nach dem andere sich alle zehn Finger lecken würden, Mehlsuppe mit Ei und zerlassener Butter, und Bier, und Würste, und frisches Brot; trotzdem will's ihm nicht munden und er schiebt's von sich; auch an seinem Arbeitstisch geht ihm nichts von der Hand, nicht die Sonntagspredigt, die er im Dom zu halten gedenkt nach Lukas 18, Vers 10, über den hochmütigen Pharisäer, welcher sich rühmt, weil er zweimal die Woche fastet und Gott den Zehnten von allem, was er hat, abgibt, während der arme Zöllner den himmlischen Herrn nur um Gnade anflehen kann ob seiner Sünden, wozu Jesus: *Wer sich selbst erhöhet, der wird erniedrigt werden, und wer sich selbst erniedrigt, der wird erhöhet werden,* und nicht der Brief an den Pastor Johann Christiani zu Leuth, welcher der Barbara drei Stiegen Eier geschickt und klagt, daß er fünf Söhne und drei Töchter habe, die alle essen wollen, und zu Leuth sei nicht viel, Brot nicht, Bier auch nicht, und nun will er die Kirche zu Boel noch dazu haben, würde eben kürzer predigen, schreibt er, zweimal zehn Gebote seien genug, wenn der Weg nicht so lang wäre, wollte er das Glaubensbekenntnis und die *sacramenta* wohl dazu sagen. Mittags ist's Eitzen erst recht eine Qual; wie soll ihm das Hühnchen schmecken, das ihm vorgesetzt wird, zart gebräunt und angenehm duftend, wenn er bedenkt, was ihm bevorsteht; 's ist das erste Mal, daß er beim Gassenlauf offiziiert, sein Gemüt ist zarter besaitet denn das der meisten, er ist ein Mann des Friedens und der Studierstube, kein polternder, rauhbeiniger Feldprediger; aber er konnt's dem Herzog nicht verweigern, nachdem der Leuchtentrager, sein eigner guter Freund und Kamerad, es Seiner Durchlaucht auch noch nahegelegt.

So schlüpft er denn, da die dritte Stunde nach Mittag naht, in sein schwarzes Habit mit dem weißen Kragen; nimmt auch ein silbernes Kreuzlein mit, damit der Delinquent, bevor er den schweren Gang antritt, es küssen könne, obwohl es nicht sicher, ob der, als ein Jüd, solches auch tun will. Und wie er zum Marktplatz kommt, ist dort schon ein großes Getümmel; 's ist als dränge sich die ganze Stadt Schleswig vor der blutigen Stätte, Kind, Mann und Greis, nebst zugehörigen Weibern, um das militärische Schauspiel zu genießen, das da kommen soll. Auch die Soldaten sind schon aufgezogen, ausgesucht nach gleicher Größe, damit die Rutenhiebe auch richtig sitzen und nicht ein Langer statt des Delinquenten sein kürzeres Gegenüber ins Gesicht treffe; nur die Tambourjungen, die den Wirbel schlagen sollen während der Prozedur, sind in ihren bunten Röcken wie bösartige Gnome, die herumspringen und das Fell festziehen auf ihren Trommeln, daß es auch richtig schalle. Und sind die Soldaten, bemerkt Eitzen, in kleiner Montur, tragen ihr Lederzeug, aber keine Waffen; sonst möchten vielleicht einige, ahnend, daß es auch ihnen ergehen könne wie dem Verurteilten, den Spieß umkehren und Front machen gegen Korporale und Offiziere, und gegen den Herrn Superintendenten. Über dem allem aber hängt ein Himmel grau wie Blei, mit eilig ziehenden Wolken, die beinah die Dächer der Häuser berühren und nichts Gutes verheißen.

Inzwischen hat der Herr Profos des Regiments, der das Ganze kommandiert, den Herrn Superintendenten erblickt und tritt, zusammen mit dem Sub-Profosen, auf diesen zu, begrüßt ihn mit höflichen Worten und lädt ihn auf einen Trunk ein, nach getaner Pflicht. »Werdet ihn brauchen können, ehrwürdiger Herr Doktor«, sagt er mit einem Hoho und Haha, »seht jetzt schon aus, als sei Euch nicht wohl«; und der Sub-Profos, mit gleichen Hoho und Haha, schlägt Eitzen auf die Schulter, daß der fast in die Knie geht. Worauf der Profos ein Zeichen gibt und die Offiziere und Korporale ihre Leute in zwei Reihen aufstellen, die Reihe zu dreihundert Fuß Länge und hundert Mann in jeder Reihe, die Reihen aber Gesicht zu Gesicht zueinander; dazwischen eine Gasse sechs Fuß breit, und die Leute schräg zueinander gestaffelt, damit jeder Raum genug habe, auch gut zuzuschlagen.

»Folgt Ihr nur mir, ehrwürdiger Herr Doktor«, sagt der Profos, »der Herr Sub-Profos postiert sich am anderen Ende der Gasse und schickt den Kerl uns wieder zu, damit Ihr, wenn er bei uns anlangt und noch lebt, ihm ein ›Gesegnet sei's‹ zurufen könnt. «

Nun werden die Ruten gebracht, frisch geschnitten von den Weiden unten am Ufer der Schlei und ungeschält, vier Körbe mit insgesamt fünfzig Ruten, in jedem die Rute zu viereinhalb Fuß Länge und in der Dicke wie eines Mannes Daumen. Der Herr Profos persönlich zieht aus den Körben die eine oder andere hervor und prüft sie, indem er sie durch die Luft sausen läßt gegen den hölzernen Mast, an dessen Spitze die Farben des Herzogs im Winde flattern, Rot, Weiß und Blau, damit er hören kann, wie die Gerten pfeifen, und sehen, wie sie sich an den Leib des armen Sünders schmiegen werden, wenn der in einer kleinen Weil die Gasse durchläuft.

Dann schlägt's die dritte Stunde vom Domturm herüber, und der Lärm und das Stimmengewirr, welche den Platz erfüllt haben von allen Seiten, mindern sich und ersterben schließlich ganz. Dort, wo die Gottorpsche Straße in den Markt mündet, wird die Eskorte sichtbar, zwölf Mann zu Pferd und mit gezogenem Säbel, in ihrer Mitte, auf einem Leiterwägelchen, das der Schinder kutschiert, der Delin-

quent, aufrecht stehend mit gebundenen Händen, toten-
bleich, aber gefaßt hinblickend über die erwartungsvolle
Menge. So fahren sie ihn durch das Volk hindurch, das nur
unwillig zurückweicht vor den Hufen der Rosse, bis hin zum
Eingang der menschlichen Gasse, durch die er achtmal
hindurch soll, viermal hin und viermal zurück, und jedesmal
zweihundert Rutenschläge auf dem Rücken, ein jeder Schlag
gezählt und kräftig abgemessen, denn hinter je zwei der
Soldaten steht immer ein Korporal, der wacht, daß auch
keiner aus Schwäche, oder gar aus Mitleid, die Rute nur
lässig schwinge. Zwei Knechte des Profos stoßen den Delinquenten vom Wagen, und nun stehen sie einander gegenüber,
der Herr Superintendent und der Ahasver, der Ahasver nur
mit Hemd und Hose bekleidet, und auf einmal hat Eitzen
nicht die Kraft, ihm ins Auge zu blicken, sondern senkt
seinen Kopf, und da sieht er die nackten, verkrüppelten Füß
mit den dicken, wie ledernen Sohlen, die der Jüd hat von
seinen gut anderthalb tausend Jahren Wanderschaft, und es ist
ihm, als müßt er sich niederwerfen vor dem Verurteilten und
ihm diese Füß küssen, aber da stößt ihn der Profos in die
Rippen und sagt, »Betet, verehrungswürdiger Herr Doktor,
betet!«, und Eitzen fragt den Ahasver mit brüchiger Stimme,
ob er noch beichten wolle und Vergebung erhalten, und
obzwar dieser stumm bleibt, nimmt Eitzen das Schweigen
für ein Ja und beginnt ihm vorzusprechen, »Allmächtiger
Gott, barmherziger Vater, ich armer, elender, sündiger
Mensch bekenne dir all meine Sünde und Missetat, die ich
begangen mit Gedanken, Worten und Werken, womit ich
dich jemals erzürnt und deine Strafe zeitlich und ewiglich
verdient habe.« Kann aber nicht weiterreden an diesem
Punkt, weil's ihm auf einmal in den Sinn kommt, daß er
vielleicht mehr um das eigne Seelenheil bete denn um das des
Delinquenten, und hebt sein Auge himmelwärts, in der
Hoffnung, ihm möchte Trost werden von oben, doch da fällt
sein Blick auf das Gesicht des Ahasver, das unerbittlich ist
und voller Härte und Hohn, und wieder packt ihn der Haß
auf den Jüden, der ihm stets alles zuwider getan und der
unsern Herrn Jesus von seiner Tür gewiesen, als der nur ein
wenig ausruhen wollte von der Kreuzeslast, und so haspelt er
denn, nur um des Profosen Gebot Genüge zu tun, den Rest
des Texts noch herunter, wie Gott um seiner Barmherzigkeit

und um des unschuldigen bitteren Leidens und Sterbens seines lieben Sohnes Jesu Christi willen uns armen sündhaften Menschen wolle gnädig und barmherzig sein und uns alle Sünden vergeben und uns Geisteskraft verleihen möge zu unsrer Besserung, Amen.

Worauf der Profos erklärt, nun sei's genug der frommen Worte, und die militärische Justiz und das schaulustige Volk wollten auch zu ihrem Recht kommen. Die zwei Knechte placieren den Ahasver genau an den Eingang zur Gasse, mit dem Gesicht in diese hinein, und der Profos kommandiert, daß es weithin schallt, »Fertig zum Gassenlaufen – lauft!«

Ahasver sieht die endlose Gasse vor sich, rechts Gestalten, links Gestalten, Augen, Augen, Augen, zwei Mauern von Augen, sämtlich auf ihn gerichtet, und die zum Schlag erhobenen Ruten, die immer kürzer zu werden scheinen in der Ferne, bis alles, Gasse und Schläger und Werkzeug, zusammenfließt zu einem schwarzen Schlund, der ihn verschlingen wird. Zuerst spürt er jeden Hieb und wie die Gerte sich um ihn windet, und jedesmal verschlägt's ihm den Atem, und er fühlt, wie die Haut schwillt und platzt und das Blut hervordringt, dick und heiß. Dann vereint sich der Schmerz zu Wellen, die über ihn hinschwemmen und ihn ersticken, bis er aufschreit wie ein Tier, die Stimme will ihm zerspringen, die Augen quellen ihm aus dem Schädel, das Fleisch auf dem Rücken zerbirst, und noch immer kein Ende der Gasse. Erbarmen, keucht er, und weiß doch, daß keiner ihn hört, und hörte er ihn, Erbarmen nicht zeigen würde, und taumelt weiter, und weiter die Schläge, weiter das Sausen der Ruten, das Klatschen, welches er nun schon hört, als wär's nicht der eigene Rücken, der sich da aufbäumt, nicht der eigne Muskel, der da zerreißt, Faser um Faser.

Da, endlich angelangt. Und er lebt noch. Er atmet, röchelnd, das Herz in der Brust flattert wild, der Schmerz ist um ihn wie ein Mantel aus Glut. Doch da zeigt sich auch schon der Herr Sub-Profos und packt ihn mit behandschuhter Faust, kehrt ihn um und entsendet ihn, mit einem Fußtritt, zurück in die Gasse. Er stolpert, wird hochgerissen. Daß er noch sehen kann, verwundert ihn, die Steine unter den Füßen, hören kann, den dumpfen Wirbel der Trommeln, denken kann, soviel Blut, das verströmt, wieviel Blut hat der Mensch. Sein Rücken ist ein rotes Gemenge von Fetzen:

Hemd, Haut, rohes Fleisch; bald werden die Knochen durchscheinen, weißlich. Dann, wie er den Kopf einmal hebt, den Weg zu finden, sieht er Eitzen, schwarz und winzig in der Entfernung, wird aber größer und wächst mit jedem Schritt, jedem niederzischenden Schlag, die Züge werden erkennbar, die spitzige Nase, der verkniffene Mund, die glitzernden kleinen Augen. Und wie er ankommt bei ihm, der letzte Schlag saust noch herab auf seine Schultern, stürzt er aufs Knie vor ihm und bittet, die Lippen schmerzzerbissen, »Laßt mich ausruhen ein wenig bei Euch, denn ich bin wund und zum Sterben matt.«

Die Worte kennt Eitzen wohl, und auf einmal hat er's wieder mit der Angst und will nichts als den Jüden schon los sein, aus dem Aug, aus dem Leben, und ruft aus, »Und was habt Ihr gesagt, da unser Herr Jesus zu Euch kam mit dem Kreuz auf dem Rücken und Euch um das gleiche bat?«

»Ich«, sagt der Ahasver und bringt es fertig zu lächeln, »habe den Rabbi geliebt.«

Eitzen verzerrt das Gesicht; der Zorn des Herrn hat sich seiner bemächtigt ob solcher Lästerung seitens des Jüden, und er schreit ihn an, »Pack dich, hast du gesagt, und hast unsern Herrn Jesum verjagt von deiner Tür, und er hat dich verflucht...«

Und verstummt, denn der Ahasver hat sich erhoben und steht vor ihm, blutüberströmt, und hebt seine Hand und sagt, während dem Herrn Profosen das Maul aufklappt vor Staunen, »Verflucht seid *Ihr,* Paulus von Eitzen, und der Teufel wird Euch holen, so sicher, wie Ihr mich hier vor Euch seht, und ich werde dabei sein, wenn er kommt, Euch mitzunehmen.«

Nach diesen Worten dreht er sich um und schreitet, freiwillig und ohne zu zögern, zurück in die Gasse, und wie der nächste Schlag auf ihn fällt, zerreißt das Gewölk am Himmel und ein Blitz fährt hernieder, drauf ein Donnerschlag, daß die Menschen sich furchtsam ducken und viele in Schrecken davonlaufen, und ein Windsturm hebt an, und etliche sagen, Gott hätte ein Zeichen gesetzt, und es werde ein schlimmes Ende nehmen mit dem Sodom und Gomorrha an der Schlei.

Später, wie alles vorbei ist, beim achten Mal durch die Gasse, und der Herr Profos den Leichnam des Delinquenten mit dem Stiefel getreten und so sich versichert hat, daß der auch

gänzlich tot, und darauf verkündet hat, »Die Truppe –
Achtung! Der Strafe ist Genüge getan!« und diese abmar-
schiert ist mit dem Kadaver auf dem Leiterwägelchen, und
der Regen das Blut des Ahasver von den Plastersteinen
gewaschen, und die Ruten verbrannt werden auf einem
Haufen mitten auf dem Marktplatz, sie brennen schlecht und
qualmen und stinken, denkt Eitzen, dem das Ganze wie
ein schwerer Traum, daß der Kerl doch nur ein Gauner
und Schwindler gewesen, denn der wahre Ahasver hätte
ja nicht sterben können, auch beim achten Mal Gassenlaufen
nicht.

Fünfundzwanzigstes Kapitel

*In dem die Frage ventiliert wird, was wirklich
hinter der intensiven Beschäftigung mit dem
Ahasver-Komplex stecken möchte, und
wir durch den gelehrten Briefwechsel
zwischen den Professoren Beifuß und
Leuchtentrager von der Wiederkunft des Reb Joshua und dessen
Ansichten über das neue
Armageddon erfahren*

Herrn Prof. Dr. Dr. h. c. Siegfried Beifuß
Institut für wissenschaftlichen Atheismus
Behrenstraße 39 a
108 Berlin

4. September 1980

Werter Genosse Beifuß!
Durch die Urlaubszeit verschiedener Mitarbeiter hat sich
unsere Stellungnahme zu der Schrift des von Dir geleiteten
Instituts, »Religiöse Elemente im zionistischen Imperialismus, unter besonderer Bezugnahme auf die Ahasver-Legende und die Qumran-Handschrift 9QRes«, deren Abfassung
auf unsere Anregung vom März dieses Jahres zurückgeht,
verzögert. Nachdem jedoch jetzt mehrere Beurteilungen
vorliegen und auch ich selbst Gelegenheit hatte, mich mit der
Arbeit vertraut zu machen, muß ich Dir mitteilen, daß wir
den Beitrag in der vorliegenden Form nicht für genügend

qualifiziert halten, um ihn im nächsten Jahr auf der Konferenz in Moskau zu verwerten.

Vor allem bemängelt die Hauptabteilung, daß durch die besondere Bezugnahme auf die Ahasver-Legende und die Handschrift 9QRes andere wichtige Aspekte des Themas zu kurz kommen und die sozialen und nationalen Zusammenhänge nicht umfassend und tiefgreifend genug herausgearbeitet werden. So fehlen zum Beispiel eine fundierte Auseinandersetzung mit der ersten Besitznahme Palästinas durch Israel unter Joshua, wobei der Einsatz geheimdienstlicher Mittel durch die Angreifer eine spezielle Behandlung verdient hätte, wie auch eine Analyse des annexionistischen Charakters des zweiten jüdischen Staates und seiner Bündnispolitik mit dem imperialistischen Rom, die ein bezeichnendes Licht auf heutige Praktiken hätte werfen können.

Im Zusammenhang mit dieser Problematik und mit unserem Schreiben an Dich vom 8. Juli dieses Jahres, in dem wir empfahlen, Herrn Prof. Leuchtentrager und dessen Freund Ahasver nahezulegen, von einem Besuch in der Hauptstadt der DDR abzusehen, bitten wir Dich zu einer Aussprache am kommenden Montag um 14 Uhr.

Mit sozialistischem Gruß,
      Würzner
      Hauptabteilungsleiter
      Ministerium für Hoch- und Fachschulwesen

Herrn Prof. Jochanaan Leuchtentrager
Hebrew University
Jerusalem
Israel
              10. September 1980

Lieber, verehrter Kollege Leuchtentrager!

Ich hätte Ihnen längst auf Ihren ausführlichen Brief vom 3. Juli antworten sollen, aber wichtige Arbeiten und ein nervöses Leiden, das mich fast einen Monat von meinem Institut fernhielt, zwangen mich, das Vorhaben zu verschieben. Doch hat mich das Thema Ahasver in der ganzen Zeit nicht losgelassen; mein Arzt äußerte sogar die Vermutung, dieses könnte mit meiner Krankheit in einem, wenn auch entfernten, Zusammenhang stehen, und sprach von einer Fixation, wie sie ähnlich von Ihnen seinerzeit schon angedeutet wurde, und wollte weiter wissen, ob mir der ewige Jude nicht etwa auch erschienen sei, des Nachts in meinen Träumen oder sonstwann. Das allerdings konnte ich mit gutem Gewissen verneinen.

Dennoch bleibt die Frage, warum Sie, lieber Kollege, und ich uns seit geraumer Zeit derart intensiv mit dem Ahasver-Komplex beschäftigen, denn wenn schon von einer Fixation bei mir die Rede sein sollte, wie dann erst bei Ihnen, der Sie an die reale Existenz des die Jahrhunderte überdauernden Wundermenschen tatsächlich zu glauben behaupten und mich davon zu überzeugen suchen? Und sollte man die Frage nicht auch gesellschaftlich relevant stellen? Woher denn das überall in gesteigertem Maße bemerkbare Interesse an Ahasver, seinen Ursprüngen, seiner Geschichte, seinen Auswirkungen?

Da es in der Welt keine spontanen Entwicklungen gibt, sondern nach den Gesetzen des dialektischen Materialismus eines immer aus einem anderen erwächst, wäre zu überdenken, was hinter dem Ganzen steckt und wessen Interessen hier gedient wird. Und zu genau diesem Punkt haben Sie, verehrter Professor Leuchtentrager, wahrscheinlich sogar ohne es zu beabsichtigen, die Antwort geliefert, als Sie in Ihrem Juli-Brief im Kontext mit einem eventuellen Visa-Antrag an die Behörden der Deutschen Demokratischen Republik von sich als einem Vertreter von Ordnung und Gesetzlichkeit schrieben, Ihren Freund Ahasver aber als Antithese dazu sahen, als Mann der Unordnung und des Umsturzes, der Ungeduld und Unruhe, eine Symbolfigur der Anarchie also. Solche Typen aber, denken Sie nur an Trotzki und ähnliche, werden immer wieder zu Werkzeugen der finstersten Reaktion und des Imperialismus, und in aller Freundschaft zu Ihnen, verehrter Herr Kollege, die ich mir durch unseren langen und inhaltsreichen Briefwechsel erworben zu haben glaube, gebe ich Ihnen den Rat, sich doch einmal zu überlegen und gegebenenfalls nachzuprüfen, ob der heutige, sehr reale Ahasver – von seinen verschiedenen Vorgängern sehe ich jetzt ab – nicht etwas mehr sein könnte als nur ein harmloser Schuhhändler.

Jedenfalls möchte ich bezweifeln, daß er ein Einreisevisum in unsere Deutsche Demokratische Republik erhalten würde.

Mit guten Wünschen, besonders für Ihre Gesundheit,

Ihr ergebener

(Prof. Dr. Dr. h. c.) Siegfried Beifuß

Institut für wiss. Atheismus

Berlin, Hauptstadt der DDR

Herrn Prof. Dr. Dr. h. c. Siegfried Beifuß
Institut für wissenschaftlichen Atheismus
Behrenstraße 39 a
108 Berlin
German Democratic Republic

10. September 1980

Lieber Professor Beifuß!

Ihr langes Schweigen, das letzte Mal hatte ich Nachricht von Ihnen im Juni, hat mich beunruhigt. Selbst den durch die Postzensur Ihres wie meines Staates so ungebührlich verzögerten Postweg eingerechnet, müßte ich bei Ihrem Schreibeifer in allen den Ahasver betreffenden Fragen längst von Ihnen gehört haben; Sie sind doch nicht etwa erkrankt oder amtlicherseits an einer Fortsetzung Ihrer wissenschaftlich so förderlichen Korrespondenz mit mir gehindert worden?

Ich jedenfalls will Ihnen jetzt schreiben, muß es tun, selbst auf die Gefahr hin, daß ein Brief von Ihnen an mich bereits unterwegs ist und sich mit dem meinigen von heute kreuzt. Zwei Gründe, neben meiner kollegialen Sorge um das geistige und körperliche Wohlbefinden eines der wenigen außer mir noch vorhandenen Ahasver-Spezialisten, veranlassen mich dazu. Der eine ist, daß ich begründete Aussicht auf eine finanzielle Beihilfe seitens meiner Universität für eine Reise habe, die mir gestatten soll, an den Stätten des Wirkens des Ahasver, so etwa auch in dem in Ihrer DDR gelegenen Wittenberg, zu recherchieren; bei der Gelegenheit würde ich in Begleitung von Herrn Ahasver, der für seine Reisekosten selbst aufkommt und sich gleich mir darauf freut, Sie nun persönlich kennenzulernen, Ihr Institut in Ostberlin besuchen wollen, und zwar wahrscheinlich noch vor Ende des Jahres.

Der zweite Grund für die Dringlichkeit meines Briefs und

meine Eile, ihn zu schreiben, ist noch wichtiger, ist sogar, könnte man sagen, sensationell. Soeben war nämlich Herr Ahasver bei mir und hat mir mitgeteilt, der Reb Joshua, den Sie besser unter seinem griechischen Namen Jesus Christus kennen, habe wieder auf Erden geweilt: er, Ahasver, habe ihn nicht nur gesehen, sondern sich auch des längeren mit ihm unterhalten.

Sie, verehrter Herr Kollege, haben die Existenz des ewigen Juden ja immer in Frage gestellt; Sie mögen daher hier erst recht den Einwand erheben, daß die Angaben einer mythischen Person wenig faktischen Wert haben und daß von der in den Schriften des Neuen Testaments mehrmals vorausgesagten neuerlichen Wiederkehr des Jesus Christus *realiter* sowieso nicht die Rede sein könne, weil es schon für die erste Inkarnation des angeblichen Gottessohnes keine stichhaltigen historischen Beweise gebe, keine hebräischen, griechischen oder römischen Dokumente irgendwelcher Art, keinerlei Quellen außer eben diesem Neuen Testament, dessen verschiedene Teile von ebenso verschiedenen Autoren im nachhinein und offensichtlich zum Behuf der Propagierung eines vom offiziellen Judentum abweichenden Sektenglaubens geschrieben und unter die Leute gebracht wurden.

Auch ich, lassen Sie mich das feststellen, halte den Jesus in der uns überlieferten Gestalt für eine höchst fragliche Figur; eher würde ich meinen, daß der Reb Joshua, der damals predigend und in Gleichnissen redend durch Judäa und die angrenzenden Provinzen zog, zu Lebzeiten schon und noch mehr nach seinem Tode von seinen Anhängern mit einer großen Anzahl gängiger Mythen umwoben wurde, bis sie ihn endlich zu dem von den Juden lange schon erwarteten Messias erklärten. Aber ich kann mich den nüchternen Worten meines Freundes Ahasver, der da vor mir stand, wie etwa Ihr Herr Dr. Jaksch mit einer Handvoll frischer Beweise für eine seiner Thesen vor Ihnen stehen würde, doch nicht ganz entziehen, und ich nehme an, auch Sie werden von seinem Bericht nicht unbeeindruckt bleiben.

Diesem Bericht zufolge habe sich der Rabbi, bekleidet mit einem ehemals weißen, nun aber kotig beschmutzten und zerrissenen Gewande, die Via Dolorosa hinaufgeschleppt, schwankend wie unter einer schweren Last, bleich, und hörbar keuchend. Trotzdem sei er bei dem Touristenbetrieb in diesem Teil Jerusalems, der ja vielerlei sonderbares Volk und Bettler aller Art anziehe, kaum bemerkt worden; nur ein paar Jugendliche mit Gitarre und Rucksack hätten Notiz von ihm genommen, sich jedoch bald wieder anderen Kuriositäten zugewandt. Er, Ahasver, aber habe den Reb Joshua sofort wiedererkannt: kein Wunder in Anbetracht seiner ersten, folgenschweren Begegnung mit ihm am gleichen Orte. Überhaupt sei er über das Auftauchen des Reb Joshua nicht gar so erstaunt gewesen, gab Herr Ahasver auf meine diesbezügliche Frage hin zu; halb und halb habe er dessen Wiederkehr seit einiger Zeit schon erwartet, und ein Gefühl des *déjà vu* habe ihn beschlichen, als der Rabbi wiederum auf ihn zutrat und ihn bat, im Schatten seines Hauses eine kurze Zeit ruhen zu dürfen.

Diesmal allerdings, berichtete mein Freund weiter, habe er sich nicht nach bekanntem Muster verhalten. Statt den Rabbi, wie gehabt, von seiner Tür zu weisen, habe er ihn nämlich in sein Haus gebeten und den völlig Erschöpften durch seinen Schuhladen hindurch, vorbei an mehreren begreiflicherweise etwas schockierten Kunden, in den nach hinten gelegenen Patio geführt, wo er den Gast aufforderte, es sich unter dem rankenden Weinstock bequem zu machen. Ein Gläschen Wein habe der Rabbi abgelehnt, ebenso Coca Cola, nur einen Trunk Wasser habe er akzeptiert und habe sich auch die blutigen Wunden auf seinem Haupte säubern lassen und keinen Laut geäußert, nur zwei- oder dreimal gezuckt, während er, Ahasver, ihm die zum Teil recht tiefen Stiche und Schnitte am Ende der Waschung mit Jod abtupfte.

Dann, nachdem er sich ein wenig erholt, habe Reb Joshua zu sprechen begonnen. Dies, habe er erklärt, sei nun die letzte Station seines Aufenthalts, und da mein Freund Ahasver daraufhin wissen wollte, ob er denn wirklich gedächte, sich noch einmal zum Märtyrer machen zu lassen, habe er lächelnd erwidert: Nein, diesmal nicht; eine andere Zeit sei gekommen, eine Zeit, in der es nicht länger zu leiden, sondern zu richten gelte. Zu der naheliegenden Frage, wer denn zu richten wäre, habe der Rabbi sich nicht geäußert; er habe wohl angenommen, meinte mein Freund, das sei hinreichend klar. Auch habe er über diejenigen, die ihm so böse zugesetzt, nur ganz allgemein gesprochen und habe offengelassen, ob es die Militärpolizei gewesen oder arabische Terroristen oder einfach irgendwelche Strolche, die an ihm ihr Mütchen zu kühlen gedachten.

Vielmehr habe den Rabbi ein ganz anderes Thema interessiert: Armageddon, jene letzte Schlacht vor dem Ende der Welt, auf welche, laut Überlieferung, das Jüngste Gericht folgen soll. Er habe von Schiffen geredet, die unter Wasser oder gar unter dem ewigen Eis lauerten, dem elektronischen Auge auch der empfindlichsten Abwehrgeräte unsichtbar, ein jedes mit sechzehn Raketen ausgestattet, deren jede einzelne wiederum mit sechzehn ihr Ziel selbständig ansteuernden Atomsprengköpfen bestückt sei, wobei ein einziger dieser Atomsprengköpfe genügte, mit seiner Explosivkraft und seiner Hitzeentwicklung eine große Stadt mit allem, was darin atme, gründlicher zu zerstören, als Gottes Feuerregen seinerzeit Sodom und Gomorrha. Bei diesem Armageddon, so habe Reb Joshua weiter prophezeit, würden auch Interkontinentalraketen eingesetzt werden, die in Minutenschnelle von jenseits der Meere ihr Ziel anflögen und mit ihren nuklearen Sprengladungen, beispielsweise, vom Berge Zion und der heiligen Stadt Jerusholayim nichts als einen ausgebrannten Krater lassen und dazu mit ihrem radioaktiven Hauch in einem Umkreis, der bis zu dem Flusse Nil einerseits und den Wassern des Euphrat andrerseits reiche, Mensch, Vieh und Pflanzen tödlich verseuchen, ja, sogar den Boden, auf dem sie gewachsen, vergiften würden. Und von solchen Raketen, habe der Rabbi mit Bitternis in der Stimme hinzugefügt, größeren und kleineren, mit kürzeren oder längeren Reichweiten und ausgerüstet mit den entsprechenden Sprengköpfen, gäbe es bereits viele Tausende, und diese ganze höllische Macht befinde sich in den Händen einiger weniger Herrscher, Männern von beschränkter Denkungsart, die bei jeder Gelegenheit lauthals proklamierten, sie bräuchten ihr Arsenal zur Verteidigung des Friedens, denn der Friede erfordere ein Gleichgewicht des Schreckens; was heiße, wenn der eine imstande sei, den andern zehnfach zu vernichten, müsse dieser nun danach streben, es jenem nicht nur gleichzutun, sondern ihn zu übertreffen, um auf eine zwölffache Vernichtungsrate zu kommen, damit er's ihm, selber schon am Verröcheln, aus dem letzten Bunker heraus noch wiedervergelten könne. Bei diesem mörderischen

Wettstreit seien sie jetzt dahin gelangt, daß sie fähig wären, alles unter den Himmeln auszurotten, so daß von der Schöpfung Gottes nichts bliebe als die wüste, leere Erde und die fernen Sterne. In seiner Sucht nach Macht, gepaart mit seiner Furcht vor seinesgleichen, habe der Mensch nach den Urkräften des Alls gegriffen, doch ohne diese zügeln oder regeln zu können; so sei Adam selbst, einst im Bilde Gottes geschaffen, zu dem Tier mit den sieben Häuptern und den zehn Hörnern geworden, dem Alles-Zerstörer, dem Antichrist.

Soweit, nach dem Bericht des Herrn Ahasver, die Rede des Reb Joshua. Nun werden Ihnen, verehrter Kollege Beifuß, die den Worten des Rabbi zugrunde liegenden Fakten ebenso geläufig sein wie mir; nur haben wir, indem wir sie, wo immer möglich, aus unserm Bewußtsein verdrängen, mit ihnen zu leben gelernt. Er habe versäumt, gestand Herr Ahasver, sich Klarheit darüber zu verschaffen, woher der Rabbi diese Fakten erhalten, ob durch Leute, die ihm die bezügliche Literatur vorlegten, oder Männer vom Fach oder gar an der Sache selbst Beteiligte; offensichtlich aber sei gewesen, daß er, der an unserer allmählichen Akklimatisierung an das Atomzeitalter nicht teilgehabt haben konnte, mit dem Wahnsinn, in dem wir uns wie selbstverständlich bewegen, plötzlich konfrontiert und entsprechend verschreckt worden war – reichliche neunzehnhundert Jahre, nachdem er, wie er geglaubt, sein Blut für die Vergebung der Sünden der Menschheit vergossen.

Die spekulative Frage, wie würde sich Jesus verhalten und was würde er wohl sagen, kehrte er heute zur Erde zurück, haben sich viele schon gestellt, Sie selbst vielleicht auch, werter Herr Professor, trotz Ihrer atheistischen Überzeugungen. Der Aussage des ewigen Juden zufolge, des einzigen Menschen, der den Reb Joshua zuverlässig identifizieren und dessen Wiederkehr authentisch bezeugen kann, hat diese Rückkunft stattgefunden. Läßt sich die Frage nun beantworten?

Herr Ahasver glaubt, ja. Zumindest indirekt habe Reb Joshua selbst die Antwort gegeben, und zwar auf dem Hügel Golgatha, an jener Stelle, wo das Kreuz einst stand. Dorthin nämlich wären sie beide gewandelt, nachdem er, Ahasver, den Rabbi überredet hatte, sein zerrissenes und verschmutztes Gewand gegen einen weißen Umhang, wie die Beduinen ihn tragen, zu vertauschen, und dort habe der Rabbi mit Blick nach oben plötzlich ausgerufen: Eli, Eli, war denn alles für nichts – die Predigt auf dem Berg, der Kreuzestod? Das Lamm geschlachtet, aber das Opfer verworfen?

Darauf sei er in Schweigen verfallen. Inzwischen aber habe sich eine Menge um ihn gesammelt, Einheimische, Touristen, Pilger, unter welch letzteren eine Gruppe von Geistlichen verschiedener christlicher Konfessionen in ihrer Amtstracht, und alle hätten sie den Rabbi angestarrt, als sähen sie ein Gespenst, und eine junge Amerikanerin, blaß und mit strähnigem Haar, habe schwärmerisch gerufen, *Doesn't he look just like Jesus Christ!* Der Rabbi, aus seinen Gedanken gerissen, habe nach kurzer Verwirrung die Hand mit dem Wundmal wie zum Segen erhoben, sie aber dann wieder gesenkt; darauf sei er durch die Menge, die sich vor ihm teilte, davongeschritten, und das Merkwürdige sei gewesen, daß keiner von all diesen Leuten einen Fotoapparat zückte, obwohl viele von ihnen Kameras bei sich gehabt hätten.

Mir blieb nur noch, die persönliche Reaktion des Herrn Ahasver zu dem Ereignis zu erkunden. Jedoch brauchte ich ihn deswegen nicht besonders zu befragen; er erklärte von sich aus, wie sehr die Wiederkunft des Reb Joshua ihn betroffen habe, sei doch sein eigenes Schicksal davon in ganz außerordentlichem Maße berührt. Denn wenn, so sagte er, das *Du aber wirst bleiben und meiner harren, bis ich wiederkehre* sich bisher erfüllt habe, so ließe sich wohl erwarten, daß auch der in dem Fluch *implicite* für die Zeit nach der Rückkehr des Reb Joshua vorausgesagte Tod des ewigen Juden und seine Entrückung ebenfalls eintreffen würden, und er, Ahasver, habe vorher noch einiges zu regeln.

Sie werden, verehrter Kollege Beifuß, die Erregung verstehen, mit der ich diesen Brief schreibe, aber auch meine Freude und Genugtuung darüber, daß ich gerade einen solchen Skeptiker und Marxisten wie Sie als ersten von einem so großen und erstaunlichen, wenn auch zunächst nur von einer einzigen Quelle bestätigten Ereignis wie dem neuerlichen Erscheinen des Reb Joshua informieren konnte. Zweifellos werden Sie über diesen und andere uns interessierende Punkte mit Herrn Ahasver und mir bei unserm kommenden Besuch in der Hauptstadt der Deutschen Demokratischen

Republik noch reden wollen, und ich sehe einem fruchtbaren und anregenden Meinungsaustausch erwartungsvoll entgegen.

Inzwischen gute Grüße,

Ihr,
Jochanaan Leuchtentrager
Hebrew University
Jerusalem

Sechsundzwanzigstes Kapitel

*Worin der Rabbi und der Ahasver sich auf die Suche
nach Gott begeben und nach manchen Fährnissen
einem Alten begegnen, der das Geheimnis des
siebenfach versiegelten Buchs des Lebens
kennt und den Rabbi zu unbedachtem
Widerspruch herausfordert*

Wir suchen.

Ich, Ahasver, schritt zur Linken des Rabbi vierzig Tage und Nächte, da wir auf der Suche waren nach GOtt. Der aber versagte sich uns, und um uns war Wüste und Leere und das fahle Grau des Sheol, in dem alles verschwimmt und verschwindet. Und der Rabbi war voller Furcht und Zagen und sprach zu mir, Wer sind wir, daß wir hadern mit GOtt und unsre Maßstäbe anlegen wollen an Seinen Ratschluß? Er ist der Ursprung und das Ende, Er war vor der Zeit und wird nach ihr noch sein, und seine Macht ist ohne Grenzen.

Ich aber sagte, Was jedoch wäre GOtt ohne uns? Ein Ruf ohne Widerhall, eine Kraft ohne Wirkung, ein Prinzip ohne Praxis.

Und da wir wiederum vierzig Tage und Nächte gegangen waren auf der Suche nach Ihm, fragte der Rabbi, Wenn es aber nun so wäre, daß es Ihn gar nicht gibt? Daß die Welt und wir selbst nur ein Traum gewesen von Anbeginn an, der zerrinnen wird wie ein Nebel im Winde?

Rabbi, erwiderte ich, der Glaube, der Berge versetzt, schafft auch die Berge; du mußt nur tüchtig glauben, dann wirst du den Vater auch finden.

Und siehe, da wich das Grau vor unseren Augen, und ein Licht erstrahlte, das erleuchtete unsern Weg, und ein Palast erhob sich am Ende des Weges, der war aus Gold und Silber und Zedernholz, alles höchst kostbar gearbeitet, und vor den sieben Toren des Palastes standen sieben gepanzerte Wächter, die trugen jeder ein flammendes Schwert; der Rabbi aber trat durch das siebente Tor in die siebente Halle, in welcher ein Thron stand aus Edelsteinen, die in allen Farben der Welt schillerten, und auf dem Thron saß Einer, der war gekleidet in schimmernde Seide und war schön wie ein Engel, mit lockigem Haar und mit beringten Fingern, und sprach, Ich bin der König der Könige, und ich habe dich längst schon erwartet, mein Sohn.

Rabbi, sagte ich, wenn der da dein Vater ist, sprich zu ihm.

Der Rabbi aber sagte, Dieser bedeutet mir nichts.

Da verdunkelte Zorn das Antlitz des Königs der Könige, und seine sieben Wächter kamen und ergriffen den Rabbi und wiesen ihn hinaus aus dem siebenten Tor in die Wüste. Das Licht aber erleuchtete unseren Weg, und am Ende des Wegs erhob sich ein Tempel, welcher noch prächtiger war als der Palast des Königs der Könige und noch mehr Gold und Silber und Zedernholz zur Schau trug als dieser, das noch kostbarer gearbeitet war, und in den sieben Höfen des Tempels zelebrierten vor sieben Altären sieben heilige Priester, die hielten jeder eine flammende Opferschale; der Rabbi aber trat durch den siebenten Hof in die siebente Kammer, die gefüllt war mit Weihrauch und teuren Wohlgerüchen und mit Kultgeräten aus Edelsteinen, die in allen Farben der Welt schillerten, und in der Kammer stand Einer, der war ganz in Weiß gekleidet und hatte um sein Haupt einen großen Glanz, und sprach, Ich bin der Heiligste der Heiligen, und ich habe dich längst schon erwartet, mein Sohn.

Rabbi, sagte ich wieder, wenn der da dein Vater ist, sprich zu ihm.

Der Rabbi aber sagte, Dieser bedeutet mir auch nichts.

Da verzerrte der Zorn die Miene des Heiligsten der Heiligen, und seine sieben Priester kamen und ergriffen den Rabbi und wiesen ihn hinaus aus dem siebenten Hof in die Wüste. Der Weg aber, den uns das Licht erleuchtete, wurde schmaler und steiler und Abgründe taten sich auf zu seinen Seiten; am Ende des Weges aber lag ein Stein, auf dem saß Einer, der war sehr alt und hielt in der Hand einen Stab und schrieb Zeichen in den Sand zu seinen Füßen mit der Spitze des Stabes.

Und ich sagte ein drittes Mal, Rabbi, wenn der da dein Vater ist, sprich zu ihm.

Der Rabbi aber neigte sich nieder zu dem Schreibenden und fragte, Was tust du da, Alter?

Der jedoch sagte, ohne sich stören zu lassen bei seiner Arbeit, Siehst du nicht, daß ich das siebenfach versiegelte Buch des Lebens schreibe, mein Sohn?

Aber du schreibst es in den Sand, sagte der Rabbi, und ein Wind wird kommen und alles verwehen.

Genau das, erwiderte der Alte, ist das Geheimnis des Buches.

Da erbleichte der Rabbi und erschrak sehr, doch dann sprach er, Du bist der, der die Welt schuf aus dem Wüsten und Leeren, mit Tag und Nacht und Himmel und Erde und Wassern und allem Gewürm.

Der bin ich, sagte der Alte.

Und am sechsten Tag, fuhr der Rabbi fort, erschufst du in deinem Bilde den Menschen.

Auch dieses tat ich, sagte der Alte.

Und nun soll's alles sein, als wär's nie gewesen, fragte der Rabbi, eine flüchtige Spur, die mein Fuß verwischt?

Da legte der Alte den Stab beiseite und schrieb nicht mehr weiter, sondern wiegte sein Haupt und sagte, Einst war auch ich voller Eifer und Glauben, mein Junge, und liebte mein Volk oder zürnte ihm, je nachdem, und entsandte ihm Flut und Feuer und Engel und Propheten und schließlich gar dich selbst, meinen einzigen Sohn. Du siehst, was daraus geworden.

Ein stinkender Sumpf, in dem alles, was lebt, nur danach trachtet, einander zu fressen, sagte der Rabbi, ein Reich des Grauens, in dem alle Ordnung nur dazu dient, zu zerstören.

Mein Sohn, sagte der Alte, ich weiß.

Aber HErr, wandte der Rabbi ein, liegt's nicht in Deiner Hand, den Sumpf zu trocknen und die Ordnung zu ändern?

Der Alte schwieg.

HErr, sagte der Rabbi, Du hast verlauten lassen durch den Mund Deines Propheten, Du wolltest einen neuen Himmel schaffen und eine neue Erde, daß man der vorigen nicht mehr gedenken werde. Und Du hast ferner geredet durch einen andern Deiner Propheten und den Menschen verkünden lassen, Du wolltest das steinerne Herz aus ihrem Fleisch wegnehmen und ihnen ein neues Herz und einen neuen Geist eingeben. HErr, ich frage Dich: wann? Wann?

Da wandte der Alte den Kopf und blickte auf zu seinem Sohn, schräg von unten her, und sprach, Ich habe die Welt erschaffen und den Menschen, aber einmal da, entwickelt ein Jegliches seine eignen Gesetze und aus Ja wird Nein und aus Nein wird Ja, bis nichts mehr ist, wie es war, und die Welt, die Gott schuf, nicht mehr erkennbar selbst dem Auge ihres Schöpfers.

Du gestehst also, sagte der Rabbi, die Vergeblichkeit Deines Tuns, HErr?

Ich schreibe in den Sand, sagte der Alte, ist das nicht genug?

Da empörte sich der Rabbi und sprach, Warum dann trittst Du nicht ab, HErr, denn wer so versagt hat wie Du, der sollte sich nicht an die Macht klammern wollen.

Und du wirst es schlauer anstellen? fragte der Alte. Du, der du dich ans Kreuz hast schlagen lassen, statt aufzustehen und dich zu erheben gegen das Unrecht? Ach, mein Kleiner, hat der dort, der Ahasver, dich angestiftet zu deinen aufrührerischen Reden?

Der Rabbi aber packte den Alten bei dessen Gewande und zerrte ihn von dem Stein, auf dem er gesessen, und riß ihn hoch und schüttelte ihn mit großer Kraft und rief, nun sei's genug der Geduld und des Leidens, und wer sei's denn gewesen, der ihn in den Tod am Kreuze getrieben, für nichts und wider nichts, und besser wär's wohl, statt abzuwarten, bis diese Welt sich selber zum Teufel sprengte, man sammelte alle Gewalten, selbst die der Hölle, gegen diesen GOtt, dem die eigne Schöpfung entglitten, und vereinte Christ wie Antichrist zum Sturm auf die sieben Himmel, die sich da wölbten über dem Schlangennest und der ungeheuren Fäulnis.

Da verzog sich das Gesicht des Alten und ein bitteres Lächeln formte sich auf seinen Lippen, und es kamen sieben greise Engel mit schütteren Bärten und zerschlissenen Flügeln, die trugen jeder im Arm eine zerbeulte, rostige Posaune und bliesen darauf und nahmen den Rabbi bei der Hand und wiesen ihn fort, hin zu seinem Thron in der Höhe. GOtt aber wandte sich mir, Ahasver, zu und sagte, Er hätte Gescheiteres von mir erwartet; dem Jungen sei nicht zu trauen, er werde's doch wieder falsch machen.

Siebenundzwanzigstes Kapitel

Welches ausschließlich der Dokumentation dient und den Bericht von Major Pachnickel an seine vorgesetzte Dienststelle in Sachen des plötzlichen Verschwindens (Republikflucht?) des Bürgers S. Beifuß enthält, unter Beifügung diesbezüglicher Mitschriften, Protokolle und anderer Materialien

Von: Hauptabt. II B (13)
An: Ministerbüro
Betr.: Verschwinden (Republikflucht?) des Bürgers S. Beifuß

Berlin, 15. Jan. 1981

Auf Anforderung der Dienststelle unterbreite ich hiermit einen vorläufigen Bericht betr. das Verschwinden (Republikflucht?) des obengenannten Bürgers Siegfried Walter Beifuß, Prof. Dr. Dr. h. c., Nationalpreisträger (II. Klasse), Verdienter Wissenschaftler des Volkes, dreifacher Aktivist, Inhaber mehrerer anderer Orden und Ehrenzeichen, Leiter des Instituts für wissenschaftl. Atheismus, 108 Berlin, Behrenstraße 39 a. Die zugehörigen Unterlagen und Belege sind numeriert und den diesbez. Stellen des Berichtes beigefügt.

Der Genannte, geb. 10. IV. 1927 in Chemnitz, Sa., als Sohn eines Gemüsehändlers, ist 53 Jahre alt, verh. (Ehefrau Gudrun, geb. Jänicke, ehem. Sekretärin, z. Z. ohne Beruf) und wohnhaft 108 Berlin, Leipziger Str. 61, 8. Etage; Kinder Friedrich (geb. 1963) und Ursula (geb. 1968); bes. Kennzeichen: keine. Der Genannte trat 1947 der Soz. Einheitspartei bei und ist Mitglied der Gesellschaft für Deutsch-Sowjetische Freundschaft, des Ski- und Wanderklubs Fortschritt sowie der Akademie der Wissenschaften.

Der Genannte verschwand am 31. Dezember 1980 zwischen

23 Uhr und Mitternacht durch ein mannshohes Loch in der Außenwand (Spannbeton) seiner Wohnung. Eine Nachricht in Form eines Abschiedsbriefs oder ähnlicher Art hat er nicht hinterlassen; jedenfalls konnte nichts Derartiges gefunden werden.

Die Dienststelle wurde am 1. Januar 1981 um 2.35 Uhr von dem Verschwinden des Genannten durch einen Anruf der zuständigen VP-Inspektion Mitte (Pol.-Obermstr. Giersch) in Kenntnis gesetzt und die Ermittlung wurde aufgenommen.

Anliegend Aufzeichnung des Anrufs.

> Giersch: Da ist einer weg, der Beifuß, Professor Beifuß, sehr bekannter Mann, durch ein Loch in der Mauer.
>
> Dienstst.: Loch in der Mauer? Wo?
>
> Giersch: Nicht in *der* Mauer. In der Leipziger Straße.
>
> Dienstst.: Ihr seid wohl angetütert?
>
> Giersch: Nicht bei uns. Auch nicht zu Silvester. Wir sind ein Kollektiv der sozialistischen Arbeit.
>
> Dienstst.: Also berichten Sie mal.
>
> Giersch: Die Frau hat angerufen. Sie hätten es erst gemerkt, wie im Radio die Glocken waren. War eine große Gesellschaft. Wie im Radio die Glocken waren, wollten sie prosten, da war er nicht da. Vorher war er noch da. Da haben sie ihn gesucht. Und fanden das Loch.
>
> Dienstst.: Kann er nicht ganz einfach durch die Tür weg sein?
>
> Giersch: Hab' ich die Frau auch gefragt. Aber sie hat gesagt, warum dann das Loch? Da bin ich in die Leipziger Straße gefahren mit dem Genossen Rudelmann.
>
> Dienstst.: Und?
>
> Giersch: Stand ein Haufen Leute vorm Haus. Und da war tatsächlich ein großes schwarzes Loch da oben, deutlich zu sehen. Aber unten war nichts, keine Leiche, kein Blut auf dem Pflaster, nichts.
>
> Dienstst.: Und in der Wohnung?
>
> Giersch: Das Loch war dunkel am Rand, wie versengt, als wäre da eine Rakete durchgegangen, mit entsprechender Hitzeentwicklung. Aber die Gäste sagen, sie hätten nichts gehört, keinen Knall, keine Explosion. Natürlich war draußen das Geknatter gewesen von dem Feuerwerk.

Dienstst.: Sonst was Erwähnenswertes?

Giersch: Auf dem Tisch lag ein Zettel, die Schrift ist irgendwie altertümlich, schwer zu lesen.

Dienstst.: Haben Sie's da? Versuchen Sie mal.

Giersch: *Mit meinem – Gott – kann ich – über – die Mauer – springen.* Und drunter steht: Psalm 18 Komma 30.

Dienstst.: Also doch Republikflucht. Von wo aus rufen Sie an?

Giersch: Von der Wohnung in der Leipziger Straße.

Dienstst.: Die Gäste noch da? Lassen Sie sich Namen und Adressen geben und sagen Sie den Leuten, sie sollen nicht über die Sache reden. Und Sie und der Genosse – wie heißt er? – Rudelmann? – Sie quatschen mir auch nicht. Die Dienststelle wird sich um die Angelegenheit kümmern. Ende.

Am Morgen des 1. Januar 1981 wurde mir der Vorgang vorgelegt, und ich übernahm die Ermittlungen. In Anbetracht möglicher Komplikationen nahm ich die wichtigsten Vernehmungen selbst vor.

Ein Gespräch mit der Bürgerin G. Beifuß in der ehelichen Wohnung sowie eine gründliche Besichtigung derselben (Fotos des Arbeitszimmers von S. Beifuß und der beschädigten Außenwand liegen bei) ergaben wenig mehr als in dem Bericht von Pol.-Obermstr. Giersch enthalten. Im Zimmer selbst waren keine Spuren eines Kampfes ersichtlich. Auf meine diesbez. Frage an Frau G. Beifuß erklärte diese, das Zimmer sei nicht aufgeräumt, und es seien auch keine Veränderungen darin vorgenommen worden, nur habe man vor das Loch in der Wand einen Teppich gehängt, damit der kalte Wind nicht gar zu sehr durchbliese. Sie habe auf der Suche nach ihrem Mann kurz nach Mitternacht sein Zimmer als erste betreten, das Loch vorgefunden und einen deutlichen unangenehmen Geruch festgestellt, ungefähr wie Schwefel, aber mehr tierisch. Zu der Zeit seien ihres Wissens noch alle Gäste vollzählig gewesen, die 18 eingeladenen, meist Arbeitskollegen ihres Mannes und deren Frauen oder Freundinnen, und die anderen, deren Zahl ihr nicht genau erinnerlich, die von diesen wie Silvester üblich zusätzlich mitgebracht worden waren; ihr Mann selber habe ja auch zwei ausländische Herren angeschleppt, und zwar schon am

Nachmittag, und habe sich, statt ihr und Tochter Ursula bei der Vorbereitung der Party zu helfen, mit diesen in sein Arbeitszimmer eingeschlossen und lange Zeit heftig und laut debattiert; später allerdings habe der eine von ihnen, ein kleiner Puckliger mit einem Klumpfuß, sich bei der Garnierung der Platten und der Herrichtung des Buffets als sehr hilfreich erwiesen, habe auch plötzlich 6 Flaschen Wein gehabt und zur Verfügung gestellt; der Wein habe sich bei den anwesenden Damen als außerordentlich anregend erwiesen, sie selbst habe leider nichts mehr davon abbekommen können; außerdem habe der Herr durch sehr verwirrende Kartentricks geglänzt und habe verschiedenen Gästen Vergangenheit und Zukunft aus den Karten gelesen.

Von den Aussagen der auf der Party anwesenden Gäste enthielt nur die des Genossen Dr. Wilhelm Jaksch Angaben, welche ein zusätzliches Licht auf das Verschwinden des S. Beifuß zu werfen geeignet sind. Protokoll ist beigefügt.

Mein Name ist Jaksch, Wilhelm, Dr. phil., geb. am 3. Sept. 1944 in Pasewalk, wohnhaft 117 Berlin, Schneewittchenstr. 23. Ich bin wissenschaftl. Mitarbeiter des Inst. für wissenschaftl. Atheismus und dessen Pressereferent, Parteimitglied.

Bereits Anfang 1980 bemerkte ich eine gewisse Veränderung im Wesen des Institutsleiters Prof. Dr. Dr. h. c. S. Beifuß, eine Unruhe und Unsicherheit, die zunächst im Zusammenhang mit bestimmten wissenschaftl. Fragen auftraten, allmählich aber immer größeren Umfang annahmen. Im Herbst 1979 hatte S. Beifuß ein Buch »Die bekanntesten judäo-christlichen Mythen im Lichte naturwissenschaftlicher und historischer Erkenntnisse« veröffentlicht, das, wie die meisten seiner Publikationen, aus zum Teil nur leicht veränderten Beiträgen seines Kollektivs bestand; einzig der Abschnitt »Über den Ewigen (oder Wandernden) Juden« stammt aus seiner Feder und beruht auf eigenen Recherchen. Wegen dieses ewigen oder wandernden Juden, welcher den Namen Ahasver trägt, begann ein israelischer Bürger, Prof. Jochanaan Leuchtentrager, eine ausgedehnte Korrespondenz mit S. Beifuß, in deren Verlauf letzterer immer neue Theorien über den realen Gehalt der Ahasver-Gestalt vorbrachte, während

Prof. J. Leuchtentrager behauptete, der von Jesus seinerzeit besonders verfluchte Jude lebe wirklich seit mehr als 1900 Jahren und betreibe heute ein Schuhgeschäft in Jerusalem. Bei Gelegenheit dienstlicher Gespräche mit S. Beifuß, die allerdings immer seltener wurden, legte ich diesem meinen Standpunkt dar, demzufolge der israelische Professor entweder verrückt oder darauf aus sei, uns und unser Institut zum Narren zu halten; später kam mir der Verdacht, es könne sich hier um einen geheimdienstlichen Plan handeln und man wolle über unser Institut in die Reihen der Wissenschaftler der DDR eindringen und diese zersetzen, und ich habe die zuständigen Stellen entsprechend informiert. Es ist mir bekannt, daß S. Beifuß in seiner Eigenschaft als Leiter des Inst. für wiss. Atheismus seitens des Min. für Hoch- und Fachschulwesen vor J. Leuchtentrager und A. Ahasver gewarnt und angewiesen wurde, diesen mitzuteilen, daß ein Besuch ihrerseits in der Hauptstadt der Republik unerwünscht sei.

Wer beschreibt daher mein Erstaunen, als mir S. Beifuß am Morgen des 31. Dezember sagte, die Herren Ahasver und Prof. Leuchtentrager befänden sich in Berlin und würden ihn innerhalb der nächsten Stunde in unserm Institut aufsuchen; mein Angebot, bei einem eventuellen Gespräch mit den beiden anwesend zu sein, denn auch ich hatte mich mit der Materie Ahasver beschäftigt und mehrmals mit S. Beifuß darüber gesprochen, lehnte er heftig ab; er sei, erklärte er, durchaus imstande, seine wissenschaftliche Meinung auch ohne meine Hilfe zu vertreten. Der Schluß liegt also nahe, daß S. Beifuß für das, was er mit den zwei israelischen Bürgern zu besprechen wünschte, keine Zeugen brauchen konnte. Doch konnte er nicht verhindern, daß ich mich am Abend des 31. XII. gelegentlich der Neujahrs-Party, die er und seine Frau für Freunde und Mitarbeiter gaben und zu der er die beiden mitgebracht hatte, persönlich mit diesen bekannt machte.

Mein Eindruck von Prof. J. Leuchtentrager wie von Herrn Ahasver war der denkbar ungünstigste. Prof. Leuchtentrager entblödete sich nicht, das Interesse, das er als Gast aus dem westlichen Ausland trotz seiner Mißgestalt bei den Damen erweckte, voll auszunutzen; A. Ahasver erschien eher gelangweilt, wenn er die Anwesenden nicht gerade mit seinen historischen Kenntnissen, die mir allerdings mitunter zweifelhaft erschienen, zu beeindrucken suchte. Auf meine diesbez. Frage erklärte A. Ahasver, er habe den Reb Joshua oder auf griechisch Jesus noch persönlich gekannt, und zeigte mir, wohl als Beweis für seine Behauptung eine römische Silbermünze, eine von den dreißig, wie er sagte, die man dem Judas Iskariot ausgezahlt dafür, daß er den Rabbi an die zuständige Behörde auslieferte. Prof. Leuchtentrager bestand darauf, aus einem altertümlichen Kartenspiel, das er bei sich trug, mir mein Schicksal zu lesen; er sagte mir eine große Karriere voraus, was kein Kunststück ist, da in unserm Staat jeder eine lichte Zukunft hat.

Vor allem aber konnte ich im Verlauf des Abends den Leiter unsres Instituts, Prof. Dr. Dr. h. c. S. Beifuß, beobachten. Er war in einem Erregungszustand, der anderen Gästen des Abends, die sein Verhalten im vergangenen Jahr nicht verfolgt hatten, vielleicht nicht aufgefallen ist, der mich aber höchst bedenklich stimmte, besonders als er mich beiseite führte, bedeutungsvoll sein Glas hob und fragte, »Jaksch, was würden Sie dazu sagen, wenn mich der Teufel holte?«

»Wieso?« antwortete ich. »Meinen Sie denn, Sie hätten's verdient?«

Darauf kicherte er, daß es mich kalt überlief, wandte sich um und ging auf Prof. Leuchtentrager zu, als sei der ein Magnet, der ihn unwiderstehlich anzog.

Ein wenig später begannen die Glocken im Radio zu läuten, die Gäste fielen einander in die Arme, und ich hörte Frau Beifuß fragen, »Wo ist denn mein Sigi?«

Aber Prof. S. Beifuß war verschwunden ebenso wie die zwei israelischen Bürger J. Leuchtentrager und A. Ahasver.

gez. Dr. Wilhelm Jaksch

Hierzu ist unsererseits zu bemerken: Der Briefwechsel S. Beifuß – J. Leuchtentrager ist langzeitlich überwacht worden. Eine Auswertung unter Bezug auf das Verschwinden (Republikflucht?) des S. Beifuß wird vorgenommen; sobald diese vorliegt, erfolgt Übermittlung an Ministerbüro.

Bez. der Warnung des S. Beifuß vor den Bürgern des Staates Israel J. Leuchtentrager und A. Ahasver und der an ihn ergangenen Anweisung seitens des Min. für Hoch- und Fachschulwesen ist Gen. Dr. W. Jaksch richtig informiert. Beides erfolgte auf Grund einer II B vorliegenden und hier beigefügten Mitteilung unserer arabischen Freunde in Beirut.

SECRET

Achab Ahasver, located now at 47, Via Dolorosa, Jerusalem, also known as Johannes, Malchus, Cartaphilus, Giovanni Bottadio, Joerg von Meißen, Vassily Blazhenny, longtime Jewish agent. Specialty: Ideological penetration. On occasion, subject was observed in the company of one Jochanaan (Hans) Leuchtentrager, said to be a professor at Hebrew University, and may be associated with him in secret activities.

Noch am Morgen des 1. Januar wurden Ermittlungen bez. Einreise der genannten A. Ahasver und J. Leuchtentrager in die Hauptstadt der DDR und ihres Aufenthalts in derselben aufgenommen. Auch wurde geprüft, ob an einer der Grenzübergangsstellen Ausreise der Genannten erfolgt ist, evtl. unter Begleitung einer dritten Person.
Die Resultate der Ermittlungen waren negativ. Berichte beigefügt.

Berlin, 5. Jan. 1981

Auf Ihre dringliche Anfrage bez. Ein- oder Ausreise der Bürger des Staates Israel A. Ahasver und J. Leuchtentrager teile ich mit, daß

1. keine Visa an die Genannten von uns erteilt oder ausgestellt wurden,

2. keine Ein- oder Ausreise der Genannten über irgendeine unserer Grenzübergangsstellen erfolgt ist, allein oder in Begleitung dritter Personen.

Nachforschungen bez. einer illegalen Grenzüberschreitung der Genannten werden fortgesetzt.

Mit soz. Gruß,

gez. Kühnle, Hptm.
Min. des Innern

Berlin, 7. Jan. 1981

Bez. Ihrer dringlichen Anfrage kann ich Sie informieren, daß die von Ihnen genannten israelischen Bürger A. Ahasver und J. Leuchtentrager weder im Dezember 1980 noch in der ersten Januarwoche 1981 in einem Hotel oder einer anderen Übernachtungsstätte der Hauptstadt der DDR gemeldet oder bei uns registriert waren.

Natürlich können die Genannten sich privat Unterkunft verschafft haben.

Unsere Nachforschungen werden fortgesetzt.

Mit soz. Gruß,

gez. Matzmann, Hptm.
Präs. der Volkspolizei
Abt. Paß- und Meldewesen

Die beigefügten Berichte stehen in offensichtlichem Widerspruch zu den Aussagen der Ehefrau Gudrun des S. Beifuß sowie des Gen. Dr. W. Jaksch und anderer Gäste, die sämtlich die Anwesenheit von A. Ahasver und J. Leuchtentrager in der Wohnung des Verschwundenen in der Leipziger Straße 61 für den Abend des 31. Dez. 1980 bezeugen, wobei unklar bleibt, ob die Genannten vor oder nach Mitternacht zuletzt gesehen wurden. Die von den Zeugen gegebenen Personenbeschreibungen der Genannten stimmen, besonders was Puckel und Klumpfuß des J. Leuchtentrager und dessen Kartenspielertricks sowie das typisch jüdische Aussehen des A. Ahasver betrifft, überein, so daß eine durch Alkohol oder andere Mittel herbeigeführte Halluzination einzelner Anwesender ausgeschlossen erscheint, ganz abgesehen von dem real existierenden Loch in der Außenwand der 8. Etage im Hause Leipziger Str. 61 mit dessen von außerordentlicher Hitze versengten Rändern.

Die Nachforschungen des Min. des Innern (Grenzpolizei) erbrachten jedoch zusätzliche Anhaltspunkte. Dies geschah umständehalber mit bedauerlicher Verzögerung. Bericht anliegend.

Berlin, 12. Jan. 1981

In der Nacht vom 31. XII. 1980 zum 1. I. 1981 gegen 0.00 Uhr beobachteten die auf dem Wachtturm des Ausländer-Grenzübergangs Friedrichstraße diensttuenden Uffz. Kurt Blümel und Gefr. Robert Reckzeh drei unbekannte Gestalten, die sich von der Ecke Leipziger Str./Friedrichstr. in etwa 10 bis 15 m Höhe die Friedrichstr. entlang durch die Luft in Richtung Ausländer-Grenzübergang bewegten. Zwei dieser Gestalten zogen einen feurigen Schweif hinter sich her (Uffz. Blümel vermutet eine Art Düsenantrieb), die dritte, mittlere, schien keine eigene Flugkraft zu besitzen und wurde von den anderen beiden getragen bzw. festgehalten. Da um diese Zeit der Himmel voll explodierender Feuerwerkskörper war, die zu Silvester die Arbeit der Grenzorgane erschweren, nahmen Uffz. Blümel und Gefr. Reckzeh zunächst an, daß es sich bei der Erscheinung um einen solchen, wenn auch von großem Umfang und fremdartiger Konstruktion, handle. Bald aber erkannten sie, daß hier ein Durchbruch durch die Grenzbefestigungen durch Überfliegen derselben mit Hilfe einer neuen Technik unternommen werden sollte. Gefr. Reckzeh wollte das Feuer auf die Erscheinung eröffnen, Uffz. Blümel hielt ihn aber zurück, da laut Vorschrift an der Grenze der DDR Feuer auf fliegende Objekte nur nach Genehmigung durch die zuständige vorgesetzte Dienststelle eröffnet werden kann.

Inzwischen hatten sich die drei Gestalten dem Wachtturm genähert und umkreisten diesen im Fluge, wobei die zwei mit dem feurigen Schweif laut und schrill lachten, die mittlere aber die schrecklichsten und gequältesten Gesichter schnitt, so daß es Uffz. Blümel und Gefr. Reckzeh die Sprache verschlug und sie heftig zu zittern begannen. Sobald Uffz. Blümel sich gefaßt hatte, erstattete er dem OvD, Ltn. Knut Lohmeyer, Meldung. Zu dieser Zeit jedoch hatten die Republikflüchtigen die Grenzbefestigungen bereits überflogen und befanden sich auf der Westberliner Seite des Ausländer-Grenzübergangs, von wo sie mit großer Geschwindigkeit im Schrägflug nach oben stiegen, bis sie Uffz. Blümel und Gefr. Reckzeh nur noch wie Sterne aus einer Neujahrsrakete erschienen.

Die Aussagen von Uffz. Blümel und Gefr. Reckzeh konnten nur verspätet aufgenommen werden, da Lt. Lohmeyer gegen Uffz. Blümel und Gefr. Reckzeh Meldung wegen Alkoholgenuß im Dienst erstattete und diese zur Zeit eine Strafe verbüßen.

Mit soz. Gruß

gez. Kühnle, Hptm.
Min. des Innern

Da der Vorgang die Kompetenzen von II B (13) in mehrfacher Hinsicht übersteigt, ist es erforderlich, den Min. bez. des Verschwindens von S. Beifuß und der diesbez. Begleitumstände durch Zwischenbericht zu informieren. Vollst. Bericht erfolgt nach Abschluß der Ermittlungen.

Eine vorläufige Auswertung der festgestellten Tatbestände sowie Zeugenaussagen und Berichte ergibt folgendes Bild des Hergangs: Die israelischen Bürger Prof. (?) J. Leuchtentrager und A. Ahasver erscheinen am 31. XII. 1980 um etwa 11.00 Uhr im Institut für wissenschaftlichen Atheismus, 108 Berlin, Behrenstraße 39 a, wo das Kollektiv des Instituts um diese Zeit den jahresendlichen Rechenschaftsbericht über die geleistete Arbeit und die Erfolge seiner Tätigkeit mit einem Gläschen Wein feiert. Der Leiter des Instituts Prof. Dr. Dr. h. c. Siegfried Walter Beifuß begibt sich mit den beiden Ankömmlingen in sein Büro, wo eine teilweise erregte Auseinandersetzung stattfindet; ein Angebot, Zeugen an dem Gespräch teilnehmen zu lassen, wurde seitens S. Beifuß abgelehnt. Kontakt anderer Mitarbeiter des Instituts mit den beiden israelischen Bürgern findet nicht statt.

Um 14.30 des gleichen Tages verläßt S. Beifuß laut Aussage des Pförtners in Begleitung zweier Fremder das Institut durch dessen Haupteingang; gegen 17.00 trifft er in seiner Wohnung in der 8. Etage des Hauses Leipziger Straße 61 ein, wo er Frau und Kindern seine Begleiter als seinen alten Freund Prof. Leuchtentrager und den weitgereisten Herrn Ahasver kurz vorstellt und sich gleich danach mit diesen in sein Arbeitszimmer zurückzieht. Angaben darüber, wo er und seine Begleiter die dazwischenliegenden zweieinhalb Stunden verbracht haben, liegen nicht vor.

Etwa um 19.00 Uhr verlassen S. Beifuß und seine beiden ausl. Gäste das Arbeitszimmer. Von da an befinden sich S. Beifuß, J. Leuchtentrager und A. Ahasver in Gegenwart und unter Beobachtung von Frau und Kindern des S. Beifuß bzw. von Gästen der Silvester-Party. Dies ist der Fall bis kurz vor 0.00 Uhr, wo S. Beifuß von seiner Frau und anderen Anwesenden vermißt wird; die israelischen Bürger J. Leuchtentrager und A. Ahasver treten um diese Zeit gleichfalls nicht mehr in Erscheinung.

Vielmehr haben sich diese unter Mitnahme von S. Beifuß durch ein in die Außenwand der 8. Etage des Hauses

Leipziger Str. 61 gestoßenes Loch ins Freie begeben. In Betracht gezogen werden sollte auch die Möglichkeit, daß das Verlassen der Wohnung auf regulärem Wege, d.h. durch Wohnungstür, Treppenhaus bzw. Aufzug, und Hauseingang erfolgte und das Loch nur zum Zweck der Irreführung hergestellt wurde. Jedenfalls bewegen sich die Genannten von dem Hause Leipziger Str. 61 aus auf dem Luftwege die Leipziger Str. in westlicher Richtung entlang bis zur Kreuzung Leipziger Str./Friedrichstr., wo sie in letztere einbiegen, die Grenzbefestigungen am Ausländer-Grenzübergang überfliegen und von der Westberliner Seite des Grenzübergangs aus im Steilflug nach oben entschweben.

Auf diesen Hergang deutet auch der auf dem Arbeitstisch des S. Beifuß von Pol.-Obermstr. Giersch gefundene Zettel unbekannter Herkunft. Unsere Nachforschungen haben ergeben, daß der Text auf dem Zettel tatsächlich der Bibel entstammt, also vor Errichtung des antif. Schutzwalls verfaßt wurde.

Da bis zum heutigen Datum S. Beifuß nicht wieder aufgetaucht ist, auch keine Spur von ihm gefunden werden konnte, ist sein Verschwinden aus der DDR als ein endgültiges zu betrachten. Ob es sich allerdings um Entführung handelt oder einen Fall von Republikflucht, konnte noch nicht endgültig festgestellt werden; gegen letzteres spricht, daß keinerlei Anzeichen einer Anwesenheit des Genannten in der Bundesrepublik oder anderen Staaten des KA vorliegen.

Seitens Hauptabt. II B (13) wird um eine Entscheidung des Min. ersucht, ob angesichts der internationalen Aspekte des Vorgangs I A (27) bzw. IV G (4) einzuschalten sind. Mit soz. Gruß,

gez. Pachnickel, Major
Hauptabt. II B (13)

Achtundzwanzigstes Kapitel

In welchem der gelehrte Superintendent von Eitzen
sich mit Hilfe der Prädestinationslehre dem
Teufel zu entwinden sucht, dabei aber ins
Netz seiner eigenen Worte gerät und
selbdritt durch den Kamin fährt

Im Alter bringen wir die Ernte des Lebens ein, und ist dieses
ein gutes und dem HErrn wohlgefälliges gewesen, wird auch
jene reichlich sein und gesegnet, und wie erst bei einem wie
Paul von Eitzen, dem das Wort, welches GOtt ihm in den
Mund gelegt, so fromm von den Lippen kommt. Nicht nur
erscheint seine *Deutsche Postille,* für die er mit Bedacht und
Fleiß seine sämtlichen Sonn- und Feiertagspredigten zusam-
mengestellt, damit seine ihm unterstellten Amtsbrüder für
alle Zukunft auch wissen, was und wie sie's, mit leichten,
von örtlichen Gegebenheiten bedingten *variationes,* ihren
Schäflein zu sagen haben; nicht nur submittiert er einem
geneigten Publikum seine *Christliche Unterweisung, wie von*
den zwei Artikeln Christlicher Lehr und Glaubens, von Göttlicher
Aursersehung und vom Heiligen Abendmahl unsres lieben HErrn
JEsu Christi, aus wahrem Grunde Göttlichen Worts, zur Bewei-
sung der lauteren Wahrheit gegen allerlei Sekten und Irrtümer
könne bescheidentlich und ohne ärgerliches Gezänk Sprache gehal-
ten werden und dediziert diese, nach dem unzeitigen Tod
seines gnädigen Fürsten und Herzogs, eilfertig dessen Nachfolger Johann Adolf; nein, alle Welt, besonders die protestan-
tische, und an ihrer Spitze der neue Herzog, stimmen
überein, daß ohne die große Mühe und den Eifer des
Superintendenten zu Schleswig aus dem Herzogtum nie
jenes Reich GOttes geworden wäre, zu welchem, um mit
dem Propheten Jesaja zu sprechen, die Menge am Meer sich
bekehrt.

Kommt dazu, daß es auch an häuslichem Glück nicht fehlt.
Zwar ist ihm sein Weib Barbara, nachdem sie immer hagerer
geworden und bis auf die Haut und darunterliegende Knochen zusammengeschrumpft, und nachdem er ihr ein gewiß-
liches Wiedersehen anderenorts versprochen, selig entschlafen, aber die Kinder sind brav gewachsen und tüchtige Leut,
und sogar Klein-Margarethe ist trotz ihrer Mißgestaltung
unter die Haube gekommen, mit dem Amtsschreiber Wolf-

gang Kalund, mit welchem sie anno 1610 wegen Mordes an ihrem gemeinsamen Schwiegersohn, dem Bürgermeister Claus Esmarch von Apenrade, wird hingerichtet werden; doch das weiß Eitzen nicht, und sein Freund Leuchtentrager, der's ihm auf Grund gewisser Kenntnisse sagen könnte, schweigt sich darüber aus.

Der Herr Geheime Rat ist auch nicht jünger geworden; das Bärtchen ist schlohweiß, genau wie das dürftige Haar auf dem Schädel, nur die dicken, spitz auslaufenden Brauen sind schwarz wie immer, mit einem Stich ins Rötliche. Er reist viel, weiß keiner, wohin und in welchen Geschäften, aber heute ist er da, ist bei Hofe gewesen, um seinen Abschied zu nehmen, neue Herren brauchen neue Berater, und nun sitzt er bei Eitzen im Zimmer, das Feuer brennt im Kamin, und Klein-Margarethe, die mit ihrem Kalund noch immer im Hause wohnt, um dem Vater zur Hand zu gehen, hat einen Wein hingestellt, von dem der Leuchtentrager ein Fäßchen mitgebracht, aus fernen Landen, sagt er, ist aber, als ob er direkt ins Blut ginge, Rot mit Rot vermischt sich gut.

»Ist der gleiche«, sagt er, »den ich dir damals kredenzt, zu Wittenberg, wie die Margriet dabei war.«

»Ah«, seufzt Eitzen, »die Margriet.«

»Die schönsten Frauen«, sagt Leuchtentrager, »sind immer die, die wir uns selber schaffen.«

»Blendwerk«, sagt Eitzen. »Vom Teufel ersonnen, vom Teufel geformt.«

»Aber hast sie geliebt«, sagt der Leuchtentrager und lacht sein leises, schiefes Lachen, welches besagt, daß hinter jedem, was ist, noch ein anderes steckt, und hinter diesem wieder etwas, und daß nichts auf der Welt ist, wie es erscheint, und alle Wahrheit verschachtelt und verklausuliert.

»Sie hat mich genarrt«, sagt Eitzen, »und ist mit dem Jüden davongelaufen, dem Ahasver, der ein Ärgernis gewesen allen gläubigen Christenmenschen.«

»Und den du hast zu Tod peitschen lassen«, fügt der Leuchtentrager hinzu.

Eitzen trinkt von dem Wein und klopft dem Freund auf dessen Puckelchen. »Wär er der Ahasver gewesen, der wirkliche«, sagt er, »welchen unser Herr Jesus verflucht hat zu ewigem Wandern, so wäre er nicht zu Tode gekommen, sondern hätt's fröhlich überstanden und dem Herrn Profosen eine Nase gedreht, wie dieser am Ende ihm mit dem Stiefel in die Seite getreten, um sich zu versichern, daß in der Tat kein Leben mehr in ihm sei.«

Just in dem Moment tritt Klein-Margarethe in die Stube und stellt einen dritten Becher hin auf den Tisch, und wie der Vater sie fragt, was dies zu bedeuten habe, und wenn er Herrn Kalund am Tisch zu sehen wünsche, werd er's diesen schon wissen lassen, erwidert sie mit allem Respekt, für ihren Kalund sei das Glas wohl nicht, sondern für einen, der soeben gekommen, ein Freund des Hauses, wie er ihr gesagt, und da steht der späte Gast auch bereits in der Tür, dunkel im Schein des Kamins, in dem's plötzlich wild flackert, und möchte der Herr Superintendent ihm ein *Heb dich hinweg, im Namen des Vaters, des Sohns und des Heiligen Geistes!* zugerufen haben, hätte er's nur gekonnt, so aber ist eine Schwäche in all seinen Gliedern und das Herz schlägt ihm wie tausend Hämmer im Halse. Der Ahasver aber naht sich dem Tische, wo Eitzen und sein Freund Leuchtentrager sitzen, und ist jung wie beim ersten Mal; ein junger Jüd in fleckigem Kaftan, das Käpplein schwarz auf dem lockigen Haar, der sich nun in den Sessel flegelt und wohlig die Beine von sich streckt, während Klein-Margarethe vor ihm aufs Knie sinkt und ihm die kotigen Stiefel von den Füßen zieht, deren Sohlen wie Leder sind von der langen Wanderschaft. Danach streichelt er Klein-Margarethen übers Haupt und spricht zu dem Herrn Geheimen Rat, »Friede sei mit Euch, Leuchtentrager, und wie geht's voran mit Eurem Werk, und besitzt Ihr auch noch die Cäsar-Münze und das Pergament mit der Inschrift?«

»Mit dem Werk geht's voran«, sagt Leuchtentrager, »das seht Ihr wohl. Und die Cäsar-Münze ist auch da, sowie das Pergament mit dem Wort des Propheten, welches darauf geschrieben.« Und zieht beides aus seiner Tasche und übergibt's dem Ahasver, als wären's die größten Schätze.

Eitzen graust's; ihn däucht, er hätt das alles schon einmal erlebt. Sein Freund Leuchtentrager aber will wissen, warum er so zittere; habe er nicht oft genug von der Auferstehung der Toten gepredigt, und nun, da's einer täte, erschrecke er?

»Ich weiß aber nicht, was es bedeuten mag«, sagt Eitzen

darauf, »und ob dieser Jüd im Fleische ist oder ein höllisch Gespenst, und es ängstigt mich sehr.«

Leuchtentrager schenkt ihm ein von dem Weine und tröstet ihn. »Ängstige dich nicht, Paul«, sagt er, »was kommt, kommt, und du bist nicht der erste, und wirst auch nicht der letzte sein, den der Teufel holt.«

Eitzen zwingt sich zu lachen, obwohl ihm gar nicht nach Lachen zumute ist, und nachdem er Klein-Margarethen aus der Stube gescheucht, die widerwillig genug davongeht, meint er mit unsicherer Stimme, sein Freund Leuchtentrager wolle doch nicht im Ernst behaupten, daß mehr Teuflisches an ihm sei als einzig der Name, Lucifer; außerdem habe er, Eitzen, nie mit dem Teufel paktiert, nicht daß er wüßte, oder ein solch satanisches Dokument, wie sich's gehört, mit seinem Blute besiegelt, so daß also der Teufel weder Recht noch Anspruch habe auf ihn.

Da erhebt sich der Ahasver und richtet sich auf zu dunkler Größe und entfaltet das Stücklein Eselshaut, welches Leuchtentrager ihm gegeben, und liest, was darauf steht, in einem Tone vor, der dem Herrn Superintendenten das Blut in den Adern gefrieren läßt: »Siehe, ich will an die schlechten Hirten und will meine Herde von ihnen fordern; ich will ein Ende damit machen, daß sie Hirten sind, und sie sollen sich nicht mehr selbst weiden; ich will meine Schafe erretten aus ihrem Rachen, daß sie sie nicht mehr fressen sollen.«

Eitzen kennt das Wort, der Prophet Hesekiel ist einer, den er selber öfters bemüht hat zum guten Zwecke, und da er zu verstehen beginnt, daß der ewige Jüd nach seinem Gassenlauf nicht zurückgekommen sein wird, nur um einen geistlichen Disput zu führen, sondern daß es hier um das ewige Leben geht, verteidigt er sich mit allem Eifer, dessen er fähig, und erklärt, er, Eitzen, sei doch wohl ein beßrer Hirte gewesen als so mancher in diesem Geschäft, der GOtt zwar im Munde führe, sonst aber weltlichem Vorteil nachstrebe; man sehe sich um im Herzogtum, und der Herr Geheime Rat werde es bestätigen: hier herrsche die schönste geistliche Ordnung, und sei keiner, der willentlich abweiche von der christlichen Lehre, wie sie von dem guten Doktor Martinus Luther und, diesem folgend, von ihm, Seiner Herzoglichen Gnaden kirchlichem Oberaufseher und Superintendenten, mit Fleiß festgelegt, und das Volk fühle sich geborgen im Glauben, während jenseits der Grenzen, östlich wie westlich, die übelsten ketzerischen Lehren florierten und jeder Hinz und Kunz meine, Christum besser auslegen zu können als die dafür ordinierten Diener des HErrn.

Spricht's und blickt, Zeugnis und Unterstützung heischend, hin zu Leuchtentrager, der ihn stets angespornt hat zur frommen Tat und ihm so oft aus der Patsche geholfen; doch der schürzt die spöttischen Lippen und sagt, »Gerade drum, mein allerchristlichster Freund, gerade um dieser besondren Verdienste willen bist du des Teufels.«

Und wie Eitzen zum Widerspruch anhebt, obzwar er im Innersten weiß, daß der arme Gekreuzigte sein Blut nicht gegeben haben wird zur Verewigung der Herrschaft der Büttel und seinen Leib nicht zur Perpetuierung der großen Macht der Obrigkeit, da hebt der Jüd die Hand und sagt, »GOtt ist die Freiheit, denn Er entscheidet und kein andrer für Ihn; wenn es aber wahr ist, daß GOtt den Menschen schuf in Seinem Bilde, wer will dann wagen, den menschlichen Geist in hohle Doktrinen zu zwängen?«

Da spürt Eitzen, wie er in die Enge getrieben ist, und sieht die Schatten tanzen im flackernden Licht und meint, 's wären lauter kleine Teufelchen, die auf ihn warten mit rotglühenden Spießen und Gabeln, und schreit auf. Ist aber der Herr Geheime Rat gewesen, der ihn mit leichtem Finger berührt hat und sagt, »Da sie sich für weise hielten, sind sie zu Narren geworden, wie schon der Apostel Paulus den Römern geschrieben.«

Eitzen hört's, und in seinem Hirn, darin Spruch und Vers der Heiligen Schrift ineinander greifen wie die feinsten Rädlein, rührt sich's und tickt's, und er glaubt, der Teufel selber hab ihm das rettende Tau zugeworfen, daß er sich daran klammere. Spricht darum, »Ganz recht so, aber was hat der Apostel gemacht, da er dieses schrieb? Daß der Mensch fehlgehen mag und in die Irre laufen; ist er darum aber des Teufels und muß verdammt sein in alle Ewigkeit? Ja, ich habe geirrt, da ich gesucht habe, auf Erden ein Reich zu errichten, das wesensgleich ist dem himmlischen, wo ja auch nur *ein* Ratschluß gilt und *ein* Wille geschieht; der Mensch soll's GOtt nicht gleichtun wollen, er ist nur ein Häufchen Asche.«

Und da Leuchtentrager die Arme verschränkt und schweigt,

während der Jüd nickt, so als gedenke er der Worte, die er zu Jesus gesprochen, wie dieser vor seine Tür trat, vermutet Eitzen, er sei auf dem besten Wege, und wenn er sich nur weiter in Demut übe oder gar einen fände, dem er die eigne Schuld zuschieben könnt, möcht's ihm mit einiger Beredsamkeit gelingen, dem Urteil, das ihm droht, zu entgehen oder es zumindest zu mildern. Fährt daher fort, »*Item, da der Mensch irrt, GOtt aber nicht, und alles nach GOttes Ratschluß geht, rechts herum, wenn's so beschlossen, oder nach links, wenn dies denn Sein Wille, folgt daraus, daß der Mensch nicht eigentlich schuld ist, sondern GOtt; und läge die Schuld an aller menschlichen Schuld nicht auf GOtt selber, warum sonst hätte GOtt wohl seinen eingeborenen Sohn geschickt, daß dieser die Schuld auf sich nehme?*«

»So daß«, sagt der Ahasver, »*ergo,* auch die verstockten und verbiesterten Jüden nicht schuld sind, die da *Kreuziget ihn!* riefen und *Sein Blut komme über uns und unsere Kinder!,* ja, mußten sogar *Kreuziget ihn!* und alles andere Böse und Sündhafte rufen und tun, damit GOttes Wille sich erfülle? Und daß, *ergo,* der Fluch, der mich, Ahasver, getroffen, hätte GOtt selber treffen müssen, da ich nur nach Seinem Willen gehandelt, und Er füglich gestraft wäre in mir, dem ewig wandernden Jüden?«

Der Herr Superintendent sieht, wohin er geraten mit seinem Argument, und daß er immer tiefer in den Schluff sinken wird, je mehr er sich abstrampelt, aber die Angst vor der höllischen Verdammnis und den ewigen Feuern unterm Hintern treibt ihn und er denkt sich, GOttes Schultern sind breit, und mein bißchen menschlich Schuld, das ich auf Ihn lade, wird Er leicht tragen können, und sagt, »Jawohl!« und, »So ist es!« und, »*Ergo*«, warum also den Hirten strafen, wenn er nur tat, was sein Herr ihn geheißen?« und zu seinem Freunde Leuchtentrager gewandt, »Teufel, wo ist deine Logik, Satan, wo ist dein Verstand?«

Des Leuchtentragers spitze Brauen heben sich und in seinen Augen funkelt's, denn zwei und zwei hat er von jeher besser zusammenrechnen können als jene, die sich auf ihren christlichen Glauben verlassen und auf die Wundertaten Gottes. Dann steht er auf und begibt sich zu dem Brett an der Wand, wo ordentlich in Reih und Glied die Bibel Eitzens und andre fromme Scharteken stehen, sauber und gebunden und mit blanken Beschlägen, und rechts am Ende die eignen gedruckten Werke, des Autors größter Reichtum und Stolz. Und greift sich dort die *Christliche Unterweisung* etc. etc., zu Schleswig bei Nikolaus Wegener erschienen, und blättert ein wenig darin, nickt zufrieden und bemerkt, das Werklein handle ja wohl von der *praedestinatio* oder Göttlichen Ausersehung, welch Thema sie soeben disputiert und beredet, und da Eitzen, dem's heiß um die Ohren geworden, solches bestätigt, fragt er ihn beiläufig, ob er, was drin enthalten, auch selber geschrieben und kein anderer, und da Eitzen das gleichfalls bejahen muß, kommt der Freund, das Buch in der Hand, zum Tisch zurück und legt's Eitzen geöffnet vor, mit dem hornigen Zeigefinger auf Kapitel und Zeile weisend, und sagt, »Lies!« Und wie Eitzen nur stumm seine Lippen bewegt, »Laut! Der Ahasver möcht's vielleicht auch hören.«

So muß Eitzen denn selber vorlesen, was er im Überschwang seines christlichen Eifers verfaßt und geschrieben hat und was er nun wünscht, nie gedacht zu haben, obwohl's ihm von seinem guten Lehrer Martinus zu Wittenberg ist vorgedacht und reichlich vorgekaut worden, nämlich, »*So hat ja der fromme, getreue, allerliebste GOtt niemand zur Sünde und Verdammnis oder ewigem Tode ausersehen und erschaffen, sondern des Gottlosen Verdammnis kommt aus ihm selbst.*«

»Aus ihm selbst«, wiederholt der Herr Geheime Rat und fügt, mit himmelwärts gerichtetem Blicke, hinzu, »nicht von *dem* da.« Und blättert wieder und sagt, »Lies!« Und wieder muß Eitzen laut lesen und verkünden, was er selber geschrieben und was, wie er fürchtet, seine eigne Verurteilung ist, nämlich, »*Also hat GOtt durch sein Gericht gestraft, und straft noch heutigen Tages, die verblendeten und verstockten Jüden nach ihrem eigen Willkür und Fluch; und ist wohl zu merken, daß die heilige Schrift diese grausame, langwierige Strafe nicht der Göttlichen Ausersehung, sondern der Jüden eignem Mutwillen zuschreibt.*«

»Ihrem eignen Mutwillen«, wiederholt Leuchtentrager, »und was für die Jüden gültig, welche arme Schlucker, muß wohl auch gelten dürfen für einen Herrn Doktor der Gottesgelehrtheit wie dich, Freund Paul.«

»Kommt, Herr Superintendent«, sagt der Ahasver und tritt

hin zum Kamin, in dem's böse aufflackert, »'s ist an der Zeit.«

»Komm, Paul«, sagt Leuchtentrager und weist ihm die Richtung, »wir wollen gehen.«

Eitzen schlottern die Knie; er möcht noch ein kleines Weilchen bleiben, noch den Wein austrinken, der rot auf dem Tische leuchtet, aber er weiß, es wird ihm nicht gewährt sein, und er fürchtet, er könnt steckenbleiben im Schornstein, wenn sie selbdritt da hinausfahren, er und der Leuchtentrager und der Ahasver, und könnt schon hier unten geräuchert werden. Aber sein Freund Leuchtentrager, der auf einmal ganz in Weiß dasteht wie die Engel auf den Bildern, und der Ahasver, dessen Gewand nun wie aus Licht gemacht scheint, legen die Arme fast zärtlich um ihn, und als hätte er Eitzens Sorge erraten, sagt Leuchtentrager zu ihm, nur keine Bange, und man werde ihn schon richtig transsubstantiieren. Und da Eitzen sich noch wundert, auf welche Weise das wohl vonstatten gehen möchte, spürt er plötzlich, wie ihm das Maul aufgesperrt wird, so als wäre er beim Feldscher zum Zahnziehen, und hört den Leuchtentrager sprechen, »Raus mit dem Seelchen, 's ist sowieso kein Prachtstück, sondern ein kümmerlich Ding und unerquicklich«, und fühlt, wie etwas aus ihm sich losreißt, und will noch aufschreien zu GOtt oder irgendwem, kann's aber schon nicht mehr tun.

Ein Weilchen später, wie Klein-Margarethe und ihr Amtsschreiber Kalund in die Stube kommen, finden sie den Vater: der liegt vorm Kamin, den Kopf verdreht, die glasigen Augen schreckhaft geweitet, die Zunge lang aus dem Munde hängend.

Das Feuer im Kamin aber ist aus, und neben dem Tisch, auf dem noch der Wein rot in den drei Gläsern leuchtet, stehen die Stiefel, die Klein-Margarethe dem jungen Jüden von den Füßen gezogen.

Neunundzwanzigstes Kapitel und Ende

Worin der Rabbi zum Sturm auf die heilige
Ordnung antritt, Armageddon stattfindet und
es sich erweist, daß die letzten Fragen
unbeantwortet bleiben müssen

Wir stürzen.

Durch die Endlosigkeit des Abgrunds, der Raum ist und Zeit
zugleich und in dem es kein Unten gibt und kein Oben, kein
Rechts und kein Links, nur die Ströme der Teilchen, die noch
nicht geschieden sind in Licht und in Dunkel, ein ewiges
Dämmern. Und ich sehe den Rabbi und seine Hand mit dem
Wundmal, die sich ausstreckt nach mir, und mein Herz neigt
sich ihm zu.

Bereust du? sagt er.

Nein, ich bereue nicht.

Denn es war groß, so schrecklich es auch endete, ein großer
Versuch, und mußte sein, damit alles sich runde und rück-
kehre zu dem, woher es ausgegangen, die Schöpfung zu ihrer
Schöpfung, und GOtt zu GOtt. Der Rabbi aber war gott-
gleich gewesen, zum ersten und einzigen Male, wie er sich
hinaufschwang auf sein weißes Roß und davonsprengte zum
Sturm, seine Augen wie eine Feuerflamme, in der Faust das
doppelschneidige Schwert der Gerechtigkeit und vor ihm die
Fahne mit dem Namen darauf, den niemand weiß, und ihm
nach die vier dunklen Reiter, der auf dem schwefelfarbenen
Pferd, welcher Feuersbrunst heißt und die Enden der Erde
mit seinem Bogen erreicht, und der auf dem roten Pferd,
welcher heißt Krieg und den Frieden nimmt, daß sie einander
erwürgen im Tal und auf den Höhen, und der hoch auf dem
schwarzen Gaul, mit Namen Hungersnot, in der Hand die
Waage, ein Maß Weizen um einen Silberling und drei Maß
Gerste ums gleiche, und der auf dem fahlen Klepper, der
Reiter Tod. Da wurde die Sonne wie ein härener Sack und der
Mond wie Blut, und es zogen die Scharen von Gog und
Magog herauf, auf gelben und roten und schwarzen und
fahlen Pferden, und waren gepanzert mit feurigen und
bläulichen und schwefligen Panzern, und in ihrer Mitte
flogen viele Tausend Heuschrecken, die hatten geschlitzte
Augen und Rüssel, welche Feuer spien, und das Rasseln ihrer
Flügel war wie das Rasseln von eisernen Wagen. Und ihnen

nach folgten die Engel der Tiefe, welche gestürzt waren am sechsten Tag zusammen mit mir und mit dem Engel Lucifer, und trugen buntscheckige Gewänder und schlugen auf Zimbeln und Pauken und bliesen auf Trompeten, daß es weithin hallte und alles Lebendige erschrak, und ihnen voran schritt das Tier mit den sieben Köpfen und den zehn Hörnern, welches heißt der Antichrist, und führte sie an. Kaum jedoch waren diese vorbei, da tat sich die Erde auf und ihr entstieg ein zahlreiches Fußvolk, bestehend aus Bettlern und Dieben und derlei traurigen Schelmen, dazu Krüppel und Sieche und solche mit verrenkten Gliedmaßen, und etliche trugen den Kopf unterm Arm oder den Galgenstrick am Halse, dazu Weiber der gleichen Art, zahnlos, das Haar verfilzt, mit hängenden Zitzen und stinkend aus ihren Löchern, und diese alle und viele andere zeterten und riefen Lästerliches und schüttelten ihre Fäuste, denn so arm und erniedrigt wie im Leben waren sie auch im Tode gewesen, und nun war der Tag des Gerichts gekommen, glaubten sie, und der Tag des Zornes, und sie hasteten den Berittenen nach und den gefallenen Engeln und waren wie eine Wolke von schwarzen Vögeln, die sich himmelwärts zieht. Lucifer aber saß auf einem runden Stein, die Beine übereinandergeschlagen mit dem Hinkefuß zuoberst, das Kinn auf die linke Hand gestützt, und ließ die Heerscharen des Rabbi an sich vorbeirauschen, als wär's ein großes Spektakel, das einer veranstaltet hätte nur für ihn.

Der Rabbi berührt meine Schulter mit der Spitze seines Fingers, und ich erschauere. Eitel, sagt er, es ist alles eitel gewesen und vergeblich, auch diesmal.

Und ich weiß, er gedenkt des Todes, den er gestorben ist am Kreuz, und wie ich ihn fortwies von meiner Tür, da er sich weigerte, zu kämpfen; nun aber hat er gekämpft, und es war wiederum nichts als ein Stoß ins Leere. Rabbi, sage ich und ergreife seine Hand, die feingliedrig ist wie die einer Frau, Rabbi, es möchte sein, daß du diesmal dich selbst erlöst hast.

Da war das gläserne Meer, das zersprang, und die Inseln, die versanken, als wären sie niemals gewesen, und die Berge, die zerfielen wie ebenso viele Häuflein Sand, und die Erde brannte von einem Ende zum andern; die Menschen aber flüchteten in die Höhlen der Felsen und in die Ritzen der

Mauern, und dort ereilte sie der Tod und sie wurden zu Schatten am Stein. Und die Sterne fielen flammend vom Himmel und rissen die Brunnen der Abgründe auf, aus denen giftiger Rauch stieg und der Hauch von Verwesung, und was noch stehengeblieben war, zerbarst donnernd. Aber immer noch stürmte der Rabbi vorwärts, und seine Heerscharen ihm nach, auf der Suche nach dem himmlischen Jerusalem, welches aus Jaspis ist und lauterem Golde und zwölf Tore hat, drei nach Mitternacht und drei nach Mittag, drei nach Morgen und drei nach Abend, und über ihnen der große Tempel aus weißem Marmelstein, in dessen Allerheiligstem GOtt selber thront auf einsamem Thron und sich anbeten läßt in alle Ewigkeit von den Gerechten, die Sein Siegel tragen auf ihrer Stirn; doch nirgendwo fand sich eine solche Stadt, wie hoch der Rabbi auch stürmte mit seinen Haufen, von einem Himmel zu immer höheren, und kreuz und quer, bis der Schaum stand an den Nüstern und der fleckige Schweiß auf den Flanken der Pferde der vier dunklen Reiter und auf den Flanken der Pferde der Horden von Gog und Magog und selbst die gepanzerten Heuschrecken ermatteten und das Tier mit den sieben Häuptern und den zehn Hörnern zu erlahmen begann und die gefallenen Engel in ihren buntscheckigen Gewändern wie auch das andere Fußvolk, das aus den Gräbern gestiegen war, aufmurrten gleich dem Volk Israel nach vierzig Jahren durchstreifter Wüste. Da endlich zügelte der Rabbi das weiße Pferd und richtete sich auf im Sattel und sprach zu allem Volke: Dieser GOtt ist nirgends; er ist schon geschlagen mitsamt Seinen Engeln und Geistern, und ist geflüchtet, und ich, des Menschen Sohn, bin GOtt an Seiner Statt, und ich will tun, was Er geschworen, aber nie erfüllt hat; ich will einen neuen Himmel schaffen und eine neue Erde, darin sollen sein Liebe und Gerechtigkeit, und die Wölfe sollen bei den Lämmern liegen, und der Mensch soll nicht mehr des Menschen Feind sein, sondern Hand in Hand sollen sie wandeln unter meiner Sonne und im Schatten meines Gartens.

Ich, Ahasver, aber sah, wie die vier dunklen Reiter sich auf die Schenkel klatschten vor innerer Heiterkeit und wie die sieben Häupter des Antichrist grinsend die Zähne bleckten, und ich hörte, wie ein Raunen anhub unter den Scharen von Gog und Magog und unter den gefallenen Engeln und dem anderen Fußvolk, so als trauten sie ihren Ohren nicht; doch bevor das große Gelächter der Hölle ausbrechen konnte, das die Himmel erfüllt hätte vom ersten bis zum siebten ob solch abgedroschener Utopie, siehe, da stand vor uns der Schreiber des Buches des Lebens und sprach: Bist du gekommen, mein Sohn, zusammen mit all diesen, die Welt zu verändern nach deinem Bilde?

Da hob der Rabbi die Hand, den Alten wegzuscheuchen, so wie man eine lästige Fliege wegscheucht; der aber sprach: Du vergißt, mein Sohn, daß dein Bild auch mein Bild ist, da du von mir nicht zu trennen bist, so wenig wie irgendeiner.

Da hob der Rabbi das Schwert, den Alten zu erschlagen; der aber wuchs plötzlich und wuchs und ward riesig und stand da mit Seinen Füßen auf der zerstörten Erde, Sein Haupt jedoch war in den Wolken, und hob Seine Hand, welche die Hand war, in welcher er einst die ganze Schöpfung gehalten mitsamt Seinen Engeln und allen Gestirnen und dem Adam, und eine Stimme erscholl, die war stärker als der stärkste Donner und zugleich wie ein Säuseln des Windes in den Blättern, und sprach ein Wort, nur dieses eine, nämlich Seinen Namen, den Namen GOttes, den unaussprechlichen, geheimnisvollen, geheiligten.

Und alle erstarrten, als wären sie vom Blitz getroffen, die vier dunklen Reiter, und die Horden von Gog und Magog mit ihren gelben und roten und schwarzen und fahlen Pferden, und die Heuschrecken mit ihren geschlitzten Augen und feuerspeienden Rüsseln, und das Tier mit den sieben Häuptern und den zehn Hörnern, und die gefallenen Engel, und das Volk, das aus den Gräbern gestiegen war mit seinen Schwären und seinen verkrüppelten Gliedmaßen, und begannen sich aufzulösen vor meinen Augen und zu zerfließen und zerflattern, bis nichts mehr war als die große Leere und der Raum, in dem die Leere sich erstreckte, und in dieser Leere die Gestalt des Rabbi, ohne Roß, ohne Schwert, klein und hager und leidend, so wie er gewesen war, da er mir begegnete in der Wüste, und ganz einsam. Und ich hörte ein Lachen von ferne, das ich kannte, und war dieses alles, was geblieben war von dem Herrn der Tiefe und großen Verfechter der Ordnung, dem Engel Lucifer.

Wir stürzen, der Rabbi und ich.

Mein ewiger Bruder, sagt er, verlaß mich nicht.

Da legte ich mein Haupt an seine Brust, so wie ich's getan hatte bei seinem letzten Abendmahl, und er küßte meine Stirn und tat den Arm um mich und sagte, ich wäre ihm wie Fleisch von seinem Fleische, und wie ein Schatten, der zu ihm gehört, und wie ein anderes Ich. Und wir vereinten uns in Liebe und wurden eines.

Und da er und GOtt eines waren, ward auch ich eines mit GOtt, *ein* Wesen, *ein* großer Gedanke, *ein* Traum.

Nachbemerkung

Dank für ihre Hilfe bei meinen Nachforschungen schulde ich Herrn Herwarth Freiherr von Schade von der Nordelbischen Kirchenbibliothek, Herrn Helmut Otto vom Kirchenarchiv Hamburg, Herrn Dr. Peter Gabrielsson vom Staatsarchiv und Herrn Dr. Richard Gerecke von der Staats- und Universitätsbibliothek, sämtlich zu Hamburg, ferner Herrn Volkmar Drese vom Nordelbischen Kirchenamt, Herrn Dr. Hans F. Rothert von der Landesbibliothek und Herrn Dr. Hans Seyfert von der Universitätsbibliothek, diese alle in Kiel, Herrn Oberarchivrat Dr. Reiner Witt vom Schleswig-Holsteinischen Landesarchiv in Schloß Gottorf und Herrn Jonas Ziegler von der Staatsbibliothek Berlin (West). Ganz besonders verpflichtet aber bin ich für ihre verständnisvolle Beratung und ihre einfühlsame Kritik den Herren Prof. Jochanaan Leuchtentrager in Jerusalem und Prof. Dr. Walter Beltz in Berlin.

S. H.

Reiner Kunze

auf eigene hoffnung
gedichte. 112 Seiten. Leinen. S. Fischer und Band 5230

eines jeden einziges leben
gedichte. 126 Seiten. Leinen. S. Fischer und Band 12516

sensible wege
und frühe gedichte. Band 13271

Die wunderbaren Jahre
Prosa. 131 Seiten. Leinen und Band 2074

zimmerlautstärke
gedichte. Band 1934

Am Sonnenhang
Tagebuch eines Jahres
Band 12918

Das weiße Gedicht
Essays. 190 Seiten. Leinen. S. Fischer

ein tag auf dieser erde
Gedichte. 116 Seiten. Leinen. S. Fischer

Wo Freiheit ist ...
Gespräche und Interviews 1977 - 1993
240 Seiten. Leinen. S. Fischer

Fischer Taschenbuch Verlag

Wolfgang Hilbig

abwesenheit
Gedichte. Band 2308

Abriß der Kritik
Frankfurter Poetikvorlesungen. Band 2383

Alte Abdeckerei
Erzählung. Band 11479

Die Angst vor Beethoven und andere Prosa
Neuausgabe. Band 13671

Aufbrüche
Frühe Erzählungen. Band 11143

Grünes grünes Grab
Erzählungen. Band 12356

»Ich«
Roman. Band 12669

Die Kunde von den Bäumen
Band 13169

Eine Übertragung
Roman. Band 10933

die versprengung
Gedichte. Band 2350

Die Weiber
Erzählung. Band 2355

Fischer Taschenbuch Verlag

Günter de Bruyn

Zwischenbilanz

Eine Jugend in Berlin

Band 11967

Günter de Bruyn erzählt von seiner Jugend in Berlin zwischen
dem Ende der zwanziger und dem Beginn der fünfziger Jahre.
Die Stationen sind: seine Kindheitserfahrungen während des
Niedergangs der Weimarer Republik, die erste Liebe im Schatten der nationalsozialistischen Machtwillkür, seine Leiden und
Lehren als Flakhelfer, Arbeitsdienstmann und Soldat, schließlich die Nachkriegszeit mit ihrem kurzen Rausch anarchischer
Freiheit und die Anfänge der DDR. Der Autor beherrscht die
seltene Kunst, mit wenigen Worten Charaktere zu skizzieren
und die Atmosphäre der Zeit spürbar zu machen. Das Buch spie-
gelt den Lebenslauf eines skeptischen Deutschen wider, der sich
nie einverstanden erklärte mit den totalitären Ideologien, die
sein Leben prägten. Er macht allerdings auch kein Hehl daraus,
daß er nie ein Umstürzler war, der sich lautstark gegen die
Machthaber erhob. So ist dieses Buch, allem Ernst zum Trotz,
auf wunderbare Weise gelassen und heiter.

Fischer Taschenbuch Verlag

fi 2028 / 8

Günter de Bruyn

Vierzig Jahre

Ein Lebensbericht

Band 14209

Die Gründung der DDR erlebte de Bruyn im Alter von 22
Jahren – ihr Ende, als er 63 Jahre alt geworden war. Von den
vierzig Jahren, die dazwischen liegen und den größten Teil seines Lebens ausmachen, berichtet er in diesem Buch – und setzt
damit seine vielbeachtete autobiographische *Zwischenbilanz*
fort. Günter de Bruyn erzählt sein Leben farbig, lebendig und
fesselnd, aber er prüft dabei auch sein Handeln und Unter-
lassen als Bürger eines diktatorischen Staates gewissenhaft und
ohne Schonung für sich selbst. Er beschreibt seine frühen Ar-
beitsjahre als Bibliothekar in Ost-Berlin, seine ersten Erfolge als Schriftsteller mit Romanen, die seinen Namen auch im
Westen bekanntmachten. Er schildert Begegnungen mit Autoren wie Heinrich Böll, Wolf Biermann und Christa Wolf, mit
SED-Funktionären wie Hermann Kant und Klaus Höpke, aber
auch mit unbekannten Freunden und Kollegen.

Fischer Taschenbuch Verlag

Monika Maron

Die Überläuferin

Roman

Band 9197

Eines Morgens spürt die wissenschaftliche Mitarbeiterin eines
historischen Instituts in Ostberlin, daß ihre Beine gelähmt sind.
Ähnlich Gontscharows Oblomow bleibt sie fortan im Bett, geht
nicht mehr zur Arbeit, entzieht sich ihrer »lebenslangen Dienst-
verpflichtung«. Niemand vermißt sie, auch nicht ihr langjäh-
riger Freund, mit dem sie zusammengelebt und den sie gerade
verlassen hat. Von nun an lebt sie nur noch ihren Erinnerungen, Tagträumen und Phantasien. Die Autorin zu ihrem Buch:
»In der *Überläuferin* wollte ich keinen Unterschied zwischen
Traum und Leben machen. Ich will das Wort ›Traum‹ nicht
aussprechen. Es enthält immer eine Art Fluchtgedanken. Statt
dessen meine ich einfach das Ausdenken, den Entwurf vom
Leben. Im übrigen ist Literatur sowieso eine Art Traum, das
nicht gelebte Leben.«

Fischer Taschenbuch Verlag

fi 2021 / 5

Monika Maron
Stille Zeile Sechs
Roman
Band 11804

Die DDR Mitte der achtziger Jahre: Rosalind Pokowski, zwei-
undvierzigjährige Historikerin, beschließt, ihren Kopf von der
Erwerbstätigkeit zu befreien und ihre intellektuellen Fähigkeiten
nur noch für die eigenen Interessen zu nutzen. Herbert Beerenbaum, ein ehemals mächtiger Funktionär, bietet ihr eine Gelegen-
heitsarbeit: Rosalind soll ihm die gelähmte rechte Hand ersetzen
und seine Memoiren aufschreiben. Trotz Rosalinds Vorsatz, nur
ihre Hand, nicht aber ihren Kopf in den Dienst dieses Mannes
zu stellen, kommt es zu einem Kampf um das Stück Geschichte,
das beider Leben ausmachte, in dem der eine erst Opfer dann
Täter war, und als dessen Opfer sich Rosalind fühlt. Die Auseinandersetzung mit Beerenbaum läßt sie etwas ahnen von den
eigenen Abgründen und den eigenen Fähigkeiten zur Täterschaft.
Stille Zeile Sechs ist die Adresse Beerenbaums, eine ruhige ge-
pflegte Gegend für Priviligierte, weit entfernt von dem, was in den
Straßen der DDR vor sich geht.

Fischer Taschenbuch Verlag

fi 2029 / 9

Dieter Forte

Der Junge mit den blutigen Schuhen

Roman

Band 13793

Der Roman einer Höllenfahrt. Der Junge durchlebt den Terror
der Nazis, die Kriegsjahre und die Bombennächte, die seine Welt
in Trümmer legen. Anfangs fühlt er sich in seiner Familie noch
geschützt vor dem Druck der Diktatur. Doch binnen weniger
Monate verwandeln die Luftangriffe sein Leben in einen Alp-
traum voller Zerstörung und Tod. Vor seinen Augen zerfallen
Häuser und Straßen zu Schutt, gehen Menschen in Flammen auf
oder werden in Fetzen gerissen. Forte zeigt, wie ein Kind den
Krieg erlebt. Doch vergißt er über dem Elend nicht Zusammen-
halt und Überlebenswillen, die aus der nackten Not erwachsen.
So ist dieses Buch, daß die Gräuel des Krieges sprachgewaltig
beschwört, zugleich ein anrührender Familienroman.

Fischer Taschenbuch Verlag

Dieter Forte

Das Muster

Roman

Band 12373

Zwei Familien durchleben Höhen und Tiefen der Geschichte: Die Fontanas stammen aus Italien, wo sie seit der Renaissance die Kunst des Seidenwebens betreiben. Geschätzt wegen ihrer wertvollen Arbeit, aber auch verfolgt wegen Unbeugsamkeit und Freiheitsliebe, wandern sie von Lucca über Florenz und Lyon bis ins Rheinland, wo sie sich in Düsseldorf niederlassen. Dort treffen sie auf die polnische Bergarbeiterfamilie Lukacz, die Elend und Hunger gegen Ende des 19. Jahrhunderts den Rücken zugewandt hat, um im industriell aufblühenden Ruhrgebiet ein besseres Leben zu finden. Als sich im Jahr 1933 die beiden Familien schließlich durch Hochzeit verbünden, repräsentieren sie eine fürs Rheinland typische Verflechtung aus südlicher Lebensfreude und östlicher Melancholie, aus Wissen und Frömmigkeit, Unabhängigkeit und Pflichtbewußtsein. *Das Muster* ist ein Buch der großen Historie und der kleinen Geschichten – sowie der Toleranz. Denn indem es die Identität Europas als ein Netzwerk von Völkern und Sprachen, Religionen und Eigenheiten charakterisiert, ist es voller Weisheit und Wissen, aber auch voller Witz, Menschlichkeit und Vitalität.

Fischer Taschenbuch Verlag

fi 2058 / 4

Josef Haslinger
Das Vaterspiel
Roman
576 Seiten. Geb.

Rupert Kramer, genannt Ratz, ist der Sohn eines österreichischen Ministers. Er ist 35 Jahre alt und das, was man einen Versager nennt. Nächtelang sitzt Ratz vor dem Computer, um ein abstruses Vatervernichtungsspiel zu entwickeln. Er hasst seinen korrupten sozialdemokratischen Vater, der seine Familie wegen einer jungen Frau verlassen hat.

Im November 1999 erhält Ratz einen geheimnisvollen Anruf von Mimi, seiner Jugendliebe. Ratz fliegt nach New York, ohne zu wissen, was ihn erwartet. Bald ist klar: Er soll helfen, das Versteck von Mimis Großonkel auszubauen, einem alten Nazi, der an der Hinrichtung litauischer Juden beteiligt war. Seit 32 Jahren verbirgt er sich im Keller eines Hauses auf Long Island. Dort kommt es zu einer unheimlichen Begegnung mit dem verwahrlosten Mann.

Bestechend genau beleuchtet Haslinger die Verwerfungen des vergangenen Jahrhunderts und macht eindringlich spürbar, dass man der Geschichte nicht entkommen kann.

S. Fischer

fi 200 / 1